20世纪早期中国文学史编纂研究

20SHIJI ZAOQI ZHONGGUO
WENXUESHI BIANZUAN YANJIU

陈宇◎著

四川大学出版社
SICHUAN UNIVERSITY PRESS

项目策划：杨　果　梁　平
责任编辑：杨　果
责任校对：孙滨蓉
封面设计：璞信文化
责任印制：王　炜

图书在版编目（CIP）数据

20 世纪早期中国文学史编纂研究 / 陈宇著 . — 成都：
四川大学出版社，2021.10
　　（博士文库）
　　ISBN 978-7-5690-3305-2

Ⅰ．① 2… Ⅱ．①陈… Ⅲ．①中国文学－文学史－历
史编纂学－研究－ 20 世纪 Ⅳ．① I209.6

中国版本图书馆 CIP 数据核字（2019）第 292756 号

书名　　20 世纪早期中国文学史编纂研究
著　者　　陈　宇
出　版　　四川大学出版社
地　址　　成都市一环路南一段 24 号（610065）
发　行　　四川大学出版社
书　号　　ISBN 978-7-5690-3305-2
印前制作　　四川胜翔数码印务设计有限公司
印　刷　　郫县犀浦印刷厂
成品尺寸　　170mm×240mm
印　张　　17.5
字　数　　330 千字
版　次　　2021 年 10 月第 1 版
印　次　　2021 年 10 月第 1 次印刷
定　价　　79.00 元

◆ 读者邮购本书，请与本社发行科联系。
　　电话：(028)85408408/(028)85401670/
　　(028)86408023　邮政编码：610065
◆ 本社图书如有印装质量问题，请寄回出版社调换。
◆ 网址：http://press.scu.edu.cn

四川大学出版社
微信公众号

序　言

　　2019 年秋天一个散淡的午后，接到老友陈宇的电话，得知他的博士论文已经修改完毕，准备交付出版。顿时喜上心头，精神瞬间振奋，不断向他表示祝贺。这祝贺绝非一般的人情客套，其中包含着将近二十年深厚友情的时间振幅，以及仍将绵延的振幅在易逝的生命中留下的种种波痕。

　　2002 年 9 月，我和陈宇在南阳师范学院相识。当时我还没有从高考失利的阴影中走出，突然遇到一位博学多识的同班同学，心中颇为宽慰。相比我阅读尚不宽厚的中学时代，当时他的知识面已经相当宽广。有此眼界奠基，入学中文系后，他没有文学专业学生常有的耽于虚情的习气，也不受文学课程设置的牵束，而是相当自觉地探寻更充沛的人文阅读。很快，"上知天文，下知地理"的健谈词锋，成为同学间流传的美谈。四年时间，知识与精神的互动，奠定了友情的根基。尤其是一起买书的乐趣，至今记忆犹新。每当我看到书架上那些曾经形塑我精神形状的发黄书页，眼前便瞬间浮现当年四处打听寻书的澎湃时光。

　　毕业之后，我们分别去了两个城市读研，我在北京，他在成都。随着我们从硕士到博士的学业进展，交流的话题也愈加深入学术内部，特别是每年寒暑假的约定会面，几乎成了成长经验中仪式化的时间刻度——不断期待，不断反顾。不过，看上去平静的时间之海也会偶有风浪。在陈宇进入博士论文筹备时，他的母亲不幸患病来京就医。我们因此有了更多的见面机会，但心情是异样的——他决定留下来照顾母亲，延迟学业。两年后，母亲康复，他重新回到学校，以相当坚强的意志力，最终完成博士论文，随后又顺利回到母校任教。一路走来的种种不易，最终被时间定格在过去，他的淡泊心性所理想的平静读书生活，开始徐徐展开。

　　回忆至此，突然被他当时的另一句话惊醒："我这书的序言就交给你了！"说实话，他博士论文讨论的文学史编纂问题，并非我的研究领域，这样的托付让我担心自己力有不逮。所幸我见证了他从酝酿到成稿的全过程，其间也多有讨论，总算让我对文学史领域的叶公好龙之情，有了三分实感。我想，接下来就谈谈这三分实感吧。

陈宇这部著作处理的核心问题是二十世纪早期文学史编纂。这些年，学界对早期文学史研究已有不少累积，无论是史料发掘还是文本探究，都在很大程度上划定了这一领域的学术边界。显然，在这一常规领域写出新意绝非易事。而他敢于迎难而上当然不是无知之勇，乃是基于其宽厚的学术积累。事实上，在"文学史"这一中文学科的设置之下，无论是教学还是研究，重心往往在"文学"，而不是"史"。也就是，由于史学意识之不足，"文学史"的教学与研究，在某种程度上被窄化为对特定时段或脉络的文学作品的批评性研究。而"文学史"之"史"在认识层面究竟意味着什么，反而付诸阙如。在我看来，反省这种学科无意识，正是陈宇重新回到早期文学史领域的写作目标。而要做到这一点，当然不能因循既有的研究路径。

在这本书的标题中，作者已经指明其新的写作视野——"跨学科"，即从史学出发重新思考早期文学史的编纂问题。提及"跨学科"，可能会有人不以为意，毕竟当下学界以此为名义的研究比比皆是，但鲜有真正学思深厚的讨论。其原因在于，很多"跨学科"研究有名无实，只是从其他学科借用几个概念或方法而已，并没有真正建立不以学科为界限的问题意识。当然，根本的难题在于，要吸收另一学科视野并非易事。而据我所知，陈宇在史学领域素有累积，不仅本科阶段辅修历史学学位，而且广泛涉猎中西方史学论著。正是由此养成的史学眼光，使之将讨论的焦点集中在以往关注不够的早期文学史"编纂"问题。

不过，"编纂"问题作为认识视野转换的表征，同时也对其对象——文学史的构成边界提出相应的要求。也即是，如果停留于既有研究划定的文学史对象范围，那么，"编纂"视野所能打开的讨论空间仍然有限。事实上，尽管以往学者的研究涉及的早期文学史著作已经相当广泛，但深究起来，不少论述语焉不详，甚至只是望文生义，借题发挥。之所以这样说是因为，陈宇在广泛搜集早期文学史著作的过程中，发现一些学者其实并未真正找到或读过原作，大多是因言附会，浅尝辄止，不免以讹传讹，有名无实。正是从"编纂"视野出发对更为广泛的早期文学史著作的辨析与勾连，赋予这部著作推进前人认识的学术探索意义。

那么，在近代语境，文学史之"史"在认识层面究竟意味什么？如陈宇的讨论所示，这首先意味着历史意识的建立。如果我们更具体地追问这一过程，可以更明确地将其指认为"经""史"地位的近代转换。如陈寅恪所言："近二十年来，国人内感民族文化之衰颓，外受世界思潮之激荡，其论史之作，渐能脱清代经师之旧染，有以合于今日史学之真谛。"（《陈垣〈元西域人华化考〉序》，1935）可以说，历史意识的确立，是近代中国生存危机的产物，这种危机促使中国人的自我认识从天下转向民族国家。此一区别于传统史学的新意识，与其西方来源包含着相同的认识逻辑——以历史主义建构民族国家（梅尼克：《历史主义的兴起》）。正是由此，文学史在近代中国得以诞生，而这种生成逻辑也决定它在早期文学教育中的实践功能——重塑中国人的民族文化意识。从本书的讨论来看，国民启蒙的使命主导了早期文学史编纂的基本逻辑。

　　不过，深究起来，在救亡图存的近代语境中，这种文学史编纂逻辑背后隐含着进化论色彩。进化意识在凝聚国民生存意志的同时，也在文学史编纂之演进过程中引发争议。值得一提的是钱锺书与周作人关于文学史书写的一桩公案。

　　1932年周作人将他在辅仁大学的文学史系列演讲，结集为《中国新文学的源流》一书出版。时年22岁的清华大学学生钱锺书读到这本书后，马上写了一篇质疑的短文。在他看来，周著所设定的"言志"与"载道"的文学二元对立认识，在中国文学传统中难以成立。这两种区分实际上不过是诗文的品类之别，并无冲突可言。而其以这种后设尺度对公安、竟陵作为起源的追溯，更是难以自洽（《中国新文学的源流》评论，1932）。其实，此时的周作人已经放弃早年的进化论认识，这部著作的循环史观乃是对胡适的文学进化论的反驳。但是，此种源流论并未脱去进化史观的目的论叙事，与古代的循环史观貌合神离。当然，钱锺书所不满的并非史观本身，而是周著由此建立的"文学自主论"扭曲了文学之价值。他在批评郭绍虞的《中国文学批评史》时，更明确地指出有"历史观念"的批评家经常混淆"文学"与"事实"在历史叙事意义上的内涵差别（《论复古》，1934）。至此，我们不得不追问，钱锺书究竟是如何理解文学之独特内涵的？

　　在《中国文学小史序论》（1933）中，他这样界定文学："文章要旨，不在其题材为抒作者之情，而在效用能感读者之情。"也就是，文学能"移情动魄"，并由此确立其美感特质。这种特质乃是"存在判断"与"价值判断"的合一，不同于其他事实。此一界定在当时的语境并无特别之处，值得关注的是他由此对文学史的判断："载记其承邅（genetic）之显迹，以著位置之重轻（historical importance）。"具体来说，它的功能包括两个方面：判定其体制之得失，辨别其品类之尊卑。在此，钱锺书强调回到文学的内部，"文学演变，自有脉络可寻，正不必旁征远引"，反对以社会状况解释文学风格与生产的"社会造因说"。在这种意义上，他认为，文学具有与其他社会实践类型同等地位的历史意义："不如以文学之风格、思想之型式，与夫政治制度、社会状态，皆视为某种时代精神之表现，平行四出，异辙同源，彼此之间，初无先因后果之连谊，而相为映射阐发。"毫无疑问，他希望从捍卫文学独立的美学价值的角度，重构早期文学史的编纂传统——以历史意识的演进脉络叙述文学之变迁，突出文学史之"文学"的特定内涵。

然而，这种力图将文学史从国民教育之时代功能中解放出来，使之回到文学之美感本体的构想，实际上变成对文学之体制与品类的成败高下的历史判断，也即是成为参差错落的文学形式的批评史。钱锺书认为，在这种历史叙述中，可以通过"时代精神"建立沟通文学与政治、社会的沟通媒介，但问题在于，如何认识"时代精神"？如果说"时代精神"无法先验设定，那么，仍然需要回到具体的文学、社会与政治中辨识。在此意义上，"时代精神"看似是中介环节，但实际上它不过是循环论证中的一环而已。不得不说，这种构想最终未能在钱锺书手上，变成一部足以与既有的编纂传统对抗的文学史著作，其原因正在这里。尽管如此，他敏锐的批评中包含的文学史书写的真问题仍然值得认真对待。尤其是在救亡图存的时代过去之后，文学史在某种意义上演变为文学常识教育，如何从当前形骸化的书写现状中重新辨识文学价值与史学意识之张力，仍然是摆在我们面前的巨大挑战。

当然，这里简要勾勒的问题面貌，已经超出陈宇著作的讨论范围。但我仍然能够从他对早期文学史编纂之史学意识的研究中，隐隐感觉到其中的忧虑。我想，这个处在其问题延长线上的当下处境，也许在不久的将来就会成为他要回应的议题。我期待。

以上借题发挥的寥寥数言，或许连我所谓的"三分实感"也未能达至。这部凝聚陈宇多年心血的著作，对于当前早期文学史研究的意义，更有待学界专家平理若衡，照辞如镜。

在无边的疫情中，停笔至此。忽然想到我们两人在学术上从无知懵懂到蹒跚学步的漫长时光，不禁感慨生命在无声消逝中的种种停驻、折返、伸展与充盈。在而立之年已过的此刻，心中响起小柯的歌声："当我们转过脸看太阳缓缓升/鸽子依然落在屋脊/却不是从前的那只/当我们抬起头已过而立年纪/看枝桠漫天的那棵/曾经是嫩嫩的绿/……/继续卖力地生长吧/这才刚刚开始呢/继续飞快地发芽吧/用枝桠缠绕往昔的回忆/……"（《藤》）是的，继续卖力地生长吧，还有早就笃定的友谊。

符　鹏

庚子年孟夏黄昏于京西无咎居

前　言

　　20 世纪早期（1900—1932）是近代学科意义上的中国文学史学确立学科范型的关键时期。在此时期之内，拥有悠久学术传统的中国史学研究界在国外特别是西方史学思想和研究模式的影响之下发生了一系列新变化。这些新变化与原来的旧传统一起对当时的中国文学史编纂产生了多方面的影响，在很大程度上决定了此后中国文学史研究和编纂模式的发展走向。本书拟通过比较文学的"跨学科研究"视域、结合一些因版本难寻而在当今学界鲜有研究的 20 世纪早期中国文学通史著作，对发生在 20 世纪早期中国文学和史学研究界中的这次联动变化展开研究，在尽可能还原历史事实真相的基础上厘清其中所蕴含的学理变化，为当今学界开展文学史研究和中国文学史编纂工作提供参考和借鉴。

　　中国史家从事本国历史研究和史书编纂的历史非常悠久，但是历代专制帝王持续不断的强力干预使得中国古代史学尤其是以"二十四史"为代表的所谓"正统史学"一直都带有比较浓厚的为维护帝王集权专制统治服务的"君本位主义"色彩。直到 19 世纪末 20 世纪初，在西方史学思想的冲击和影响之下，戊戌之后，以梁启超、谭嗣同、章太炎等为代表的一大批近代史家高举"民史"的大旗对中国传统史学中的"君本位主义"倾向展开了全面批判，尝试建立起一种以全体国民为研究和服务对象的"国民本位主义史学"。20 世纪早期中国史学界内发生的这一重大变革深刻影响了有着同样悠久学术传统的文学史研究界，使得当时的文学史家在编纂中国文学通史著作时一改古代以诸史《文苑传》和《文心雕龙·时序》等作品为代表的偏重记录精英阶层雅文学活动而忽视一般民众文学创作的做法，逐渐开始将"雅""俗"文学同时纳入中国文学通史著作的编纂中。在新文化运动之前问世的中国文学通史著作中，林传甲著《中国文学史》采取了鄙视小说、戏曲等俗文学的立场；而窦警凡著《历朝文学史》在如何叙述和评价小说、戏曲等平民俗文学这一问题上却已经开始表现出一定程度的摇摆；曾毅著《中国文学史》进一步明确地表达了作者对小说、戏曲等俗文学的重视。在新文化运动的历史背景下，胡适著《国语文学史》和《白话文学史》在给予"白话文学"应有重视的同时却也因其施加于"传统文学"身上的过分贬低而在对中国文学史的"雅""俗"文学叙述中制造了新的不公正。以胡行之为典型代表的大多数文学史家虽然因为受到胡适的影响加大了在各自文学史著作中对"白话文学"（或曰"平民文学"）的重视程度，但却并未如胡适那般将其推许至唯我独尊的地步，而是努力追求对"传统文学"与"白话文学"（或曰"雅文学"与"俗文学"）之间的平衡叙述。

大多数古代中国史学家认为中国历史的发展进程遵循着"复古循环"的规律，充满神秘色彩的"天命"与特指君王设教施政的"人事"是古代中国史家心目中推动中国历史发展的两大动因。19 世纪末 20 世纪初，中国史学界在新传入的西方学术思想的影响下转而信奉单向度、螺旋式的进化史观，服膺科学色彩日益浓厚，跨越了人种、国界、学科等局限的多角度、多因素历史决定论。史学领域内的一系列转变影响了同时期中国文学史的研究和编纂活动，使那时之后的文学史家在对中国文学史发展进程和中国文学史发展动因这两个问题的认识方面也发生了类似的变化。一方面，中国文学史家对中国文学史发展进程的认识由信奉"文学复古循环论"转变为信奉"文学进化论"。由黄人和王梦曾各自撰写的《中国文学史》在叙述文学发展进程方面都以传统的"复古循环论"与"进化论"相结合而产生的具有各自特色的"螺旋式"进化论作为指导思想。胡适在其《国语文学史》和《白话文学史》中开启了文学史家对中国文学发展史中"白话文学"单线进化过程进行建构的大门。谭正璧撰写的《中国文学进化史》代表了这一单线进化思路继续发展到了较为极端的程度。另一方面，20 世纪早期的中国文学史家在继承前人学说中合理因素的基础上逐渐淡化了其原有的神秘主义色彩，从"现实人为"的角度对推动中国文学史发展的多样动因做出了科学的说明。刘师培著《中国中古文学史讲义》继承了古人的观点，看重君王政教和个人好尚因素作为正面动因对中国文学史发展进程所产生的促进作用。黄人在其《中国文学史》中则旗帜鲜明地指出了君王因素作为负面动因对中国文学史发展进程所产生的阻碍作用。张之纯的《中国文学史》完全摆脱了神秘主义思维的影响，认为学校的兴废与书籍的聚散极大地影响了历朝历代文运的盛衰。胡适在《白话文学史》中则认为数千年来中国文学史发展前进的最主要动力是由平民百姓创造的白话和民间文学。郑振铎继承了胡适的主要学术观点并有所推进，在其《插图本中国文学史》中通过翔实的资料和严密的论证总结出了推动中国文学史发展的两大动因——"民间文学"与"外国文学"，他的研究成果代表了 20 世纪早期中国文学史家在研究中国文学史发展动因问题方面所取得的最高成就。

　　中国史学家很早以前就非常注重对史料进行严谨科学的整理与考订，但是由孔子与司马迁所共同开创的书面文字与口传史料并重的优秀传统却并没有被其后很长一段时期内的多数史学家继承。20 世纪初，以王国维为代表的史学家们对新发现史料所开展的整理考释工作深远地影响了此后中国史料学的发展。王国维提出的"二重证据法"和傅斯年提出的"史学只是史料学"的主张，在当时的文史学界掀起了重视利用实物史料开展文史研究的风潮。根据形成情况和可靠程度的不同，文学史料可以被分成第一、第二、第三共计三个层次。中国古代的文学史家往往仅凭可靠度较低的第三层次文学史料便在自己的文学史研究著作中做出草率论断。直到 20 世纪早期，这种盲目崇信古代间接性文学史料的情况才在时代学术风潮的影响下逐渐发生了改变。早期，来裕恂、张之纯、谢无量等所著的中国文学史均认为在中国上古的"羲农时代"就已经出现了繁荣的文学创作局面。但是在林传甲著的《中国文学史》开启了20 世纪早期文学史家质疑中国上古"羲农时代"文学史真实性的先河之后，葛尊礼、刘永济也在各自的中国文学史中对"羲农时代"文学繁荣的真实性提出了质疑。胡小石、苏雪林和陆侃如、冯沅君夫妇在王国维"二重证据法"的影响下抛弃了过去文学史家通常使用的作为第三层次史料的传世文献，转而利用出土的殷墟甲骨卜辞作为第一和第二层次的文学史料开展对殷商时代诗歌和散文的研究，取得了令人信服的研究成果。他们所开展的研究工作也使得此后越来越多的文学史家逐渐把殷商以前缺乏可靠史料支持的所谓"文学史实"摒除在各自的文学史著作之外。

　　中国古代史学著作从编纂体裁方面大致可以被划分为"编年体""纪传体""纪事本末体""典志体""学案体"和"注评体"等六种类型，其中"纪传体"在史书编纂过程中一直占据主流地位。这样的情况随着 19 世纪大量以"章节体"写成的史书被译介到中国而逐渐发生了改变。《泰西新史揽要》等"章节体"史书凭借自身容纳量大、系统性和伸缩性强、便于表现史家别识心裁的独特优势逐渐改变了国内史书编纂实践中"纪传体"一家独大的局面，成为众多史学家撰写史书的不二选择，也成了 20 世纪早期文学史家编纂文学史著作时最常用的著述体裁。20 世纪早期许多文学史在叙述具体作家时以诸史《文苑传》中对作家的记录为蓝本而展开，在宏观总体框架上却采用了新传入中国的"章节体"形式，出现这样的情况一方面固然是因为一时风气所趋，而更重要的另一方面原因则在于"章节体"史书的编纂形式比较符合当时刚刚出现不久的中国文学史著作多样化内容表达的需要。例如，林传甲因为受到京师大学堂章程所提出的众多课程设置和教学目标要求的限制而采用了可以容纳更多方面内容的"章节体";谢无量也因认为新时期文学史著作必须集传统形态中国文学史著作之优点于一身,而最终选择了具有眉目清晰、剪裁自由、因事命题、分篇综述等形式特点,并且可以融合"编年体""纪传体""纪事本末体"的特长为一体的"章节体"编纂形式。

虽然研究历史的最理想状态是在"求真"与"致用"两极之间达到完美的平衡,但是这种理论上的完美设想往往难以在具体的史书编纂实践中实现。在中国史学史上长期占据主流地位的是史学家对史著"致用"价值的追求。这种传统主导了从先秦时代一直到20世纪早期中国史学的发展历史,也对各个时代的中国文学史编纂活动产生了巨大的影响。以郑玄《诗谱序》和刘勰《文心雕龙》为代表的中国古代文学史著作都带有明显的"致用"色彩,其作者大多希望通过建构中国文学史的历史进程为文学创作活动提供优秀范本和理论指导。20世纪早期以"致用"为主要价值追求的文学史著作大致可以分成两种类型:第一种是试图通过对古代文学的建构和介绍指导当代的文学创作活动,甚至谋求对今后的中国文学发展进程施加自己预期的影响。林传甲著《中国文学史》、胡适著《白话文学史》、凌独见著《新编国语文学史》都属此类。第二种则是希望通过在中国文学史中总结中国先民曾经取得的辉煌文学成就以激励国民的爱国爱种之心。黄人、来裕恂、张之纯、朱希祖、褚传诰、胡怀琛等文学史家在编纂中国文学史著作时均持此种目的。

历史的经验告诉我们:20世纪早期中国文学史的编纂历程受到了同时期历史学领域中诸多新变革的深刻影响,如果想要在今时今日的文学史编纂活动中推陈出新,就仍需借鉴相邻学科,尤其是历史学学科领域中最新的研究成果。与此同时,因为推动当代文学史学特别是文学史编纂实践的发展和进步需要能够自由穿行于文学与历史学两种学科之间,所以当代文学史学特别是文学史编纂实践就自然成了以"跨学科研究"为最常用研究方法之一的比较文学学者理当勇敢开拓的新研究领域。当代比较文学学者应该充分利用比较文学作为前沿人文学科所具有的"跨越性、开放性和先锋性"特质,促进历史学与文学两大学科之间借助文学史学的平台而开展的话语交流与学术合作,丰富和扩大文学史学的学科理论和研究视野,进而推动比较文学与文学史学这两门学科在21世纪的共同可持续发展。

目　　录

绪　论

一、选题意义与学术价值

中国学者对本国文学产生、发展、流变的过程展开整理研究和分析记录的历史非常悠久，数千年来积累了大量研究著作。这些文学史研究著作虽然并不能被视为现代意义上的"文学史"，但却为 20 世纪早期的学者从事中国文学史编纂工作保存了珍贵的史料、建立了自成体系的理论和批评基础。

流传至今的我国第一部诗歌总集《诗经》大约成书于公元前 6 世纪，其收录了自西周早期至春秋中叶大约五百多年间的三百余首诗歌作品。虽然当时只是本着考察政策得失和制礼作乐以教化万民的目的来收集整理歌谣，但却在客观上完成了我国历史上最早的一项大规模文学文献的搜集整理工作，这对后世文学和文学史学的发展来说都具有极为重要的发源意义。紧随其后，又有以孔子为代表的先秦诸子一方面整理了源出于王官的各种典籍持以教授弟子；另一方面又将各家搜集到的古史轶闻、先贤学说、神话寓言、歌谣民谚等资料加以归纳整理之后化为己用，著书立说。这也为后人了解上古文学文化知识保存了弥足珍贵的文献史料。

相比于先秦，两汉时期的文学史研究工作取得了较大的发展。汉代官方设有专门的乐府机构，负责收集整理来自民间的诗歌谣谚。这些由乐府收集、可以配乐演唱的诗作被称为"歌诗"，虽然其具体内容大多已经佚失，但是据《汉书·艺文志》的记载，仅西汉一朝二百余年间所收集的"歌诗"篇目便已达三百一十四篇，与《诗经》五百余年所收诗作的规模大致相当①。与此同时，汉代经学昌明，笺注经典之风扩展到了文学领域，不仅出现了流派众多、数量巨大的阐释《诗经》之作，而且也有学者开始依照笺《诗》之法整理注解代表着先秦时代南方文风的《楚辞》。文学文献的目录整理和内容叙录工作在

---

① 班固：《汉书》，北京：中华书局，1997 年，第 1754～1755 页。本书以下所引用出自"二十四史"的内容均来自这一版本。

1

汉代也取得了巨大的成就。刘向、刘歆父子奉诏校理皇家藏书，他们采取"条其篇目，撮其旨意"的方法整理校雠书籍，先后著就《别录》《七略》二书，为中国古典目录学之鼻祖。稍后于向、歆父子的史学家班固在继承二刘研究成果的基础之上写成《汉书·艺文志》，将诗赋与六艺诸子分流，系统爬梳了各家学术与文体的渊源变化，推动了文学的学科独立和文学史研究的深入。在作家研究方面，司马迁和班固在《史记》和《汉书》中采用"纪传体"的手法为文人骚客叙写传记，不仅对这些作家的创作生平及作品的艺术特色、成败优劣和对后代的影响加以全面总结和评价，还收录了这些作家的重要代表作品文本，为此后的作家作品研究提供了不可或缺的重要原始材料。

魏晋南北朝是文学自觉的时代，文学开始摆脱经学和史学的学术附庸地位，走上相对独立发展的道路。由此所带来的一系列概念范畴和学科视野的变化使得这一时期的文学史研究取得了长足进步。魏晋间荀勖作《杂传文章家集叙》十卷、西晋挚虞撰《文章志》四卷，标志着独立于整体图书目录之外的文学专科目录首次出现①。荀勖还著有《中经新簿》，首创甲乙丙丁四部分类之法，把诗赋与图赞、汲冢书一起归于丁部。梁代阮孝绪撰《七录》，在"诗赋"的基础上又提出"文集"的概念，各体文章都可以归于"集"的统御之下。以上二家的做法成为此后四部分科体系之下"集部"概念的滥觞。在此基础之上，昭明太子萧统编辑《文选》，更是以"事出于沉思，义归乎翰藻"作为取舍文章的标准，纯化了文章总集中"文"的概念。范晔则在《后汉书》中开始为文人群体专立《文苑传》，成为之后史书列叙文人的通例。此外还有一些理论批评著作如曹丕的《典论·论文》、刘勰的《文心雕龙》、钟嵘的《诗品》等，在此时期品藻人物、月旦风评的影响之下也都开始注意以历时的顺序评点历代作家作品的渊源优劣。

伴随着文学观与文学史观的发展，唐代的文学史研究著作形式出现了新的变化。在文集编纂方面，唐人一方面取法昭明，按照先分文体再分小类的指导原则编辑了《续文选》《拟文选》《续古今诗苑英华集》等收罗前人作品的大型总集；另一方面也按照当时的审美价值取向和作品评价标准，选编了《河岳英灵集》《中兴气象集》《箧中集》《极玄集》《又玄集》等，勾勒出唐代文学的发展风貌，反映了唐代普遍的文学审美情趣。除此之外，唐人还在总结历代诗歌创作经验教训的基础上写就了一些诗歌理论著作，如《诗式》《诗人主客图》

---

① 此二书已佚，其大致内容与历史地位的考证研究可以参考近人姚名达：《中国目录学史》，上海：上海古籍出版社，2002年，第287页。

《风骚要式》《金针诗格》等，反映出唐代的学者诗人对于诗歌发展流变过程所进行的理性思考。还有一类能够据以窥见诗人生平经历和逸闻琐事的"诗话"作品，如孟棨的《本事诗》、王定保的《唐摭言》、范摅的《云溪友议》等，虽然这些书籍所记未必字字真实、毫无虚假，但仍然是我们今天研究唐代士风与文学创作所必不可缺的重要资料来源。

从赵宋到元朝，中国学者在从事编纂文学史研究著作工作方面取得了持续的进展。宋代对存世文学史料的整理规模空前，宋初"四大书"即《太平御览》《册府元龟》《太平广记》《文苑英华》在收录先朝文献方面可谓是包罗万象，还有《唐文粹》《宋文鉴》《元文类》《中州集》《河汾诸老集》等卷帙繁多的总集为后人保存了大量珍贵的文学资料。原来被文人学者所轻视的词曲等俗文学作品也在宋元时期开始被系统地加以整理：《词源》《词旨》《唱论》《青楼记》《录鬼簿》《中原音韵》等著作都在对词、曲等文类加以初步研究的基础上收录了大量的史料，为后人从事此类研究打下了坚实基础。宋代之后的理学大兴极大地刺激了时人的理性思维，导致这一时期从抽象和思辨的角度考察文学发展、评价其得失的文学史研究著作无论在种类、数量还是质量等方面都取得了较大的发展。论文有《古文关键》《文章轨范》《艺苑雌黄》《四六标准》等，论诗则有《六一诗话》《后山诗话》《岁寒堂诗话》《沧浪诗话》《白石诗话》等，均极一时之胜。对文学史上作家生平以及创作经历开展研究的工作在宋元时期也受到了学者们的空前重视，《唐诗纪事》《唐才子传》《诗林纪事》等著作特别注重对作家作品"本事"的采集，数量巨大的宋元文人学者笔记也记录下了丰富的文人轶闻雅事。《韩吏部文公集年谱》《杜工部诗年谱》《东坡先生年谱》等大批文人创作年谱的出现也令作家的成长和创作经历面目清晰起来。

由于继承了前代数量浩繁的文学文化遗产，明代人编纂了大量规模宏大的文学总集，其中诗歌选本有曹学佺《石仓十二代诗选》八百八十八卷、胡震亨《唐音统签》一千零三十六卷、潘世仁《宋元诗》二百七十三卷、俞宪《盛明百家诗》一百卷等。文章选本有梅鼎祚《文纪》二百四十七卷、茅坤《唐宋八大家文钞》一百六十六卷、何乔远《明文徵》七十四卷等。还有按照地域划分来编辑的《吴郡文萃续编》《海虞文苑》《金华文统》《岭南文献》等，按家族编辑的《文氏家藏诗集》《午梦堂集》等。妇女作家的作品总集也大量出现，如《诗女史》《彤管新编》《名媛诗归》《青楼韵语》《名媛文纬》等。小说、戏曲、民歌等俗文学资料在此时期也被人有意识地加以整理结集，如《古今说海》《广说郛》《语林》《续虞初志》收小说，《元曲选》《元人杂剧选》《盛明杂剧》收杂剧，《市井艳曲》《风雅逸篇》《古今风谣》收小曲民谣，这些俗文学选集的出现大大丰富了传统文学总集的门类，为后人开展古代俗文学研究保存了珍贵的材料。

作为中国几千年封建社会的殿军，清代对于中国古代文学史研究的最突出贡献主要表现在文学总集的编订与文学文献目录的整理两个方面。编纂于清代的诗歌总集中较著名的有《全唐诗》九百卷，还有《全金诗》和《全五代诗》等；较著名的散文总集有《全唐文》一千卷、《全上古三代秦汉三国两晋六朝文》七百四十六卷，以及《唐文粹补编》《南宋文苑》《辽文存》《金文最》《明文在》等；著名的词总集包括《词综》《历代诗余》《明词综》《国朝词综》等；著名小说总集有《虞初新志》《虞初续志》《广虞初新志》等。这些总集无论在搜罗资料的全面性还是跨越时段的长久性方面都堪称古来之最。在文学文献目录整理方面，清人对前人所修《艺文志》进行全面的整理考订和补充，有如钱大昕《补续汉书艺文志》《补元史艺文志》，姚振宗《汉书艺文志条理》《汉书艺文志拾补》等著作问世。这些学者凭借个人努力在浩如烟海的传统史籍文献中爬梳钩沉，完善了原本被古代学界奉为圭臬、确信不疑的诸史艺文志中的模糊疏漏之处，为后人正确理解和认识古代文学与文献提供了重要保证。与此同时，清代学者又在继承前人研究成果的基础上新撰写了许多重要的目录学著作，其中最著名的是《四库全书总目》。除戏曲与白话小说之外的古代文学文类都被囊括进了这部目录的"集部"之内。《四库全书总目》还在"集部"内设立了"诗文评"一类，收纳了前代几乎所有涉及文学批评和文学史研究领域的书籍。

总而言之，我国古代的中国文学史研究著作数量巨大、种类繁多，为近现代学者开展"中国文学史"编纂工作提供了丰富而珍贵的理论和文献资料。近现代以来，谢无量、黄霖、陈伯海等学者分别对20世纪早期有"中国文学史"著作产生之前的众多古代中国文学史研究著作做出了各自的分类。综合诸位专家学者的意见[①]，笔者把古代中国的文学史研究著作分为以下十种类型：

第一，流别类。此类主要侧重于从文体类别方面入手，分述文学的历史变迁过程。如挚虞《文章流别论》和《文心雕龙》《明诗》篇以下二十篇分体论文者都属此例。

第二，宗派类。此类主要按照文学流派的不同，分述文学的产生和发展变化。以唐代张为《诗人主客图》和宋代吕本中《江西诗社宗派图》为典型代表。

---

① 谢无量、黄霖、陈伯海各家所做的分类详见本书第三章。

第三，纪事类。此类主要辑录与诗人创作有关的时代背景和诗人生平趣闻轶事。具体来说，孟棨《本事诗》开其端，《唐诗纪事》《宋诗纪事》《词林纪事》等继其后。

第四，传记类。此类主要叙述古来文人骚客籍贯乡里、生平履历、交友师弟等历史信息，少数有代表作品附丽于后，如诸史《文苑传》《文学传》《文艺传》以及张鷟《文士传》和辛文房《唐才子传》等。

第五，选录类。此类将作家简传与作品选相结合，文学的历史变迁不言自明。元好问《中州集》、杨士弘《唐音》附各编及各体小序均属此类。

第六，时序类。此类主要是以时代为序，对文人和作品的优劣渊源加以判析评价。类例如《宋书·谢灵运传论》《新唐书·文艺传叙》《诗源辨体》《诗薮》等。

第七，品鉴类。此类主要是论述文人创作风格的师法渊源，对其优劣得失做出评价。如《典论·论文》《诗品》《唐诗品汇·各体叙目》等属于此类。

第八，理论类。此类侧重探讨与文学史发展变化相关的理论问题。代表作品如《文心雕龙·通变》《原诗》等。

第九，叙录类。此类主要以作品为评价的主要对象，有系统、有次序地通过对具体书籍的评论而揭示其内容大旨和源流变迁，并对作者、版本等略作考订，在每一类作品前往往又写一总论。其例如《汉书·艺文志·诗赋略》《汉魏六朝百三家集题辞》《四库全书总目》等。

第十，总集类。此类以文体为纲目，依照时代变迁的顺序，汇集历代作品。虽然其中少有编纂者自著的叙述性文字，但只要细读其书，就自然能够对文学发展变化的历史过程了然于胸。《昭明文选》《玉台新咏》《全唐诗》等属于此类。

陈伯海认为，所谓的"文学史"一般包含两重含义："一是指文学自身的客观历史进程；二是指研究者主体对这一进程的理解和把握，亦即客观历史进程的主观反映，这便是以撰著形态出现的文学史。"[①] 而中国古代的文人学者"依据一定的观念，对当代或前朝的文学流变所做的评述，尽管散见于各类序跋、题词、传论、奏议乃至杂著、书信之中，实即当时的文学史纂，不过尚不具备完整的史纂形式"[②]。虽然上述十种古代中国文学史研究著作内部都包含可以借以把握和理解中国文学自身客观历史进程的因素，但是由于它们一般都

---

① 陈伯海：《文学史与文学史学》，北京：北京大学出版社，2012年，第315页。
② 陈伯海：《文学史与文学史学》，北京：北京大学出版社，2012年，第318页。

只是从特定的视角关注中国文学史发展的客观历程，缺乏统一和规整的撰著形态，再加上古人和近代以来的学者在文学史的研究对象、文学史发展规律等多方面观念上存在的认识差异，所以就不能将其视作可以与今日通行的中国文学史著作等量齐观的"中国文学史"①。1926年郑宾于就在其《中国文学流变史》中说："我国文学的著述自来无所谓'史'，有之，亦只是文学的材料与选集；这种现象，不特是文学如此，其他的一切学术思想也是一样。然而近三十年来受了'洋化'之候，作'中国文学史'的人竟不知有多少，所以'中国文学史'也不知有多少了。"②郑振铎在其作于1932年的《插图本中国文学史》中说：中国文学自来无史，有之当自最近二三十年始③。当今学界也普遍认为，中国文学史成为一门独立发展的学科，则要迟至19世纪与20世纪之交④。

根据相关学者的研究，世界范围内最早的十余部"中国文学史"分别出自俄、日、英等外国人之手⑤。直到1897—1907年前后窦警凡、来裕恂、林传甲、黄人（黄摩西）等人撰写的中国文学史相继问世，中国文学史研究界才正式开始了撰写以"文学史"为名的中国文学史著作的时代。自那时起一直到21世纪的今天，学界对"中国文学史"的编纂经历了一个从无到有、从稚嫩到成熟、从单一到多样的不断发展和前进的过程。今日通行的中国文学史品目繁多、数量巨大——不光有古代、近代、现代、当代的分野，而且有贯穿近、现、当代的20世纪文学史，把握由传统向现代转化的近四百年文学思潮史，以及会通古今的中国文学通史。此外，断代如先秦、汉魏、唐宋、明清，分体如诗、词、曲、赋、散文、小说、戏剧，民族如蒙、藏、侗、羌，地域如上海、福建、东北、湖南，思潮如古文运动、"诗界革命"、浪漫主义、现代主义，流派如江西诗派、桐城文派、学衡派、现代评论派，专题如山水诗、边塞诗、市民文学、女性文学，乃至各种主题史、意象流变史、文人心态史、传播接受史、中外交流史、文学与其他学术文化关系史等，皆有专门性著述问世⑥。而且还在不断地推出新作，其种类和数量均在持续增长之中。然而学界

---

① 陈伯海：《文学史与文学史学》，北京：北京大学出版社，2012年，第315～319页。

② 郑宾于：《中国文学流变史》（卷一），郑州：中州古籍出版社，1991年据北新书局1936年版影印，前论第7页。

③ 郑振铎：《插图本中国文学史》（上册），长沙：岳麓书社，2013年据北平朴社出版部1932年版简化排印，自序第1页。

④ 陈伯海：《文学史与文学史学》，北京：北京大学出版社，2012年，第318页。

⑤ 付祥喜：《20世纪前期中国文学史写作编年研究》，北京：北京师范大学出版社，2013年，第65～103页。

⑥ 陈伯海：《文学史与文学史学》，北京：北京大学出版社，2012年，第319页。

也普遍认识到，在各种门类、各种名目的中国文学史著作编纂呈现出空前繁荣的局面时，一些问题和缺憾也随之出现，其中最主要的问题就是各种文学史尤其是中国文学通史著作彼此之间创意雷同、陈陈相因，缺乏走向创新之路的方向感和动力因。面对这样的现状，学界有识之士均认为有必要对"中国文学史"编纂工作所走过的百年历程做出深刻的回顾和反思，以便能够从中国文学史编纂自身的学科经历中汲取经验和教训，为今后学界对中国文学史的研究和编纂开展工作开辟新的前进道路。

　　笔者认为，在近现代中国文学史学特别是中国文学史编纂工作所走过的百年历程中，其最初诞生并初步发展成型的 20 世纪早期正是其学科发展史上最关键和重要的阶段。正是在此时期之内，在国内外文学和史学思想的交荡影响之下，由国人自著的中国文学史以一种全新的面目出现在世人面前，又经过三十余年的发展、定型之后更是以一种相对稳定的形态奠定了从那时起直到今天中国文学史编纂工作的基础①。正如有学者指出的那样，这一时期是中国文学史理论建设与编撰实践走向自觉的时期，是中国文学史理论与叙述形态走向现代的时期，是多种文学观念、方法共存并相互影响、相互渗透、相互补充的时期。世纪之初，一种新的关于文学史的叙述形态出现在世人面前，这些成果是新的文学史观、新的思维方法的重要成果，它们在我国文学史学史上具有筚路蓝缕的开创之功。它们的叙述形态是全新的，它们对中国文学史理论以及现代形态史著实践的积极作用不言而喻。经过梁启超、章太炎、王国维、刘师培、胡适、鲁迅等一批文学史家的理论探索与著述实践，我国文学史研究从传统走向现代，为整个 20 世纪现代形态的文学史理论及编纂实践奠定了坚实的基础，开辟了广阔的道路②。可以说，凡当今编纂的中国文学史几乎无一例外地都能够从 20 世纪早期问世的同类著作那里找到自己的影子。因此，对这一时期的中国文学史编纂历程开展学术回顾和学理反思并从中吸取经验教训就非常有助于当今学者在中国文学史编纂工作中弥补缺陷、推陈出新，进而推动学界对中国文学史所开展的一系列的研究和编纂工作不断取得进步。

　　众所周知，"跨学科研究"（interdisciplinary）是比较文学学科体系和研究范式的重要组成部分。现代比较文学学科体制内最早提出比较文学学者在研究工作中应该采取"跨学科视域"的美国学者雷马克（Remark，1916—2009）

---

　　① 戴燕认为，1932 年陆侃如、冯沅君合著《中国文学史简编》的出版可以被视作中国文学史现代范型确立的标志之一。参见董乃斌、陈伯海、刘扬忠：《中国文学史学史》（第二卷），石家庄：河北人民出版社，2003 年，第 71 页。

　　② 佴荣本：《文学史理论》，北京：社会科学文献出版社，2012 年，第 264 页。

说：比较文学是超出一国范围之外的文学研究，并且研究文学与其他知识和信仰领域之间的关系，包括艺术（如绘画、雕刻、建筑、音乐）、哲学、历史、社会科学（如政治、经济、社会学）、自然科学、宗教等。简言之，比较文学是一国文学与另一国或多国文学的比较，是文学与人类其他表现领域的比较[①]。

　　相对于中国语言文学一级学科范围内的其他专业，文学史学有着自己与众不同的学科特点。虽然韦勒克（Wellek，1903—1995）早已把"文学史""文学理论"和"文学批评"结合在一起，作为文学研究活动中三大相互制约、相互促进的研究领域[②]；但是戴燕却转引了雅各布森（Jacobson，1896—1982）的观点，认为文学的实证主义研究，例如校定文学版本，例如探讨文学起源，毕竟跟历史研究有时难以界分，因此在西方，早就有雅各布森那样的对文学历史主义的批评，他认为，文学史家使用人类学、心理学、政治学、哲学等等创造了一个学科混合物，这个学科的混合物却独独不是文学科学，这就好比准备逮捕某人的一个警察，却把精力都花在了寻找目击者，包括抓住碰巧路过的行人一样[③]。以上两家的见解可谓"是文非文，莫衷一是"。董乃斌的《文学史学原理研究》综合了各家成说，对文学史学的学科性质做出了带有折中性质的界定说明：就文学史的学科性质而言，它是历史学，主要是文化史庞大体系的一个组成部分。但因其研究对象的特殊性，文学史学科的文学特色往往更为彰显，文学史讲述的不是一般的政治史、经济史，也不是一般的社会史、文化史，而是文学的历史，它的主要依据是历代的文学作品，是历代作家的创作活动，也就是说，侧重点在于文学，所以虽然它有很重的史学意味，甚至不妨说它本该姓"史"，却历来是中文系而不是历史系的课程。严格说来，文学史乃是一门亦文亦史，即文学与史学相交叉、相渗透、相融合的学科[④]。

　　诚如董乃斌所言，文学史学确实是一门天生就具有文学与历史学交叉互渗属性的人文学科。陆侃如在其《中古文学系年》中谈到了他心目中进行文学史编纂工作所应当包含的三个步骤，较为清晰地阐明了文学史学科内部文学因素与史学因素各自所起到的作用：第一是朴学的工作——对作者的生平、作品年

---

　　① 雷马克：《比较文学的定义和功能》，张隆溪译，载北京师范大学中文系比较文学研究组选编：《比较文学研究资料》，北京：北京师范大学出版社，1986年，第1页。

　　② 雷·韦勒克、奥·沃伦：《文学理论》，刘象愚、邢培明、陈圣生等译，北京：生活·读书·新知三联书店，1984年，第30~40页。

　　③ 戴燕：《文学史的权力》，北京：北京大学出版社，2002年，前言第7~8页。

　　④ 董乃斌：《文学史学原理研究》，石家庄：河北人民出版社，2008年，第20页。

月的考订、字句的校勘训诂等。这是初步的准备。第二是史学的工作——对于作者的环境、作品的背景，尤其是当时社会经济的情形，必须完全弄清楚。这是进一步的工作。第三是美学的工作——对于作品的内容和形式加以分析，并说明作者的写作技巧及其影响。这是最后一步。三者具备，方能写成一部完美的文学史①。

　　在陆侃如看来，史学之于编撰文学史的影响仅在于对文学史上作者生活时代和创作背景的实证性考察，文学之于编纂文学史的影响则是在完成史学的工作后从美学角度对作品加以评论、对作家的技巧加以分析。在这一过程中，文学与史学仅仅是以历时性顺序先后作用于文学史的编纂工作，二者之间少有发生学理与思维习惯上的相互影响。这一局限在文学史内部文学因素与史学因素先后发生作用的情况并不属于本书所拟采取之"跨学科研究"方法的研究范畴。

　　本书所要重点考察的是在 20 世纪早期国人自著中国文学通史的编纂过程中，众多中国文学通史著作在文学史的研究对象、文学史的发展进程、文学史的发展动力、对文学史史料的使用、文学史史著的编纂体例、文学史写作的价值追求等方面相对于传统的"转变"和"继承"与同时期历史学领域中相应方面所发生的"变"与"不变"情况之间的联动。这也正符合了雷马克对比较文学中"跨学科研究"方法适用范围所做出的进一步划定："我们必须弄确实，文学和文学以外的领域作为确实独立连贯的学科来加以研究的时候，才能算是'比较文学'的范畴……一篇论莎士比亚戏剧的历史材料来源的论文（除非它的重点放在另一国之上），就只有把史学和文学作为研究的两极，只有对历史事实或记载及其在文学上的应用进行了系统比较和评价，只有合理地做出了适用于文学和历史这两种领域的结论之后，才算是'比较文学'。讨论金钱在巴尔扎克的《高老头》中的作用，只有当它主要（而非偶尔）探讨一种明确的金融体系或思维意识如何渗进文学作品中时，才具有比较性。探讨霍桑或麦尔维尔的伦理或宗教观念，只有涉及某种有组织的宗教运动（如伽尔文教派）或一套信仰时，才可以算是比较性的。描述亨利·詹姆斯小说中，某个人物，只有在根据弗洛伊德（或阿德勒·荣格）的心理学理论把这个人物的轮廓勾画得条理清晰之后，才能算是比较文学范畴。"②

---

　　① 陆侃如：《中古文学系年》，北京：人民文学出版社，1985 年，序例第 1 页。

　　② 雷马克：《比较文学的定义和功能》，张隆溪译，载北京师范大学中文系比较文学研究组选编：《比较文学研究资料》，北京：北京师范大学出版社，1986 年，第 6 页。

苏轼《题西林壁》一诗云:"横看成岭侧成峰,远近高低各不同。不识庐山真面目,只缘身在此山中。"从文学史学的学科角度来看,通过采用比较文学跨学科研究的方法跳出文学史学科内部视野的局限,把 20 世纪早期中国文学史学(尤其是文学史编纂活动)与普遍历史学(包括历史哲学、历史文献学、历史编纂学等)二者之间的互动关系加以对比研究,不但可以帮助我们更清楚地认识到中国文学史学如何在短短三十年间便基本确立了一直持续到今天的学术研究范式,而且也可以为将来中国文学史学的继续发展提供有益的借鉴。

从比较文学的学科角度来看,充分利用自己学术视野宽广的优势,通过新颖的学术视角审视其他古老的学科、推动不同学科之间的交流与对话,不但可以从其他学科的经典学术话语体系中阐发出新的学术意义,而且也同时拓宽了比较文学学科的研究领域,从而推动以"跨越性、开放性、先锋性"[①] 著称的比较文学学科自身的持续发展。

二、本课题的研究现状

中国学界对 20 世纪早期国人自著中国文学史编纂活动的反思和研究工作早在 20 世纪二三十年代就已经开始,本身也从事文学史编纂工作的郑宾于、胡云翼、郑振铎、罗根泽等前辈学者均撰写了直到今天仍具重要学术价值的评论文章。其中,郑宾于和胡云翼是在自己所著的《中国文学流变史》和《新著中国文学史》的"前论"和"自序"中首先列举其所得见的中国文学史著作,然后加以简要的分析和评论,再针对之前中国文学史著作所表现出来的优劣短长提出自己在写作文学史时所着意加以改进的地方。郑振铎、罗根泽则更多地通过在报章杂志上发表如《我的一个要求》《研究中国文学史的计划》等单篇论文对 20 世纪早期中国文学史的编纂情况加以分析和批评。总体上来看,以上几位学者对 20 世纪早期最初几部中国文学史的评价都不高,或认为林传甲、王梦曾、张之纯等学者并未将"文学""文学史"的概念和定义搞清楚,所编著的也都是学术史而非文学史,或认为凌独见、周群玉等学者所著之书存在诸多错误和疏漏,或认为刘麟生、胡怀琛等学者所著之书过于简略而近于流水账,或认为赵景深、胡小石等学者的著作有忽视民间文学之嫌。若想让中国文学史编纂的工作能够取得更大的进步,就必须克服以上提到的诸多缺点。

---

① 苏源熙:《全球化时代的比较文学》,任一鸣、陈琛等译,北京:北京大学出版社,2015 年,总序第Ⅶ页。

　　1947 年朱自清借为林庚著《中国文学史》作序的机会简要评价了 20 世纪上半叶的中国文学史编纂情况：中国文学史的编著有了四十多年的历史，但是我们的文学史的研究实在还在童年。文学史的研究得有别的许多学科做根据，主要的是史学，广义的史学。这许多学科，就说史学吧，也只在近三十年来才有了新的发展，别的社会科学更只算刚起头儿。这样我们对文学史就不能存着奢望。不过这二十年多年来的文学史，的确有了显著的进步。早期的中国文学史……大概包罗经、史、子、集直到小说戏曲八股文，像具体而微的百科全书，缺少的是"见"，是"识"，是"史观"。叙述的纲领是时序，是文体，是作者；缺少的是"一以贯之"。这二十多年来，从胡适之先生的著作开始，我们有了几部有独见的中国文学史。胡先生的《白话文学史》上卷着眼在白话正宗的"活文学"上，郑振铎先生的《插图本中国文学史》着眼在"时代与民众"以及外来的文学影响上。这是一方面的进展。刘大杰先生的《中国文学发展史》上卷着眼在各时代的文学主潮和主潮所接受文学以外的种种影响。这是又一方面的发展。这两方面的发展相辅相成，将来是要合而为一的[①]。朱自清对 20 世纪上半叶中国文学编纂史所做出的评论极为精准，被他所赞许的胡适著《白话文学史》、郑振铎著《插图本中国文学史》、刘大杰著《中国文学发展史》在今时今日已经成为学术界公认的 20 世纪上半叶中国文学通史名著；而他所提出的进行文学史研究必须"得有别的许多学科做根据，主要的是史学，广义的史学"的意见则更加具有令人钦佩的学术洞察力。

　　相比于以上提及的郑宾于、胡云翼、郑振铎、罗根泽、朱自清等学者对 20 世纪早期中国文学史编纂所做出的较为简略的总结和评价，1935 年朱星元撰写的《中国文学史外论》完全可以称得上是针对 20 世纪早期中国文学史编纂活动所撰写的一部长篇研究专著。虽然作者在本书的前言中称："黄侃先生曾说：'中国的文学史，腹大如洞庭湖，尾长如扬子江。'所以中国的文学史，是最不容易做的。因此，提到中国文学史，无论是读是作，多是一件够难的事，而作尤其是难了。近代学生，对于文学的兴趣，似乎非常浓烈；但教他们去读文学史，他们总没有好的收效，这因为他们对于文学史，太缺乏认识了。因此我在海门锡中讲文学史时，就将关于中国文学史的一切常识，编成讲义，以供参考，这就是我草这本书的动机。"[②] 但是，作者通过阅读书前所列举的

---

　　① 朱自清：《什么是中国文学的主潮——林庚著〈中国文学史〉序（四）》，载《朱自清古典文学论文集》，上海：上海古籍出版社，2009 年，第 13 页。

　　② 朱星元：《中国文学史外论》，上海：东方学术社，1935 年，第 5 页。

44 部在当时看来比较著名的中国文学史，抽象总结出了在文学史的编纂和阅读中必须注意的 13 个方面的问题，构成了全书的 13 章：①文学定义；②文学史界说；③文学史目的；④文学史范围；⑤文学史方法论；⑥文学史写法；⑦写文学史所用的文字；⑧中国文学史分类；⑨中国文学史编法；⑩中国文学史的起源与进展；⑪中国文学史读法；⑫中国文学史上的几个普通概念；13 中国文学的特采①。除了在第 11 章 "中国文学史读法" 中向读者介绍了 "须择本、须同参考书并读、当随时作札记"② 这看似是在从事中学文学史教学时对学生耳提面命的读书注意事项以外，其余的 12 章便完全是今日学界常用作构成一部 "文学史学" 或 "文学史原理" 研究专著的内容。更难能可贵的是，作者能够结合前文所列举的 44 部中国文学史的内容来作为其抽象总结和理论分析的具体实例，更加有助于今日学界在当年文学史原著不易寻找的情况下更加具体地了解 20 世纪早期中国文学史家从事中国文学史编纂工作的历史原貌。

在进入 20 世纪后半期以后的相当长一段时期内，由于受到时代政治大环境的影响，学术界对 20 世纪上半叶国人自著中国文学史的研究多局限于胡适著《白话文学史》、郑振铎著《插图本中国文学史》和刘大杰著《中国文学发展史》等少数几部影响较大的著作。即便是对这几部今天看来在学术史上均占有不可替代重要地位的文学史著作，当时学术界出现的声音也是以批判为主。直到 20 世纪八九十年代，随着《光明日报》《文学遗产》《上海文论》等学术刊物相关专栏的开辟，学术界对 20 世纪上半叶中国文学史编纂的学术研究工作的关注度才日益提高。学者们一方面发表了大量的重要学术论文，另一方面也编纂了许多有影响力的研究专著，从而使国内学界 20 世纪早期中国文学史编纂展开的研究最终走上了正轨。

因为年代久远而且饱受战乱水火之祸，20 世纪末的学者要想对 20 世纪早期中国文学史的编纂活动展开研究，首先所要面对的问题必然是如何知晓当年学界开展中国文学史编纂活动的基本情况特别是究竟编纂有哪些中国文学史著作。因此，回顾当年中国文学史编纂情况并将之整理成书目提要以供学界检索利用便成为开展 20 世纪早期中国文学史编纂历程研究的首要任务。

1986 年合肥黄山书社出版了陈玉堂所著的《中国文学史书目提要》，此书为笔者所见新时期学界整理 20 世纪早期中国文学史著作之书目文献中最早的一部。作者在此书中收录了自 1906 年前后黄人、林传甲、窦警凡三部中国文

① 朱星元：《中国文学史外论》，上海：东方学术社，1935 年，第 6～11 页。
② 朱星元：《中国文学史外论》，上海：东方学术社，1935 年，第 89～91 页。

学史出版时起到 1949 年中华人民共和国成立之日止约 43 年间，包括翻译为汉语的外国学者著作在内的 355 部文学史著作。其中含中国文学通史类著作 142 部，断代史著作 57 部，分类史著作 156 部。陈玉堂在此书中按照当年文学史作者的个人情况（姓名、生卒年、籍贯）、文学史版本情况、创作背景、内容概述、主要章节题目的顺序对所见的各种形式的中国文学著作加以叙录，还间或穿插对某些文学史著作学术特色和学术史地位的简要评价。此书为作者在上海市社会科学院文学所工作期间辗转于上海书店、上海图书馆、华东师范大学、南京大学、苏州大学等多家单位的图书馆和资料室多方搜罗整理得来，既是当代学界对 20 世纪早期中国文学史编纂活动开展研究的必备工具，也是新时期同类型学术著作中的开山之作。虽然有学者指出此书中存在有个别重复录入或收录书籍种类不当等疏漏之处①，但是如果考虑到 20 世纪 80 年代中期的物质、学术环境，特别是学术类图书文献资料的搜集整理难度，便会感到这些所谓的"疏漏"都不过是白璧微瑕而已。

继陈玉堂著《中国文学史书目提要》之后，又有吉平平、黄晓静编《中国文学史著版本概览》（沈阳：辽宁大学出版社 1992 年版）、黄文吉编《台湾出版中国文学史书目提要》（台北：万卷楼图书有限公司 1996 年版）、陈飞主编《中国文学专史书目提要》（郑州：大象出版社 2004 年版）以及付祥喜著《20 世纪前期中国文学史写作编年研究》（北京：北京师范大学出版社 2013 年版）等各有特色且后出转精的同类型著作相继问世。其中付祥喜著《20 世纪前期中国文学史写作编年研究》成书最晚，因而也最能够青出于蓝。与同样是通史、专史兼收的陈玉堂著相比，付著不但在收录中国文学史著作的起始时间上提早至 1880 年，而且还明显地比陈玉堂著提高了对海外汉学家撰写的中国文学史著作的关注程度，收录了撰写时间更早、种类更多的域外著作，在对国人自著的中国文学史著作收集数量方面也较陈玉堂著有所增加。具体来说，付著全书共收录中国文学史著 412 部，其中含通史类 186 部，断代史类 72 部，分类史 154 部。但是付著在收录文学史书目时将郭绍虞、罗根泽、朱东润等人的中国文学批评史著作也收入其中，这样处理显然不符合今日通行的学科划分规范。相比之前出版的书目著作，付著还有一大特色，用作者本人的话来说即是"试图融学术性、实用性为一体"，除了较详细地著录 1880—1949 年年间国内外中国文学史著作作者情况、版本信息、内容梗概、章节目录等相关信息之

---

① 付祥喜：《20 世纪前期中国文学史写作编年研究》，北京：北京师范大学出版社，2013 年，第 31 页。

外，在全书卷首还撰写长篇绪论用以界定"文学""文学史""中国文学史写作"等关键概念，量化分析"百年中国文学史写作轨迹"、探讨"20世纪前期中国文学史写作主要成就及存在的问题"。在此基础之上，作者将1880—1949共计70年间的中国文学史写作划分为"酝酿期""萌芽期""探索期""繁荣期""分蘖期"五个时期、共计五章，在每一章的书目编年著录前都有绪论以概述本时期内中国文学史写作的概况、取得的成就以及存在的问题。这样做的长处在于使本书的体裁突破了传统意义上的目录学著作范畴，上升到了合"文学史学史"与"文学史书目"二者为一体的新高度；短处在于未考虑到当时中国学术发展的地域性差异，仅仅在历时性的框架内对文学史写作过程做出简单的划分，特别是在各章绪论中对此时期的文学史写作特点做出一以贯之的概括性界定，往往会造成理论与实际不能完全吻合的削足适履式的缺憾。

新时期以来，学界对文学史学和20世纪早期中国文学史编纂活动的开展进行了大量研究，撰写了数量惊人的学术论文。限于篇幅，笔者在此仅列举几部较为重要的论文汇编，如陈平原、陈国球主编《文学史（第一～三辑）》（北京：北京大学出版社1993—1995年版），王瑶主编《中国文学研究现代化进程》（北京：北京大学出版社1996年版），王钟陵主编《20世纪中国文学史论精粹——文学史方法论卷》（石家庄：河北教育出版社2001年版），陈平原主编《中国文学研究现代化进程二编》（北京：北京大学出版社2002年版），陈国球著《文学史书写形态与文化政治》（北京：北京大学出版社2004年版），党胜元、夏静选编《新世纪文论读本·文学史理论卷》（北京：中国社会科学出版社2011年版），陈平原著《作为学科的文学史》（北京：北京大学出版社2011年版），陈文新主编《中国文学史经典精读》（北京：高等教育出版社2013年版）等。其中王瑶主编《中国文学研究现代化进程》、陈平原主编《中国文学研究现代化进程二编》和陈平原著《作为学科的文学史》的着重点在于探讨近代以来中国文学研究界的重量级学者如章太炎、王国维、梁启超、胡适、鲁迅等如何通过各自独特的学术视角展开对中国文学包括中国文学史的学术研究，也兼及制度与学术的互动关系。陈国球著《文学史书写形态与文化政治》则试图通过研究林传甲、胡适、柳存仁等文学史家的文学史书写的个案探索20世纪早期中国文学史学科建立、文学史著作编纂与当时的教育制度、社会文化、地域环境等因素之间的相关性联系。党胜元、夏静选编《新世纪文论读本·文学史理论卷》收录了21世纪以来学术界对中国文学史编纂以及文学史学学科建设的历史回顾以及远景前瞻方面的重要论文。王钟陵主编《20世纪中国文学史论精粹——文学史方法论卷》与陈文新主编《中国文学史经典精读》均以收纳自 20 世纪初一直到当代有关中国文学史编纂的理论、方法及相关评论的一众论文为主；所不同的是，前者属于兼采众家，后者侧重收录中国文学史写作者有关中国文学史编纂理论和实践的经验之谈。

新时期以来，学界通过研究中国文学史学史特别是 20 世纪早期中国文学史编纂活动而成书的学术专著同样为数众多。

1995 年，中华书局出版了由郭英德、谢思炜、尚学峰、于翠玲合著的《中国古典文学研究史》。此书以古典文学研究史上的八个时期——先秦、两汉、魏晋南北朝、隋唐五代、宋金、元明、清前中期和清后期中一些受到研究者普遍关注的领域、方法和问题为对象进行了有针对性的描述和评论。从第二章“汉代的文学研究”起到第七章“清前期的文学研究”止，每一章都设立了“文学史研究”专节，概述此时期学者开展文学史研究的情况和取得的成就。虽然有关文学史研究的部分在全书中所占比例并不大，但这毕竟是学界对中国文学史研究和编纂活动所进行的较早关注和集中研究，为后来者继续从事该领域的学术研究工作开辟了道路。

2002 年，北京大学出版社出版了戴燕撰写的《文学史的权力》一书。全书含正文五章、附录五篇，正文用专题通论的形式向读者介绍了如 20 世纪中国文学史学科在新知识秩序中的位置、20 世纪文学史编纂过程内部的史学特质、“中国文学史”作为课程在 20 世纪大学文科教学体系中的地位、中国文学史上的正统论、“写实主义”影响下中国文学史经典的形成过程等方面的问题，作者对每一个问题的研究论述都与 20 世纪早期中国文学史的编纂历程关系密切；附录部分则向读者介绍了 20 世纪初林传甲、黄人以及日本学者古城贞吉等所著的《中国文学史》的学术特色和学术史地位。笔者认为戴燕此书最大的优点有三：其一是做到了点线结合，既有具体作品的细致分析又有学术史趋势的抽象概括；其二是问题切入的学术视角非常独到，正文五章所论述的对象都是对 20 世纪中国文学史学科建立历史进程具有重要意义的关键性问题，为后来的学者继续从事相关领域的研究廓清了道路；其三是对 20 世纪中国文学史著作以及相关学科领域中的基本史料掌握十分纯熟，能够用优美流畅的文笔向读者传达丰富且深刻的学术信息。

2003 年，河北人民出版社出版了由董乃斌、陈伯海、刘扬忠共同主编的三卷本《中国文学史学史》。该书在历时的框架下叙述中国文学史学从先秦时代一直到 21 世纪的发展历程。其中，第一卷“传统的中国文学史学”叙述了先秦至清代传统文学史学从萌生到初步综合再到转型、拓展与总结的发展历史；第二卷“中国文学通史与断代史的产生于演变”介绍了民国初年至 20 世

纪末文学史学界对中国文学通史和断代史的编纂历程；第三卷"各类文学专史
的形成与繁荣"则把关注的目光投向 20 世纪以来韵文、散文、小说、戏曲、
民间俗文学等分体文学史的写作，兼及文学批评史与区域文学史的写作历程。
由董乃斌、陈伯海等资深学者领衔，戴燕、罗立刚、陈飞等中青年学者共同参
与撰写的这部 122 万字的长篇巨著历时 5 年方告完成。该书以空前详细的笔墨
向读者介绍了中国文学史学两千多年来的发展沿革历程，其中第二卷的前半部
分主要由戴燕执笔，她在继承自己在《文学史的权力》一书中基本学术观点的
基础上同样采用点线结合的方式对 20 世纪早期文学史编纂活动进行了更加深
入的探索和研究。其中既讨论了 20 世纪初文学史草创阶段国内诸位文学史家
在确定"文学"的概念范畴、判断文学史的入史标准、建构文学史的目的等理
论问题，又分析了胡适、郑振铎、陆侃如、冯沅君、刘大杰、林庚等文学史家
的中国文学史著作文本。值得注意的是，也许是意识到仅从时间维度着手对
20 世纪早期中国文学史编纂过程做出阶段性的划分略显草率，戴燕在其两部
专著中都没有对 20 世纪早期中国文学史编纂过程做出明确的阶段性划定；取
而代之的是对一些文学史"名著"带有历史定位意义的判断，如"开一代风气
的胡适《白话文学史》""郑振铎《插图本中国文学史》所显示的方向""中国
文学史现代范型的确立：从冯沅君、陆侃如到刘大杰、林庚"等，这样做既避
免了草率分期所带来的疏漏，同时也建立了 20 世纪早期中国文学史编纂过程
中具有里程碑意义的坐标，便于后人对这一时段文学史编纂情况进行整体性宏
观把握。还有值得注意的一点是，戴燕在本书中敏锐地认识到历史学研究范围
的扩大促进了文学与史学因素在文学史学科内部互相接近和影响，进而推动文
学史编纂活动以一种新的面貌出现在世人面前[①]。这可以算得上是对半个世纪
之前朱自清在《什么是中国文学的主潮——林庚著〈中国文学史〉序（四）》
一文中所提出之观点的响应。

　　2009 年，法律出版社出版了罗云锋在其博士论文基础上撰写的《现代中
国文学史书写的历史建构——从清末至抗战前的一个历史考察》一书。全书选
择了林传甲著《中国文学史》、黄人著《中国文学史》、刘师培著《中国中古文
学史讲义》、梁启超著《中国之美文及其历史》、王国维著《宋元戏曲史》、鲁
迅著《汉文学史纲要》和《中国小说史略》、胡适著《白话文学史》、郑振铎著
《插图本中国文学史》、周作人著《中国新文学的源流》等九家十部中国文学史

---

　　① 董乃斌、陈伯海、刘扬忠：《中国文学史学史》（第二卷），石家庄：河北人民出版社，2003
年，第 50～52 页。

著作作为分析范例，在对每一部文学史的内容梗概加以简述的基础上对其文学史著作特色做出评论。作为研究 20 世纪早期文学史编纂历程相关问题的第一部博士论文，罗著所具有的重要学术意义自不待言，但是也同时存在三处较明显的缺憾：

第一处缺憾是在选取各个时期的文学史代表作时忽略了各家著作之间存在的体裁差异，把属于断代文学史的刘师培著《中国中古文学史讲义》和属于分体文学史的王国维著《宋元戏曲史》、鲁迅著《中国小说史略》与众多文学通史并列在一起作为研究对象——须知断代文学史与文学通史在文学史前进方向和动因方面、分体文学史与文学通史在文学概念界定方面天然存在差异，把它们混为一谈就不能真实反映出当时学界在文学史编纂观念和编纂技巧方面的特色与变化。

第二处缺憾是在选取具体的文学史代表作时，仅把关注的目光投向林传甲、黄人、刘师培、梁启超、王国维、鲁迅、胡适、郑振铎、周作人等现在学界公认的文学史名家身上，没有对当时绝大多数的"非名家"文学史著作给予应有的重视。郭英德曾在论明清小说史写作的一篇论文中提出了"悬置名著"的主张：反思近百年明清小说写作的历史观念，不悬置名著，就无法打破传统的英雄史观和等级思想，彻底更新明清小说史写作的历史观念；就无法摆脱观念的束缚和先验的模式，直接面对明清时期活生生的小说史现象；就无法真正衡定名著在小说史上的价值①。毕竟所谓的"名家名著"都不过是后人站在特定的立场所做出的特定的选择，换一个角度结果就可能不同。罗著在篇章架构上只重"名家名著"的做法势必会遮蔽其所要探索的现代中国文学史书写的历史真相。

第三处缺憾是作者在对上述十部文学史著作加以分析的基础之上将 1902—1938 年中国文学史写作 34 年的历程分为："萌芽期"（1904—1918），以林、黄二人的《中国文学史》为代表；"探索期"（1902—1918），以刘师培、梁启超、王国维三人的文学史著作为代表；"发展期"（1919—1928），以鲁迅、胡适二人的文学史著作为代表；"高潮期"（1929—1938），以郑振铎、周作人二人的文学史著作为代表②。且不说这样的分期在实质上是否真正可以对当年中国文学史编纂的历史进程做出符合事实的清晰界定，仅就形式上来看，其对

---

① 郭英德：《悬置名著——明清小说史思辨录》，《文学评论》，1999 年第 2 期。
② 罗云锋：《现代中国文学史书写的历史建构——从清末至抗战前的一个历史考察》，北京：法律出版社，2009 年，目录第 1~2 页。

"萌芽期"和"探索期"的时段划分就已经出现了时段重合的疏漏。虽然作者自己对此所做出的解释是：此章编排颇异于前后文以时序为线索的安排方式，而从近代史学的转换对文学史书写的影响入手，以主题式为标准特拈出一时期（基本处于1902年至1918年之间……基本上是从萌芽期向上延长至新史学开始的1902年……虽然这一时期在时间序列上比萌芽期更早，但由于中国人撰写的最早的中国文学史著作产生于1904年，本论文之主要目的亦在于研究中国文学史之书写历史，所以仍将萌芽期列为第一期），字之曰"探索期"①。即便历史的真相确实如作者所说的那样，但殊不知"萌芽"→"探索"→"发展"→"高潮"这四者在一般人的认知中存在不可调换的顺时序列——新生事物成长过程中的"探索期"必定在其"萌芽期"之后，怎有"萌芽"之日尚晚于"探索"之时的道理？

然而应当看到，罗著不惜牺牲全书整体结构的完美也要在第二章"中国文学史书写之探索期"中插入论"夏曾佑与《最新中国中学历史教科书》"②的一节内容，其用意就是要强调在20世纪早期中国文学史编纂的历史进程中，历史学施加给文学史学尤其是文学史编纂学以无可比拟之重大影响的事实——这也正是继承了朱自清、戴燕等学界前辈对该问题业已形成的洞见。虽然并未在各自的论著中对这一问题进行足够充分的展开说明，但是朱、戴、罗三位学者对此问题的相近认识已然成为启发笔者采用跨学科视域研究20世纪早期历史学施加于中国文学史编纂的影响力的学理基础。

在笔者看来，学术界截至目前对于20世纪早期中国文学史编纂所展开的研究多集中于"文学领域"一面，而"历史学领域"一面却向来乏人问津。虽然大多数学者都注意到在20世纪早期的中国，"文学史"概念中的"文学"这一范畴的内涵发生了由所谓"泛文学观"到"纯文学观"的一系列改变，但是却相对忽视了"文学史"概念中与"文学"范畴也在一同发生着巨大变化的"史"的范畴。

1930年，金岳霖在为冯友兰著《中国哲学史》所写的《中国哲学史审查报告二》中说：所谓中国哲学史是中国哲学的史呢？还是在中国的哲学史呢？如果一个人写一本英国物理学史，他所写的实在是在英国的物理学史，而不是英国物理学的史；因为严格地说起来，没有英国物理学。哲学没有进步到物理

---

① 罗云锋：《现代中国文学史书写的历史建构——从清末至抗战前的一个历史考察》，北京：法律出版社，2009年，第38~39页。

② 又名《中国古代史》。

学的地步，所以这个问题比较复杂。写中国哲学史就有根本态度的问题。这根本的态度至少有两个：一个态度是把中国哲学当作中国国学中之一种特别学问，与普遍哲学不必发生异同的程度问题；另一态度是把中国哲学当作发现于中国的哲学①。金岳霖在这里提出的"两个态度"的实质就是"哲学"范畴在中国和域外的不同标准问题，他认为胡适、冯友兰等20世纪早期的中国哲学史家们在写作中国哲学史时最纠结的问题就是究竟应该采取上述哪一种态度。是写作"中国哲学的史"还是写作"在中国的哲学史"？但是金岳霖接下来又说：根据前一种态度来写中国哲学史，恐怕不容易办到。现在的中国人免不了时代与西学的影响，就是善于考古的人，把古人的思想重写出来，自以为是述而不作，其结果恐怕不免是一种翻译。同时即令古人的思想可以完全述而不作的述出来，所写的书不见得就可以称为哲学史②。为何在金岳霖看来即使是把古人的思想完全述而不作地述出来，所写的书也未必是哲学史？

　　冯友兰对自己早年在北京大学的求学经历的一段回忆似乎可以解答这个问题。他说："给我们讲中国哲学史的那位教授，从三皇五帝讲起，讲了半年，才讲到周公。我们问他：照这样的速度讲下去，什么时候可以讲完。他说：'无所谓讲完讲不完。若说讲完，一句话可以讲完。若说讲不完，那就永远也讲不完。'到了1917年，胡适给一年级讲中国哲学史，发的讲义称为《中国哲学史大纲》。给我们三年级讲中国哲学史的那位教授，拿着胡适的一份讲义，在我们的课堂上，笑不可抑。他说：'我说胡适不通，果然就是不通。只看他的讲义名称，就知道他不通。哲学史本来就是哲学的大纲，说中国哲学史大纲，岂不成了大纲的大纲了吗？"③冯友兰文中那前一位从"三皇五帝"开始讲中国哲学史的教授之所以认为对于中国哲学史的讲授来说"无所谓讲完讲不完。若说讲完，一句话可以讲完。若说讲不完，那就永远也讲不完"，就是因为在他心中"三皇五帝"的哲学代表着中国哲学发展史上的最高峰，以后数千年来中国哲学的发展都不过是为"三皇五帝"时代的哲学作注脚而已。而后一位取笑胡适不通、说"哲学史本来就是哲学的大纲"的教授的言论却说明在当时的学术界，对于"史"的概念究竟为何，还存在着比较明显的争议④。也正

①　金岳霖：《中国哲学史审查报告二》，载冯友兰：《中国哲学史》，上海：华东师范大学出版社，2011年，第334页。

②　金岳霖：《中国哲学史审查报告二》，载冯友兰：《中国哲学史》，上海：华东师范大学出版社，第334～335页。

③　冯友兰：《三松堂自序》，南京：江苏文艺出版社，2011年，第185～186页。

④　罗志田：《大纲与史：民国学术观念的典范转移》，《历史研究》，2000年第1期，第168～174页。

是由于这个原因，金岳霖才会说出"即令古人的思想可以完全述而不作的述出来，所写的书不见得就可以称为哲学史"这样的话来。

20 世纪早期的中国史学在内容和形式方面都发生了众多影响深远的变革，"新史学""考证史学""疑古思潮""章节体史书"等新出现的思潮、学派与史书体裁不但决定了自那时起一直到今天的中国史学的发展历程，而且也从根本上改变了时人对于何谓"历史"、怎样研究历史等问题的看法，进而对同时期文学史学和文学史编纂学产生了巨大的影响。那时问世的文学史著作在文学史叙述对象、文学史发展方向、文学史发展动因、文学史料处理方法、文学史著编纂体裁以及文学史著作价值追求等方面都因受到同时期史学领域变革的波及而发生了明显的改变，这些方方面面的改变最终合力促成了现代学科意义上的中国文学史学在 20 世纪早期的正式建立。因此，笔者认为，跨越现代学科设置的限制、结合具体文学史著作对其中上述方面因受到同时期历史学相关领域内的变革影响而产生的变化开展细致深入的研究，进而还原人文学术发展变革的历史本相，为今后学术研究的不断进步积累经验，这些工作正是当前学术界特别是以"跨越性、开放性和先锋性"著称的比较文学学界应该利用自身学术专长去加以完成的研究任务。

三、本书的研究思路

本书拟在比较文学跨学科研究的视域下对 20 世纪早期（1900—1932）中国文学史通史著作的编纂情况展开考察研究。

之所以采用"跨学科视域"是因为在此时期之内，拥有数千年深厚学术传统的中国史学界在国外，尤其是西方史学思想和研究模式的影响下发生了一系列新变化。这些发生在史学界的新变化与其原有的旧传统一起对刚刚起步的近代学科意义上的中国文学通史编纂产生了多个方面的影响，在很大程度上决定了此后中国文学史研究和史著编纂模式的走向。蒙文通这样评价天宝、大历以后唐代学术的发展："然既曰唐学，似不必侧重于文，事不孤起，必有其邻，有天宝、大历以来之新经学、新史学、新哲学，而后有此新文学（古文）。"[①]这恰也可以被用来说明 20 世纪早期历史学与文学史学特别是文学史编纂学之间存在的学理联系。当今从事 20 世纪早期文学史学研究的学者较多从文学研究的内部视角切入，对当时"文学概念"的流变、"文学学科"的产生、"文学教育"的实践等问题开展研究，却较少注意 20 世纪早期中国文学史学特别是

---

① 蒙文通：《中国史学史》，上海：上海人民出版社，2006 年，第 117 页。

文学史编纂学因为受到同时期历史学领域在研究对象、规律探索、史料运用、著述体裁等方面学理机制改变的影响而发生的联动变化。笔者虽自知学力浅薄，但仍希望能有机会通过自己的工作为推动学界以新的视角研究原有的问题，进而得出更有意义的结论做出贡献。

之所以把研究时段设定在"20 世纪早期（1900—1932）"，是因为这一阶段正是现代学科意义上的中国文学史学从无到有、从初生到确立范型的关键时期。在此时期之前，中国学界并无以"文学史"为名的著作产生；在此时期之后，中国文学史研究界便都逐渐开始按照基本稳定的研究思路和编纂模式展开对中国文学史著作的研究和编纂活动。蒙文通这样总结自己的治学经验："孟子说：'观水有术，必观其澜。'观史亦然，须从波澜壮阔处着眼。浩浩长江，波涛万里，须能把握住它的几个大转折处，就能把长江说个大概；读史也须能把握历史的变化处，才能把历史说个大概。"① 对 20 世纪早期的中国文学史编纂实践展开研究恰似在欣赏大河风景时特别注意观水之"澜"，这样做不但可以把握中国文学史学的"来龙"，更能够判断甚或指导中国文学史学发展的"去脉"，从而为当下和未来的文学史研究以及文学史著作的编纂提供有益经验。本书于行文中特别注重对中国古代史学与文学史学思想在相关方面情况进行爬梳说明，就是为了能向读者更加形象具体地展示此"水之澜"、此"史之变"所产生的历史背景，凸显 20 世纪早期发生在史学与文学史学领域中的这次联动变革的剧烈程度。

之所以把研究对象限定为"中国文学通史"，是因为相较于"断代文学史"和"分体文学史"，"文学通史"论述对象的时间跨度更大、种类更丰富，可以在行文叙述中更加全面地表现出文学史家在编纂文学史时对文学史的研究对象、文学史发展方向、文学史发展动因、整理和利用文学史料的方法、文学史著作的编纂体例和从事文学史著述的价值追求等方面所秉持的真实立场②。在选择具体的中国文学通史著作时，笔者本着尽量还原历史现场的原则，在保留对如林传甲著《中国文学史》、胡适著《国语文学史》和《白话文学史》、郑振铎著《插图本中国文学史》等名家名著考察研究的基础上，努力搜求如窦警凡著《历朝文学史》、王梦曾著《中国文学史》、张之纯著《中国文学史》、曾毅著《中国文学史》、褚传诰著《文学蜜史》、凌独见著《新著国语文学史》、胡

---

① 蒙默：《蒙文通学记》，北京：生活·读书·新知三联书店，2006 年，第 1 页。
② 例如文学史家对"文学史"研究对象范围的界定以及对文学发展进程、发展动因的探索是分体文学史和断代文学史的编纂无法真实体现出来的。

行之著《中国文学史讲话》（上、下卷）等学界较少研究的 20 世纪早期中国文学通史著作加以研究，力求尽最大可能为读者还原 20 世纪早期中国文学通史编纂历程中的真实现场。

本书的第一章主要探讨 20 世纪早期中国史学界建立"国民本位主义史学"思潮对同时期文学史家确定文学史研究对象范围的影响。

从三千多年前殷商时代的御用"贞人"在龟甲和兽骨上契刻下为商王占卜吉凶的记录时起，中国传统史学便在之后数千年的发展历程中不断受到来自专制君主的强力干预。以秦始皇为开端的历代统治者经常试图通过干预史书的编纂来达到钳制言论、控制思想进而维护封建王朝专制统治的目的。尽管历代敢于反抗权威、维护史书编纂工作独立性的史学家不乏其人，但是从总体上来看，在中国传统史学，尤其是以"二十四史"为代表的所谓"正统史学"身上依然带有较为浓厚的"君本位主义"色彩。这种情况一直持续到 19 世纪末 20 世纪初。当时的中国内忧外患，随时面临亡国灭种的危险。为了挽狂澜于既倒，以梁启超、谭嗣同、章太炎等为代表的一大批近代史家在西方史学思想的冲击和影响之下，高举"民史"大旗对"君本位主义史学"展开大规模批判，尝试在中国史学界建立起一种旨在研究和叙述中华民族全体国民数千年来历史全景的"国民本位主义史学"，进而激励华夏儿女保家卫国、奋发图强。中国史学界的这一思潮影响到了 20 世纪早期的"中国文学史"编纂活动，使得当时的中国文学史编纂在经历了一段时间的摇摆后逐渐摆脱了自古时诸史《文苑传》和《文心雕龙·时序》等文学史研究著作中就已经出现的基于特定立场的偏重性叙述，转而兼顾"雅""俗"，对中国文学的历史发展进程进行"全景式"介绍。

如果说身为京师大学堂教习的林传甲因为要遵守清政府颁布的一系列"京师大学堂章程"中对于课程设置和学生培养等各方面规定而继续秉持中国古代文学史编纂传统中的精英主义立场，从而在其所著的《中国文学史》中采取了鄙视小说、戏曲等俗文学的态度的话，那么于同一时期内任教于南洋公学的窦警凡在其所著的《历朝文学史》中在面对如何叙述和评价小说、戏曲等平民文学这一问题时则已经开始表现出一种轻视和重视同在、否定与肯定并存的矛盾性表述。民国成立之后，旅日学者曾毅在其《中国文学史》中以较大的篇幅论述之前一直遭到文学史家忽视的小说、戏曲等俗文学，显示出他对这些文体的重视。曾毅所持的这种立场也预示了其后诸家《中国文学史》在确定文学史叙述对象范围时所采取的一般态度——在古代一直受到精英主义文学史观打压的小说和戏曲等俗文学将会在各种《中国文学史》中占据越来越多的篇幅、拥有越来越重要的地位。

作为新文化运动的主将，胡适在其所提出的"白话文学史观"指导下编纂了《国语文学史》和《白话文学史》两部文学通史。在这两部书中，胡适把一直以来都被传统文学史家所忽视的所谓"白话文学"视为中国文学几千年发展史中的主流，相应地给了"传统文学"以轻率的贬斥。虽然胡适试图通过这种对文学史的处理办法从根本上改变数千年来"白话文学"一直遭受鄙夷与忽视的局面，却也同时因其施加于"传统文学"身上的过分贬低而在中国文学史的编纂过程中制造了新的不公正。毕竟创作"雅文学"的精英分子与创作"俗文学"的平民百姓都属于中国国民群体的重要部分，"白话文学"和"传统文学"共为中国文学的有机构成，对于其中任何一方的刻意忽视都无法客观还原中国文学数千年来发展变化的历史真相。因此，虽然胡适的《国语文学史》和《白话文学史》一经问世便在当时的中国文学史研究界产生了巨大的影响，但是真正完全按照胡适的主张来书写中国文学通史的学者仍为少数。大多数的文学史家虽然在胡适的影响下加大了对"白话文学"（或曰"平民文学"）的研究力度，却并未如胡适那般将其推崇至一家独大的地步，而是在各自的文学史著作中努力追求"白话文学"（俗文学）与"传统文学"（雅文学）二者的叙述平衡。胡行之著《中国文学史讲话》便是践行这种平衡意图的文学史著作中最典型的代表，该书把"传统文学"与"民众文学"（即前述"白话文学"）分为上下两卷加以叙述，首先便在篇幅上给予了二者平等的对待。在具体的文学史叙述中，胡行之并没有完全按照自己在《编者例话》中对"传统文学"与"民众文学"所下的一贬一褒的评判来对二者加以对待，反而毫不吝惜对属于"传统文学"阵营的作家作品的溢美之词。这种做法也正显示出以他为代表的一批文学史家为建立起平等包含"雅文学"与"俗文学"两方面内容的、可以真实反映中国文学史发展历史进程全景的中国文学史著作所做出的不懈努力。

本书的第二章主要论述 20 世纪早期中国史学界由于受到西方"进化论"等科学史观的影响，在对历史发展方向和推动历史前进动因方面所产生的新认识影响并改变了同时期文学史家在编纂中国文学通史时对相关问题的看法。

中国古代史学家对中国历史发展进程的系统性思考至少可以追溯到战国时期的孟子。在这位儒家学派的大师看来，中国历史在发展进程中所遵循的是"治"与"乱"两种局面交替往还的"历史循环"规律。孟子的学说在中国史学史上影响巨大，后来的邹衍、董仲舒、邵雍等学者在借鉴和继承孟子基本思想的基础上各自提出诸如"五德说""三统论""三统三正循环说"等以"循环论"为理论核心的学说，对中国历史发展进程进行各自的阐释。西汉史学家司马迁在《报任安书》中以"究天人之际"一语道出了其后两千年间中国古代史家共同推崇的推动历史发展的两大因素——充满神秘色彩的"天命"与特指君王设教施政的"人事"。

19世纪末20世纪初的中国史学界在"进化论"等西方思想的影响之下改变了长期以来对历史发展进程和历史发展动因的固有认识:从相信"五德""三统""三世"等循环史观转为相信在西方"进化论"思想影响下产生的单向度、螺旋式等进化史观;从信奉神秘色彩浓厚的"天命"与多特指君王政教措施的"人事"两大因素的历史决定论变为信奉科学色彩日益浓厚的跨越人种、国界、学科等局限的多因素历史决定论。当时史学领域的这样一系列的转变影响到了同时期中国文学史的研究和编纂活动,令文学史家在对中国文学史发展进程和中国文学史发展动因这两个问题的认识方面也发生了与之类似的新变化。

首先,从20世纪早期文学史家对中国文学史发展进程方面认识的改变来看:唐代以前,中国文学研究界中的"崇古论"者认为中国文学的发展"今不如古","新变论"者认为"今胜于古",以《文心雕龙》的作者刘勰为代表的"通变论"者在综合前人成说的基础上提出今后文学的发展方向应该是以"今古并尊"为手段、以"还宗经诰"为指归的一种"复古循环"。从唐代开始,这种"复古循环论"逐渐成为中国文学发展进程研究领域中占据主流地位的学说。19世纪末20世纪初,当史学界在由服膺历史发展进程中的"循环论"转向信奉历史发展的"进化论"时,中国文学史家对中国文学史发展进程的认识也同时由相信"复古循环论"转而相信"文学史进化论"。由黄人和王梦曾各自撰写的《中国文学史》都采用了传统的"复古循环论"与"进化论"相结合而产生的具有各自特色的"螺旋式"进化论思路。胡适则在他的《国语文学史》和《白话文学史》中开启了文学史家对中国文学发展史中"白话文学"单线进化过程进行建构的大门。谭正璧撰写的《中国文学进化史》正代表了这一单线进化思路继续发展所达到的极端的程度。

其次,从20世纪早期文学史家对中国文学史发展动因认识的改变来看:一方面,中国古代的文学研究者在探究中国文学史发展动因这一问题时原本带有与同时期的历史学家相类似的神秘主义倾向——《易经·象传》与《文心雕龙·原道》都把"道"与"神理"等神秘因素视为推动中国文学产生和发展的重要动因。另一方面,中国古代的学者也特别重视历代政教和帝王个人因素对中国文学史发展进程所产生的影响,《诗谱序》《文心雕龙·时序》以及《新唐书·文艺传序》等正史文人传记中的"序""赞"都把君王布施政教及其个人对文学的爱好视为推动文学史发展的"现实人为"因素。随着 19 世纪末 20 世纪初史学界对历史发展动因认识的深化，上述对中国文学史发展动因的认识也发生了相应的改变，具体说来就是在继承前人学说合理之处的基础上逐渐淡化其原有的神秘主义色彩，从"现实人为"的角度科学地总结推动中国文学史发展的多样动因。刘师培所著的《中国中古文学史讲义》继承了古人的观点，看重君王政教和个人好尚因素作为正面动因对中国文学史发展进程所产生的促进作用。黄人则在其《中国文学史》中旗帜鲜明地指出了君王因素作为负面动因对中国文学史发展进程起到的阻碍作用。张之纯的《中国文学史》完全摆脱了神秘主义思维的影响，认为是学校的兴废与书籍的聚散极大地影响了历朝历代文运的盛衰。胡适的《白话文学史》则认为数千年来中国文学史发展前进的最主要动力是由普通平民百姓创造的白话和民间文学。郑振铎继承了胡适的主要学术观点并有所推进，在其《插图本中国文学史》中通过翔实的资料和严密的论证总结出了两种推动中国文学史发展的主要动因——"民间文学"与"外国文学"。

本书的第三章主要论述 20 世纪早期中国史学于史料考证和史书编撰体例方面在批判继承本国史学传统的基础上结合新的学术资源所产生的新变化影响到同时期的文学史研究界，改变了文学史著作在相关方面的样貌。

古代中国史学家比较注意对史料进行严谨科学的整理与考订，司马迁在记载孔子广征博采文字与口传史料以撰著史籍事迹的同时，也在编写《史记》时努力做到一方面充分利用文字史料，另一方面重视搜集、整理口传和实物史料。尽管司马迁本人凭借其处理和利用史料的科学严谨态度在历史文献学领域取得了极高的成就，但是在他身上所表现出的这种史料考订传统却并没有被后来的史学家继承。东汉班固在编写《汉书》时只偏重从文字史料中寻找材料。魏晋南北朝时期的嵇康、皇甫谧、范晔等在著作史书时只求博采众说，并没有对所引用文字史料的来源出处加以严谨和详细的考订研究，在各自所著的史书中引用了出自非严肃学术著作的文字史料。唐代刘知几更是在其《史通·采撰》中对司马迁从田夫野老那里采集口传史料的做法大加批判。可以说，在中国史学史上自司马迁之后的相当长一段时期内，大部分史学家在从事史书编纂工作时主要以文字史料做依据，很少认识到实物史料的重要性。这样的情况一直持续到 19 世纪末 20 世纪初，随着殷墟甲骨、敦煌文书、汉晋简牍、明清内阁大库档案等四大新史料被陆续发现，以王国维为代表的史学家对这些新发现史料开展了大规模的研究和考释工作。王国维将自己利用殷墟甲骨卜辞考释中国上古历史的经验概括为"二重证据法"，即利用出土资料与传世文献互参互证以解释和修正中国古代史籍对悠远茫昧之上古史的记载。由于被王国维利用"二重证据法"考释而取得的巨大成就折服，身为中央研究院历史语言研究所所长的傅斯年敏锐意识到了科学考订史料对开展史学研究的重要性，提出了"史学只是史料学"的主张，在当时的文史学界掀起了重视利用实物史料开展研究的学术风潮。

根据形成情况和可靠程度的不同，文学史料可以被分成第一、第二、第三共计三个层次。中国古代的文学史家并没有在对文学史史料进行一番细致而科学的鉴别和考订工作之后利用其中的可靠部分开展中国文学史编纂工作，特别是在对上古时代中国文学史进行编写时，往往仅凭可靠度较低的第三层次文学史料便做出了草率的论断。20世纪早期，这种在中国文学史编纂过程中盲目崇信古代间接文学史料的情况才在时代学术风潮的影响下逐渐发生了改变。在近代文学史编纂活动的最初阶段，有文学史家沿用古人成说，以为中国上古"羲、农时代"就已经出现了繁荣的文学创作局面。来裕恂、张之纯、谢无量所作的中国文学史均持此观点。虽然来、张二人在自己的书中已经开始有意识地把对传说中"羲、农时代"文学史实的叙述建构在有据可查的文学史料基础上，但是由于他们对于不同层次文学史料天然具有不同可靠性和可信度这一事实缺乏足够的认识，把自己的主要论点建立在三者中最不可靠的第三层次的文学史料基础之上，所以自然不能得出令人信服的结论。相比之下，同样认为中国上古文学在"羲、农时代"就已经取得了一定成果的谢无量就能够比较客观地运用文学史料来"佐证"而不是"强证"自己的观点。继林传甲著《中国文学史》开启20世纪早期文学史家质疑中国上古"羲、农时代"文学史真实性的先河之后，葛尊礼、刘永济也在各自的中国文学史中对"羲、农时代"文学史的真实性提出了挑战。可惜他们的质疑和挑战并没有建立在对文学史史料的科学整理和利用上，仅凭缺乏证据的推理而得出结论，并不具有足够的说服力。随着史学界在王国维"二重证据法"的影响下利用出土资料与传世文献相结合考释上古历史的做法形成风潮，文学史研究界的专家也开始学习利用出土史料对殷商以前中国文学发展的真实情形展开研究。胡小石、苏雪林和陆侃如、冯沅君夫妇抛弃被历来文学史家所使用的作为第三层次史料的传世文献，转而利用出土的殷墟甲骨卜辞作为第一层次的文学史料开展对殷商时代诗歌和散文的研究，取得了令人信服的研究成果。他们的研究工作也使得此后的文学史家逐渐把殷商以前缺乏可靠史料支撑的所谓"文学史实"摒除在各自的文学史著作之外。

中国古代史学著作从编纂体裁方面可以被大致划分为"编年体""纪传体"

"纪事本末体""典志体""学案体"和"注评体"等六种类型。这六种史书体裁的产生时代各有先后，适用的范围也各不相同，但从总体上看，上述六种传统史书体裁中最受重视的非"纪传体"莫属。从唐代以后，历代的官修史书无一不是采用"纪传体"的体裁编纂而成的。随着 19 世纪大量国外特别是西方史书被译介到中国，以《泰西新史揽要》为代表的"章节体"史书凭借自身容纳量大、系统性和伸缩性强、便于表现史家别识心裁的独特优势逐渐改变了国内史书编纂工作中"纪传体"一家独大的局面，成为众多史学家撰写史书的不二选择，也成为近代文学史家编纂文学史著作时最常用的著述体裁。

　　近代以来，谢无量、黄霖、陈伯海等学者对众多的中国传统文学史研究著作进行了科学分类。在这些文学史研究著作类型中，被划归为"传记类"的诸史《文苑传》《文学传》对 20 世纪早期中国文学史的编纂体裁影响最大。以曾毅、谢无量等人所著的《中国文学史》为代表的文学史著作在属于微观层面的叙述具体作家时明显以诸史《文苑传》中对作家的记录为蓝本而展开，却在宏观总体框架上采用了"章节体"的形式，其原因一方面固然是一时风气所趋，而更重要的另一方面则是"章节体"这种史书编纂形式比较符合当时刚刚产生不久的中国文学史著作内容表达的需要，因此便自然而然地受到了大多数文学史家的欢迎。例如，林传甲因为受制于京师大学堂章程所提出的众多课程设置和教学目标方面的要求而采用了可以容纳更多方面内容的"章节体"；谢无量也由于对新时期文学史著作自身需拥有"流别""宗派""法律""纪事""杂评""叙传""总集"等七种传统形态的中国文学史著作的优点，且必须包含"时势""文人出处""制作优劣"和"名篇"这四部分内容的需要，最终采用了具有眉目清晰、剪裁自由、因事命题、分篇综述等形式特点的"章节体"的编纂形式。

　　本书的第四章旨在探讨历史学在价值追求方面对文学史编纂实践所产生的影响。如果说本书的前三章侧重于论述 20 世纪早期文学史编纂实践在同时期历史学相关领域新变化的影响下改变了古代文学史学的固有传统，那么在从事著述的价值追求方面，20 世纪早期的中国文学史编纂实践却一如既往地延续着中国传统史学和文学史学所秉持的"致用"传统。

　　人们通常提到的"历史"一词一般含有"往事"和"对往事的记录"这两个层面的意义，前者可以被称作一种"客观存在过的历史"，后者则可以被称作一种"主观描述的历史"。生活在今天的历史学家通过种种历史遗存进行发掘和研究，对过去曾经"客观存在过的历史"进行主观性的描述并形之于文字就完成了通常意义上的史学著作。因此，作为今人凭借史料构建过去的文字载体，史学著作本身便自然而然地融过去与现在为一体，这种内容上的二重性直接导致了其价值追求上的两面性。具体说来，当史学著作的内容偏重于指向"过去"一面的时候，其最主要的价值追求就相应地指向"求真"一方；而当史学著作的内容偏重于指向"现在"一面时，其最主要的价值追求就相应地指向"致用"一方。

虽然历史学家研究历史的最理想状态是在"求真"与"致用"两极之间达到完美的平衡，但是这种理论上的完美设想在现实中往往难以实现，在具体的史书编纂实践中经常会出现对"求真"与"致用"两种价值的追求彼此失衡的情况。

纵观中国史学的发展历程，"求真"压倒"致用"的情况主要发生过两次：第一次是清代乾嘉诸老对传世的古籍展开大规模的考据研究；第二次是20世纪20年代前后以胡适、傅斯年等为代表的一大批文史学者一方面继承本国乾嘉以来的汉学传统，另一方面结合西方史学特别是德国兰克学派注重史料考订的史学思想对本国史学开展研究。这两次中国史学史上以"求真"为主要价值追求的研究风潮虽然取得了巨大的成绩，但也存在着不容忽视的问题和缺陷。首先就是令史学研究仅仅停留在对史料的考证和整理层面，无法成为真正意义上的史学。其次是在选择研究方向和具体题目的时候容易有失权衡，从而造成与学者所处时代的社会要求脱节的后果。

与之相比，"致用"盖过"求真"追求的情况在中国史学发展史上一直占据主流地位。虽然刘勰在《文心雕龙·史传》中用"直归南董"一句赞语表彰齐太史与晋董狐敢于秉笔直书的"求真"精神，但是如果结合史传的记载对此二位史家"直书其事"的具体情况展开分析就会发现，他们这种被后世学者盛赞的所谓"求真"品格只不过是遮盖在"致用"本质外部的一层面纱而已。唐代史学家刘知几在《史通》中著有《直书》与《曲笔》二文，虽然表面上意在颂扬"直书"、贬斥"曲笔"，但若仔细分析就会发现，刘知几所大力推崇的"求真"其实也是一种以"致用"为目的的求真，而非没有任何先决目的和预设的纯粹"求真"。清代学者章学诚在刘知几"史家三长"说的基础上又提出了"史德"理论，其实质即是要求史学家在撰写史书之前必须以儒家提倡的伦理道德装备自己的头脑，遵循自孔子时代就已经奠定的著述为求"致用"的撰史传统。总之，从几千年来中国史学史的实际发展过程来看，自古以来的中国史家大都以"致用"压倒"求真"的价值观为自己撰写史书的指导思想。这种传统作为主流主导了从先秦时代一直到20世纪初中国史学的发展历史，也对各个时代的中国文学史编纂活动产生了巨大的影响。

当今学界普遍认为所谓的"中国文学史"应该是今人研究中国历史上曾经出现的、以文学作品为中心的文学活动的历史。既然是生活在现在的人研究产生于过去的文学的历史，那么这种行为本身也必定就是一种发生在不同时空话语之间跨越古今的对话活动。因此，撰写文学史的价值追求究竟是以"求真"为主还是以"致用"为主，是努力还原还是重构文学史实，就必然成为古往今来的文学史家必须要面对的一个问题。陈伯海、袁行霈等专家都倾向认为文学史家在撰写文学史时应该有意识地立足于当下的时代需要，而实际上这种意见一直被古往今来的中国文学史家尊奉。无论是郑玄的《诗谱序》还是刘勰的《文心雕龙》，中国古代文学史研究著作中的众多作品都带有追求"致用"的价值取向。以它们为代表的中国古代文学史研究大都旨在通过自身对中国文学史史实的建构来为当时的文学创作活动提供优秀范本和理论知识。这一注重"致用"价值追求的传统深刻影响着 20 世纪早期的中国文学史编纂活动。

从总体上看，20 世纪早期以"致用"为主要价值追求的文学史著作可以分为以下两种类型：

第一种类型试图通过对古代文学史实的建构指导当代文人从事文学创作活动，以求对今后中国文学的历史发展进程施加自己预期中的影响。清末京师大学堂文科教习林传甲编写《中国文学史》就是旨在通过结合对中国古代优秀文本范例的说解向读者传授文学创作之道。作为新文化运动主将的胡适及其追随者凌独见分别写作的《白话文学史》和《新编国语文学史》也试图通过自己重新建构的中国文学史史实为当时方兴未艾的"白话文"文学争取足以与"文言文"（或曰"古文"）文学分庭抗礼的重要地位，并进而借助被自己建构出来的文学史实鼓舞当时的中国文学界继续努力进行"白话文"文学的创作活动。

第二种类型希望通过在中国文学史著作中记录中国先民在文学方面所取得的伟大成就来激励国民的爱国爱种之心。与前面一种文学史不同，此类文学史著作在编纂内容上更注重对中国古代文学史知识本身的介绍，而非对文学作品本身思想内容、语言形式和艺术特色等方面进行深入细致的分析。黄人、来裕恂、张之纯、朱希祖、褚传诰、胡怀琛等文学史家编纂中国文学史的目的等同于把古老中国几千年辉煌灿烂的文学发展史送进"文学博物院"，为后世子孙提供虽不必效法学习但却可以观摩欣赏，并且能够激发其民族自尊心和自豪感的榜样。

综上所述，笔者认为：一方面，历史的经验告诉我们，20 世纪早期中国文学史在编纂过程中受到了同时期历史学领域中新变革的深刻影响，如果想要在今时今日的文学史编纂活动中推陈出新，就仍需借鉴相邻学科特别是历史学学科领域中的最新进展。另一方面，由于需要跨越文学与历史学这两种学科，在国内现行学术分科体制造成文学研究界与历史学研究界对文学史学以及文学史编纂学的研究都各自存在局限的情况下，以"跨学科研究"作为本学科重要研究模式之一的比较文学更应当勇敢开拓新的研究领域，在利用自身学科特长推动中国文学史学研究工作不断进步的同时促进比较文学学科自身的可持续发展。

第一章 文学史的研究对象

第一节 "国民本位"：危急时刻的史学革命

中国是世界公认的"四大文明古国"之一，其文明史至少可以追溯至距今约 7000~5000 年前的仰韶文化，而其因为有书面文字记载而能够被证实确实存在的历史也至少可以追溯到距今约 3200 年前盘庚迁殷之后的商代晚期。19世纪末 20 世纪初被发现于河南安阳洹河岸边的殷商甲骨完整记录了殷商王朝数十位帝王的姓名世系，与汉代历史学家司马迁根据当时传世文字史料所编写的《史记·殷本纪》一起，无可辩驳地证实了自太乙商汤至帝辛纣王十七世三十一王共计六百余年的殷商王朝的存在。这些镌刻着丰富历史信息的龟甲兽骨也就自然而然地成为中国最早的文字历史文献。自那时起，一直到 21 世纪的今天，中华民族一直保持着独一无二、几乎从无间断的用文字记载国家历史的世界纪录。

虽然在中国历史撰著传统的早期阶段，一代又一代的历史学家在从事书写历史的工作时总会尽量保持撰写工作的相对独立性（春秋时期的晋国太史董狐、齐国南北史氏家族等就是这一传统中的著名代表），但是随着时代的发展，个人专制集权程度愈来愈大的统治者们变得越来越不能容忍原本广泛存在于历史学家群体中的有可能削弱自身统治力量的撰史传统。

秦始皇嬴政在统一全国之后不久就采纳了丞相李斯的建议，下令焚烧关东诸国分别保存、其中可能存有对秦国历代先君先王名誉不利记载的各种史书[1]，东汉史学家班固也曾经因为被人告发"私撰国史"而被汉明帝刘庄下狱问罪[2]，北魏史学家崔浩更是因著北魏国史忤旨而被北魏太武帝拓跋焘下令诛

---

① 司马迁：《史记》，北京：中华书局，1997 年，第 254~255 页。
② 范晔：《后汉书》，北京：中华书局，1997 年，第 1333~1334 页。

灭全族且祸及姻亲、部属①。隋文帝杨坚统一南北朝之后，于开皇十三年（593）五月癸亥明确下诏："人间有撰集国史、臧否人物者，皆令禁绝。"② 这表明不仅是撰写史书，甚至是私下里对历史人物月旦褒贬都是为杨坚所不能容忍的。（当时有一位名叫王劭的著作郎，因丁母忧去职还乡，在家著《齐史》而被人告发，朝廷"遣史受其书"，只因为王劭得到了隋文帝本人的好感才幸运地被免于治罪③。）

虽然隋朝短暂，但是其后的李唐王朝在禁止私人从事史书撰写的政策上不但明显继承了隋朝的政策，而且还出台了进一步的强化措施。王朝建立伊始，唐高祖李渊与唐太宗李世民父子两代君王就先后颁布了《修六代史诏》和《修晋书诏》等重要文件，把修撰史书作为国家政治中的一件重要大事对待。唐太宗贞观三年（629），唐王朝在中国历史上首次建立了专门负责修史的史馆，由当朝宰相负总责，号称"监修国史"；史馆中的官员除专职的"史馆修撰"外，还有品秩较高的兼职官员名曰"兼修国史"，另外还特意选拔一部分虽然职衔较低但是确实具备史学史才的官员（称"直史馆"）来帮助处理史馆中的日常工作。唐太宗自己有一段非常著名的话，可以解释他为何如此重视史书的编纂："夫以铜为镜，可以正衣冠。以古为镜，可以知兴替。以人为镜，可以明得失。朕常保此三镜，以防己过。"④ 以唐太宗为代表的中国古代帝王们正是出于以史为镜鉴、以史明兴替，进而帮助延续其家天下的封建王朝统治的目的，来主导官方史学家们从事历史著作的编纂工作。从此以后，由官方史学家在集体整理、撰写当朝实录的基础之上进而编纂有系统的史书，为封建王朝的君主们巩固家族统治提供可资借鉴的历史经验，就逐渐成为中国古代史书尤其是官修"正史"的最主要撰著目的之一。

北宋英宗治平三年（1066），宋英宗赵曙命司马光设史局于崇文院，编辑《历代君臣事迹》。治平四年（1067），宋神宗赵顼即位。十月，司马光编《历代君臣事迹》书成，进于神宗。因其书"鉴于往事，有资于治道"，宋神宗特亲制书序，名其书曰《资治通鉴》，继而令司马光率史局诸人继续充实编修，终于在元丰七年（1084）完成了这一中国史学史上最著名的编年体通史。直至晚年病笃之际，宋神宗犹不忘关心《资治通鉴》的编修工作。据《宋史·司马光传》载："《资治通鉴》未就，帝（神宗）尤重之，以为贤于荀悦《汉纪》。

---

① 魏收：《魏书》，北京：中华书局，1997年，第826页。
② 魏征等：《隋书》，北京：中华书局，1997年，第38页。
③ 魏征等：《隋书》，北京：中华书局，1997年，第1601页。
④ 刘昫等：《旧唐书》，北京：中华书局，1997年，第2661页。

数促使终篇，赐以颍邸旧书二千四百卷。及书成，加资政殿学士。"① 很明显，宋神宗特别关心《资治通鉴》编撰的关键原因就在于作为全书指导思想的"资治"二字②。司马光在《资治通鉴》全书编纂完成后写给宋神宗的《进资治通鉴表》中说："伏念臣性愚鲁，学术荒疏，凡百事为，皆出人下。独于前史，粗尝尽心，自幼至老，嗜之不厌。每患迁、固以来，文字繁多，自布衣之士，读之不便，况于人主，日有万机，何暇周览！臣常不自揆，欲删削冗长，举撮机要，专取关国家兴衰，系生民休戚，善可为法，恶可为戒者，为编年一书。使先后有伦，精粗不杂，私家力薄，无由可成。……臣今赅骨癯瘁，目视昏近，齿牙无几，神识衰耗，目前所为，旋踵遗忘。臣之精力，尽于此书。伏望陛下宽其妄作之诛，察其愿忠之意，以清闲之燕，时赐有览，鉴前世之兴衰，考当今之得失，嘉善矜恶，取得舍非，足以懋稽古之盛德，跻无前之至治。捭四海群生，咸蒙其福，则臣虽委骨九泉，志愿永毕矣！"③ 可见，司马光编纂《资治通鉴》所想要达到的目的就是在浩如烟海的传统史籍中提纲挈领地整理出明晰的线索，使皇帝在处理政务之余可以较为快捷方便地从历史事实中吸取经验教训，从而令封建皇权对天下的统治能够达到"鉴前世之兴衰，考当今之得失，嘉善矜恶，取得舍非，足以懋稽古之盛德，跻无前之至治。捭四海群生，咸蒙其福"的效果。

元朝的统治者对于修撰史书工作所秉持的态度与唐宋之君一脉相承。早在尚未完全统一中国的元世祖中统二年（1261，南宋理宗景定二年），元世祖忽必烈即命左丞相耶律铸、平章政事王文统监修辽、金两国国史，待南宋灭亡之后又诏修《宋史》，更命文学家虞集对此三史加以修订。由于元朝政局自世祖之后即陷于动荡混乱之中，修史工作进展缓慢，元顺帝妥懽帖睦尔有感觉大元帝国的统治已陷于风雨飘摇之中，希望了解"治乱兴亡之由"，便加速了三史编修的工作。至正三年（1343）三月，元顺帝诏开史局，由丞相脱脱、阿鲁图，文学家揭傒斯等相继担当三史纂修重任，同时编修辽、金、宋三史。因为元代的统治阶级是少数民族，所以辽、金、宋三史的作者在修史的过程中特别注意宣传有利于巩固当局统治的"天下一家"思想。如史臣在《辽史·太祖本纪赞》中这样追述辽国皇帝的先祖："辽之先，出自炎帝，世为审吉国，其可知者，盖自奇首云。奇首生都庵山，徙潢河之滨……东自海，西至于流沙，北

---

①　脱脱等：《宋史》，北京：中华书局，1997年，第10767页。
②　白寿彝：《说六通》，载《史学史研究》，1983年第4期。
③　司马光：《资治通鉴》，北京：中华书局，1956年，第9607～9608页。

绝大漠，信威万里，历年二百，岂一日之故哉！"① 而《辽史·世表序》也说："庖牺氏降，炎帝氏、黄帝氏子孙众多，王畿之封建有限，王政之布濩无穷，故君四方者，多二帝子孙，而自服中土者本同出也……盖炎帝之裔曰葛乌菟者，世雄朔陲，后为冒顿可汗所袭，保鲜卑山以居，号鲜卑氏。继而慕容燕破之，析其部曰宇文，曰库莫奚，曰契丹。契丹之名，昉见于此。"② 在这里，元朝史臣把原本属于通古斯族群的辽国契丹族的先祖等同于华夏汉族的始祖之一的炎帝显然是为了强调汉族与少数民族同根同源，因此实为一家之亲，元朝皇室灭金灭宋、入主中原也不过是华夏民族内部的兄弟相争而已，并非异种异族灭亡华夏。这样的思想在辽、金、宋三史的体例安排上也得到了明显的体现：三史的编纂者们并没有像唐初修《晋书》时那样，把作为中原汉族士族代表的司马氏西晋和东晋朝廷视作正统，名其君主传记曰"本纪"，而把与东晋同时存在并占据了淮河以北广阔区域、统治大量民众的匈奴、鲜卑、羯、氐、羌等少数民族政权的君主传记贬称为"载记"。他们采取的方法是，把代表汉族政权的宋与代表了契丹和女真少数民族政权的辽和金同时并立，均给予所谓"正统"的待遇，其君主均入"本纪"，而在各史行文中也均以其在位君主的年号序年。由此可见，元朝朝廷是在有意识地通过用修撰史书的方法来统一和规范有助于巩固其统治地位的政治历史意识形态。

明太祖朱元璋虽出身草莽，但在积极利用修史的手段以巩固王朝统治方面也不弱于前人。洪武元年（1368）八月，明太祖在遣徐达率军攻克元大都之后，就立即下诏设史局撰修《元史》。很明显，朱元璋在元甫失中原之际便热衷于修撰《元史》，很大程度上是希望能够通过编撰史书而获得有利于维护自身统治地位的经验和教训。除此之外，朱元璋等明代帝王还特别注意利用历史对广大臣民百姓进行思想驯化以求掌握在政治理念和伦理道德方面对全国官民的意识形态控制。仅明太祖洪武一朝，就由皇帝颁布旨意撰写了大量教育皇亲国戚、勋贵大臣的历史著作。如成书于洪武六年（1373）的《宗藩昭鉴录》，其内容是"采摭汉、唐以来藩王善恶可为借鉴者"③。书成后由朱元璋亲赐书名以颁赐诸王。又如成书于洪武十三年（1380）的《臣戒录》，《明太祖实录》记载编纂此书的背景和旨趣曰："时胡惟庸谋叛事觉，上以朝廷用人待之本厚，而久则恃恩肆惟奸宄。然人性本善，未尝不可教戒，乃命翰林儒臣纂录历代诸

---

① 脱脱等：《辽史》，北京：中华书局，1997年，第24页。
② 脱脱等：《辽史》，北京：中华书局，1997年，第949页。
③ 《明太祖实录》（卷八十），中央研究院历史语言研究所校勘国立北平图书馆藏本，影印本，上海书店出版社，2018年。

侯王、宗戚、宦官之属悖逆不道者，凡二百十二人，备其行事，以类书之。既成，赐名曰《臣鉴录》，颁布中外之臣，俾知所警。"① 还有如颁布于洪武二十一年（1388）的《武士训诫录》："以将臣于古者善恶成败之事少所通晓，特命儒臣编集申鸣、鉏麑、樊哙、金日磾、张飞、钟会、尉迟敬德、薛仁贵、王君廓、仆固怀恩、刘辟、王彦章等所为善恶为一编，释以直词，禅莅武职者日亲讲说，使知劝诫。"② 除了以上诸书，还有《资世通训》《相鉴》《志戒录》《永鉴录》《辨奸录》《古今列女传》等以维护大明帝国统治秩序为出发点，旨在为帝国内部各个阶层提供教育范本和建立学习楷模的大量史书，均在朱元璋的直接授意下编纂成书。

在开国之君以身作则的垂范效应之下，有明一代的君主都非常重视利用史学为君主专制的现实政治服务。如永乐朝对《明太祖实录》的多次修改就是为了删除实录中原本存在的明成祖朱棣篡逆活动的历史记录，隐瞒其并非明太祖嫡出之子的事实；修纂《永乐大典》的主要目的之一则是笼络文臣儒士，安抚"靖难之役"以后对建文遗臣大规模血腥屠杀的不安和愤怒情绪。明英宗朱祁镇与景泰帝朱祁钰兄弟二人交替在位期间对《宋元资治通鉴纲目》《寰宇通志》《大明一统志》等大型书籍的修、废也是为了标榜各自的文治形象、巩固自身的统治地位而采取的政治手段。以藩王入继大统的明世宗嘉靖帝朱厚熜不顾群臣反对，一意孤行修纂的《献皇帝实录》是为了尊崇自己那位生前仅为藩王的生父兴献王朱祐杬；编修和颁布《明伦大典》则是为了通过整理汉、唐等前朝先儒议礼故事以及对本朝"议大礼"事件始末的选择性叙述，对这一震动天下的政治事件做出最后的也是不容置疑的盖棺定论，进而对在这一事件中拂逆其意的朝廷官员及其后人进行定罪和处罚。再如明末熹宗天启、思宗崇祯两朝对于《三朝要典》的反复修、毁以及对于《光宗实录》的多次修改等，都与当时的政治局势的改变密切相关③。

清皇室兴起于白山黑水之间，文化水平原本相对落后，但是自清太祖努尔哈赤时期起就已经专门设立文馆处理文字事务、进行修史工作，为后世留下了数量颇丰的满文老档。清太宗皇太极也曾命令专门的翻译人才翻译汉文历史经典如《资治通鉴》和《三国志》等。清世祖福临顺治二年（1645），也就是清

---

① 《明太祖实录》（卷九七），中央研究院历史语言研究所校勘国立北平图书馆藏本，影印本，上海书店出版社，2018年。

② 《明太祖实录》（卷一九四），中央研究院历史语言研究所校勘国立北平图书馆藏本，影印本，上海书店出版社，2018年。

③ 白寿彝：《中国史学史》（第五卷），上海：上海人民出版社，2006年，第52~53页。

朝入关之后的第二年，清廷即以顺治帝的名义设立明史馆，开始修撰《明史》。在当时来说，这一政治意味浓厚的举措意在昭告天下清朝取代明朝的正当性，从而为军事上征伐南明以及扫平西南农民军做好政治意识形态方面的舆论准备。如果说由官方出面编修《明史》是刚刚入关的清政府利用修史巩固自身统治的"立"的一面的话，那么与此相对的"破"的一面则是于顺治十八年（1661）案发的"明史案"。当时清廷借口江南富户庄廷鑨私自组织编纂刊刻的《明史》一书中仍然沿用南明小朝廷的隆武、永历年号，称建州女真为"建酋"等行为是"大逆之罪"，瓜蔓牵连，从作者、编者到刻工、书贾、购书者等不加分别地展开清算，轻者抄没家产、流配充军，重者剖棺戮尸、诛灭九族。这一立一破的两手措施从正和反两个方面反映出清朝在入主中原之始就十分重视利用修撰史书来统一舆论、掌控意识形态，进而为维护自身的专制统治保驾护航的政治目的。

有清一代，不但有在朝廷的主导之下编纂的《明史》《实录》《一统志》《续三通》《清三通》《清会典》，以及各种方略、纪略等种类繁多、体量巨大的各体史书问世，身为最高统治者的皇帝本身有时也会直接干预甚至亲自参与史书的编撰工作。自号"十全老人"的清高宗弘历自身的历史文化修养颇深。在他在位期间，一方面有以朝廷名义主持编修的如《明史》等大量史书最终完成；另一方面其本人出于现实政治需要的考虑，也对各种史书的编纂经常性地横加干预。比如，在乾隆四十一年（1776）二月，乾隆帝命令朝廷大张旗鼓地为明初建文年间以及明末崇祯、弘光、隆武、永历间殉节诸臣议定谥号，共计三千六百余人；其后又根据专谥、通谥清单编为一册，冠以乾隆帝有关谕旨以及朝臣奏疏，即为《胜朝殉节诸臣录》，意在为大清朝树立忠贞不贰之臣的榜样。同年十二月，乾隆帝又发布上谕，决定在清朝自修的"国史"之中设立《贰臣传》，专门记载本为明朝遗臣却又变节事清的所谓"大节有亏"之臣的生平事迹。乾隆五十四年（1789）十二月，又谕令再设《逆臣传》，将先前降服于明末农民军或清朝，之后又再次叛而附于南明诸朝廷者剔除出《贰臣传》而归于此类。乾隆帝本人甚至还命令将自己的读书评点之语夹入《资治通鉴》原书中，纂成《御批通鉴辑览》一书，将其作为科举考试之时有关历史方面的权威标准。显然，清高宗这么做意在统一天下读书人对古来重大历史事件的认识，宣扬所谓"天下正统、三纲五常、君臣父子名节"等有利于维护清朝少数民族封建政权统治秩序的思想①。如果再联系到自清朝入关之初开始，一直到乾隆年间达到高潮的众多此起彼伏、株连甚广的文字狱事件就可以发现，正是清高宗乾隆帝有意识地把中国史学史传统中为各个朝代统治阶级及作为其代表的封建帝王服务的所谓"君本位史学"推进到了在中国史学史上前所未有的强势地位。

　　然而，即便是统治者出于一己之私，花费大量精力无所不用其极地打压有损于封建专制统治的各种所谓"异端"，但是仍有一部分具备独立精神的历史学家们从史学理论和实践上前赴后继地对占据统治地位的"君本位史学"发起挑战。以清代为例，清初即有梨洲先生黄宗羲著《明夷待访录》，天下本非一人一姓之私产，为臣者应当心为天下万民而非为一君一姓②。又有亭林先生顾炎武著《日知录》，提倡天下兴亡匹夫有责，呼吁削弱君权开展地方自治、废除科举转而由地方选举人才③。还有蜀中奇士唐甄著《潜书》，把秦汉以来的天下之君径直视为窃取普通民众家财的盗贼，展开了对封建君主历来所奉行的"家天下"政策的最猛烈批判④。到了清朝中期的嘉庆、道光年间，龚自珍感慨于盛世不再、衰世渐显，便在自己的史论著作中一方面揭露封建专制统治集团的腐朽、专横和顽固，另一方面把批判的矛头直接指向了封建皇帝为了维护自身的一己之私而长期实行的压迫摧残士人知识分子的暴政⑤。道光、咸丰年间，英法列强入侵中国，用坚船利炮强迫腐朽无能的清政府签下了一系列丧权辱国的不平等条约。志士仁人痛感于惨淡的现状开始"睁眼看世界"，把关注的目光投向给古老中华大地带来屈辱的西洋列强。魏源在受到林则徐的嘱托之后，根据业已刊行的《四洲志》和自己亲自采辑的世界史地资料，撰写成了《海国图志》一百卷。其意在用此书介绍英法诸国的国力国情，呼吁向西方列强学习先进的制度和技术，增强中国自身的综合国力，以达到"师夷长技以制夷"的最终目的⑥。此外还有徐继畲《瀛寰志略》、梁廷枏《海国四说》等新著史书，其大旨均在于向国人介绍欧美诸国的基本国情和先进技术，盛赞西方尤其是美利坚合众国的民主制度，希望中国能够取长补短、振兴国势⑦。

---

　　① 关于清高宗的史学思想，可参阅乔治忠：《论清高宗的史学思想》，《中国史研究》，1992 年第1 期。

　　② 白寿彝：《中国史学史》（第五卷），上海：上海人民出版社，第 182～189 页。

　　③ 白寿彝：《中国史学史》（第五卷），上海：上海人民出版社，第 164～177 页。

　　④ 白寿彝：《中国史学史》（第五卷），上海：上海人民出版社，第 224～227 页。

　　⑤ 白寿彝：《中国史学史》（第六卷），上海：上海人民出版社，第 26～30 页。

　　⑥ 白寿彝：《中国史学史》（第六卷），上海：上海人民出版社，第 70～83 页。

　　⑦ 白寿彝：《中国史学史》（第六卷），上海：上海人民出版社，第 99～119 页。

碍于当时严酷的政治现实，从黄宗羲到魏源、徐继畲等史学家仅仅是奋力在古老中国原本被"君本位主义史学"严密笼罩的历史学界中打开了一扇能够望见新鲜风景的窗户：一方面开始批判封建君主的个人集权专制；另一方面也开始把关注的目光投放到传统史学并不重视的"外洋四夷"，希望中国能积极学习其所取得的先进成就、青出于蓝，最终摆脱受西方列强欺辱和压迫的不利局面。应该说，这些史学家著史的目的已经不再仅仅是向帝王天子献计献策、为其巩固个人统治保驾护航，而是已经开始注意为整个中国兴盛和全体国人的福祉寻找可资借鉴的新鲜思想。

戊戌变法以后，在西方史学思潮的影响下，这种由前辈史学家肇端的思想终于发展成了一股对于"君本位主义"旧史学展开批判、建立"国民本位主义"新史学的时代风潮。

1896 年，作为主导维新变法运动最主要人物之一的梁启超在其《变法通议·论译书》一文中首先展开了对中国过去"君本位主义"旧史学的批判。他说："史者，所以通古知今，国之鉴也。中国之史，长于言事，西国之史，长于言政。言事者之所重，在一朝一姓兴亡之所由，谓之君史；言政者之所重，在一城一乡教养之所起，谓之民史。故外史有农业史、商业史、工艺史、矿史、交际史、理学史等名，实史裁之正轨也。"①梁启超认为，中国与西方史学之间最大的不同就在于，中国的史学主要记述的是一朝一代兴亡的"君史"，其出发点是维护君主个人利益，是一种"君本位主义"的史学。而西方史学的出发点是维护民众的利益，主要记述了与广大民众基本生活息息相关的农业、商业、工艺、矿产等方面的发展变化历史，是一种"民本位主义"的史学，也只有这种史学才应该算是"史裁之正轨"，是中国史学今后发展所应该效法的对象。

同年，梁启超又在《西学书目表后序》中提出了其心目中理想史学的"八当知"——一当知太史公为孔教嫡派。二当知二千年政治沿革何者为行孔子之制？何者为非孔子之制？三当知历代制度，皆为保王者一家而设，非为保天下而设，与孔孟之义大悖。四当知三代以后，君权日益尊，民权日益衰，为中国致弱之根原，其罪最大者：曰秦始皇、曰元太祖、曰明太祖。五当知历朝之政，皆非由其君相悉心审定，不过沿前代之敝，前代又沿前代之敝，而变本加厉，后代必不如前代。六当知吾本朝制度有过于前代者数事。七当知读史以政

---

① 梁启超：《变法通议·论译书》，载《饮冰室合集·文集之一》，北京：中华书局，1989 年，第70 页。

为重，俗次之，事为轻。八当知后世言史裁者，最为无理①。这"八当知"中的第三到第五条明确指出了其心目中中国古代史学为封建统治阶级以及一家一姓的帝王服务的倾向，即中国古代史学"皆为保王者一家而设，非为保天下而设"，所导致的后果就是"君权日益尊，民权日益衰，为中国致弱之根源"。显然，在梁启超看来，中国古代的史学存在着十分显著的重大缺陷，这样的史学只能为封建帝王保证自己的"家天下"目的来献计献策、提供"资鉴"②，却并不能在国家形势已经江河日下、危如累卵的当时团结全民族各个阶级、每一个体的力量奋发图强、抵御外侮。

1897年，梁启超又在延续之前思路的基础上更进一步地对中国古代史学展开了批评："有君史，有国史，有民史。民史之著，盛于西国，而中土几绝。中土二千年来，若正史、若编年、若载记、若传记、若纪事本末、若诏令奏议，强半皆君史也。若《通典》《通志》《文献通考》《唐会要》《两汉会要》诸书，于国史为近，而条理犹有所未尽……后世之修史者，于易代之后，乃始模拟仿佛，百中掇一二，又不过为一代之主作谱牒。若何而攻城争地，若何而取威定霸，若何而固疆域，长子孙，如斯而已。至求其内政之张弛，民俗之优绌，所谓寝强寝弱，与何以强弱之故者，几靡得而睹焉。即有一二散见于纪传，非大慧莫察也。是故君史之弊极于今日。"③ 梁启超认为，世界上有三种"史"，即"君史""国史"和"民史"。中国古代基本不存在叙写普通民众的"民史"。而包含了全体国民的"国史"也是"条理犹有所未尽"，并不完整全面。唯有为君主服务的"君史"呈现出了一家独秀的状态。但是这种"君史"视野狭窄、内容贫乏，只能帮助封建君主维系个人统治和家天下的局面，不能振兴国力，无法在国家民族面临生死存亡之际起到鉴往知来、救亡起衰的作用。为了强化这一观点，梁启超甚至还颇具极端意味地批判中国古代最重要的官修史书"二十四史"不过是记录了二十四姓王朝君王家族历史的"家谱"④。

不仅仅是梁启超，19世纪末20世纪初中国史学界在整体上形成了一股批

① 梁启超：《变法通义·西学书目表后序》，载《饮冰室合集·文集之一》，北京：中华书局，1989年，第128页。
② 梁启超的这种判断明显存在偏颇之处，后来就有柳诒徵等学者撰《国史要义》等书籍、文章提出中国传统史学中虽然存在侧重为维护君主专制统治的"君本位主义"的倾向，但不能以偏概全地将之视为中国史学的全部内容。
③ 梁启超：《续译列国岁计政要叙》，载《饮冰室合集·文集之二》，北京：中华书局，1989年，第59～60页。
④ 史文：《斥"君史"倡"民史"——关于19世纪末史学观变革的若干思考》，载《史学理论研究》，2001年第4期。

判传统"君本位主义史学"的思潮。1898 年，谭嗣同在《湘报后序·下》一文中在继承梁启超之前观点的基础之上又进一步阐发说："新会梁氏，有君史民史之说，报纸即民史也。彼夫二十四家之撰述，宁不烂焉，极其指归，要不过一姓之谱牒焉耳。于民之主业靡得而详也；于民之教法靡得而纪也；于民通商、惠工、务材、训农之章程靡得而毕录也，而徒专笔削于一己之私，滥褒诛于兴亡之后，直笔既压累而无以伸，旧闻遂放失而莫之恤。"① 1897—1898 年，《国闻汇编》刊载了严复翻译英国哲学家斯宾塞（Herbert Spencer, 1820 — 1903）的著作《社会学研究》（*The Study of Sociology*），严复在其中的第一篇《论群学不可缓》的译文按语里批评中国古代史学"于君主帝王之事，则虽少而必书，于民生风俗之端，则虽大而不载。是故以一群强弱盛衰之故，终无可稽"②。《辀轩今语》的作者徐仁铸更明确地指出："西人之史，皆记国政及民间事，故读者可考其世焉。中国正史，仅记一姓所以经营天下，保守疆土之术，及其臣仆翼载褒荣之陈述，而民间之事，悉置不记载。然不过十七姓家谱耳，安得谓之史哉？故观君史民史之异，而立国之公私判焉。"③ 1899 年，罗振玉在为那珂通世著《支那通史》翻印本所作的序文中批判中国传统史学说："则惟司马子长氏近之，此外二十余代载籍如海，欲借以知一时之政治风俗学术，比诸石层千仞，所存殭石不过一二，其他卷帙纷纷，只为帝王将相状事实作谱系，信如斯宾塞氏'东家产猫'之喻，事非不实，其不关体要亦矣甚矣。"④ 1902 年 9 月，陈黻宸在其《独史》一文中也说"东西邻之史，于民事独详"，而"中国自秦以后，而民义衰矣"。他认为，所谓真正的历史应该是民众之史，而非君王贵族之史⑤。综上可以看出，在当时的中国学人眼中，传统上基于封建统治阶级立场、只为维护封建王朝家天下而向专制帝王提供有助于延续其个人统治之资鉴材料的"君本位主义史学"已经成为阻碍全体国民凝聚力形成、无法满足"自强"和"御侮"的时代需求的过时无用之物，理当被一种能够以全体国民为记录和服务对象，为凝聚国民力量"自强""御侮"提供助力的新型"国民本位主义史学"所替代。

---

① 谭嗣同：《湘报后序·下》，载蔡尚思、方行：《谭嗣同全集》，北京：中华书局，1981 年，第 419 页。
② 斯宾塞：《社会学研究》，严复译，载《国闻汇编》，1897 年 12 月 8 日。
③ 徐仁铸：《辀轩今语》，载《湘报》，1898 年 3 月 13 日。
④ 那珂通世：《支那通史》，东文学社石印，光绪己亥年（1899 年）冬，卷首。
⑤ 陈黻宸：《独史》，载蒋大椿：《史学探渊——中国近代史学理论文编》，长春：吉林教育出版社，1991 年，第 1014～1023 页。

20世纪初，章太炎在其《中国通史目录》中对他心目中理想的中国通史编纂提出了一个概括性的纲领。具体来说，一共包含：帝王表、方舆表、职官表、师相表、文儒表，共计5表；种族典、民宅典、浚筑典、工艺典、食货典、文言典、宗教典、学术典、礼俗典、章服典、法令典、武备典，共计12典；周服记、秦帝记、南胄记、唐藩记、党锢记、革命记、路交记、海交记、胡寇记、光复记，共计10记；秦始皇考纪、汉武帝考纪、王莽考纪、宋武帝考纪、唐太宗考纪、元太祖考纪、明太祖考纪、清三帝考纪、洪秀全考纪，共计9考纪；管商萧葛别录、李斯别录、董公孙张别录、崔苏王别录、孔老墨韩别录、许二魏汤李别录、顾黄王颜别录、盖傅曾别录、王猛别录、辛张金别录、郑张别录、多尔衮别录、张鄂别录、曾李别录、扬颜钱别录、孔李别录、康有为别录、游侠别录、货殖别录、刺客别录、会党别录、逸民别录、方技别录、畴人别录、叙录，共计25别录①。在《中国通史略例》中，章太炎这样讲述自己编纂中国通史时所要遵循的法则："今修《中国通史》，约之百卷，镕冶哲理，以祛逐末之陋；钩汲智沈，以振墨守之惑；庶几异夫策锋、计簿、相斫书之为者矣！"② 所谓的"策锋、计簿、相斫书"主要是指过去中国传统史学中存在的偏重关注政治军事方面的记录和总结，侧重于为封建统治阶级和专制君主出谋划策，向他们提供维护封建专制统治的经验等史书编纂实践。章太炎认为在编撰《中国通史》的过程中一定要极力避免这种一直在传统史书编纂中占据主导地位的"君本位主义"倾向的出现。

章太炎计划撰写《中国通史》的"12典"包含了中国数千年来在建筑、水利、科技、文学、经济、宗教、礼仪、法制等众多文明领域的沿革发展，涉及军事方面的仅"武备典"一篇而已。在记录重大历史事件的"10记"中，有着眼于国家政权层面回顾建立中国多民族统一国家经历的"周服记""秦帝记""南胄记"，总结藩镇割据历史教训的"唐藩记"，记录社会各个阶层反抗当权统治阶级专制暴政的"党锢记""革命记"，介绍几千年来中国与周边各个民族和国家之间相互交流学习的"路交记""海交记"，讲述少数民族入主中原与汉族政权一争高低的"胡寇记"以及汉民族在民族主义激励下与少数民族政权特别是清王朝激烈斗争直至重新获得政权的"光复记"。其内容已经大大不同于之前"典志体"和"纪事本末体"史书侧重于叙述对维护封建君主以及统治阶级具有重要意义的政治、军事制度和历史事件的传统，取而代之的是对于

---

① 章炳麟：《訄书详注》，徐复注释，上海：上海古籍出版社，2000年，第871~874页。
② 章炳麟：《訄书详注》，徐复注释，上海：上海古籍出版社，2000年，第857页。

中国历史上各个阶级、各种事件、各方面文化的产生发展和历史传承过程更加全面和开放的记录。

又如在编纂构成《中国通史》全书最大比例的人物传记时，因章太炎认为撰写历史人物传记的目的在于"振厉士气，令人观感"，即是令后人能在观看史书之后在精神上有所感发，使其爱国奋斗之决心得以壮大；所以在选择入史的具体人物时，章太炎所秉持的标准就是"今为《考纪》《别录》数篇。非有关于政法、学术、种族、风教四端者，虽明若文、景，贤若房、魏，暴若胡亥，奸若林甫，一切不得入录，独列《帝王》《师相》二表而已"①，即不问出身高低、智识贤愚，只问是否对整个中华民族的历史发展产生重要影响，能否对今后的全体国民有所启迪和激励。

具体说来，在记录古来帝王级历史人物的"9考纪"中，不但有在中国传统史学中一直受到重视的秦皇汉武、唐宗元祖等政绩卓著的封建皇帝，而且还独具慧眼地收纳了在历史上受西汉王朝禅让建立"新王朝"而统治天下十五年、虽有皇帝之实却并不被视为具有皇帝之名的王莽②，以及自清代咸同年间以来被士大夫贵族阶层视为乱臣贼子和"发匪""长毛贼"的太平天国最高领袖洪秀全。这就打破了曾经在传统史学中比较盛行的偏重为胜利者树碑立传的倾向，不问出身高低贵贱，不看是否最后功成名就，只关注历史人物一生的所作所为是否对中国历史的发展进程产生了无可替代的重大影响，从而站在纵观整个中华民族历史进程的高度，对封建帝王与农民起义领袖一视同仁。

与此同时，在记录非帝王级别重要历史人物的"25别录"中，章太炎也同样秉持着比较宽阔的学术视野，计划在书中收录对后世影响巨大的著名政治家、改革家，如堪称治世之能臣的管仲、商鞅、董仲舒、公孙弘、崔浩、王安石、多尔衮、张廷玉、鄂尔泰、曾国藩、李鸿章等人生平事迹的管商萧葛别录、李斯别录、董公孙张别录、崔苏王别录、王猛别录、多尔衮别录、张鄂别录、康有为别录、曾李别录；还有心怀故土、抗节不屈，或以武勇或以文谋，在保持个人独立和民族气节方面足以激励后人的文人战将如扬雄、孔融、颜之推、许衡、辛弃疾、张世杰、郑成功、张煌言、钱谦益、魏象枢、汤斌、李绂等人事迹的孔李别录、扬颜钱别录、辛张金别录、许二魏汤李别录、郑张别

---

① 以上引文见章炳麟：《訄书详注》，徐復注释，上海：上海古籍出版社，2000年，第863页。

② 东汉开国伊始，班固在著《汉书》时就仅仅把王莽及其建立的"新王朝"视为西汉王朝的闰余，并未将其放入皇帝专属的"纪"系列，而是加入非皇帝专属的"传"系列，可见并未将其视为可与两汉诸帝并尊的天子。后世的史家在论及王莽以及其所建立的"新朝"时，出于封建君臣大义的伦理道德立场，也都相沿采取了与班固相似的处理办法。

录；还有自成一家之言、以立言之功影响后世至深的春秋战国诸子以及顾炎武、黄宗羲等清初进步思想家的孔老墨韩别录和顾黄王颜别录；还有在政治、经济、科学、技术、思想、道德等方方面面对后世有比较重要影响的人物的游侠别录、货殖别录、刺客别录、会党别录、逸民别录、方技别录、畴人别录。总而言之，章太炎尽量将自己计划撰写的《中国通史》中所记载的历史人物范围扩大到社会中的方方面面，试图全景式地反映几千年来中华民族兴衰成败的历史进程，以促进中华民族走向繁荣富强之路为目的，为社会各个阶层的全体国民提供可资借鉴的正反两方面的经验和教训。

在 19 世纪末 20 世纪初，面对内忧外患愈演愈烈、老大帝国江河日下、中华民族将有灭种之虞的不利形势，中国史学在众多学者的共同努力下开始逐渐排除其内部存在的偏重为封建统治阶级特别是作为其代表的专制帝王服务的"君本位主义"局限因素，转而向借叙述中华民族自古以来各个阶层多个领域的全景式历史来激励全体国民的爱国爱种之心，凝聚全民族每一分子的力量以推动中国摆脱贫穷落后的悲剧局面并最终走向繁荣昌盛之路的具有"国民本位主义"特色的方向发展。这种趋势贯穿中国史学发展的整个过程，成为推动和主导中国史学由传统史学向新史学展开蜕变的最重要内部动力之一，也深刻影响了自 20 世纪早期其诞生之日起便与中国史学的新发展、新变化密切相关的"中国文学史"的研究编纂活动，使得中国古代文学史特别是文学通史研究著作中普遍存在的比较偏向于记录上层贵族和知识分子等较少数文化精英"雅"文学创作的倾向逐渐淡化，并最终形成一种全景式叙述中国古来各个阶层文学创作史实，"雅"与"俗"并重的、带有"国民本位主义"色彩的中国文学通史书写模式。

第二节　文学史书写历程中的雅俗之争

虽然以"中国文学史"为名的中国文学史编纂实践直到 19 世纪才有国外的汉学家发其肇端——据有关学者考证，迄今为止最早的以"中国文学史"为名的著作是俄国汉学家瓦西里·巴甫洛维奇·瓦西里耶夫（Василий Павлович Васильев，1818—1900）（又译作"王西里"）出版于 1880 年的《中国文学史纲要》① ——但是早在中国文学开始发展并初步成熟的先秦时代，当时的学者们就已经开始有计划地从事整理和记录传世文学作品的工作。据相关研究显示，建立于公元前 1046 年的西周王朝最早开始在周王室设立了相关机构，在保存周天子和王畿内大小贵族们在祭祀、朝会、交游、宴饮时创作和使用的歌诗的同时，也主动搜集、整理原本产生于各诸侯方国的诗歌作品。到了平王东迁之后的春秋时期，又有鲁国的文化学者将前人留下的众多诗篇加以进一步的增删、校订，进而编成中国文学史上最早的一部诗歌总集《诗经》②。这一重要的文化举措在为中国古代文学保存了重要资料、开创了中国文学史料学的同时，也为后代学者对中国文学史进行学术研究和从事文学史史书编纂打下了坚实的基础。时至东汉王朝，著名历史学家班固在汉明帝刘庄永平至汉章帝刘炟建初年间子继父业，编纂并基本完成了史学巨著《汉书》，其中的《艺文志·诗赋略》在西汉末年大儒刘向、刘歆父子所著《七略》的基础上，把作者当时所能够看到的诗歌辞赋作品目录按照作者生活年代的顺序加以编次，有选择地扼要介绍了屈原、宋玉等一些古代重要作家的情况，并且在该部分目录的最后简要介绍了诗赋文学的产生和发展情况，还提出了评价诗赋文学优劣的基本要素，为后人开展中国古代文学研究工作指明了方向。

魏晋南北朝时期是中国文学史上"文学自觉"的时代，在这一时期，一方面有文学创作活动的繁荣局面出现；另一方面，众多文学理论与文学批评活动的学术水准也达到了前所未有的高度。范晔在其《后汉书》中，首次将在东汉文坛声名远播、创作上独具建树的文人墨客聚拢在一起设立《文苑传》，开后世正史为文人群体设立专传的先河。尽管严格说来，这些旨在记录古代文人生平爵里和创作履历的历史记录只能够被视为后世学人在进行中国古代文学研究中不可或缺的"文学史料"的重要组成部分，而不能够被看作真正的"文学史著作"，但是某些博学多能的古代史学家在为这些《文苑传》或文人传记作序之时所作的提纲挈领式的说明和议论，却也隐约显露出后世文学史家在文学史著作中品评作家、探索文学发展规律的模样。由活跃于南朝齐梁之间的著名文学家、史学家、文学理论家沈约所著的《宋书·谢灵运传论》就因其对秦汉至刘宋时期中国文学发展历史进程的精辟论述而特别受到学术界的关注③。

---

① 付祥喜：《20 世纪前期中国文学史写作编年研究》，北京：北京师范大学出版社，2013 年，第 65 页。

② 章培恒、骆玉明：《中国文学史新著》（上卷），上海：复旦大学出版社，2011 年，第 42~45 页。

③ 方汉文：《中国文学史的开篇之作与当代创新模式》，《中州学刊》，2007 年第 1 期。

在这篇文章中，沈约深入探讨了中国文学产生的根本原因，扼要叙述了东周以来中国文学的发展进程，并在研究前人特长的基础之上提出了必须注重"声律"这一重要的文学创作准则。其中有关叙述中国文学发展进程的部分这样说道：

> 周室既衰，风流弥著。屈平、宋玉导清源于前，贾谊、相如，振芳尘于后，英辞润金石，高义薄云天。自兹以降，情志愈广。王褒、刘向、扬、班、崔、蔡之徒，异轨同奔，递相师祖。虽清辞丽曲，时发乎篇，而芜音累气，固亦多矣。若夫平子艳发，文以情变，绝唱高踪，久无嗣响。

> 至于建安，曹氏基命，二祖陈王，咸蓄盛藻。甫乃以情纬文，以文被质。自汉至魏，四百余年，辞人才子，文体三变。相如工为形似之言，班固长于情理之说，子建、仲宣以气质为体。并摽能擅美，独映当时。是以一世之士，各相慕习。原其飚流所始，莫不同祖风、骚；徒以赏好异情，故意制相诡。

> 降及元康，潘、陆特秀，律异班、贾，体变曹、王。缛旨星稠，繁文绮合。缀平台之逸响，采南皮之高韵，遗风余烈，事极江右。在晋中兴，玄风独振，为学穷于柱下，博物止乎七篇，驰骋文辞，义殚乎此。

> 自建武暨于义熙，历载将百。虽缀响联辞，波属云委；莫不寄言上德，托意玄珠，遒丽之辞，无闻焉尔。仲文始革孙、许之风，叔源大变太元之气。爰逮宋氏，颜、谢腾声，灵运之兴会摽举，延年之体裁明密，并方轨前秀，垂范后昆①。

沈约简要叙述了从东周末到刘宋王朝八百多年间（约前340—479）中国文学发展的历史进程，其中提到的文人作家有：先秦两汉时期的屈原、宋玉、贾谊、司马相如、王褒、刘向、扬雄、班固、崔骃、蔡邕、张衡等，建安三国时期的曹操、曹丕、曹植、王粲等，西晋时期的潘岳、陆云等，东晋、刘宋时期的孙绰、许询、殷仲文、谢混、颜延之、谢灵运等。就沈约在文中所提及的作家身份构成而言，从屈原、宋玉开始到颜延之、谢灵运结束的作家名单，完全可以算得上是这一历史时期精英知识分子的大集合。且不说其中包括了像"三曹父子"这样的帝王之家，即便是扬雄、张衡、颜延之、谢灵运这样的人物也都无一例外地可以称得上是英才绝代、名重当时的社会精英。可见在沈约看来，能够完整展现自先秦两汉以来中国文学历史发展进程的作家就只是上面

---

① 沈约：《宋书》，北京：中华书局，1997年，第1778~1779页。

提到的这样一些精英人物。然而，身处今时今日的我们只消重新回顾这一时期中国文学史的历史事实就会发现，沈约在《宋书·谢灵运传论》中为读者所勾勒出的中国文学发展进程显然是不全面的。比如包含有《蒿里》《薤露》《陌上桑》《羽林郎》《孤儿行》《妇病行》《东门行》《十五从军征》等不朽名作的汉乐府诗，又如与沈约所生活时代相先后、盛行于江南地区的《吴声》《子夜歌》《子夜四时曲》《西洲曲》等文学水准极高的南朝乐府民歌，都没有能够在沈约对中国文学史进程的描述中提到只言片语。由此可见，沈约在通过《宋书·谢灵运传论》叙述中国古代文学发展进程的时候，依然秉持着与历代正史相一致的、偏重于记录上层贵族文人成就事迹的固有传统，对身处于社会下层的众多普通民众所取得的文学成就采取了一种相对忽视的态度。

值得注意的是，沈约在编纂《宋书·谢灵运传论》时所秉持的这种态度，在中国古代的文学史编纂过程中并非孤立的个案。与沈约身处同一时代的著名文学思想家刘勰①在其不朽名著《文心雕龙·时序》篇中，也在叙述中国古代文学发展历史进程时采取了与沈约相似的立场。

《时序》是《文心雕龙》这部中国文学批评史上空前巨著的下篇中"披文入情"，即研究文学史发展规律文学批评方法部分的重要组成之一。有学者指出：《文心雕龙·时序》是一篇关于文学史方面的专门论文，它集中地反映了刘勰的文学史观，比较全面地叙述了自陶唐至齐代的文学发展过程②，是古代中国文学史编纂史历程中一篇最为重要和优秀的作品。在这篇作品中，刘勰这样向读者叙述两汉时期中国文学发展的历史进程：

> 爰至有汉，运接燔书，高祖尚武，戏儒简学；虽礼律草创，诗书未遒，然大风鸿鹄之歌，亦天纵之英作也。施及孝惠，迄于文景，经术颇兴，而辞人勿用；贾谊抑而邹枚沉，亦可知已。逮孝武崇儒，润色鸿业，礼乐争辉，辞藻竞骛：柏梁展朝宴之诗，金堤制恤民之咏，征枚乘以蒲轮，申主父以鼎食，擢公孙之对策，叹倪宽之拟奏，买臣负薪而衣锦，相如涤器而被绣；于是史迁寿王之徒，严终枚皋之属，应对固无方，篇章亦不匮，遗风余采，莫与比盛。越昭及宣，实继武绩，驰骋石渠，暇豫文会，集雕篆之轶材，发绮縠之高喻；于是王褒之伦，底禄待诏。自元暨成，降意图籍，美玉屑之谈，清金马之路。子云锐思于千首，子政雠校于

---

① 这种对刘勰"文学思想家"极高评价的理由可参见王更生：《刘勰是个什么家》，《北京大学学报》，1996年第2期，第168~174页。

② 郭绍虞：《中国历代文论选》（第一册），上海：上海古籍出版社，2001年，第295页。

六艺，亦已美矣。爰自汉室，迄至成哀，虽世渐百龄，辞人九变，而大抵所归，祖述楚辞，灵均余影，于是乎在。

自哀平陵替，光武中兴，深怀图谶，颇略文华，然杜笃献诔以免刑，班彪参奏以补令，虽非旁求，亦不遐弃。及明章叠耀，崇爱儒术，肆礼璧堂，讲文虎观，孟坚珥笔于国史，贾逵给札于瑞颂；东平擅其懿文，沛王振其通论；帝则藩仪，辉光相照矣。自和安以下，迄至顺桓，则有班傅三崔，王马张蔡，磊落鸿儒，才不时乏，而文章之选，存而不论。然中兴之后，群才稍改前辙，华实所附，斟酌经辞，盖历政讲聚，故渐靡儒风者也。降及灵帝，时好辞制，造皇羲之书，开鸿都之赋，而乐松之徒，招集浅陋，故杨赐号为驩兜，蔡邕比之俳优，其余风遗文，盖蔑如也①。

从上述有关引文来看，当时门第出身和文坛地位远低于沈约的刘勰在叙述这一时期中国文学发展历史进程的时候用更长的篇幅介绍了贾谊、枚乘、司马迁、司马相如、枚皋、王褒、刘向、扬雄、杜笃、班固、傅毅、马融、崔骃、张衡、蔡邕等在散文、诗赋创作领域贡献卓著的著名精英文学家，甚至连自身的文学成就与这些作家无法相提并论的汉高祖刘邦、汉武帝刘彻、东平宪王刘苍、沛献王刘辅等帝王贵胄也出现在刘勰的文学史构建中。可见刘勰在叙述中国文学史发展的历史进程时，存在着与沈约完全相同的疏漏之处——完全忽视了在中国文学发展史上占有极重要地位的汉乐府。如果把视线放宽，再来审视刘勰在《文心雕龙·乐府》中对于汉代乐府诗歌的介绍，就会发现即便是在这样一篇有关汉乐府的专门论文中，刘勰依然对由民间无名诗人所创作的乐府诗歌持忽视的态度："自雅声浸微，溺音腾沸。秦燔乐经，汉初绍复，制氏纪其铿锵，叔孙定其容典。于是武德兴乎高祖，四时广于孝文，虽摹韶夏，而颇袭秦旧，中和之响，阒其不还。暨武帝崇礼，始立乐府，总赵代之音，撮齐楚之气，延年以曼声协律，朱马以骚体制歌。桂华杂曲，丽而不经，赤雁群篇，靡而非典；河间荐雅而罕御，故汲黯致讥于天马也。至宣帝雅诗，颇效鹿鸣；迩及元成，稍广淫乐：正音乖俗，其难也如此。暨后汉郊庙，惟杂雅章，辞虽典文，而律非夔旷。"② 可见，刘勰在文中只是提及了汉代乐府诗作者中的汉武帝、李延年、朱买臣、司马相如、东平宪王刘苍等人以及他们的作品，而对于占到存世汉乐府中大多数比例的民间创作却令人遗憾地付之阙如了。

刘勰在接下来对从两晋至刘宋王朝中国文学史发展进程的叙述依旧只是向

① 刘勰：《文心雕龙注释》，周振甫注，北京：人民文学出版社，1981年，第476~478页。
② 刘勰：《文心雕龙注释》，周振甫注，北京：人民文学出版社，1981年，第64~65页。

读者介绍了张华、左思、潘岳、陆机、陆云、郭璞、庾亮、温峤、袁宏、孙盛、殷仲堪、颜延之、谢灵运等精英知识分子作家，对于此一时期由民间诗人所创作的乐府诗歌仍然是绝口不提。无独有偶，刘勰在《文心雕龙·乐府》中对两晋至刘宋时期乐府诗歌发展历史的叙述也再次证明了他这样的做法绝不是无心之失："至于魏之三祖，气爽才丽，宰割辞调，音靡节平。观其北上众引，秋风列篇，或述酣宴，或伤羁戍，志不出于滔荡，辞不离于哀思。虽三调之正声，实韶夏之郑曲也。逮于晋世，则傅玄晓音，创定雅歌，以咏祖宗；张华新篇，亦充庭万。然杜夔调律，音奏舒雅，荀勖改悬，声节哀急，故阮咸讥其离声，后人验其铜尺。和乐之精妙，固表里而相资矣。"① 可见，刘勰在这里的文学史叙述也只针对上层文人的乐府创作展开，而无对民间乐府创作情况的涉及。

魏晋南北朝时期分别由沈约和刘勰创作的《宋书·谢灵运传》和《文心雕龙·时序》各自开创了后世通过史书论赞和文艺理论专著的形式总结研究中国文学史发展情况的先河，而从这两篇重要文献问世之日起就已经出现的"崇雅抑俗""重精英而轻民间"的偏向也被后世奉此两篇名作为圭臬的文学史家在有意无意之间学习和继承。因此，纵观古代中国文学史的编纂史，几乎所有的文学史家都不约而同地在各自的著作中采取了这样一种"精英主义"的立场，不但轻视小说、戏曲等一些为普通民众所热爱并积极展开创作的文学体裁；而且即使是面对诗歌、辞赋等一些精英文人和下层民众都共同参与创作的文体，也往往在叙述的时候采取一种近乎"选择性失明"的态度，只对被精英文人所创作并受到此群体人士喜爱的部分加以记录和评价，对由下层民众所创作并为其所喜爱的部分则采取近乎无视的态度，任由其逐渐湮灭在中国文学发展的历史长河中②。立足于这种立场所编纂的文学史就只能是残缺不全的文学史，并不能够真实反映出中国文学发展历史进程的真实面目。

虽然以今人的后见之明来看，中国文学史研究史上绝不缺少如《宋书·谢灵运传论》和《文心雕龙·时序》这样通过对中国文学发展历史进程进行细致考察研究而撰写出的优秀著作，但由于种种原因却始终没有一部以"中国文学史"或者相似名词为名的作品产生。一直到 19 世纪末，中国学界才终于在许多外国汉学家早已各自用外国语言书写的"中国文学史"著作之后，完成了一

---

① 刘勰：《文心雕龙注释》，周振甫注，北京：人民文学出版社，1981 年，第 65 页。
② 20 世纪初在敦煌藏经洞文献中发现的大量白话诗文几乎从来也曾不得见于自那时起直到近代长期以来的任何唐代文学史叙述。

批以"文学史"为名的中国文学史著的编纂工作。由于受到此时历史学领域内建设"国民本位主义"新史学思潮影响,从这一时期开始,中国文学史研究界在继承和学习前人学术研究成果的基础上逐渐出现了与当时新史学思潮相呼应的新的学术动向。

作为戊戌变法的唯一遗物和中国近代以来第一所采用西方高等教育理念建立的官办新式大学,京师大学堂从计划设立到开展招生和教学活动的整个过程一直都受到清政府的严密掌控。清光绪二十四年四月己巳日(1898 年 6 月 11日),清政府以光绪帝的名义发布《定国是诏》,向天下臣民宣布开始在全国范围内推行旨在富国强兵、增强国力的维新变法运动。一个月后,负责筹划教育改革措施的总理各国事务衙门向光绪帝上呈《筹议京师大学堂章程》(以下简称《筹议章程》)。光绪帝览奏之后简派孙家鼐为管学大臣,负责开展筹建京师大学堂的各项事宜。又过了两个月后,以慈禧太后为首的守旧势力发动戊戌政变,囚禁光绪、驱逐康梁,斩"变法六君子"于内、废湘抚陈宝箴于外,一时间几乎尽废新法,但唯独对同属戊戌新政重要内容之一的京师大学堂"手下留情",所以其筹备和建设工作仍能在一片肃杀的政治气氛中得以继续开展。戊戌政变结束仅仅两个月之后的 1898 年 11 月,京师大学堂出告示招收学生。又过了两个月,即 1899 年 1 月,京师大学堂正式开学上课。经过一段时期的办学实践,有关方面渐渐感到仅靠草制于仓促之间的《筹议章程》来指导京师大学堂的教学管理工作颇不实用,于是张百熙在受命为管学大臣主管京师大学堂之后,就特聘吴汝纶为京师大学堂总教习,并遣之远赴日本考察学习彼国学堂制度和教育政策。1902 年,张百熙与其幕属共同拟定了新的学堂章程,经慈禧太后批准之后颁布实施,是名《钦定京师大学堂章程》(以下简称《钦定章程》)。岂料《钦定章程》实施之后,朝野物议纷然,张百熙自知才难服众,便上书当局请求与惯办洋务、深孚众望的清流领袖张之洞会商办学事宜,并于1904 年 1 月再次制定了新的办学章程即《奏定京师大学堂章程》(以下简称为《奏定章程》)。从在短短五六年之间便有先后三种办学章程问世这一情况就可看出晚清政府对于草创时期的京师大学堂的重视与控制程度①。

在《奏定章程》刚刚颁布实施数月之后,身为京师大学堂文科教习的林传甲编纂了一部名为《中国文学史》的授课教材。该书共包含十六篇,其具体的章节篇目如下:

---

① 有关京师大学堂初创时期相关章程的制定经过,可参阅陈国球:《文学史书写形态与文化政治》,北京:北京大学出版社,2004 年,第 1~13 页。

第一篇：古文、籀文、小篆、八分、草书、隶书、北朝书、唐以后正书之变迁。第二篇：古今音韵之变迁。第三篇：古今名义训诂之变迁。第四篇：古以治化为文今以词章为文关于世运之升降。第五篇：修辞立诚辞达而已二语为文章之本。第六篇：古经言有物言有序言有章为作文之法。第七篇：群经文体。第八篇：周秦传记杂史文体。第九篇：周秦诸子文体。第十篇：史汉三国四史文体。第十一篇：诸史文体。第十二篇：汉魏文体。第十三篇：南北朝至隋文体。第十四篇：唐宋至今文体。第十五篇：骈散古合今分之渐。第十六篇：骈文又分汉魏六朝唐宋四体之别①。

倘若以今日的眼光来看全书的篇章标题就会发现，林传甲这部《中国文学史》的研究对象与其说是"中国文学"，倒还不如说是"中国文章"或"中国散文"；与其称之为《中国文学史》倒还不如改称《中国文章作法》更为贴切。此书第一篇到第三篇的内容是对中国古代文字音韵训诂之学即"小学"的沿革介绍。第四篇讲文章写作的重要意义，而作者借这一篇的题目明确告诉读者，本书标题中所谓的"文学"其实质是"词章"。第五篇讲写文章的最基本要素就是注重内容，形式方面是次要的。第六篇介绍了古来作文的三大方法。第七篇至第十四篇以历史的发展顺序为背景，介绍了中国自古以来经、史、子、集中优秀散文篇章的主要内容和文体特色。第十五和第十六篇则在总结前文的基础上叙述了骈文和散文的古今离合变迁。笔者认为从总体来看，全书可以分成两大部分，前六篇是第一部分，可名之为"文章作法之理论篇"；后十篇是第二部分，可名之为"文章作法之范例篇"。把前后两大部分加在一起编纂成书并教授生徒就是为了指导学生如何把文章写好。

如果把晚清政府于1904年1月颁布的《奏定章程》的第二章即"各分科大学科目"内"中国文学研究法"的相关规定拿来与林传甲著《中国文学史》的章节篇目加以对比就会发现，林传甲是严格按照《奏定章程》的规定来规划自己的教材编纂的。

早于《奏定章程》一年颁布实施的《钦定章程》在其第四章"学生出身"的第一节中透露了京师大学堂接在最初招收学生时对于学生出身背景以及毕业前途等方面的一些信息："恭绎历次谕旨，均有学生学成后赏给生员、举人、进士明文。此次由臣奏准，大学堂预备速成两科学生卒业后，分别赏给举人进士。今议请由小学堂卒业者先有本学堂总理教习考过后，送本府官立中学堂复

---

① 林传甲：《中国文学史》，载陈平原：《早期北大文学史讲义三种》，北京：北京大学出版社，2005年影印版，第5～26页。原文无标点，引文标点为引者所加。

加考验如格，由中学堂给予附生文凭，留堂肄业，并准其一体乡试。若有不及格者，或留中学堂补习数月，或仍送回小学堂补习，均待补习完竣复考后再予出身。其中学堂卒业生，送本省官立高等学堂考验如格，再由高等学堂给予贡生文凭，其不及格者令补习如例。高等学堂卒业生，由本学堂总理教习考过后，送京师大学堂复考如格，由管学大臣带领引见，候旨赏给举人，并准其一体会试。其不及格者，令补习如例。大学堂分科卒业生，由本学堂教习考过后，再由管学大臣复考如格，带领引见，候旨赏给进士。"①

　　从上述引文可见，京师大学堂在当时的教育体系中明显处于最顶端的位置：一方面，各省高等学堂的毕业生须考试合格后才能被授予举人出身；另一方面，京师大学堂自己培养合格的毕业生就有了成为进士的希望（成为进士在封建科举时代就意味着一个人迈入士绅阶级的行列，且很有可能成为国家的高级官吏）。因此，要成为有资格进入京师大学堂接受新式高等教育的学生，就必须经历小学堂、中学堂、高等学堂共计三个层次的选拔，这些人可谓是整个国家数目巨大的知识分子群体中的少数佼佼者和幸运儿。即便是尚未在京师大学堂毕业并取得进士资格的在读学生，通常也会被社会各界以"准进士"看待。毕竟已经实行了千年之久的科举制度此时仍在，京师大学堂相关各章程的制定者们在设计京师大学堂这座新教育体制内最高学府的育才模式时，不可避免地会向代表了当时选贤制度的最高成果的科举制度寻找可资借鉴的经验，特别是"文学科"这一中华自古就有且在颇多人心中引以为傲的学科②，自然会被用评价进士的标准来加以衡量。众所周知，明清两代以八股文取士，所以在当时人看来，会写文章是成为进士的起码要求，也顺理成章地被视作京师大学堂中文学科学生所必须具备的基本素质。于是，无论是在制度规定还是教学实践层面，这种对于学生写作能力方面的要求就得到了忠实的贯彻。

　　明清时有句俗语曰："当今天子重文章，足下何须说汉唐。"对文章写作的过分看重必将导致对诗词歌赋等其他文学艺术形式的歧视。《奏定章程》中规定："博学而知文章源流者，必能工诗赋，听学者自为之，学堂勿庸课习。"③明令禁止京师大学堂的文科教习们教授学生作诗赋之法。因此，基于独尊文章而轻视诗词的出发点，林传甲在其《中国文学史》里不但很少对古代诗词歌赋的发展沿革经历展开叙述，而且对在传统观念中艺术地位原本就低于诗、词的

---

① 舒新城：《中国近代教育史资料》，北京：人民教育出版社，1961年，第555页。
② 这种把西方"文学"的观念完全等同于中国古代"文学"观念的做法在今人看来实属臆想，但是在对西方学术分科体系缺乏了解的晚清时代却是社会中多数人的共同看法。
③ 舒新城：《中国近代教育史资料》，北京：人民教育出版社，1961年，第590页。

小说、戏曲等为下层平民素所爱重的文体采取了一种更加鄙视的态度。对日本学者笹川临风把这些文体纳入其所著《中国文学史》的行为，林传甲毫不迟疑地直言批评道："日本笹川氏撰《中国文学史》，以中国曾经禁毁之淫书，悉数录之。不知杂剧、院本、传奇之作，不足比于古之《虞初》，若载之风俗史犹可。（坂本健一有《日本风俗史》，余亦欲萃'中国风俗史'，别为一史）笹川载于《中国文学史》，彼亦自乱其例耳。况其胪列小说戏曲，滥及明之汤若士、近世之金圣叹，可见其识见污下，与中国下等社会无异。"甚至还充满仇恨地痛斥创作小说等俗文学的作家："而近日无识文人，乃新译新小说以诲淫诲盗。有王者起，必将戮其人而火其书乎？不究科学而究科学小说，果能裨益名智乎？是犹买椟而还珠耳。吾不敢以风气所趋，随声附和矣。"① 从这句话中足见其对创作小说以及翻译传播域外小说之人所秉持的极端鄙视态度。

作为草创时期京师大学堂的文科教习，林传甲在官方颁布的各种办学章程的限定下写出了中国文学研究史上第一部由国人自著并且在当时的较大范围内公开发行的《中国文学史》。由于种种原因，这部文学史非常明显地继承了中国古代文学史编纂传统中的精英主义立场，轻视甚至是敌视小说、戏曲等俗文体。但正如上文所述的那样，就在林传甲编纂《中国文学史》的那个时代，中国历史学界已经开始掀起了对传统史学中"君本位主义倾向"的猛烈批判，提倡建立一种国民本位主义的新史学。在这一新思潮的剧烈冲击之下，林传甲著《中国文学史》中所采取的精英主义立场在以后各位文学史家的中国文学史编纂行为中自然无法持久，只要来自官方意识形态方面的束缚和压力稍稍减弱，新的变化便会悄然产生。

中国国家图书馆藏有油印于清光绪三十二年（1906）的窦警凡著《历朝文学史》，根据相关学者的研究，此书实际上脱稿于光绪二十三年（1897），是当时任南洋师范学校教习的窦警凡为学生上课编写的教材②。由于该学校的校址远离京师，而上海又久与外洋通商，本埠内租界林立，是一个政府软硬两方面控制力量都相对薄弱的地方，所以与林传甲著《中国文学史》相比，窦警凡所著的这部《历朝文学史》在继承旧有精英主义立场的基础上又表现出些许重视和肯定小说、戏曲等俗文学的新变化。

窦著《历朝文学史》在整体布局上按照中国古代"经、史、子、集"的

---

① 林传甲：《中国文学史》，载陈平原：《早期北大文学史讲义三种》，北京：北京大学出版社，2005年影印版，第210页。原文有断句，新式标点为本书作者酌情添加。

② 付祥喜：《20世纪前期中国文学史写作编年研究》，北京：北京师范大学出版社，2013年，第109页。

"四部分类法"排序，收录了包括在现代学术分科体系中一般被归于哲学、历史、医学、文学等众多学科的内容，恰似今日坊间流行的"国学概论"①。但是考虑到其中毕竟也对诗歌、小说、散文、词、曲等为今日文学研究界通行标准所认定的"文学文类"的历史沿革做出了完整概括和扼要评价，所以还是应该肯定其作为近代最早由国人自著的"中国文学史"著作之一的历史地位②。

　　如果对窦警凡的这部《历朝文学史》的内容加以详细考察就会发现，作者在这部书中一方面仍然继承了在沈约著《宋书·谢灵运传》和刘勰著《文心雕龙·时序》等古代早期文学史著作中就已经出现的精英主义立场，但另一方面在对一些具体文类加以评述的时候，这种精英主义的立场却并没有贯彻始终。

　　在《历朝文学史》卷首的《自序》中，窦警凡说："文以明理，文以述事。理明则著，为事不至于纰缪。士大夫握管为文，必有其关于理之是非、事之利害，而始可言文也……自后世习言文学而昧乎文学之实，以雷同抄说侧之，以迂缓肤浮衍之，以声律对偶饰之，以揣摩仿效弋之。本其疲弱惰游之素，而但程呻吟占毕之功，并无负贩臧货之才，而妄侧都士衣冠之列。"③ 在这里，作者首先明确学习文学的目的在于明理和述事。而学习文学的主体在作者看来则是"士大夫"和所谓的"都士衣冠"，也就是说作者认为只有士大夫及其所代表的社会上层阶级才是文学以及本书"历朝文学史"的理想学习主体。而除此群体之外的普通民众则并非窦警凡著作此书时时所想要时时面对并对之传授中国文学史知识的理想对象。在清人编纂的《四库全书》中，多收文人作品的"集部"原本是以别集类中与"楚辞"相关的书籍排在最前面，之后是总集类、诗文评类、词曲类，每一类所包含的书籍都按照其所产生的历史顺序来加以排列④。但是在窦警凡著《历朝文学史》中，排在集部最前面的并非"楚辞"，而是古来由大臣写给帝王的"著名奏疏"。因为在窦警凡看来"集以奏疏及言政事者为大宗"⑤，而且"奏议惟近时者为切用，愈近愈佳""奏议但取明达、无取美词"⑥，可见，这些名臣的奏议实在是古来文集中最值得学习的、最重要也是最有实用价值的部分。很明显，作者在这里的理想读者只是具有相当程

---

① 陈玉堂：《中国文学史书目提要》，合肥：黄山书社，1986年，第4页。

② 付祥喜：《20世纪前期中国文学史写作编年研究》，北京：北京师范大学出版社，2013年，第109页。

③ 窦警凡：《历朝文学史》，北京：国家图书馆馆藏1906年油印本（无出版单位），第1页。此书原无标点，此处及下文中所引原文中的标点符号均为本书的作者根据文意添加。

④ 永瑢：《四库全书总目》，北京：中华书局，1965年，第1276～1836页。

⑤ 窦警凡：《历朝文学史》，北京：国家图书馆馆藏1906年油印本（无出版单位），第47页。

⑥ 窦警凡：《历朝文学史》，北京：国家图书馆馆藏1906年油印本（无出版单位），第47页。

度文化水平，时刻准备向往昔贤臣学习、为封建帝王献言献策的精英知识分子群体。

紧接着"名臣奏议"出现的是"古文"，即今人眼中的"古代骈文和散文"。作者之所以把这一部分的内容排在本书"集部"的第二位，主要是由于他认为："古文导源于经，自二典以后，《易》之《系辞》，《周礼》之《考工记》，《小戴》之《檀弓》《三年问》《学》《乐》《坊》《表》等记，皆古文也。"① 其渊源可以直接追溯到儒家核心的经典著作。窦警凡在这一部分详细介绍了自先秦以后一直到清朝的古文发展历程，大约共用1900余字，约占本书"集部"总字数（约6000字）的三分之一，远远超过对历史同样悠久、成就一样巨大的传统诗歌（约1500字）、词（约360字）、曲（约170字）的叙述篇幅。仅从上述统计出的诗歌、词、曲的叙述字数也可以看出，在窦警凡的心目中，这三种在今人看来其各自的艺术成就实在是难分高下的文艺形式是有明显的高下等差之别的。其论诗歌曰："名家者用以歌颂功德、陶写性灵……《诗》三百篇，用之庙堂、达诸邦国，一时朝廷之政、军旅之役、家室之情、一代之兴替系焉。圣人且列之于经，诗亦何可废也？"② 其论词、曲曰："词为诗余"，"至于曲则其品益卑"③。可见在窦警凡看来，被"圣人列之于经"的诗歌要比仅仅是"诗余"的词尊贵，而曲的文艺品格则又比作为"诗余"的词更加卑下。之所以会产生这样的看法，就是因为其时时刻刻念兹在兹的正是要维护中国古代正统儒家知识分子们所不忘维持的文学的社会实用功能。

窦警凡把在中国大多数传统文人心中都难登大雅之堂的小说发展的历史进程放到了《历朝文学史》中的"子部"部分加以叙述，而其对小说价值所采取的评判立场内部却表现出了一种明显的矛盾。一方面在开始阶段所采取的立场与上述对于词、曲的评述态度基本一致："小说家纯是叙事不辞琐屑……书而至于小说，俚俗委琐。且流衍为院本、为平话、为盲词，每下愈况。缙绅先生所不道，而承学之士亦耻言之。"④ 也即在对以小说为代表的这一批传统精英知识阶层心目中的"俗文学"在整个文学家族中所占历史地位加以评定时，依然秉持着自东汉班固著《汉书·艺文志·诸子略》以来便被儒家正统文学研究

---

① 窦警凡：《历朝文学史》，北京：国家图书馆馆藏1906年油印本（无出版单位），第47页。
② 窦警凡：《历朝文学史》，北京：国家图书馆馆藏1906年油印本（无出版单位），第50页。
③ 窦警凡：《历朝文学史》，北京：国家图书馆馆藏1906年油印本（无出版单位），第52页。
④ 窦警凡：《历朝文学史》，北京：国家图书馆馆藏1906年油印本（无出版单位），第44页。

者们所认可的一贯立场，对之加以充满了贬斥色彩的负面评价①。但另一方面又因为当时晚清政府无能统治下的中国正被列强虎视眈眈、国内危机重重，随时面临亡国灭种、瓜分豆剖下场。出于现实中开启民智等方面的实用性考虑，窦警凡也对上文中本已被自己加以严厉批判的小说类文体的现实教化功能给予了充分的肯定："余谓天下书之足以感人而有益于应事接物者，莫如杂家小说……至出之以小说，则凡事之极鄙俗者、极离奇者，莫不描摹毕肖。即至市井酬酢之态、妇孺婢媪之谈，亦几听之有声、视之有色，阅之可以益人阅历、增人才智者，此小说之功也。"② 窦警凡甚至认为小说在开启民智、移风易俗方面所起到的巨大作用是连先圣经训和君相权力都不能与之相提并论的："如欲挽颓风、惩恶习、启迪才识，以补古来所未逮，则小说之力实足以风动一时。恐诗书之训、君相之权转难与之争胜矣。"③ 窦警凡把小说在现实中所起到的积极意义推崇到了如此地步，这与当时梁启超等人在文论界掀起"小说界革命"的宣传之功是密切相关的。

出于中国精英知识分子群体固有的贵族本位主义文化立场，几千年来由他们所编纂的中国文学史著作大都表现出一种崇雅抑俗的倾向，对由平民及下层知识分子的文学创作史实采取了相对忽视的态度。这样的文学史只可说是属于某些特定阶级的文学史，并不能够真实反映出中国文学几千年来发展变化的真实面目。随着19世纪末20世纪初史学界建立"国民本位主义史学"思潮的发展，之前中国文学史著作中存在着的这种缺陷遭到了学界越来越多的批判，中国的文学史家们在编纂各自的中国文学史著作时也越来越重视原先一直被忽视和压抑的那一部分文学，试图书写出能够全方位反映中国文学史发展历史真相的、属于全国各个阶层和全体民众的"雅""俗"兼采的中国文学通史。

第三节　"齐雅俗"：文学史书写的新秩序

1911年辛亥革命推翻了清政府的专制统治，号召建立"人人平等"的共和国。大约也就是在这一时期，千百年来一直存在于中国文学史编纂历程中的那种忽视俗文学创作史实的"精英主义倾向"被国内文学史研究界在从事编纂

---

① 班固在《汉书·艺文志·诸子略》中说道："诸子十家，其可观者九家而已。"就是对原本跻身于诸子十家中的小说家的轻视鄙薄之言。
② 窦警凡：《历朝文学史》，北京：国家图书馆馆藏1906年油印本（无出版单位），第44页。
③ 窦警凡：《历朝文学史》，北京：国家图书馆馆藏1906年油印本（无出版单位），第45页。

"中国文学史"的过程中渐渐抛弃，以小说、戏曲等为代表的"俗"文学逐渐在新编纂的"中国文学史"的历时性叙述中取得了与传统"雅"文学相平等的地位。

1915年，旅居日本的中国学者曾毅应上海泰东图书局之邀用文言编纂了一部约14万字的《中国文学史》，并在十年之间五次再版，行销两三万册，风靡一时。1931年文学史家胡怀琛在对几部早期的《中国文学史》加以比较之后这样评价曾著："中国有正式的文学史，是在二十年前。第一部《中国文学史》，是前清京师大学教员林传甲做的，出版于宣统二年。民国以来，也出过几部文学史：计谢无量一部，曾毅一部，张之纯一部，王梦增一部。其中以曾毅的比较的最好。"① 相较于林传甲、窦警凡、王梦增等前人的著作，今人眼中曾毅此书最突出的特点和长处就是其对中国文学史上小说、戏曲等"俗"文学发展进程的描述与评介确实更加系统、详尽。

在中国文学史上，"小说"一词最早出现于《庄子·外物》："饰小说以干县令，其于大达亦远矣。"② 但这里的"小说"只有"浅陋的见识和言语"之意，并非一种文体的专名。东汉的桓谭在庄子用法的基础上进一步讲道："若其小说家，合丛残小语，近取譬论，以作短书，治身理家，有可观之辞。"③ 这就概括出了小说的文体特征和艺术特色。历史学家班固在吸收西汉学者刘歆的《七略》学说的基础上在其所作的《汉书·艺文志·诸子略》中著录了"小说家"一门，不但在小序中简要说明了"小说家"的历史渊源和学说特色，而且还收录了两汉之交皇家图书馆中所收纳的古来小说家著述的作品名目以及卷数，这是中国历史上对于从事"小说"这一文体创作的具体作家和篇目的最早可靠记录。曾毅对于中国小说发展史的介绍也正开始于这一时代，他在《中国文学史》第三编"中古文学"的第八章"小说之发展"中介绍了截至西汉时期，中国古代小说发展最初阶段的历史："刘歆《七略》列小说为十家，而曰：'小说家者流，盖出于稗官街谈巷语，道听途说者之所造也。王者欲知闾巷风俗，故立稗官使称说之。如或一言可采，此亦刍荛狂夫之议，是亦与采诗之官同为敷政布教之一助。'萌芽于战国，而发达于汉武之时。今就《艺文志》所载，出于战国时者，若《伊尹说》《鬻子说》《务成子》《宋子》《黄帝说》等篇。而出于武帝时者，若《封禅方说》《待诏臣饶心术》《待诏臣安成未央术》

---

① 胡怀琛：《中国文学史概要》，上海：商务印书馆，1931年，第13页。
② 钱穆：《庄子纂笺》，北京：生活·读书·新知三联书店，2010年，第237页。
③ 萧统：《文选》，北京：中华书局，1977年，第444页。

《虞初周说》等篇是也。"① 曾毅在这里首先立足于文字史料梳理了中国小说的产生渊源与传统评价，然后列举了《汉书·艺文志》所记载的战国以及西汉的各种小说名目，接下来又征引古人成说，简要介绍了战国以来小说的产生历史原因、背景及大致内容："有时君世主之好奇，而后策士逞迂诞之说。有海市蜃楼之倒影，而后山东多方士之谭。自齐威宣、燕昭王、秦始皇以好大之心而迎之以谈天、雕龙、天口之辩，韩众、卢生、徐市之徒。故伊尹割烹之说、百里奚自鬻之言、齐谐志怪之书、黄帝神仙之事如云而起，竞相依托以相高，凭想象以构异。好事者之为齐东野人之语，转相艳称、周于闾巷，故'百家言黄帝，其文不雅驯'。然则小说之兴，其源皆自人心好奇之一念成之也，而此尤适于武帝之世，故小说家为独多。如《虞初周说》至九百四十三篇，张衡《西京赋》曰：'匪惟玩好，乃有秘书。小说九百，本自虞初。从容之求，寔俟寔储。'班固自注云：'虞初，河南人。武帝时以方士侍郎，号黄车使者。'应劭曰：'其说以周书为本，今其书虽遗佚不可知，既属方士，其与《黄帝说》同为迂诞必矣。'"② 在本章后面的叙述中，曾毅在胡应麟小说分类的基础之上把他心目中属于汉代创作的八种传世小说分为三大类："关于神仙者"，其中包含《海内十洲记》《神异经》《洞冥记》《汉武内传》四种；"关于杂述者"，其中包含《西京杂记》和《汉武故事》两种；"关于淫媟者"，包含《飞燕外传》和《杂事秘辛》两种。不但对世间所传的小说作者身份加以考辨，而且还对这些小说的主要内容、艺术特色以及对后代小说的影响加以扼要评述。例如其论两汉小说中"关于淫媟者"的部分即言道："其关于淫媟者，有《飞燕外传》《杂事秘辛》二书。胡应麟分中国小说为五，一曰志怪、二曰传奇。神仙谭自当入于志怪中，其描写男女之情事者，宜摄入传奇，而飞燕外传实其首也。中叙赵后飞燕与其妹合德宫闱争宠之状，汉河东尉伶玄撰，与扬雄同时人。《杂事秘辛》不著撰人名氏，记桓帝选后之事。文辞奇艳，妙极细微，而过于秽亵，后世淫书发端于此。余尝谓：汉代之好尚在于骄奢，于文体长于叙事，于辞赋宣扬现世快乐主义之福音。然则《飞燕外传》《杂事秘辛》以描写肉之美感相踵而出，何足怪乎？"③

曾著《中国文学史》对中国古代小说发展过程的介绍并未仅仅止于两汉，在后续第四编"近古文学"（唐代至明代）和第五编"近世文学"（清代）中，

---

① 曾毅：《中国文学史》，上海：泰东图书局，1915 年，第 69~70 页。原文有句读，引文中出现的新式标点为本书作者依文意添加。

② 曾毅：《中国文学史》，上海：泰东图书局，1915 年，第 70 页。

③ 曾毅：《中国文学史》，上海：泰东图书局，1915 年，第 71~72 页。

作者又同样按照前文对两汉小说所采取的处理办法，用三章的篇幅来对其加以条分缕析的梳理和叙述，在归纳该时代小说产生和发展的历史原因以及总体概况之后，再对其中的名著加以进一步的考辨和分析。如其在第四编第十七章"唐代小说之兴盛"中把唐人小说分为"叙历史者""资谐笑者""述鬼怪者""谈侠义者""传言情者"共五大类，在分别列举其代表作品后，重点介绍了自魏晋以来盛行于中国的佛道二教的宗教思想对于中国志怪小说出现空前繁荣局面所产生的重要影响①。又如其讲述《水浒传》之一节："元小说分章回叙述，然其体实昉于宋也。初，宋仁宗时以天下无事，命群臣每日进讲一奇异之事以为娱，头回之后继以话说。元取以入小说，始尽变汉以来之短章而为联贯之编述，诚伟制也。最脍炙人口者，施耐庵之《水浒》、罗贯中之《三国演义》。《水浒》一书由《宋宣和遗事》脱化而出，本三十六人，增衍为一百八人，都百二十回。其笔墨如生龙活虎，不可捉摸。盖与龙门《史记》相埒。相传施耐庵撰《水浒传》，凭空画三十六人于壁，老少男女不一其状，每日对之呫毫，务求刻画尽致。故能一人有一人之精神，脉络尽透，形神俱化。世以《水浒》、《三国志》②、《西游记》、《金瓶梅》为小说中四大奇书，而《水浒》尤奇中之奇者也。"③虽然只有寥寥数语，但却极精准地讲明了《水浒》这部小说的来龙去脉和艺术成就，堪与后世万言大论相媲美。

1913年王国维在日本完成了在中国戏曲研究史上堪称里程碑式著作的《宋元戏曲史》，标志着中国近代戏曲研究史的开端。在该书的"自序"中，王国维颇为自豪地说："壬子岁末，旅居多暇，乃以三月之力，写为此书。凡诸材料，皆余搜集；其所说明，亦大抵余之所创获也。世之为此学者自余始，其所贡于此学者，亦以此书为多。非吾辈才力过于古人，实以古人未尝为此学故也。"④而几乎与此同时，同样旅居日本的曾毅也在其《中国文学史》中对中国古代戏曲的产生和发展过程进行了颇具个人特色和学术功力的研究。例如他认为元代杂剧和传奇形成的历史过程和演艺特质是："乐府一变而为词，词一转而为曲。元之戏曲，所称'杂剧'即是也。剧之起源甚早，兹无暇详述。但以古者歌舞不相合，唐人柘枝词、莲花鈱歌，舞者、歌者稍有相应，然羌无故实也。至宋赵令畤作商调、鼓子调，以《会真记》之事实谱于词曲，然犹无演白。金有弦索调，弦索调者，一人弹琵琶念唱，故名。而为之先者，元宗时董

① 曾毅：《中国文学史》，上海：泰东图书局，1915年，第175～176页。
② 原文如此，似为《三国演义》之误。
③ 曾毅：《中国文学史》，上海：泰东图书局，1915年。第240页。
④ 王国维：《宋元戏曲史》，上海：上海古籍出版社，1998年，第1页。

解元。又谱《会真记》之事实，名曰《西厢搊弹词》。'西厢'之名于此始，'弹词'之名亦于此始，较鼓子调而有白矣。弦索调更进而为连厢。连厢者，金人仿辽时大乐而制之也。于是扮演有人备舞台之装整，歌者司唱一人，杂设诸执器色者、琵琶、笙笛各一人，排坐场端、吹弹数曲，而后敷白道唱。男名'末泥'、女名'旦儿'，并杂色人等入勾栏扮演。从唱词为举止，然犹舞者不唱、唱者不舞也。及元进而为杂剧，于是舞于勾栏者自司歌唱，第设笙笛、琵琶以和其曲。所谓'曲'即杂剧之剧文也。名曰'院本'，世有称'传奇'者亦是也。杂剧每入场以四出为度，故曲皆四折。其后往往有四、五十折，多于杂剧十数倍者，其韵脚复数换，于是乃别后者为'传奇'、前者为'杂剧'云。"在此基础上，作者复又介绍了当时北方杂剧与南方之南戏各自在音乐声韵上的艺术特色："曲有南北二种。金元入中国所用胡乐嘈杂凄紧，缓急之间词不能按。乃更为新声以媚之，即'北曲'也。但大河南北渐染胡语，时时采入，沈约'四声'遂缺其一，东南之士未尽会也。王应稍复变新体，号为'南曲'，高则诚遂掩前后。大抵北曲以劲切雄丽为主，南曲以清峭柔远为高。北字多而于调促处见筋，南字少而于调缓处见眼。北派近于粗豪，易入刚劲之口；南音率多娇媚，宜施窈窕之人。北则辞情多而声情少，南则辞情少而声情多。北之力在弦，南之力在板。北宜和歌，南宜独奏。"①

对于灿若群星的众多杂剧作家以及由他们所创作的在中国文学史上熠熠生辉的伟大作品，作者更是丝毫不吝惜溢美之词："世称马东篱如朝阳鸣凤，白仁甫如鹏搏九霄，乔孟符如神鳌鼓波。李寿卿如洞天春晓，王实甫如花间美人，张鸣善如彩凤刷雨，关汉卿如琼筵醉客，郑德辉如九天珠玉……王实甫之《西厢记》与高则诚之《琵琶记》，一为北曲开山，一为南曲鼻祖。《西厢记》取元稹《会真记》为粉本，关汉卿复续之。全篇四套十六折，其角色则叙佳人才子幽期密约之情也。李卓吾曰：'意宇宙内本自有如此可喜之人，如化工之于物，其工巧殆不可思议。《琵琶记》者，叙孝子贤妻缠绵恳挚之情也，比于《西厢》，可称劲敌。'《西厢》近《风》《琵琶》近《雅》，《西厢》如一幅着色牡丹、《琵琶》如一幅水墨梅花，其辞情特为清雅幽丽。"② 最后，曾毅这样评价元代的戏曲作家和作品："戏曲家大都穷处民间，不屑干禄胡人之朝，而以游戏笔墨描写社会情状，以发其郁勃不平之气，兼资劝惩。斯亦其人之志事，

---

① 以上引文见曾毅：《中国文学史》，上海：泰东图书局，1915 年，第 241～242 页。

② 曾毅：《中国文学史》，上海：泰东图书局，1915 年，第 242～243 页。

而不可或非者也。安得以其小道而忽之？"① 这样的说法明显就把元代戏曲家从事戏曲写作的文学创作活动上升到有助于弘扬民族气节的高度，实在可以称得上是一种极高程度的推崇和赞美。

总之，曾毅在其《中国文学史》中用较大的篇幅对小说、戏曲等文体进行了考辨产生源流、分析时代背景、介绍内容梗概、评价艺术特色和探讨其对后世作家作品的影响等研究工作。这些工作也是此前如王国维、此后如鲁迅等一些学者在进行中国文学史研究时所惯常采用的研究思路。虽然因为受到篇幅和体例的限制，曾毅在本书中所做的工作与王国维、鲁迅等大师的《宋元戏曲史》《中国小说史略》等皇皇巨著在篇幅体量、考证严密、资料详尽等方面均无法同日而语；但是如果考虑到王、鲁二书之作的立意本在考察一项专门文体，而曾毅有关小说、戏曲的相关论述仅仅是其叙述数千年来中国文学史历史发展长河中的一部分，那么就不能够在上述这些方面对曾毅的做法提出过多的苛责。倘若把理解的语境拉回到 1915 年前后那个正在经历国家社会和文化学术转型的特殊时代，则曾毅在其《中国文学史》中对于小说、戏曲的态度就可以更多地被理解为一种给予带有平民阶层俗文学审美趣味的文学样式前所未有的重视，这种学术态度和立场也影响了其后诸家《中国文学史》的编纂，使得原本一直受到精英主义文学史观打压的平民俗文学在各家的《中国文学史》中占据了越来越长的篇幅和越来越重要的地位。

1915 年，陈独秀在上海创办的《青年杂志》（后更名为《新青年》）正式发刊，从而在近代中国文化革新的历史舞台上拉开了"新文化运动"的大幕。自 1917 年编辑部迁往北平之后，《新青年》更是在麾下集结了一大批中国近现代文化史上赫赫有名的大师级人物，将中国的新文化与新文学运动推向了高潮，并深刻地影响了中国现代人文学术的发展。

1917 年 1 月，胡适在《新青年》2 卷 5 号上发表了著名的《文学改良刍议》，提出了自己文学革命的主张："吾以为今日而言文学改良，须从八事入手。八事者何。一曰，须言之有物。二曰，不模仿古人。三曰，须讲求文法。四曰，不作无病之呻吟。五曰，务去烂调套语。六曰，不用典。七曰，不讲对仗。八曰，不避俗字俗语。"② 当时在新文化运动中与胡适志同道合的陈独秀也紧接着在《新青年》2 卷 6 号上发表了《文学革命论》，以与胡适的主张相唱和："文学革命之气运，酝酿已非一日。其首举义旗之急先锋，则为吾友胡

---

① 曾毅：《中国文学史》，上海：泰东图书局，1915 年，第 243 页。
② 胡适：《胡适古典文学研究论集》，上海：上海古籍出版社，2013 年，第 17 页。

适。余甘冒全国学究之敌，高张'文学革命军'大旗，以为吾友之声援。旗上大书特书吾革命军三大主义：曰，推倒雕琢的阿谀的贵族文学，建设平易的抒情的国民文学；曰，推倒陈腐的铺张的古典文学，建设新鲜的立诚的写实文学；曰，推倒迂晦的艰涩的山林文学，建设明了的通俗的社会文学。"① 在同一篇文章中，陈独秀还概括梳理了自先秦时代以来一直到 20 世纪初叶的中国文学发展历程，在其中称颂"多里巷猥辞"的《国风》和"盛用土语方物"的《楚辞》为"斐然可观"者；赞美作文不以师古自期、不以载道自命的"元明剧本和明清小说"为"粲然可观"者；痛斥立意师古、倡言载道的明前、后七子和"八家文派之归、方、刘、姚"等文人为"十八妖魔辈"——"此十八妖魔辈，尊古蔑今，咬文嚼字，称霸文坛；反使盖代文豪若马东篱，若施耐庵，若曹雪芹诸人之姓名，几不为国人所识。若夫七子之诗，刻意模古，直谓之抄袭可也。归、方、刘、姚之文，或希荣誉墓，或无病而呻，满纸之乎者也矣焉哉……此等文学，作者既非创造才，胸中又无物，其伎俩惟在仿古欺人，直无一字有存在之价值。"② 说他们阻碍了同时代小说、戏剧等文体的发展——"以至今日中国之文学，委琐陈腐，远不能与欧、美比肩。"③

陈独秀在其《文学革命论》中之所以对中国文学史的发展历程进行简单梳理，显然是为了使其所提倡的"文学革命论"在学理上更具有说服力而努力寻找中国文学史上的理论和史实依据。同样，胡适为了使其在《文学改良刍议》中的文学改革主张能够得到更为广泛的支持，也选择站在平民主义立场对中国文学史进行新的系统阐释。

1921 年 11 月至 1923 年 1 月，胡适在民国教育部举办的第三届国语讲习所主讲"国语文学史"的课程，并随堂编写了同名教材。1922 年暑假期间，胡适在南开大学讲课时将此讲义加以修改油印。同年 12 月，第四届国语讲习所开课，胡适又在南开大学油印本的基础上加以校订并另行油印作为教材。1927 年，在胡适出国游学之际，大学曾长期在民国教育部国语统一筹备会、国语推行委员会担任常委的黎锦熙综合整理了上述几个版本，交由北京文化书社印行，并将书名正式确定为《国语文学史》。胡适归国之后，又结合新发现

---

① 陈独秀：《文学革命论》，载胡适：《胡适古典文学研究论集》，上海：上海古籍出版社，2013年，第 27 页。

② 陈独秀：《文学革命论》，载胡适：《胡适古典文学研究论集》，上海：上海古籍出版社，2013年，第 29 页。

③ 陈独秀：《文学革命论》，载胡适：《胡适古典文学研究论集》，上海：上海古籍出版社，2013年，第 28 页。

的文学史料将之改写为《白话文学史》（上卷），于1928年交由新月书店发行出版①。

其实早在在留学美国期间，胡适就已经开始思考从文学作品的载体——语言方面的特色入手来梳理中国文学史了。其写于1915年5月29日的留学日记中就有关于这方面问题的思考："适每谓吾国'活文学'仅有宋人语录，元人杂剧院本、章回小说，及元以来之剧本、小说而已。吾辈有志文学者，当从此处下手。"② 在这里，胡适第一次提出了"活文学"的概念，把宋元以来用语体文书写记录的文学作品视作中国文学史上最有活力和发展希望的代表。而在写于1916年4月5日的一则日记中，胡适更明确地讲道："总之，文学革命，至元代而登峰造极。其时，词也，曲也，剧本也，小说也，皆第一流之文学，而皆以俚语为之。其时吾国真可谓有一种'活文学'出世……惜乎五百余年来，半死之古文，半死之诗词，复夺此'活文学'之席，而'半死文学'遂苟延残喘，以至于今日。今日之文学，独我佛山人（吴趼人）、南亭亭长（李伯元）、洪都百炼生诸公之小说可称为'活文学'耳。"③ 这就把历来被推崇"雅文学"的知识分子视为"小道"，并且至少在公开场合都"不敢为之""不屑为之"的词、曲、杂剧、小说等用当时较为通俗的语体文为之的"俗文学"推崇到了"登峰造极"的"第一流之文学"的地位。

在留学归来并在中国学界获得崇高声望之后所作的《国语文学史》和《白话文学史》这两部书中，胡适延续了自己在早年留学期间就已经建立起来的学术思路，把几千年来中国文学史的发展按照其表现工具的不同分为"活文学"与"死文学"两条线索，并且只侧重对其中他所认为属于的"活文学"发展这一条线路的中国文学史发展史实展开叙述。《白话文学史》开篇的第一章的标题是"古文是何时死的"。在这一章中，胡适用汉武帝时期公孙弘的一封奏章作为证据把中国白话文学开始的时代划定在西汉时代："汉武帝时，公孙弘做丞相，奏曰：……臣谨案诏书律令下者，明天人分际，通古今之谊，文章尔雅，训辞深厚，恩施甚美。小吏浅闻，弗能究宣，无以明布谕下。（《史记》《汉书》'儒林传'参用）这可见当时不但小百姓看不懂那'文章尔雅'的诏书

---

① 考虑到胡适本人并未把《国语文学史》作为正式的著作加以公开发行，而是在归国后对之加以修订成为《白话文学史》并亲自交付出版，此书是继承了《国语文学史》的文学史思想的基础上修正了一些明显的偏颇之处，且正文之前有胡适本人的"自序"和"引子"，比较集中和典型地表达了作者对于中国文学史的思考，所以本书对胡适文学史思想的讨论主要以胡适在《白话文学史》中的表述为例证。

② 胡适：《胡适古典文学研究论集》，上海：上海古籍出版社，2013年，第3页。

③ 胡适：《胡适古典文学研究论集》，上海：上海古籍出版社，2013年，第11~12页。

律令，就是那班小官也不懂得。这可见古文在那个时候已成了一种死文字了。”他认为是古代帝王把包括科举在内的选拔人才的种种方式作为一种手段，保存了这原本已经是死文字的古文，而“元朝把科举停了近八十年，白话的文学就蓬蓬勃勃地兴起来了；科举回来了，古文的势力也回来了。直到现在，科举废了十几年了，国语文学的运动方才起来。科举若不废止，国语的运动决不能这样容易胜利”[①]。在把古代帝王所喜好和维护的文学作为参照物的前提下，胡适心目中所谓“白话文学”的范围是“包括旧文学中那些明白清楚近于说话的作品……‘白话’有三个意思：一是戏台上说白的‘白’，就是说得出，听得懂的话；二是清白的‘白’，就是不加粉饰的话；三是明白的‘白’，就是明白晓畅的话”。具体到中国文学史上的作品，胡适又进一步界定什么是“白话文学”：“我认定《史记》《汉书》里有许多白话，古乐府歌辞大部分是白话的，佛书译本的文字也是当时的白话或很近于白话，唐人的诗歌——尤其是乐府绝句——也有很多白话的作品。”[②] 虽然《白话文学史》仅叙述到中唐时代便戛然而止，《国语文学史》也不过讲到南宋时代，但是在《白话文学史》的“自序”中，胡适却向读者透露了自己当时计划中撰写的金元以后白话文学史的章节题目：

七、金元的白话文学
（1）总论
（2）曲一　小令
（3）曲二　弦索套数
（4）曲三　戏剧
（5）小说
八、明代的白话文学
（1）文学的复古
（2）白话小说的成人期
九、清代的白话文学
（1）古文学的末路
（2）小说上　清室盛时
（3）小说下　清室末年

① 以上引文见胡适：《白话文学史》，上海：上海古籍出版社，1999 年，第 8 页。
② 胡适：《白话文学史》，上海：上海古籍出版社，1999 年，自序第 7 页。

十、国语文学的运动①

从上面胡适的自述以及他对金元以后文学史写作所做的规划中可以看出，《白话文学史》是专门为记录胡适心目中中国文学史上的"活文学"而撰写的，不但在南宋以前只讲白话的诗歌散文，甚至在金元以后的篇章中就只剩下曲、戏剧、小说这些文体才被述及，而依旧被广大的文人士大夫所热衷创作的诗和文全部都不见了踪影。对于造成这种在今人看来确实存在的明显偏差的原因，胡适在本书的"自序"中这样解释：

> 这书名为"白话文学史"，其实是中国文学史。我在本书的引子里曾说：白话文学史就是中国文学史的中心部分。中国文学史若去掉了白话文学的进化史，就不成中国文学史了，只可叫做"古文传统史"罢了。……
> 我们现在讲白话文学史，正是要讲明……中国文学史上这一大段最热闹，最富于创造性，最可以代表时代的文学史。
> 但我不能不用那传统的死文学来做比较，故这部书时时讨论到古文学的历史，叫人知道某种白话文学产生时有什么传统的文学作背景②。

从这段话可以看出，今人看来《白话文学史》中对于中国文学史的选择性偏差叙述在胡适的眼中是根本不存在的。因为胡适认为，整个中国文学史发展进程中可值得加以叙述和记录的部分不过就是白话文学的部分，白话文学史也就是中国文学史本身。对于已经委屈沦落为白话文学史叙述背景的"古文传统史"的偶然出现，胡适心中似乎仍有些不甘不愿，所以就使用了"不能不用"的提法，对其视如敝屣的态度跃然纸上。在晚年的口述自传中，胡适再次回忆和评价自己当年所从事的中国文学史研究工作："特别是我把汉朝以后、一直到现在的中国文学的发展，分成并行不悖的两条线这一观点。在那上一级的一条线里的作家，则主要是御用诗人、散文家、太学里的祭酒、教授和翰林学士、编修等人。他们的作品则是一些仿古的文学，那半僵半死的古文文学。但是在同一个时期——那从头到尾的整个两千年之中——还有另一条线，另一基层和它平行发展的，那个一直不断向前发展的活的民间诗歌、故事、历史故事诗、一般故事诗、巷尾街头那些职业讲古说书人所讲的评话等，不一而足。这一堆数不尽的无名艺人、作家、主妇、乡土歌唱家，那无数的男女，在千百年无穷无尽的岁月里，却发展出一种以催眠曲、民谣、民歌、民间故事、讽喻

---

① 胡适：《白话文学史》，上海：上海古籍出版社，1999年，自序第3页。
② 胡适：《白话文学史》，上海：上海古籍出版社，1999年，自序第7页。

诗、讽喻故事、情诗、情歌、英雄文学、儿女文学等方式出现的活文学。这许多［早期的民间文学］，再加上后来的短篇小说、历史评话、和［更晚］出现的更成熟的长篇章回小说等，这一个由民间兴起的生动的活文学，和一个僵化了的死文学，双线平行发展，这一在文学史上有其革命性的理论实是我首先倡导的；也是我个人［对研究中国文学史］的新贡献。我想讲了这一点，也就足够说明我治中国文学史的大略了。"①

　　陈平原评论胡适的上述"双线文学史观"说："将中国文学按其'表现工具'（文言或白话）一分为二，构成互相对立平行发展的'古文传统史'和'白话文学史'，这一'大胆的假设'，确实是胡适首创的……这一研究思路打破了此前按朝代或文体讨论文学演进的惯例，找到了一根可以贯穿二千年中国文学发展的基本线索。自此以后，中国文学史再不是'文章辨体'或'历代诗综'，而是具备某种内在动力且充满生机的'有机体'……可以这样说，'双线文学观念'是20世纪中国学界影响最为深远的'文学史假设'。"② 陈平原对于胡适文学史思想和编纂实践在中国文学史学史上所产生重要意义的评价确属允当，但令人无法忽视的一个不争的事实却是：胡适在自己首创的这种"双线文学史观"指导下所编纂的自视为"中国文学史"的《白话文学史》并不能够真实完整地再现几千年来中国文学史发展变化的历史事实，历史上大量优秀的"雅文学"作品因为不能符合"白话文学史"或者"活文学"的标准而受到了不公平的批判，甚至于完全被彻底摒弃于中国文学通史著作的考察视域之外。这样的做法和其所产生的实际效果其实与中国古代如《宋书·谢灵运传论》《文心雕龙·时序》等文学通史研究著作以及清末如林传甲、窦警凡等人编纂的《中国（历朝）文学史》所表现出的偏重上层精英雅文学作品、忽略下层平民俗文学创作的失误之处异曲同工，属于同一错误的两极表现。

　　"白话文学史观"的提出固然与胡适等人当时所大力推行的"白话文运动"紧密相关，但是在很大程度上却也暗合了清末以来历史学界由梁启超、章太炎等人所发其端的建立"国民本位主义"新史学的学术潮流。这股新思潮原本致力于纠正传统史学中忽略平民大众的不良倾向，书写能够反映中国社会所有阶层历史面貌的新史书；但胡适在《白话文学史》中的做法却因为只重视白话文学而走上了另外一个极端，显然与这种大的学术环境相悖，也并不符合中国文

---

　　① 胡适口述，唐德刚译注：《胡适口述自传》，桂林：广西师范大学出版社，2005年，第252～253页。

　　② 陈平原：《中国现代学术之建立——以章太炎、胡适之为中心》，北京：北京大学出版社，2010年，第165页。

学发展历史的本来面目。因此，虽然胡适的"白话文学史观"甫出便在当时的中国文学史研究界产生了巨大的影响，但是真正完全照搬胡适做法而书写中国文学通史的学者却并不多见；即使众多文学史家在胡适的启发之下加大了对白话文学或者说平民文学的重视程度，也并没有像胡适那样把由御用文人和精英知识分子所创造的古文文学完全抛弃；即便是立场最接近胡适的学者，也往往会在并不对之给予好评的前提下把在《白话文学史》中不被提及的这部分作家作品加以介绍，以期尽可能还原中国文学史发展过程的全貌。

1932年6月，上海光华书局出版了胡行之所作的《中国文学史讲话》。这部书是作者1930年春任教于春辉中学时的讲义，分为上、下两卷并各有标题，上卷题为"过去传统文学的评价"，下卷题为"中国民众文学之发展"。在全书卷首的"编者例话"中，胡行之讲到自己编纂文学史的初衷："《中国文学史》的编著，向多注意一方，不是侧重传统文学，即是侧重白话文学，或者是混合的编辑；但都有偏倚或夹杂不清之弊。编者为欲使均等理解起见……另分两部，胪列既清，探究自易。且都用现代的眼光，作公平的衡量，一以便读者之追求史迹，一以便读者作比较研究，藉知文学真价底所在。"① 这说明作者对于仅仅因为文学史观或者对某些特定文体评价的不同而在文学史著作中对文学史实的叙述而有所偏重的现象是不满的，但是如果具体到胡行之本人的文学史观来说，他还是比较接近胡适"白话文学史观"的立场的。例如他在本书中对民众文学的定义是："民众文学是以民众为对象的，取材社会，描写人生，为民众自身或者平民化的文人所作的写实的，生动的，和谐的，而为最大多数人民所传颂爱护的白话文学。"② 而对待传统文学所下的定义则是："综括说来，传统文学是由文人故意做作出来的，模拟的，沿袭的，为多数人所不懂的没有生气的古典文学，它整个的特质，只在敷衍纸笔，不发生什么情感，不过为一种智识阶级的手淫罢了。"③ 把这两种定义加以对比就会发现，胡行之在对待民众文学时充满了温情和敬意，使用了诸如"生动""和谐""为人民所传颂爱护"等褒义性的词语；但是当他面对传统文学的时候，就又把用词换成了如"沿袭""没有生气""敷衍纸笔"甚至于直接贬斥为"一种智识阶级的手淫"。客观地说，如果不是存有一种先入为主的观念，则其对成就巨大的中国传统文学做出如此这般粗暴的贬低实在是一种极为荒唐的做法，持有这种观念的人也

① 胡行之：《中国文学史讲话》（上卷），上海：光华书局，1932年，编者例话第1~2页。
② 胡行之：《中国文学史讲话》（下卷），上海：光华书局，1932年，第10页。
③ 胡行之：《中国文学史讲话》（上卷），上海：光华书局，1932年，第8页。

必定无法在具体的文学史实构建过程中建立起具有足够科学性和说服力的美学与史学标准。

　　也许正是由于上述原因，胡行之对待其心目中的"民众文学"和"传统文学"的一正一负的态度并没有被彻底地贯彻到其《中国文学史话》对具体文学史实的叙述中。例如在上卷第五章"传统文学极盛的唐朝"的第五节"词学底发展"中，胡行之这样论述在唐代出现的在他看来是属于"传统文学"的"词"："词本为律诗的反动，因其句调长短，得以自由，或称'长短句'，这明明是谋一种解放，为文学上的进化。但其后调有定格，字有定数，韵有定声，止于其间填字，所以或称'填词'，又叫作'诗余'，这不但对律诗没有一些解放，而且更加束缚，终于又成为传统文学的枷锁了。"① 由于这段话处在本书上卷的"传统文学"之内，所以作者秉持了其在前文中已经奠定的贬斥基调，把没能够起到解放之功的新兴文体"词"视为传统文学的枷锁之一。但是，在追溯词的早期创作情况时，作者却说："等到大诗人李白作《菩萨蛮》及《忆秦娥》，词格方才渐渐形成。但上述二篇，或谓非李所作，而我则以为李个性浪漫，正是自由体诗之创造者。即不是他作，亦必是同一伟大诗人所作。"② 作者在这里把上文刚刚视为枷锁的词又转而推测为李白或者"同一伟大诗人"的作品，对之持以肯定的态度便与上文的观点形成了矛盾。这种评价态度的矛盾还体现在其对温庭筠和李煜等词人的论述上："温庭筠，本名岐，字飞卿，与李义山齐名，时称'温李'。可是李只以诗称浓艳，而温则诗词都美。温词所作甚多，而又多叙儿女柔情，别有风调，可以称为最初的一大'词'家……词由晚唐而至五代特盛。唐昭宗（李晔）后唐庄宗（李存勖）及蜀主王衍孟昶（后蜀主），都善于词，而尤以南唐二主李璟（嗣主）李煜（后主）为最著。至于后主之词，凄婉动人，所谓'亡国之音哀以思'直是一个婉约的大词人了。李煜、字重光、璟之子、他很有天才，工书画，妙音律。尝著杂说百篇，时人以为可继曹丕之《典论》，又有集十卷，今皆不传。传于今者，只有诗词五十余首，已足使他不朽了。他的词，几乎没有一首不使人凄然而表深切的同情。"③ 温庭筠现存的词作大多雕辞砌句、浓丽香艳，充满了封建时代贵族知识分子的享乐情趣，这与作者在前面一直秉持的文学评判标准是相冲突的，但是却被许为"一大'词'家"。唐昭宗等帝王的作品距离作者标榜推崇的审美

---

① 胡行之：《中国文学史讲话》（上卷），上海：光华书局，1932年，第89～90页。
② 胡行之：《中国文学史讲话》（上卷），上海：光华书局，1932年，第90页。
③ 胡行之：《中国文学史讲话》（上卷），上海：光华书局，1932年，第91～92页。

趣味更远，尤其是南唐后主李煜的词作，实为历代公认标准的文人词，若依作者推崇的"民众文学"的评鉴标准，本应属于成就不高的"无生气""敷衍纸笔"的"智识阶级手淫"之作；但作者却又对其不吝溢美之词，称其人为"不朽"的"婉约的大词人"，称其作"凄婉动人""几乎没有一首不使人凄然而表深切的同情"。除非承认作者是被这些本来属于"文人故意做出来的，模拟的，沿袭的"优秀词作以其自身无与伦比的美学力量吸引，难以坚守其原本打算一直秉持的"平民文学至上"的文学史立场，否则无法解释作者为何会对这些作品以及它们的作者做出这样充满赞美和推崇的正面评价。

与之相对应的是作者在本书下卷第五章"唐代民众化的文学"第四节"晚唐五代的词"中对其心目中属于"民众文学"的"词"的创作情况的叙述："韦应物、李义山、温庭筠、杜牧之等一班人，诗文都绮丽缠绵，又踏上六朝的风习。不过因律诗束缚之余，又起了一个反动，就有所谓长短句——词——出来了，可算是民众化文学底一线曙光。词的来源，本要推陈后主《江南弄》、梁·沈约《六忆》、隋炀帝《望江南》、李白（?）①《菩萨蛮》《忆秦娥》等，但盛行起来却在晚唐五代。晚唐词人有韦应物、刘禹锡、戴叔伦、王建、韩翃、温庭筠等，但或太绮腻不近民众化，其中明白通俗的，实可推为解放文学。五代文学、直可以词为代表。在上者有李存勖（后唐庄宗）、王衍（蜀主）、孟昶（后蜀主）以及南唐二主璟与煜。在下的有韦庄、牛峤、毛文锡、和凝、皇甫松……孙光宪、张泌、冯延己等一班人。这批人所作的词虽也有不近民众化的，但大半通俗而富情感，实颇有歌咏的价值。其中，尤以南唐后主的词为最伟大，为我们最所应纪念的！"②对于同样的对象，在上卷的"传统文学"中偏要说它是"文学的枷锁"，在下卷的"民众文学"中便只说它是"律诗束缚之余的一个反动"，是"民众化文学底一线曙光"。既然视之为"民众化文学底一线曙光"，却又不得不把它的来源追溯到陈后主、隋炀帝等帝王的作品，而且在作者罗列的众多代表作家中竟然也找不出一位确实只具有普通民众的身份，甚至于被作者评为"最伟大"词人的也只能是拥有帝王身份的南唐后主。试问以上提及的这些高居社会顶层的大贵族又何尝被"平民化"过？

作者在后面在接下来的叙述中还列举了李煜的四首词作③。其中有三首叙写个人情怀：其一，"《捣练子》：深院静，小庭空，断续寒砧断续风；无奈夜

---

① 表示作者有疑之意。
② 胡行之：《中国文学史讲话》（下卷），上海：光华书局，1932年，第96～97页。
③ 以下所引李后主词作参见胡行之：《中国文学史讲话》（下卷），上海：光华书局，1932年，第99页。

长人不寐，数声和月到帘栊"。其二，"《相见欢》：无言独上西楼，月如钩，寂寞梧桐深院锁清秋。剪不断，理还乱，是离愁；别有一番滋味，在心头"。其三，"《忆江南》：多少恨，昨夜梦魂中。还似旧时游上苑，车如流水马如龙，花月正春风"。

这里面提到的"深院""小庭""西楼""上苑""车如流水马如龙"等景物和景象怎么会是一般平民百姓所能拥有的？倘若是全为想象，那岂不是全盘作伪而流于"敷衍纸笔"之作了吗？

还有一首似为书写个人生活闲趣："《渔父》：浪花有意千里雪，桃花无言一队春。一壶酒，一竿身，快活如侬有几人？"

殊不知这种"一壶酒，一竿身"，闲坐赏千里浪花、一队春桃的"快活"又岂是为全家老小每日生计出没风波之中的普通渔民平日间所能想望得到的？这恐怕也只能是衣食无忧的李后主闲来客串的一时野趣而已，又怎能够算得上是"以民众为对象的，取材社会，描写人生"的真正意义上的"民众文学"呢？

尽管在全书的开头，胡行之已经对何谓"民众文学"做出了明确的定义，但是在下文具体的文学史叙述中却又没有严格按照上文中已经做出的定义来对文学史实做出评判。这也许可以算是他在过分推崇"民众文学""活文学"倾向与还原中国文学史历史事实之间所做出的有意识平衡。胡行之的这种做法也说明如果严格按照胡适提出并为凌独见等一些文学史家在文学史编纂实践中奉行的"白话文学至上"的文学史观来编纂中国文学史，则必将无法真实描述出中国文学发展过程的本来面目，也必定有悖于最基本的文学审美常识。客观地说，由胡适首次提出的这种"双线文学史观"原本是为其所致力于的"白话文运动"寻找历史依据；其在中国文学史编纂历史上的最重要意义就在于可以促使中国文学史研究界加大对被几千年来的通史性文学史研究著作在有意无意间所忽视的小说、戏曲、民间歌谣等俗文学的研究力度。但是如果矫枉过正地令所谓的"民众文学""白话文学"粗暴取代在之前几千年间所书写的文学史研究著作中被"传统文学""古文学"所一家独霸的垄断地位，其实质也仍然是继续维持在之前几千年间就一直存在的对文学发展历史的叙述顾此失彼的错误，最终建构出有悖于历史本来面目的、片面的中国文学史。

20世纪初章太炎在其《齐物论释》中借注解《庄子·齐物论》来阐发自己的哲学和文化思想，在阐释《齐物论》中的"昔者尧问于舜曰：'我欲伐宗、脍、胥敖，南面而不释然。其何故也？'舜曰：'夫三子者，犹存乎蓬艾之间。

若不释然，何哉？昔者十日并出，万物皆照，而况德之日进者乎!"① 一节时说："或言齐物之用，廓然多途，今独以蓬艾者言何也？答曰文野之见，尤不易除，夫灭国者假是为名，此是梼杌、穷奇之志耳。如观近世有言无政府者，自谓至平等也，国邑州闾，泯然无间，贞廉诈佞，一切都捐，而犹横箸文野之见，必令械器日工，餐服愈美，劳形苦身，以就是业，而谓民职宜然，何其妄欤！故应物之论，以齐文野为究极。"② 这里的"齐文野"一语充分表达了章太炎平等对待不同形态文明的进步主张。如果借用此语来形容20世纪二三十年代以胡行之等为代表的中国文学史家在建构全面真实的中国文学史叙述秩序时所付出的平衡性努力恰也十分合适。正是在这种以"齐雅俗"为最终目的的"平衡性"叙述中，20世纪早期的中国文学史研究界在中国文学通史编纂方面也走上了一条与同时期史学界建构"国民本位主义"新史学相呼应的道路，在对中国文学历史发展进程进行建构的过程中尽量给予"雅文学"与"俗文学"以合乎实际情况的平等对待，其影响一直持续到了21世纪的今天。

小　结

1918年，刚刚从美国留学归来的胡适在任教北京大学期间根据自己的博士论文出版了《中国哲学史大纲》（上卷）。时任北京大学校长的蔡元培高度评价了这部为胡适赢得了国内学术界巨大声望的著作，在卷首所作的序言中，蔡元培把自己眼中胡适这部书的特长归纳为四点，其中的第三点说的是所谓"平等的眼光"。蔡元培说："古代评判哲学的，不是墨非儒就是儒非墨。且同是儒家，荀子非孟子，崇拜孟子的人，又非荀子。汉宋儒者，崇拜孔子，排斥诸子；近人替诸子抱不平，又有意嘲弄孔子。这都是闹意气罢了！适之先生此编，对于老子以后的诸子，各有各的长处，各有各的短处，都还他一个本来面目，是很平等的。"③

不带个人立场，尽可能公平公正地还原历史以本来面目——这显然是作为史家最基本的学术素养。但当我们梳理20世纪早期中国文学史编纂的历史进程时就会发现，要在文学史的撰写过程中做到这样"尽可能的公平公正"也并

---

① 章炳麟：《章太炎全集》（第六卷），上海：上海人民出版社，2014年，第117页。
② 章炳麟：《章太炎全集》（第六卷），上海：上海人民出版社，2014年，第119页。
③ 胡适：《中国哲学史大纲》，上海：上海古籍出版社，1997年，蔡序第2页。

非完全如想象中的那么顺利。

　　受到同时期史学界中以梁启超为代表的"新史学"思潮批判"君史"的影响，20世纪早期的中国文学史家也逐渐改变了先秦以来只重精英文学、轻视平民文学的传统。但是"新史学"展开对"君史"的批判并不是要把以专制帝王为代表的精英阶层驱逐出历史记录，而是为了建立一种可以平等记录全国各个阶层历史的"国民主义史学"。在写作《中国哲学史大纲》时能够对先秦诸子秉持"平等的眼光"的胡适在写作《国语文学史》与《白话文学史》时的立场就明显有失公正。也正是由于以胡适为代表的这样一批文学史家所持偏颇的文学史立场太过明显，所以在这种立场作用下出现的文学史叙述内容的过于狭窄就无法被学术界的大多数学者接受。主流的文学史家虽然在各自的文学史中加强了对平民文学的叙述力度，但是也并没因此而将精英文学视如敝屣，反倒是之前被蔡元培所大加赞赏的"平等的眼光"成了文学史家们在编纂各自文学史著作时做出的不约而同的选择。

第二章　文学史的发展进程与动因

第一节　中国史家对历史发展进程与动因认识的改变

在绵延数千年的文明岁月中，中华民族经历了几十次王朝更迭，见证过不可计数的兴衰成败。丰富的历史经验使得中国古代史家在很早以前就开始对历史的发展进程和发展动因究竟如何的问题进行全面总结和深刻思考。

先秦时代，作为战国时期儒家学派最著名代表人物之一的孟子，不但是思想深邃的哲学家、思想家、教育家，还是学识渊博的历史学家。由其与弟子合著的《孟子》七篇，包含了丰富的史实和对之展开的深刻反思。在《孟子·滕文公·下》中，孟子这样总结尧舜时代到战国时期中国历史的发展进程：

予岂好辩哉？予不得已也。天下之生久矣，一治一乱。当尧之时，水逆行，泛滥于中国。蛇龙居之，民无所定。下者为巢，上者为营窟。《书》曰："洚水警余。"洚水者，洪水也。（朱熹注：此一乱也。）使禹治之。禹掘地而注之海，驱蛇龙而放之菹。水由地中行，江、淮、河、汉是也。险阻既远，鸟兽之害人者消，然后人得平土而居之。（朱熹注：此一治也。）

尧舜既没，圣人之道衰。暴君代作，坏宫室以为污池，民无所安息；弃田以为园囿，使民不得衣食。邪说暴行又作，园囿、污池，沛泽多而禽兽至。及纣之身，天下又大乱。（朱熹注：又一大乱也。）周公相武王，诛纣伐奄，三年讨其君，驱飞廉于海隅而戮之。灭国者五十，驱虎、豹、犀、象而远之。天下大悦。《书》曰："丕显哉，文王谟！丕承哉，武王烈！佑启我后人，咸以正无缺。"（朱熹注：此一治也。）

世衰道微，邪说暴行有作，臣弑其君者有之，子弑其父者有之。（朱熹注：又一乱也。）孔子惧，作《春秋》。《春秋》，天子之事也，是故孔子曰："知我者其惟《春秋》乎！罪我者其惟《春秋》乎！"（朱熹注：亦一治也。）

圣王不作，诸侯放恣，处士横议，杨朱、墨翟之言盈天下。天下之言，不归杨，则归墨。杨氏为我，是无君也；墨氏兼爱，是无父也。无父无君，是禽兽也。公明仪曰："庖有肥肉，厩有肥马，民有饥色，野有饿莩，此率兽而食人也。"杨墨之道不息，孔子之道不著，是邪说诬民，充塞仁义也。仁义充塞，则率兽食人，人将相食。（朱熹注：此又一乱也。）吾为此惧。闲先圣之道，距杨墨，放淫辞，邪说者不得作。作于其心，害于其事；作于其事，害于其政。圣人复起，不易吾言矣。（朱熹注：是亦一治也。）①

按照孟子对自唐尧以来中国历史发展的概括性介绍，宋儒朱熹把这段历史分解为"一乱—一治，又一大乱—一治，又一乱—亦一治，又一乱—亦一治"这样"乱"与"治"之间的几次循环。显然在孟子看来，人类社会的历史发展进程并不是一帆风顺的坦途大道，而是在"乱"与"治"的波谷与波峰之间来回颠簸的狂暴海洋——治乱交替、兴衰循环才是历史发展的本来面目。

如果说孟子的"历史循环论"还仅仅是一种历史现象的简单描述的话，那么稍后于孟子的齐国阴阳家邹衍则把这种现象抽象概括到了理论的高度。

由于邹衍其人并无著作流传，今人对他生平以及学说的了解就只能够根据西汉司马迁在《史记》中对他的记载。《史记·孟子荀卿列传》记载："邹衍睹有国者益淫侈，不能尚德……乃深观阴阳消息而作怪迂之变，《终始》《大圣》之篇十余万言。其语闳大不经，必先验小物，推而大之，至于无垠。先序今以上至黄帝，学者所共术，大并世盛衰，因载其禨祥制度，推而远之，至天地未生，窈冥不可考而原也……称引天地剖判以来，五德转移，治各有宜，而符应若兹。"② 邹衍在战国时代首倡"五德说"，用来解释人间世事的盛衰兴替，受到战国时期各国君主和掌权贵族的欢迎。"邹子重于齐。适梁，惠王郊迎，执宾主之礼。适赵，平原君侧行撇席。如燕，昭王拥彗先驱，请列弟子之座而受业，筑碣石宫，身亲往师之……其游诸侯见尊礼如此，岂与仲尼菜色陈蔡，孟轲困于齐梁同乎哉！"③ 由此可见这种学说在当时为人信服的程度。

虽然今天无法看到邹衍自著之书，因而无从得知其本人对"五德说"的具体论述，但是在战国晚期由吕不韦主编的《吕氏春秋》中，却可以了解到稍晚于邹衍的学者对"五德说"的具体认识："凡帝王者之将兴也，天必先见祥乎

---

① 朱熹：《四书集注》，北京：中华书局，1983 年，第 271~272 页，引文中朱注部分只是截取。
② 司马迁：《史记》，北京：中华书局，1997 年，第 2344 页。
③ 司马迁：《史记》，北京：中华书局，1997 年，第 2345 页。

下民。黄帝之时，天先见大螾大蝼。黄帝曰：'土气胜。'土气胜，故其色尚黄，其事则土。及禹之时，天先见草木秋冬不杀。禹曰：'木气胜。'木气胜，故其色尚青，其事则木。及汤之时，天先见金刃生于水。汤曰：'金气胜。'金气胜，故其色尚白，其事则金。及文王之时，天先见火赤乌衔丹书集于周社。文王曰：'火气胜。'火气胜，故其色尚赤，其事则火。代火者必将水，天且先见水气胜。水气胜，故其色尚黑，其事则水。水气至而不知数备将徙于土。"①在这里，作者把"黄帝—夏禹—商汤—周文王"四代创业垂统之君所崇拜侍奉的神秘力量分别对应"土—木—金—火"四气和"黄—青—白—赤"四色，并且做出预言，将来能取代周室拥有天下的必然会是崇奉可以克制"火"气的"水"气之人，而再后来拥有一统天下之命运者必将是侍奉"土"气与黄色之君，从而完成"土、木、金、火、水"这"五德"之间依次取代的一个循环。

邹衍所提出的"五德说"被结束了数百年来列国混战局面而统一全国的嬴秦和西汉王朝尊奉。在汉武帝刘彻时代，大儒董仲舒在吸取前人成说的基础之上，进一步把"五德说"发展成"三统论"（或曰"三统三正论"）。所谓的"三统"是"黑统""白统"和"赤统"，所谓"三正"是指更统之后随之改变纪年之正朔。董仲舒在《春秋繁露·三代改质制文》中是这样具体介绍的："三正以黑统初。正日月朔于营室，斗建寅。天统气始通化物，物见萌达，其色黑。故朝正服黑，首服藻黑，正路舆质黑，马黑，大节绶帻尚黑，旗黑，大宝玉黑，郊牲黑……祭牲黑牡，荐尚肝。乐器黑质。"②"正白统者，历正日月朔于虚，斗建丑。天统气始蜕化物，物始芽，其色白，故朝正服白，首服藻白，正路舆质白，马白，大节绶帻尚白，旗白，大宝玉白，郊牲白……祭牲白牡，荐尚肺。乐器白质。"③"正赤统者，历正日月朔于牵牛，斗建子。天统气始施化物，物始动，其色赤，故朝正服赤，首服藻赤，正路舆质赤，马赤，大节绶（,）④帻尚赤，旗赤，大宝玉赤，郊牲骍……祭牲骍牡，荐尚心。乐器赤质。"⑤而在董仲舒看来中国汉代以前的历史发展也正是在这黑、白、赤"三统"之间往复循环的："故汤受命而王，应天变夏作殷号，时正白统……文王受命而王，应天变殷作周号，时正赤统……《春秋》应天作新王之事，时正

---

① 吕不韦：《吕氏春秋集释》，许维遹集释，北京：中华书局，2009年，第284页。
② 董仲舒：《春秋繁露义证》，苏舆义证，北京：中华书局，1992年，第191~192页。
③ 董仲舒：《春秋繁露义证》，苏舆义证，北京：中华书局，1992年，第193~194页。
④ 原文有"，"疑衍，故而加"（）"以志之，以下引文中如有疑衍之处皆仿此处理。
⑤ 董仲舒：《春秋繁露义证》，苏舆义证，北京：中华书局，1992年，第194~195页。

黑统。"① 西汉王朝则因为是按照有帝王之德而无帝王之位的孔子在《春秋》中所立之法来统治天下，所以应该是属于继承了周朝"赤统"之后的"黑统"②。因此，中国古代夏朝—殷商—周朝—西汉的历史进程就完成了一次"黑统—白统—赤统—黑统"的循环。也正是在董仲舒的直接推动下，汉武帝刘彻"罢黜百家，独尊儒术"，确立了儒家学派在中国思想史上的官方正统地位，董仲舒的这一套充满神秘主义色彩的"三统三正循环"的历史发展模式受到了长时期的广泛认同，汉唐以来的每个王朝在甫得天下之际全都无一例外地改正朔、易服色，以期待能够因为契合"三统"之间的转化而国运长久。

到了北宋时期，理学家邵雍把由董仲舒所提出的"三统三正循环说"发展为新的"皇帝王霸循环说"。在其最重要的著作《皇极经世书》中，邵雍把从传说中三皇五帝到隋唐五代的中国历史概括为一个在"皇—帝—王—霸"之间逐渐演化循环的过程："三皇春也。五帝夏也。三王秋也。五伯冬也。七国冬之余冽也。汉王而不足。晋伯而有余。三国，伯之雄者也。十六国，伯之丛者也。南五代，伯之借乘也。北五代，伯之传舍也。隋，晋之子也。唐，汉之弟也。隋季诸郡之伯，江汉之余波也。唐季诸藩镇之伯，日月之余光也。后五代之伯，日未出之星也。"③ 他进而把这个过程解释为一个治极而乱的过程："自极乱至于极治，必三变矣。三皇之法无杀，五伯之法无生。伯一变而至于王矣，王一变而至于帝矣，帝一变而至于皇矣。其于生也，非百年而何？是知三皇之世如春，五帝之世如夏，三王之世如秋，五伯之世如冬。如春，温如也；如夏，燠如也；如秋，凄如也；如冬，冽如也。"④ 并认为从三皇、五帝到三王、五霸是每况愈下的时代，给人民带来了越来越难以忍受的痛苦生活。但是，邵雍也并不认为这种看似退化的历史进程是一种绝对不可逆转的过程，他说："所谓皇帝王伯者，非独谓三皇五帝三王五伯而已。但用无为，则为皇也；用恩信，则帝也；用公正，则王也；用知力，则伯也。伯以下，则苗蛮；苗蛮而下，是异类也。《易》始于三皇，《书》始于五帝，《诗》始于三王，《春秋》始于五伯。"⑤ 在邵雍看来，只要选择了正确的施政方向，采用代表着不同时代的经典作为治理国家的根本大法，就存在把国家建设得如同三皇时代那样美好的可能性；但如果不依经典并且施政方向错误的话，就会使国家沦落为连

---

①　董仲舒：《春秋繁露义证》，苏舆义证，北京：中华书局，1992 年，第 186~187 页。

②　班固：《汉书》，北京：中华书局，1997 年，第 2495~2529 页。

③　邵雍：《皇极经世书》，黄畿注、卫绍生校理，郑州：中州古籍出版社，1991 年，第 285 页。

④　邵雍：《皇极经世书》，黄畿注、卫绍生校理，郑州：中州古籍出版社，1991 年，第 278 页。

⑤　邵雍：《皇极经世书》，黄畿注、卫绍生校理，郑州：中州古籍出版社，1991 年，第 394 页。

"苗蛮"也不如的"异类"。

在研究何者才是推动历史发展的动因方面，中国人同样在很久以前就开始了有意识的思考和总结。

《诗经·大雅·文王》有云：

> 文王在上，于昭于天。周虽旧邦，其命维新。有周不显，帝命不时。文王陟降，在帝左右。
>
> 亹亹文王，令闻不已。陈锡哉周，侯文王孙子。文王孙子，本支百世，凡周之士，不显亦世。
>
> 世之不显，厥犹翼翼。思皇多士，生此王国。王国克生，维周之桢；济济多士，文王以宁。
>
> 穆穆文王，于缉熙敬止。假哉天命。有商孙子。商之孙子，其丽不亿。上帝既命，侯于周服。
>
> 侯服于周，天命靡常。殷士肤敏。裸将于京。厥作裸将，常服黼冔。王之荩臣。无念尔祖。
>
> 无念尔祖，聿修厥德。永言配命，自求多福。殷之未丧师，克配上帝。宜鉴于殷，骏命不易！
>
> 命之不易，无遏尔躬。宣昭义问，有虞殷自天。上天之载，无声无臭。仪刑文王，万邦作孚①。

正所谓"周虽旧邦，其命维新"，原本实力弱小的西周之所以能够在周文王的领导之下最终战胜实力强大的殷商，其最重要原因就在于它承受了"天命"。而因为"天命靡常"，原本拥有"天命"而统治天下的殷商一旦失去了天命，哪怕仍然拥有众多的人口和强大的实力，却也只能顺应天命、臣服于西周的统治。可见在《大雅·文王》的作者心目中，"天命"才是能够决定历史发展进程的终极动力。但在推崇"天命"在历史发展进程中的巨大力量的同时，作者也并没有完全抹杀"人力"在决定历史发展进程中的独特作用。作者一方面认为，是否可以承接"天命"的最主要原因是看个人或国家是否能够修德，正是由于周文王是"亹亹文王，令闻不已"和"穆穆文王，于缉熙敬止"等一副勤修己德的贤明君主模样，所以才能够获得上天的眷顾而获得所谓的"天命"；而另一方面，正因为当时周文王领导下的西周有着"世之不显，厥犹翼

---

① 阮元：《十三经注疏》，北京：中华书局，1980年，第503～505页。原文有句读，凡本书中所引用部分之新式标点均为本书作者所加。

翼。思皇多士，生此王国。王国克生，维周之桢；济济多士，文王以宁"这样一种人才济济的政治局面，所以承接了"天命"的周文王正是在众多能臣良士的"人事"辅佐之下，才能最终开疆拓土、建功立业。

这种在研究历史发展动因问题时将"天命"与"人事"并重的做法在先秦时代的另外一部重要典籍《尚书》中也得到了突出的体现。

《夏书·甘誓》记载夏启对有扈氏的征伐。为了鼓舞全军的士气，夏启假借天意对即将出征的"六御"将士们誓师："有扈氏威侮五行，怠弃三正，天用剿绝其命，今予惟恭行天之罚。左不攻于左，汝不恭命；右不攻于右，汝不恭命；御非其马之正，汝不恭命。用命，赏于祖；弗用命，戮于社，予则孥戮汝。"[1] 明明是有扈氏部族因为不满夏启自取天下共主之位而开罪于他，而夏启却偏偏要用"天"的名义，把对有扈氏的讨伐称作"行天之罚"，任何在军事行动中不服从命令的人也会被他假借天命而加以严厉的惩罚。《商书·汤誓》记载了商汤同样把起兵造反称为代天行事："匪台小子敢行称乱，有夏多罪，天命殛之。"[2]《周书·牧誓》中周武王宣布讨伐殷商的理由是："今商王受惟妇言是用，昏弃厥肆祀弗答，昏弃厥遗王父母弟不迪，乃惟四方之多罪逋逃，是崇是长，是信是使，是以为大夫卿士。俾暴虐于百姓，以奸宄于商邑。今予发，惟恭行天之罚。"[3] 即周武王指责商朝的亡国之君商王受偏信谗言、暴虐百姓，自己对他发动战争也不过是"行天之罚"。

《周书·多士》在归纳殷商一朝兴衰成败的历史经验时说："自成汤至于帝乙，罔不明德恤祀。亦惟天丕建，保乂有殷，殷王亦罔敢失帝，罔不配天其泽。在今后嗣王，诞罔显于天，矧曰其有听念于先王勤家？诞淫厥泆，罔顾于天，显民祗，惟时上帝不保，降若兹大丧。"[4] 关键在于作为最高统治者的商王是否能够敬天命而修己德，而西周兴盛的原因也正如《周书·康诰》中追述的那样："惟乃丕显考文王，克明德慎罚；不敢侮鳏寡，庸庸，祗祗，威威，显民，用肇造我区夏，越我一、二邦以修。我西土惟时怙冒，闻于上帝，帝休，天乃大命文王。殪戎殷，诞受厥命。"[5] 是周文王能够修明己德而获得上天帮助的缘故。因此，《周书·召诰》中记载周公进一步总结历史经验和教训说："我不可不监于有夏，亦不可不监于有殷。我不敢知曰：'有夏服天命，惟

---

① 阮元：《十三经注疏》，北京：中华书局，1980年，第155页。
② 阮元：《十三经注疏》，北京：中华书局，1980年，第160页。
③ 阮元：《十三经注疏》，北京：中华书局，1980年，第183页。
④ 阮元：《十三经注疏》，北京：中华书局，1980年，第220页。
⑤ 阮元：《十三经注疏》，北京：中华书局，1980年，第203页。

有历年。'我不敢知曰:'不其延。'惟不敬厥德,乃早坠厥命。我不敢知曰:'有殷受天命,惟有历年。'我不敢知曰:'不其延。'惟不敬厥德,乃早坠厥命。今王嗣受厥命,我亦惟兹二国命,嗣若功。"①

具体到敬天修德的措施方面,《周书·无逸》记载了周公对周成王的一番劝勉之词。首先是要求作为最高统治者的帝王不能够一味耽于逸乐,而不知升斗小民的稼穑艰难:"君子所其无逸。先知稼穑之艰难,乃逸,则知小人之依。"进而列举了殷商贤王中宗、高宗、祖甲的例子:"昔在殷王中宗,严恭寅畏,天命自度,治民祗惧,不敢荒宁。肆中宗之享国七十有五年。其在高宗,时旧劳于外,爰暨小人。作其即位,乃或亮阴,三年不言。其惟不言,言乃雍。不敢荒宁,嘉靖殷邦。至于小大,无时或怨。肆高宗之享国五十年有九年。其在祖甲,不义惟王,旧为小人。作其即位,爰知小人之依,能保惠于庶民,不敢侮鳏寡。肆祖甲之享国三十有三年。"周公认为上述这三位商代先王全部都能做到谦恭谨慎地治理天下,体恤百姓的艰难,不荒废政事以追求逸乐,所以天下安定、享国长久。而除他们之外的殷商王朝的后嗣之君们则表现出与之截然相反的做派:"自时厥后立王,生则逸。生则逸,不知稼穑之艰难,不闻小人之劳,惟耽乐之从。自时厥后,亦罔或克寿。或十年,或七八年,或五六年,或四三年。"一个个骄奢淫逸、耽于享乐,不知天下百姓稼穑之艰难,所以政事荒废、享国日短。与之形成鲜明对比的是西周的三位先王——太王古公亶父、王季季历和周文王:"呜呼!厥亦惟我周太王、王季,克自抑畏。文王卑服,即康功田功。徽柔懿恭,怀保小民,惠鲜鳏寡。自朝至于日中昃,不遑暇食,用咸和万民。文王不敢盘于游田,以庶邦惟正之供。文王受命惟中身,厥享国五十年。"三人都能够做到勤勉政事、克制欲望,体恤民生、惠及百姓,所以才能令国家政事清明而自己也享国日久。在总结了上述的历史经验和教训之后,周公对成王说:"呜呼!继自今嗣王,则其无淫于观、于逸、于游、于田,以万民惟正之供。无皇曰:'今日耽乐。'乃非民攸训,非天攸若,时人丕则有愆。无若殷王受之迷乱,酗于酒德哉。"即明确向作为继承文王和武王基业的嗣任者周成王指出:身为帝王者,只有不沉湎于赏玩、逸乐、巡游、田猎,不像殷商亡国之君帝辛纣王那样迷乱、酗酒,不过分压迫剥削天下百姓,才是符合民心天命的正确做法。如果反其道而行之,就会造成"则若时,不永念厥辟,不宽绰厥心,乱罚无罪,杀无辜。怨有同,是丛于厥身"②,

① 阮元:《十三经注疏》,北京:中华书局,1980年。第213页。
② 以上引文见阮元:《十三经注疏》,北京:中华书局,1980年,第221~223页。

即集天下万民之怨恨于一身的糟糕局面出现，最终危及王朝的统治。可见，在周公看来，身为帝王之人是否能够修身养性、勤修己德是决定他是否能够稳定而持续地保有"天命"的最重要前提。

汉代史学家司马迁在《报任安书》中这样谈到自己写作史书的目的："仆窃不逊，近自托于无能之辞，网罗天下放失旧闻，考之行事，稽其成败兴坏之理，凡百三十篇，亦欲以究天人之际，通古今之变，成一家之言。"① 这其中的"究天人之际"一语可谓道破了中国古代史家探索历史发展动因的实质。自先秦时代以来的中国史学家们大都认同富含神秘主义色彩的"历史循环论"，把"天命"与"人事"视为推动中国历史发展进程的两大动因。这种情况一直持续到19世纪中叶，随着西潮东渐漂洋过海而来的西方史学思想对中国历史学界造成了极大的冲击，国人对历史发展方向与历史发展动因这两方面的认识才发生了巨大的变化。

在1894—1895年的中日甲午战争中，一直以东方老大帝国自居的清朝被自己曾经一直鄙视的日本这样一个"蕞尔小邦"打得丧师辱国、割地赔款，完全失去了在亚洲保持了数千年的强国地位。曾经留学英伦三年，深谙西学之道的严复目睹这一严峻形势，出于对国家前途和民族命运的深沉忧虑之心，先后在天津《直报》上发表了《论世变之亟》《原强》《辟韩》《救亡决论》等文章，向世人宣传变法救亡的改良主义思想。在《原强》一文中，严复向国人郑重介绍了达尔文的《物种起源》②和其中所蕴含的进化论思想在欧美诸国所产生的巨大影响："达尔文者，英国讲动植物之学者也。承其家学，少之时，周历寰瀛。凡殊品诡质之草木禽鱼，裒辑甚富。穷精眇虑，垂数十年而著一书，其名曰《物种探原》。自其书出，欧美二洲几于家有其书，而泰西之学术政教，一时斐变。论者谓达氏之学，其一新耳目，更革心思，甚于奈端③氏之格致天算，殆非虚言。"并进而向社会公众宣传其具体内容："物竞者，物争自存也；天择者，存其宜种也……其始也，种与种争，群与群争，弱者常为强肉，愚者常为智役……动植如此，民人亦然。民人者，固动物之类也。"④ 后来严复在与友人的书信中进一步解释道："盖物竞天择之用，必不可逃。善者因之，而愚者适与之反，优劣之间，必有所死。因天演之利用，则所存者皆优；反之，

---

① 班固：《汉书》，北京：中华书局，1997年，第2735页。
② *The Origin of Species*，严复初译作《物种探原》。
③ 似应为"牛顿"之音译。
④ 以上引文见严复：《原强修订稿》，载王轼：《严复集》（第一册），北京：中华书局，1986年，第16页。

则所存者皆劣。顾劣者终亦不存,而亡国灭种之终效至矣。"① 显然,严复认为,达尔文在自然界动植物种群之中发现的这一规律完全也可以用来概括当时他所看到的中国与外洋列强之间的竞争局面。

1898年,严复述译了赫胥黎所著的《进化论与伦理学》②(Evolution and ethics),采用了意译、改写、插入议论以及加按语等方式,立足于当时中国的现实国情,阐述其本人的历史和政治哲学观点。在这部译著中,严复所着力阐发的观点有三:第一,进化论是一种放诸四海而皆准的普遍规律。第二,完全赞同斯宾塞把物竞天择、适者生存的自然律引入对人类社会发展进程的研究中。第三,只有不断地进化、产生新的能力和特质才能适应不断变化的环境,从而在日趋激烈的生存竞争中赢得最后的胜利③。严复赞同英国哲学家、有"社会达尔文主义之父"之称的斯宾塞把达尔文提出的天演进化理论运用到有关人类社会历史进程的相关研究上来,但是同时也反对斯宾塞学说中那种鼓吹任由人类个体和国家之间展开弱肉强食的丛林法则的殖民主义倾向,主张东方以中国为代表的广大受到欧美列强压迫国家应该在危急关头奋发图强、救亡保种。赫胥黎此书所持的观点恰恰与严复相同。吴汝纶在为严复翻译的《天演论》所作的序言中也对由赫胥黎所提倡的这一观点表示出了赞赏之意:"赫胥黎氏起而尽变故说,以为天不可独任,要贵以人持天。以人持天,比究极乎天赋之能,使人治日即乎新,而后其国永存;而种族赖以不坠,是之谓与天争胜。而人之争天而胜天者,又皆天事之所苞。是故天行人治,同归天演……凡赫胥黎氏之道具如此,斯以信美矣。"④ 严复在自序中也说:"赫胥黎氏此书之旨,本以救斯宾塞任天为治之末流,其中所论,与吾古人有甚合者。且于自强保种之事,反复三致意焉。"⑤ 显然,深受西方达尔文、斯宾塞、赫胥黎等人学说影响的严复在对于历史发展动因的认识上同时看重"天演"与"人为",而在情感色彩方面又更加偏重于后者所起到的作用:"人欲图存,必用其才力心思,以与是妨生者为斗。负者日退,而胜者日昌。胜者非他,智德力三者皆

---

① 严复:《与熊纯如书》,载王轼:《严复集》(第三册),北京:中华书局,1986年,第614页。

② 即严复所译的《天演论》。

③ 白寿彝:《中国史学史》(第六册),上海:上海人民出版社,2006年,第六册,第211~212页。

④ 赫胥黎:《天演论》,严复译,载刘梦溪:《中国现代学术经典·严复卷》,石家庄:河北教育出版社,1996年,第3页。

⑤ 赫胥黎:《天演论》,严复译,载刘梦溪:《中国现代学术经典·严复卷》,石家庄:河北教育出版社,1996年,第8页。

大是耳。三者大而后与境相副之能恢，而生理乃大备。"① 还进一步通过从一般规律到欧洲列强振兴国势的历史经验阐述"人为"的重要作用："今者欲治道之有功，非与天争胜焉，固不可也。法天行者非也，而避天行者亦非。夫曰与天争胜云者，非谓逆天拂性，而为不详不顺者也。道在尽物之性，而知所以转害为功。夫自不知者言之，则以藐尔之人，乃欲与造物争胜，欲取两间之所有，驯扰驾御之以为吾利，其不自量力而可闵叹，孰逾此者？……百年来欧洲所以富强称最者，其故非他，其所胜天行，而控制万物，前民用者，方之五洲，与夫前古各国最多故耳。以已事测将来，吾胜天为治之说，殆无以易也。是故善观化者，见大块之内，人力皆有可通之方；通之愈宏，吾治愈进，而人类乃愈亨。"② 对于中国的前途命运，严复充满了希望，认为只要鼓足勇气、坚毅不屈，上下一心、奋力争取，必能转祸为福、因害为利："吾辈生当今日，固不当如鄂谟所歌侠少之轻剽，亦不当如瞿昙黄面，哀生悼世，脱屣人寰，徒用示弱而无益来叶也。固将沉毅用壮，见大丈夫之锋颖，强立不反，可争取而不可降。所遇善，固将宝而维之；所遇不善，亦无慑焉。早夜孜孜，合同志之力，谋所以转祸为福，因害为利而已矣。"③ 所以，他借用英国著名诗人丁尼生④诗作《尤利西斯》（*Ulysses*）中的名句来号召天下有识、有志之士与他一起为中国的前途命运而努力奋斗："丁尼孙之诗曰：'挂帆沧海，风波茫茫。或沦无底，或达仙乡。'⑤ 二者何择，将然未然。时乎时乎，吾奋吾力。不竦不憡，丈夫之必。'⑥ 吾愿与普天下有心人，共矢斯志也。"⑦

　　1903 年，在为翻译英国学者甄克思的《社会通诠》（*A History of Politics*）作序时，严复自己结合甄克思的学说提出了他心目中人类历史发展进程的五个阶段："夷考进化之阶级，莫不始于图腾，继以宗法，而成于国家。

---

①　赫胥黎：《天演论》，严复译，载刘梦溪：《中国现代学术经典·严复卷》，石家庄：河北教育出版社，1996 年，第 44 页。

②　赫胥黎：《天演论》，严复译，载刘梦溪：《中国现代学术经典·严复卷》，石家庄：河北教育出版社，1996 年，第 94～95 页。

③　赫胥黎：《天演论》，严复译，载刘梦溪：《中国现代学术经典·严复卷》，石家庄：河北教育出版社，1996 年，第 96 页。

④　严复译作"丁尼孙"。

⑤　原诗句为：It may be that the gulfs will wash us down, It may be we shall touch the Happy Isles. 译文应该仅到"或达仙乡"为止。下文并非丁尼生诗句的译文，所以此处的"'"为本书作者所改加。

⑥　此处点校者标点有误。

⑦　赫胥黎：《天演论》，严复译，载刘梦溪：《中国现代学术经典·严复卷》，石家庄：河北教育出版社，1996 年，第 96 页。

方其为图腾也，其民渔猎，至于宗法，其民耕稼，而二者之间，其相嬗而转变者以游牧。最后由宗法以进于国家，而二者之间，其相受而蜕化者以封建。方其封建，民业大抵犹耕稼也。独至国家，而后兵、农、工、商四者之民备具，而其群相生相养之事乃极盛而大和，强立藩衍而不可以克灭。"① 即"图腾—游牧—宗法—封建—国家"五个阶段。而且严复认为，这样的五个阶段是全世界所有国家都必须经历的唯一历史发展模式。在出版于 1906 年的《政治学讲义》中，严复又进一步指出：世界上五大洲在历史发展进程方面不谋而合，"最始是图腾社会"，"其次乃入宗法社会，此是教化一大进步"，"最后乃有军国社会"②。严复的这种论断是其在达尔文、斯宾塞和赫胥黎等人学说影响下产生的，是认为人类历史发展进程都必须遵循同一种发展模式和方向的单向度的进化史观。

由严复等人宣传引介的进化史观在中国学界引发了极大的震动，戊戌变法时期的许多维新人物都将其视作鼓吹维新变法运动的学理依据。"戊戌六君子"之一的谭嗣同在接收了进化论学说的基础上提出了"日新"的概念："反乎逝而观，则名之曰'日新'……天不新，何以生？地不新，何以运行？日月不新，何以光明？四时不新，何以寒燠发敛之迭更？草木不新，丰缛者歇矣；血气不断，经络者绝矣；以太不新，三界万法皆灭矣。"③ 又说："天地以新为运，人以新为生……早岁之盛强，晚岁已成衰弱；今日之神奇，明日即化腐臭……盖日新者，行之而后见，泛然言之，徒滋陈迹而已。"④ 在谭嗣同看来，天地万物不仅时刻都在变化，而且是在不停地向前发展的："天地万物之始，一泡焉耳。泡分万泡，如镕金汁，因风旋转，卒成圆体。日又再分，遂成此土。遇冷而缩，由缩而干；缩不齐度……或乃有纹，纹亦有理，如山如河。缩疾干迟，溢为降水……草蕃虫蛚，譬他利亚，微植微生，螺蛤蛇龟，渐具禽形。禽至猩猿，得人七八。人之聪秀，后亦胜前。"⑤ 因此，一国若维新变法则可以日益强大，若只知泥古守旧则必败亡有期："欧、美二洲，以好新而兴；日本效之，至变其衣食嗜好。亚、非、澳三洲，以好古而亡。中国动辄援古

---

① 严复：《译社会通诠自序》，载王轼：《严复集》（第一册），北京：中华书局，1986 年，第 135 页。

② 严复：《政治讲义》，载王轼：《严复集》（第五册），北京：中华书局，1986 年，第五册，第 1245 页。

③ 谭嗣同：《仁学》，载蔡尚思、方行：《谭嗣同全集》，北京：中华书局，1981 年，第 318 页。

④ 谭嗣同：《报贝元微书》，载蔡尚思、方行：《谭嗣同全集》，北京：中华书局，1981 年，第 2 页。

⑤ 谭嗣同：《仁学》，载蔡尚思、方行：《谭嗣同全集》，北京：中华书局，1981 年，第 330 页。

制，死亡之在眉睫。犹牺心与榛狉未化之世，若于今熟视无睹也者。"① 谭嗣同认为，人类社会的历史发展进程必将遵循从"逆三世"到"顺三世"，即"太平世—升平世—据乱世—据乱世—升平世—太平世"这样的规律来发展。但是这并不是如中国历史上董仲舒等人提出的那种"三统说"那样简单的循环，在谭嗣同的思想体系中，这一前一后两个"太平世"之间存在非常大的差异。具体说来，第一次"太平世"即是人类历史上的洪荒时代，那时"人之初生，浑浑灏灏，肉食而露处，若有知，若无知，殆亦无以自远于螺蛤鱼蛇龟鸟兽焉。有智者出，规划榛莽，有以养，有以卫，拔其身于螺蛤鱼蛇龟鸟兽之中，固已切切然全生远害，而有以自立，然与夷狄也亦无辨"②，可谓一片原始荒蛮的景象。而第二次将要到来的"太平世"则是一个更加美好的大同时代，那时"不独父其父，不独子其子；父子平等，更何有于君臣？举凡独夫民贼所为一切箝制束缚之名，皆无得而加诸"③。"人人能自由，是必为无国之民。无国则畛域化，战争息，猜忌绝，权谋弃，彼我亡，平等出；且虽有天下，若无天下矣。君主废，则贵贱平；公理明，则贫富均。千里万里，一家一人。视其家，逆旅也；视其人，同胞也。父无所用其慈，子无所用其孝，兄弟忘其友恭，夫妇亡其倡随。"④ 甚至在全世界范围内也可以达到"大同"的境界："人人可有教主之德，而教主废；人人可有君主之权，而君主废。于时遍地为民主……不惟浑一地球，乃至无地球；不惟统天，乃至无天。"⑤ 这就说明，谭嗣同提出的历史发展观是一种螺旋式上升的发展进化模式，是中国传统史学思想与近代西方进化学说的有机结合。

同样在这一时期，与谭嗣同同为戊戌变法主力思想家的梁启超也在进化论的影响下提出了自己的"新史学"思想。

在广州万木草堂求学期间，自诩学贯中西的康有为那种糅合了中国传统公羊学与西方进化论的历史哲学令青年梁启超深受触动。在撰写于 1896 年的《变法通议》一文中，梁启超初步阐述了自己的历史哲学。他认为"变"是"古今之公理"，近代以来的印度、突厥、波兰、中亚回部诸国、越南、缅甸、高丽等国家都因为拒绝变法、对弊政做出改革而面临亡国的惨境，与之形成鲜

---

① 谭嗣同：《仁学》，载蔡尚思、方行：《谭嗣同全集》，北京：中华书局，1981 年，第 319 页。

② 谭嗣同：《石菊影庐笔识·思篇》，载蔡尚思、方行：《谭嗣同全集》，北京：中华书局，1981 年，第 131 页。

③ 谭嗣同：《仁学》，载蔡尚思、方行：《谭嗣同全集》，北京：中华书局，1981 年，第 335 页。

④ 谭嗣同：《仁学》，载蔡尚思、方行：《谭嗣同全集》，北京：中华书局，1981 年，第 367 页。

⑤ 谭嗣同：《仁学》，载蔡尚思、方行：《谭嗣同全集》，北京：中华书局，1981 年，第 370 页。

明对比的是俄罗斯、普鲁士、日本等国家因为开展维新变法、革除弊政，国力日渐增长、终成强国①。戊戌政变失败后，梁启超东渡日本避祸，得以接触大量西学书籍，对进化论的理解进一步加深。撰写于海外的《论学术之势力左右世界》《中国史叙论》和《新史学》等著作就旨在向世人介绍进化论学说，进而帮助中国学界确立由进化论所主导的新的史学观念。梁启超认为进化论学说是一种可以被应用于全世界的普遍真理："凡人类智识所能见之现象，无一不可以进化之大理贯通之。政治法制之变迁，进化也；宗教道德之发达，进化也；风俗习惯之移易，进化也。数千年之历史，进化之历史；数万里之世界，进化之世界也。"② 而且，与谭嗣同一样，梁启超也认为历史的发展并非遵循中国传统学者心目中的简单循环模式："孟子曰：天下之生久矣，一治一乱。此误会历史真相之言也。苟治乱相嬗无已时，则历史之象当为循环，与天然等，而历史学将不能成立。孟子此言，盖为螺线之状所迷，而误以为圆状，未尝综观自有人类以来万数千年之大势，而察其真方向之所在，徒观一小时代之或进或退或涨或落，遂以为历史之实状如是云尔。譬之江河东流以朝宗于海者，其大势也；乃或所见局于一部，偶见其有倒流处，有曲流处，因以为江河之行，一东一西，一北一南，是岂能知江河之性矣乎！"③ 而是按照螺旋的方式不断前进："就历史界以观察宇宙，则见其生长而不已，进步而不知所终，故其体为不完全。且其进步又非为一直线，或尺进而寸退，或大涨而小落，其象如一螺线。"④

在探讨历史发展动因方面，梁启超也提出了自己新的见解。在其早年间最重要的史学理论著作《新史学》中，梁启超明确提出新时期的史家书写历史必须要时刻注意叙述"人群进化之现象，而求得其公理公例者也"⑤。这一点在梁启超看来殊非易事："虽然，求史学之公理公例，固非易易。如彼天然科学者，其材料完全，其范围有涯，故其理例亦易得焉。如天文学，如物质学，如

① 梁启超：《变法通议·自序》，载梁启超：《饮冰室合集·文集之一》，北京：中华书局，1989年，第1~3页。

② 梁启超：《论学术之势力左右世界》，载梁启超：《饮冰室合集·文集之六》，北京：中华书局，1989年，第114页。

③ 梁启超：《新史学》，载梁启超：《饮冰室合集·文集之九》，北京：中华书局，1989年，第8页。

④ 梁启超：《新史学》，载梁启超：《饮冰室合集·文集之九》，北京：中华书局，1989年，第7页。

⑤ 梁启超：《新史学》，载梁启超：《饮冰室合集·文集之九》，北京：中华书局，1989年，第10页。

化学，所已求得之公理公例不可磨灭者，既已多端；而政治学、群学、宗教学等，则瞠乎其后，皆由现象之繁赜，而未到终点也。"[1] 梁启超认为古代史家之所以未能在历史书写中找到真正的"公理公例"的原因有二。其一在于："知有一局部之史，而不知自有人类以来全体之史也。或局于一地，或局于一时代。如中国之史，其地位则仅叙述本国耳，于吾国外之现象，非所知也。前者他国之史亦如是。其时代则上至书契以来，下至胜朝之末为止矣，前乎此，后乎此，非所闻也。夫欲求人群进化之真相，必当合人类全体而比较之，通古今文野之界而观察之。内乡邑之法团，外至五洲之全局，上自穹古之石史，下至昨今之新闻，何一而非客观所当取材者。综是焉以求其公理公例，虽未克完备，而所得必已多矣。问畴昔之史家，有能焉者否也？"[2] 即只把研究的视域局限在一时一地，不知考虑域外以及本国正史之外的重要因素，跨越人为划定的时空限度，努力在更加广阔的材料世界里寻找影响历史发展进程的"公理公例"。其二在于："徒知有史学，而不知史学与他学之关系也。夫地理学也，地质学也，人种学也，人类学也，言语学也，群学也，政治学也，宗教学也，法律学也，平准学也，皆与史学有直接之关系。其他如哲学范围所属之伦理学、心理学、论理学、文章学，及天然科学范围所属之天文学、物质学、化学、生理学，其理论亦常与史学有间接之关系，何一而非主观所当凭借者。取诸学之公理公例，而参伍钩距之，虽未尽适用，而所得又必多矣。问畴昔之史家，有能焉者否也？"[3] 也即认为古代史家没有跨学科的学术视野，不能借助于史学之外的自然、社会与人文学科的相关理论和知识来发现、认识和理解存在于人类时史发展进程中的"公理公例"。

总而言之，19世纪末20世纪初，有相当数量的中国史学家在进化论等西方学术思想的影响之下开始改变了数千年来对于历史发展进程和历史发展动因的既有认识。在对历史进程的认识方面，从相信"五德""三统""三世"等循环史观发展为服膺在进化论影响下产生的单向度、螺旋式等进化史观；在对历史发展动因的认识方面，从古代神秘色彩浓重的"天命"与多指代君王政教措施的"人事"两大因素决定论的笼统思维模式转变为科学色彩日益浓厚的跨越

---

① 梁启超：《新史学》，载梁启超：《饮冰室合集·文集之九》，北京：中华书局，1989年，第10页。

② 梁启超：《新史学》，载梁启超：《饮冰室合集·文集之九》，北京：中华书局，1989年，第10页。

③ 梁启超：《新史学》，载梁启超：《饮冰室合集·文集之九》，北京：中华书局，1989年，第10～11页。

人种、国界、学科等局限的多角度综合实证考察模式。发生在史学领域内的这样一系列重大转变深刻地影响了与之处于同一时期的中国文学史的研究和编纂活动，使之产生了相类似的新的变化。

第二节　20世纪早期文学史家对文学史发展进程认识的转换

在唐代以前，中国文学研究界对于中国文学史发展进程的看法大致包含"崇古论""新变论"和"通变论"三种观点①，其中以"崇古论"出现最早。

汉朝自武帝时代便开始尊儒家学说为治国之本，作为"五经"重要组成部分之一的《诗经》受到了历代统治者的重视和儒家学者的推崇，有"齐、鲁、韩、毛"等众多学派同时从多方面着手对《诗经》文本展开了深入而透彻的研究。西汉毛诗学派有《诗大序》传世，认为"故诗有六义焉：一曰风，二曰赋，三曰比，四曰兴，五曰雅，六曰颂。上以风化下，下以风刺上，主文而谲谏，言之者无罪，闻之者足以戒，故曰风。至于王道衰，礼义废，政教失，国异政，家殊俗，而变风、变雅作矣。国史明乎得失之迹，伤人伦之废，哀刑政之苛，吟咏情性，以风其上，达于事变而怀其旧俗者也。故变风发乎情，止乎礼义。发乎情，民之性也；止乎礼义，先王之泽也"②。在这里，《诗大序》的作者把诗经中的内容分为"正风正雅"与"变风变雅"两部分，后者是对前者的偏离。东汉时期著名经学家郑玄在其《诗谱序》中对《诗大序》的这种观点进一步解释道：

> 迄及商王，不风不雅。何者？论功颂德，所以将顺其美；刺过讥失，所以匡救其恶。各于其党，则为法者彰显，为戒者著明。
>
> 周自后稷播种百谷，黎民阻饥，兹时乃粒，自传于此名也。陶唐之末中叶，公刘亦世修其业，以明民共财。至于大王、王季，克堪顾天。文、武之德，光熙前绪，以集大命于厥身，遂为天下父母，使民有政有居。其时诗：风有《周南》《召南》，雅有《鹿鸣》《文王》之属。及成王，周公

---

① 陈伯海认为唐代以前对文学史发展进程的认识可分为"复古论""新变论"和"通变论"三种。本书作者认为其后两类概括比较恰切，但是把并没有明确提出今后的文学发展应该回归古代文学的《诗大序》作者、郑玄、班固等人称之为"复古论"者并不符合实际情况，这些人不过在著作中表达了对古代文学的高度赞赏和对文运日衰的无限慨叹，所以将其统称为"崇古论"者较为合适。参见陈伯海：《文学史与文学史学》，北京：北京大学出版社，2012年，第193~196页。

② 《毛诗序》，载郭绍虞：《历代文论选》（第一册），上海：上海古籍出版社，2001年，第63页。

致大平，制礼作乐，而有颂声兴焉，盛之至也。本之由此风雅而来，故皆录之，谓之诗之正经。

后王稍更陵迟，懿王始受谮亨齐哀公。夷身失礼之后，邶不尊贤。自是而下，厉也，幽也，政教尤衰，周室大坏，《十月之交》《民劳》《板》《荡》勃尔俱作，众国纷然，刺怨相寻。五霸之末，上无天子，下无方伯，善者谁赏，恶者谁罚，纪纲绝矣！故孔子录懿王、夷王时诗，讫于陈灵公淫乱之事，谓之变风变雅。以为勤民恤功，昭事上帝，则受颂声，弘福如彼；若违而弗用，则被劫杀，大祸如此。吉凶之所由，忧娱之萌渐，昭昭在斯，足作后王之鉴，于是止矣。①

郑玄在继承《诗大序》成说的基础之上详细回顾了三代以来政治的兴衰，并将其与《诗经》中所收录诗歌相联系，认为随着时代的发展，自夷王之后周朝的国家政治越发黑暗，《诗经》中所收录的诗歌也经历了一个逐步由"正"向"变"转化、偏离原本"温柔敦厚"的风格的退化过程。

东汉史学家班固也认为自先秦时代以来的诗歌发展史是一个不断退化的过程："故乐者，圣人之所以感天地，通神明，安万民，成性类者也。然自《雅》《颂》之兴，而所承衰乱之音犹在，是谓淫过凶嫚之声，为设禁焉。世衰民散，小人乘君子，心耳浅薄，则邪胜正。故《书》序：'殷纣断弃先祖之乐，乃作淫声，用变乱正声，以说妇人。'乐官师瞽抱其器而奔散，或适诸侯，或入河海。夫乐本情性，浃肌肤而臧骨髓，虽经乎千载，其遗风余烈尚犹不绝。至春秋时，陈公子完奔齐。陈，舜之后，《韶》乐存焉。故孔子适齐闻《韶》，三月不知肉味，曰：'不图为乐之至于斯！美之甚也。'周道始缺，怨刺之诗起。王泽既竭，而诗不能作。王官失业，《雅》《颂》相错，孔子论而定之，故曰：'吾自卫反鲁，然后乐正，《雅》《颂》各得其所。'是时，周室大坏，诸侯恣行，设两观，乘大路。陪臣管仲、季氏之属，三归《雍》彻，八佾舞廷。制度遂坏，陵夷而不反，桑间、濮上，郑、卫、宋、赵之声并出。内则致疾损寿，外则乱政伤民。巧伪因而饰之，以营乱富贵之耳目。庶人以求利，列国以相间。故秦穆遗戎而由余去，齐人馈鲁而孔子行。至于六国，魏文侯最为好古，而谓子夏曰：'寡人听古乐则欲寐，及闻郑、卫，余不知倦焉。'子夏辞而辨之，终不见纳，自此礼乐丧矣。"② 显然，班固认为先秦时代最美好的诗乐要

---

① 郑玄：《诗谱序》，载郭绍虞：《历代文论选》（第一册），上海：上海古籍出版社，2001年，第70页。

② 班固：《汉书》，北京：中华书局，1997年，第1039～1042页。

数五帝时代帝舜所做的《大韶》（简称《韶》），后来《诗经》中所收录的《雅》《颂》因为"所承衰乱之音犹在，是谓淫过凶嫚之声"而已非完美。周道衰落之后，诸侯贵卿恣意乱礼，怨刺诗起、"雅""颂"错乱，比诸西周则又逊一筹。待至春秋时代，桑濮音乱、郑卫声淫，纲纪倾颓、礼乐崩坏，舜之《大韶》已成绝响。由此可以看出在班固眼中，中国先秦以后的诗歌发展史一直在走下坡路，真可算得上是"一代不如一代"。

在代表了儒家学派文学思想的"崇古论"如日中天之时，一些具有强烈独立思想和反叛精神的学者却卓有见识地提出了关于中国文史发展进程的反对性意见："新变论"。

东汉著名思想家王充在其巨著《论衡》中高举"反叛"的大旗，对当时占据着思想界统治地位的盲目崇古、复古之说展开了尖锐的批判。其中《论衡·超奇》篇云："俗好高古而称所闻，前人之业，菜果甘甜；后人新造，蜜酪辛苦。长生家在会稽，生在今世，文章虽奇，论者犹谓稚于前人。天禀元气，人受元精，岂为古今者差杀哉！优者为高，明者为上。实事之人，见然否之分者，睹非，却前退置于后，见是，推今进置于古，心明知昭，不惑于俗也。班叔皮续《太史公书》百篇以上，记事详悉，义浅理备。观读之者以为甲，而太史公乙。子男孟坚为尚书郎，文比叔皮，非徒五百里也，乃夫周、召、鲁、卫之谓也。苟可高古，而班氏父子不足纪也。"① 王充用通俗易懂的生活体验举例说明当时盲目崇古之人的可笑，并以班彪、班固父子与司马迁的创作为例证说明文之高下需在尊重事实的基础上科学评判，而不能简单以古今别之。在《论衡·案书》篇中，王充又再次借助汉代作家的创作经历抨击盲目尊古贱今的不良倾向："夫俗好珍古不贵今，谓今之文不如古书。夫古今一也，才有高下，言有是非，不论善恶而徒贵古，是谓古人贤今人也。案东番邹伯奇、临淮袁太伯、袁文术、会稽吴君高、周长生之辈，位虽不至公卿，诚能知之囊橐，文雅之英雄也。观伯奇之《元思》，太伯之《易〔章〕句》，文术之《咸铭》，君高之《越纽录》，长生之《洞历》，刘子政、扬子云不能过也。〔盖〕才有浅深，无有古今；文有伪真，无有故新。广陵陈子回、颜方，今尚书郎班固，兰台令杨终、傅毅之徒，虽无篇章，赋颂记奏，文辞斐炳，赋象屈原、贾生，奏象唐林、谷永，并比以观好，其美一也。当今未显，使在百世之后，则子政、子云之党也。韩非著书，李斯以言事；扬子云作《太玄》，侯铺子随而宣之。非、斯同门，云、铺共朝，睹奇见益，不为古今变心易意；实事贪善，不远为

---

① 王充：《论衡全译》，袁华忠、方家常译注，贵阳：贵州人民出版社，1993年，第853页。

术并肩以迹相轻，好奇无已，故奇名无穷。扬子云反《离骚》之经，非能尽反，一篇文往往见非，反而夺之。《六略》之录万三千篇，虽不尽见，指趣可知，略借不合义者，案而论之。"① 王充认为，当时社会上以"崇古贱今"为标准，无形中就贬抑了许多实际上才华横溢、文学成就完全可以与古人并肩的天才作家。他还特别举出来班固、傅毅等人作为例证，认为以这二位作家为代表的一大批汉代作家虽然在当时没有大部头的文学著作问世，但他们写的赋颂记奏，言辞极有文采，完全可以同古代的屈原、贾谊、唐林、谷永等名家比肩。他并且大胆断言即使在当时他们没有获得如同屈原、贾谊那样高的评价，但是在千百年后，他们必定会被评价为取得了像刘向和扬雄那样伟大成就的作家。今天看来，王充的这句断语用在傅毅身上确乎不虚，而班固的文学成就更应在贾、唐、刘、扬诸人之上。

生活在两晋之交的学者葛洪也持有对"崇古贱今"观念的批判立场。在其所著的《抱朴子·诘鲍》篇中，葛洪直言不讳地批判了顽固坚持"历史倒退"主义观点的人："古者生无栋宇，死无殡葬，川无舟楫之器，陆无车马之用，吞啖毒烈，以至殒毙，疾无医术，枉死无限。后世圣人，改而垂之，民到于今，赖其厚惠，机巧之利，未易败矣。今使子居则反巢穴之陋，死则捐之中野，限水则泳之游之，山行则徒步负戴，弃鼎铉而为生臊之食，废针石而任自然之病。裸以为饰，不用衣裳，逢女为偶，不假行媒。吾子亦将曰不可也。"② 葛洪认为人类社会的历史发展规律是从物质贫乏、科技落后、人民生活困苦的状态向物质丰富、科技进步、人民生活逐步安定的状态发展。如果让当时社会上那些罔顾事实、顽固坚持"历史倒退"观点的人穿越回他们心目中完美无比的古代社会去生活，相信他们必定都会表示拒绝。在坚持"今胜于古"的历史发展观基础上，葛洪进而对文学领域"崇古贱今"的不良风气进行了批判："又世俗率神贵古昔而黩贱同时……虽有超群之人，犹谓之不及竹帛之所载也；虽有益世之书，犹谓之不及前代之遗文也。是以仲尼不见重于当时，《大玄》见蚩薄於比肩也。俗士多云：今山不及古山之高，今海不及古海之广，今日不及古日之热，今月不及古月之朗。何肯许今之才士，不减古之枯骨！重所闻，轻所见，非一世之所患矣。"③

葛洪并未仅仅限于枯燥地说理论事，而是联系到具体的作家作品来说明自

---

① 王充：《论衡全译》，袁华忠、方家常译注，贵阳：贵州人民出版社，1993 年，第 1766 页。
② 葛洪：《抱朴子外篇校笺》（下册），杨明照校笺，北京：中华书局，1997 年，第 544～548 页。
③ 葛洪：《抱朴子外篇校笺》（下册），杨明照校笺，北京：中华书局，1997 年，第 118～120 页。

己的观点："且古书之多隐，未必昔人故欲难晓。或世异语变，或方言不同；经荒历乱，埋藏积久，简编朽绝，亡失者多，或杂续残缺，或脱去章句。是以难知，似若至深耳。且夫《尚书》者，政事之集也，然未若近代之优文、诏、策、军书、奏、议之清富赡丽也。《毛诗》者，华彩之辞也，然不及《上林》《羽猎》《二京》《三都》之汪濊博富也……今诗与古诗，俱有义理，而盈于差美。方之于士，并有德行，而一人偏长艺文，不可谓一例也；比之于女，俱体国色，而一人独闲百伎，不可混为无异也。若夫俱论宫室，而奚斯《路寝》之颂，何如王生之赋《灵光》乎？同说游猎，而《叔畋》《卢铃》之诗，何如相如之言《上林》乎？并美祭祀，而《清庙》《云汉》之辞，何台郭氏《南郊》之艳乎？等称征伐，而《出车》《六月》之作，何如陈琳《武军》之壮乎？则举条可以觉焉。近者夏侯湛、潘安仁并作补亡诗，《白华》《由庚》《南陔》《华黍》之属，诸硕儒高才之赏文者，咸以古诗三百，未有足以偶二贤之所作也。"① 葛洪从历史客观事实出发，大胆地指出以《尚书》为代表的一大批古代遗存文献由于经历战乱水火之劫，或篇章残缺，或文字衍讹，已非当年的本来面目；而且由于古今言语演化的缘故，对这批文献进行解读就变得困难重重。也正是这个原因，后人在阅读这样一批传世的古代文献就会觉得它们玄奥古朴、高深莫测，不觉油然而生敬畏之感。《尚书》也好，《诗经》也罢，其中所收录的作品与后来的奏议诏令、诗词歌赋相比，无论在辞采华美还是内容博富方面都大大不如，王延寿、郭璞、司马相如、陈琳、潘安、夏侯湛等人的作品都是成就高于古人的胜蓝之作。

客观地说，无论是"崇古论"还是"新变论"，都带有一定程度极端化的色彩。古代学者对中国文学史发展进程的研究一旦只执着于一面，就必然会犯下过犹不及的错误。

南梁时期文学思想家刘勰在其名著《文心雕龙》中综合前人成说，在对"崇古论"和"新变论"二者各自的长短优劣之处加以批判吸收的基础之上，提出了有关中国文学史发展进程"通变论"的新观点。

在《文心雕龙·通变》篇末的"赞语"中，刘勰这样总结自己心目中中国文学发展所应当遵循的原则："文律运周，日新其业。变则可久，通则不乏。趋时必果，乘机无怯。望今制奇，参古定法。"② 他认为在进行文学创作的时候必须遵循两种方法："变"和"通"。其中的"变"可以被理解为"望今制

---

① 葛洪：《抱朴子外篇校笺》（下册），杨明照校笺，北京：中华书局，1997年，第67～75页。
② 刘勰：《文心雕龙注释》，周振甫注，北京：人民文学出版社，1981年，第331页。

奇"，即从作者所处时代的实际情况出发而生出新的变化；所谓"变则可久"，只有不断地变化，才能使文学创作具有持久的生命活力。而"通"则可以被理解为"参古定法"，即要从古人的创作实践中汲取经验教训来作为指导；所谓"通则不乏"，只有持续地从古人的创作中得到借鉴，才能使文学创作获得丰沛的灵感源泉。总之，也只有"通"与"变"、"继承学习"与"发扬创新"结合起来才能令"文律运周，日新其业"，从而促进中国文学史的健康可持续发展。

刘勰还在《文心雕龙·通变》篇中简要梳理了自传说中的黄帝时代一直到刘勰所处时代中国文学的发展进程："是以九代咏歌，志合文则。黄歌断竹，质之至也；唐歌在昔，则广于黄世；虞歌卿云，则文于唐时；夏歌雕墙，缛于虞代；商周篇什，丽于夏年。至于序志述时，其揆一也。暨楚之骚文，矩式周人；汉之赋颂，影写楚世；魏之篇制，顾慕汉风；晋之辞章，瞻望魏采。榷而论之，则黄唐淳而质，虞夏质而辨，商周丽而雅，楚汉侈而艳，魏晋浅而绮，宋初讹而新。从质及讹，弥近弥澹，何则？竞今疏古，风昧气衰也。"① 刘勰认为，从黄帝到东汉时代的文学在其发展过程中能够做到在继承前代文学优秀传统的基础上创造属于自己时代的艺术特色，而自魏晋以来中国文学的发展进程中则存在一种不良倾向——"竞今疏古"，即只注重与时人之间的相互学习、一争高下，却忽略了学习古代流传下来的优秀文学遗产，"今才颖之士，刻意学文，多略汉篇，师范宋集，虽古今备阅，然近附而远疏矣"，所以造成了当时文学创作中普遍存在的一种"从质及讹，弥近弥澹"的退化式发展局面。针对这个问题，刘勰给出的答案是："故练青濯绛，必归蓝蒨；矫讹翻浅，还宗经诰；斯斟酌乎质文之间，而隐括乎雅俗之际，可与言通变矣。"② 也即是在"还宗经诰"的前提条件下在古与今、质与文、雅与俗之间求乎"通变"。刘勰在《文心雕龙·序志》中介绍自己对全书架构的安排设计时也说："盖《文心》之作也，本乎道，师乎圣，体乎经，酌乎纬，变乎骚，文之枢纽，亦云极矣。"③ 从这句话可以看出，大而言之，"原道""徵圣""宗经"可以算得上是刘勰心目中"通变"中"通"的一面，而"正纬""辨骚"以下诸篇则充当了"通变"中"变"的一面。先圣经典、汉纬楚骚这些都是古人留下的宝贵遗产，刘勰在其"通变"的主张中着重强调了回归经典，这其实也在很大程度上表明"通变论"的内部是包含较多复古主义成分的。

---

① 刘勰：《文心雕龙注释》，周振甫注，北京：人民文学出版社，1981年，第330页。
② 刘勰：《文心雕龙注释》，周振甫注，北京：人民文学出版社，1981年，第331页。
③ 刘勰：《文心雕龙注释》，周振甫注，北京：人民文学出版社，1981年，第535页。

在唐代以前的中国文学研究史上，"崇古论"者认为中国文学的发展"今不如古"，"新变论"者认为"今胜于古"，以《文心雕龙》的作者刘勰为代表的"通变论"者在综合前人成说的基础上提出今后文学的发展方向应该是以"今古并尊"为手段、以"还宗经诰"为指归的一种"复古循环"。从唐代开始，这种"复古循环论"逐渐成为中国文学发展进程研究领域中占据主流地位的学说。

"初唐四杰"中的王勃秉承乃祖王通之家学重视传道正教之文，轻视缘情体物之作。在《上吏部裴侍郎启》一文中，王勃严厉批评了自屈宋、枚马、沈宋、徐庾等人的文学创作，认为他们的文学作品无益于宣扬政教，主张回复到先秦以前阐扬周公、孔氏之教的宣化之文的创作中去①。卢照邻在《驸马都尉乔君集序》中也持类似的观点："尼父克生，礼尽归于是矣。其后荀卿、孟子，服儒者之褒衣；屈平、宋玉，弄词人之柔翰。礼乐之道，已颠坠于斯文。"②骆宾王在《和学士闺情诗启》中也认为自汉代以来的文人创作虽然各有特色，但共同的缺点是"莫能正本"，不能很好地起到弘扬儒家学说的载道作用。他们都认为，在经历了千百年的衰退之后，中国文学接下来的发展前景必定是回到先秦时代以前那种重质轻文、文以载道的旧道路上去。

在继承了初唐诗人如"四杰"、陈子昂等人批判六朝以来华靡诗风的基础上，盛唐诗人继续以汉魏古诗和建安诗人为榜样，大力提倡诗之风骨。王昌龄盛赞曹植、刘桢："气高出于天纵，不傍经史，卓然为文。"③李白看重建安风骨云，"蓬莱文章建安骨"④；鄙视魏晋以来绮靡文风，"自从建安来，绮丽不足珍"⑤。杜甫也同样推崇建安诗风，把建安诗作作为评价时人作品优劣的标准，如品评高适诗歌"方架曹刘不啻过"⑥，认为自己的诗作是"赋诗时或如曹刘"⑦。《河岳英灵集》的编选者殷璠更是以风骨作为评鉴诗人的重要准则，

---

① 王勃：《王子安集注》，蒋清翊注，上海：上海古籍出版社，1995年，第130~131页。

② 卢照邻：《卢照邻集注》，祝尚书注，上海：上海古籍出版社，1994年，第312页。

③ 王昌龄：《论文意》，载王昌龄：《王昌龄集编年校注》，胡问涛、罗琴校注，成都：巴蜀书社，2000年，第291页。

④ 李白：《宣州谢朓楼饯别校书叔云》，载李白：《李太白全集》，王琦注，北京：中华书局，1999年，第861页。

⑤ 李白：《古风·其一》，载李白：《李太白全集》，王琦注，北京：中华书局，1999年，第87页。

⑥ 杜甫：《奉寄高常侍》，载杜甫：《杜诗镜铨》，杨伦注，上海：上海古籍出版社，1980年，第520页。

⑦ 杜甫：《秋述》，载杜甫：《杜诗镜铨》，杨伦注，上海：上海古籍出版社，1980年，第1078页。

他评王昌龄曰："元嘉以还四百年内，曹、刘、陆、谢，风骨顿尽。顷有太原王昌龄、鲁国储光羲，颇从厥迹。"① 评高适曰："适诗多胸臆语，兼有气骨，故朝野通赏其文。"② 评价崔颢："晚节忽变常体，风骨凛然。"③ 与此同时，《诗经》之"风""雅"同样也是盛唐诗人竞相效法的对象。李白有诗云："大雅久不作，吾衰竟谁陈？王风委蔓草，战国多荆榛。"④ 又云："大雅思文王，颂声久崩沦。"⑤ 都是在慨叹作为诗歌最高标准的"风雅"寝衰已久。杜甫诗曰"别裁伪体亲风雅"⑥ 也是直接把不属于《诗经》之体的诗歌全部视作不合规矩的"伪体"之作。总之，盛唐诗人都把回归建安或先秦时代作为挽救当时颓弊文风的正确选择，一旦当时文学的发展完全地按照这种设想进行下去，那就必然会走上一条复归古典的循环发展之路。

　　诗界如此，文界亦然。六朝骈文发展到唐代已臻极致，众多作者在对偶、辞藻、用典、声律方面斤斤计较，却忽略了文章创作本身的实用性。以韩愈、柳宗元为标志的作家文人不满于这种现状，高举"复古"旗帜，提倡学习两汉以前的"古文"传统，进一步强调要把散文创作恢复到他们心目中先秦时代"以文载道、文道合一"的理想状态。延及宋代，欧阳修接续了韩、柳的"复古"传统，反对六朝骈文，提倡在文学创作中学习韩愈、柳宗元等人所作的具有先秦两汉风格的散文。明代文坛的"前、后七子""唐宋派"等时时以先秦、唐宋的文学创作为学习和效法的榜样，主张重新回归到过去文学创作所走过的道路上来。

　　清代文论家叶燮远绍刘勰，近宗明代诸家，在其文论著作中明确提出解释中国文学发展进程规律的"源流本末正变盛衰互为循环说"。在《原诗·内篇》中，叶燮开宗明义地介绍了自己的观点："诗始于《三百篇》，而规模体具于汉。自是而魏，而六朝、三唐，历宋、元、明，以至昭代，上下三千余年间，诗之质文体裁格律声调辞句，递升降不同，而要之，诗有源必有流，有本必达末；又有因流而溯源，循末以返本。其学无穷，共理日出。乃知诗之为道，未

---

①　殷璠：《河岳英灵集注》，王克让注，成都：巴蜀书社，2006年，第300页。

②　殷璠：《河岳英灵集注》，王克让注，成都：巴蜀书社，2006年，第180页。

③　殷璠：《河岳英灵集注》，王克让注，成都：巴蜀书社，2006年，第212页。

④　李白：《古风·其一》，载李白：《李太白全集》，王琦注，北京：中华书局，1999年，第87页。

⑤　李白：《古风·其三五》，载李白：《李太白全集》，王琦注，北京：中华书局，1999年，第133页。

⑥　杜甫：《戏为六绝句·其六》，载杜甫：《杜诗镜铨》，杨伦注，上海：上海古籍出版社，1980年，第399页。

有一日不相续相禅而或息者也。但就一时而论,有盛必有衰;综千古而论,则盛而必至于衰,又必自衰而复盛。非在前者之必居于盛,后者之必居于衰也。乃近代论诗者,则曰:《三百篇》尚矣;五言必建安、黄初;其余诸体,必唐之初、盛而后可。非是者,必斥焉。如明李梦阳不读唐以后书,李攀龙谓'唐无古诗',又谓'陈子昂以其古诗为古诗,弗取也'。自若辈之论出,天下从而和之,推为诗家正宗,家弦而户习。习之既久,乃有起而掊之、矫而反之者,诚是也。然又往往溺于偏畸之私说,其说胜,则出乎陈腐而入乎颇僻;不胜,则两敝。而诗道遂沦而不可救。由称诗之人,才短力弱,识又蒙焉而不知所衷。既不能知诗之源流本末正变盛衰,互为循环。"① 在这里,叶燮认为自"诗三百"以来,中国文学的发展进程是一个有正有变、有盛有衰,盛衰相继、互为循环的过程。他批判了明代"前、后七子"等一批盲目尊古者所提出的论调,认为先秦、建安、初、盛唐时代都在不同的文学体裁方面取得了独特的成就,但是这并不能够说明这些时代的诗人们所取得成就是后代诗人所不能企及或者超越的,后人习颂、学习前人的优秀作品,从中获得启迪和教益,改变和超越这些前人所创造出来的榜样,便可以使得文学创作再次获得兴盛的局面。从这些表述中似乎可以看出叶燮本人是反对"崇古"之论的。但应该注意的是,叶燮同时认为,无论后世文学如何变化,总还有万变不离其宗之处,概括言之即是"道、体、雅"三者。他曾经这样说道:"道者,六经之道也……夫文之本乎经,袭其道而非袭其辞。如以其辞,则周秦以来三千余年间,其辞递变,日异而月不同,然能递变其辞,而必不能递变其道。盖天下古今,只有此一道,千差万别,总不能越。"② 即在叶燮看来,中国文学在自古以来的发展变化历程中所不断改变的只不过是文学的"辞",而儒家所尊奉的"六经之道"是被一直承袭而无论如何也不会改变的唯一正确的思想基础。叶燮又说:"'温柔敦厚',其意也,所以为体也,措之于用,则不同;辞者,其文也,所以为用也,返之于体,则不异。汉魏之辞,有汉魏之'温柔敦厚',唐、宋、元之辞有唐、宋、元之'温柔敦厚'。"③ 承接以上尊崇儒家"六经之道"的思路,在叶燮心目中可以作为历代文学不变核心内涵之"体"的,恰恰是作为儒家"六经"之一的《诗经》之教的"温柔敦厚"四个字。总而言之,无论是"道"还是"体",在叶燮看来,几千年前儒家经典所包含的文化内涵和诗学精髓绝

---

① 叶燮:《原诗》,霍松林校注,北京:人民文学出版社,1979年,第3页。
② 叶燮:《与人论文书》,载叶燮:《己畦文集》(卷十六),1917年长沙叶氏梦篆楼刊本。
③ 叶燮:《原诗》,霍松林校注,北京:人民文学出版社,1979年,第7页。

对是中国文学发展进程中永远不变的最高标准和最终目的。由此可以看出，叶燮提出的"源流本末正变盛衰互为循环说"的实质仍然是自刘勰起便已经占据中国文学研究界主流学说地位的"复古循环论"的一种新翻版。

在中国文学研究史上反复出现的这种"复古循环论"的观点不由使人联想到北宋哲学家邵雍在综合吸收利用邹衍"五德说"、董仲舒"三统三正循环说"等前人成说基础上所提出的"皇帝王霸循环说"。这两种分别出现在文学和历史不同领域内的"循环说"都在各自的学科领域中取得了主流地位，深刻影响了中国古代历史和文学史的研究和撰写。但是随着历史学研究领域内在"进化论"影响下所产生的新历史发展观逐步代替传统历史发展观，中国文学史编纂领域中也同时发生了相应的变化。

1904 年，执教于东吴大学的黄人领衔为本校学生编纂了一部篇幅巨大的《中国文学史》。

在全书第一编《总论·文学史之效用》中黄人开宗明义地阐述了他对于"进化论"公理的服膺："或谓进化之公理，不行于支那，故世界各国，皆后来居上，独我国则有今不如古之叹。似也，而实不然。夫苟在天演界中，安有能生存而不能进化者？换言之，则不进化又安能生存者？即有之，亦不过取幸于一时，而断难持续。故就我国现象之一二部观，非特不进化，且有退化者；统全局论之，则进化之机固未尝少息也。"①

在第二编《略论·文学华离期》中，黄人进一步阐述了其心目中文学发展的规律："文治之进化，非直线形，而为不规则之螺旋形。盖一线之进行，遇有阻力，或退而下移，或折而旁出，或仍循原轨，故历史之所演，有似前往者，有似后却者，又中止者，又循环者。及细审之，其范围必扩大一层，其为进化一也。"② 具体到中国文学史的发展进程来说，黄人在书中把数千年来的中国文学发展进程划分为五个时期："六经"产生之前的时代为中国文学发展进程中的"文学之胚胎"时期，自"六经"产生之后的先秦时代至两汉为中国文学发展进程中的"全盛期"，西晋至元代为中国文学发展进程中的"华离期"，明代为中国文学发展进程中的"暧昧期"，清代为中国文学发展进程中的

---

① 黄人：《中国文学史》，载王永健：《"苏州奇人"黄摩西评传》，苏州：苏州大学出版社，2000年，第 471 页。

② 黄人：《中国文学史》，载王永健：《"苏州奇人"黄摩西评传》，苏州：苏州大学出版社，2000年，第 485 页。

"第二暧昧期"①。黄人认为："以吾国文界言之，其理尤明确。文学至秦、汉后，似有中道而画、一蹶不振之势。其实止者自止，行者自行，退者自退，进者自进。其止也，正其所以行也，其退也，正其所以进也。譬之率师攻取者，前遇坚险，不能直往，士气久顿，奋欲一试。或绕道出奇，或人自为战，其攻取之手段方式不同，而攻取之目的则一也。故统一之形虽如故，而实质已乘涨力而四出……其力为横决，而其象为华离。金刑火祸，忽苗旁枝；蒸菌乐虚，自称新种。黄屋左纛，窃帝号自娱；竹水样炯，与汉家比大。在思古者诚不无荡析崩坏之嗟，而未始非文学舞台上第二级之演进也！"② 所以在黄人看来，所谓"螺旋形"的文学进化规律更多的是表现在每一时期局部时间内的文学变化方面，一些看似衰退残败的文学形式其实是以另外的方式实现了自己的进化之路。例如唐代文学的情况就是如此："文之有骈、散，诗之有古、近体，至此皆成定名。李白、张志和等小乐府，又为诗余之滥觞。而'燕许四杰'之典丽，陆敬舆之雄奇，李樊南之清隽，皆为骈俪家不祧之祖。至若韩、柳、孙、李之视魏晋，已成废封建为郡县③之势。李、杜、高、王之于骚、雅，亦有变椎轮为玉辂之观。即如奚囊幻想，锦瑟新声，游仙侧艳，列屈、宋之外臣；鬼笑灵谈，开稗官之生面。绳其体制，不免江河日下；而穷其意匠，足令沧海改观，皆前古所未有也！"④ 虽然从体制方面来看，唐代文学家不能够完胜古人，但是也为后世诸多文学体裁的兴盛发展大开先河。黄人认为，这也同样属于文学进化的一种形式，总体前进的方向并没有改变，只不过是采用了直接感观上比较迂回的"螺旋形"进化形式而已。

1914年，王梦曾遵循民国教育部颁布之中学章程的规定，为中学四年级国文科编订了《中国文学史》教材。该书的章节安排如下：

第一编　孕育时代

第一章　六经之递作：文字之创制，记载文之滥觞，韵文之发轫，论理文之导源，典制文之椎轮，记载文之进步

第二章　诸子百家之朋兴：儒家之文学，道家之文学，法家之文学，

---

① 黄人：《中国文学史》，载王永健：《"苏州奇人"黄摩西评传》，苏州：苏州大学出版社，2000年，第214～222页。

② 黄人：《中国文学史》，载王永健：《"苏州奇人"黄摩西评传》，苏州：苏州大学出版社，2000年，第485页。

③ 原文作"悬"，似为"县"之误，径改之。

④ 黄人：《中国文学史》，载王永健：《"苏州奇人"黄摩西评传》，苏州：苏州大学出版社，2000年，第486页。

纵横家之文学，余子之文学，辞赋家之文学，诗歌之体变，文字之统一

第二编　词胜时代

第三章　词赋昌盛时期：汉初文学之概况，文景朝词赋之初兴，武帝朝词赋之全盛，词赋兴后论理文之状况，史家纪传体之成立，五言诗及乐府之倡始

第四章　由词赋入骈俪之回翔期：回翔之第一期，论理文之格变，断代为史之托始，回翔之第二期，字体之变更，回翔之第三期，古史学之发明，诗学之复振

第五章　骈俪成立时期：成立之第一期，成立之第二期，记事文之体变，成立之第三期，诗格之变迁，北朝文学之大概

第六章　由骈俪转古文之回翔时期：回翔之第一期，史学之复盛，古今体诗格之成立，回翔之第二期，唐诗之极盛，回翔之第三期，诗体之渐衰，词学之兴起

第三编　理胜时代

第七章　古文昌盛时期：宋初文学之状况，古文之兴盛，骈俪文之体变，记事文之体变，诗格之变迁，词之昌盛

第八章　古文中衰时期：古文之式微，骈文之就衰，记事文之就衰，时文之兴起，小说文之体变，诗之就衰，词之就衰，曲之兴盛

第九章　古文复盛时期：古文之复振，骈俪文之复兴，诗之复兴，词之复盛

第四编　词理两派并胜时代

第十章　驰骛时期：古文家之驰骛，骈文家之驰骛，史学家之驰骛，诗家之驰骛，词家之驰骛，曲之复盛

第十一章　改进时期：古文家之改进，骈文家之改进，史学家之改进，诗家之改进，词家之改进，结论[①]

从全书的篇章题目来看，王梦曾著《中国文学史》对中国文学史的整体进程叙述完整地体现了"螺旋式进化"的文学史发展观。全书共分为四编、七十二节。第一编标题为"孕育时代"，作者解释说："皇古迄今，文学之变迁众矣。及覆其所作，大抵不能越六经与夫周秦诸子百家之范围。譬之大河浩瀚，导源于星宿海；万山络绎，发脉于昆仑岗也。故自羲农暨周秦，是为中国文学

[①]　参见王梦曾：《中国文学史》，上海：商务印书馆，1914 年，第 1~7 页。引文中省略了"第×节"字样，其他出现的标点为本书作者依文意添加。

孕育时代。"① 第二编标题为"词胜时代",作者总述说:"自卯金应运,词赋大兴,名儒俊才,后先役心;沿及李唐,恒千余岁,大抵以文辞相尚,是曰'词胜时代'。"② 第三编标题为"理盛时代",作者认为:"赵宋以还,文风大变……故非特古文大兴,即骈俪文、记事文、诗、词之类亦皆以理相胜。其甚者,至有理而无文,如语录、小说之类。"③ 第四编标题为"词理两派并盛时代",作者说:"前清一代实为吾华四千年来文学之一结束。凡前古所有之文学,至前清无不极其盛。"④ 由此可知,王梦曾把先秦至西汉以前看作中国文学产生和孕育的时代,把西汉至唐代看作中国文学史上偏重于"文辞"一面发展的时代,把赵宋至朱明看作中国文学史上偏重于"文理"一面发展的时代,把清朝看作中国文学史上的"极盛时代"。总体来看,王梦曾心目中中国文学的发展进程轨迹就是"萌生—偏胜—偏胜—全盛"这样一个由低级向高级、由幼稚向成熟发展进化的过程。这个过程并非一帆风顺,而是经历了两次各有侧重的发展偏向才最终到达了理想的发展进化状态。而且,在全书的最后一节"结论"中,王梦曾这样展望中国文学在清代之后的发展前景:"自欧化东来,学者兼骛旁营,心以分而不一、业以杂而不精,固有之文学,致有日蹙百里之忧。是亦承学之士矫枉过直故尔。不然盂圆则水圆,盂方则水方,果使学者知所研求,则当此未有之奇局,学识益扩,安见不更宏是论议、崇厥体裁,使神州文学益臻无上之程度。"⑤ 显然,他认为中国文学的发展在经历了清朝的"极盛时代"之后,在欧化东来的当日确实已经有"日蹙百里之忧"。但是,王梦曾也并没有因此而绝望;相反,在他看来,只要"承学之士"能够抓住当时中外交流日益密切这一时代中"学识益扩"的有利时机,就一定能够使几千年来已经发展至极盛阶段的中国文学再次"益臻无上之程度"、迎来继前清之后的再一个更高水平的发展高峰。

这种"螺旋式进化"的文学发展观也体现在作者对每一编内各个章节的安排布局上。以此书第三编"理胜时代"为例,其所包含的第七、八、九三章题目分别是"古文昌盛时期""古文中衰时期"和"古文复盛时期",各自叙述北宋、南宋至明宪宗时代、明孝宗至明末这三个时期中国文学发展的历史。在讲到明孝宗至明末"古文复盛时期""前、后七子"等人提倡"复兴古文"的具

---

① 王梦曾:《中国文学史》,上海:商务印书馆,1914年,第1页。
② 王梦曾:《中国文学史》,上海:商务印书馆,1914年,第13页。
③ 王梦曾:《中国文学史》,上海:商务印书馆,1914年,第56页。
④ 王梦曾:《中国文学史》,上海:商务印书馆,1914年,第77页。
⑤ 王梦曾:《中国文学史》,上海:商务印书馆,1914年,第97页。

体情况时，王梦曾这样说："于是北地李梦阳倡言复古，以与茶陵抗。信阳何景明和之，规模秦汉，使天下无读唐以后书……与康海、王九思、徐祯卿、王廷相、边贡号称'宏治[①]七子'，风靡一世……然李攀龙、王世贞又嘘何李之焰而排之，与徐中行、宗臣、梁有誉、谢榛、吴国伦等号'嘉靖七子'。历下早卒，太仓独主持坛坫者有年。昆山归有光起，以唐宋之文与之抗……迨崇祯朝，华亭陈子龙起，更抗志追摹，辞藻既富，体气尤高，直欲超越宋元、继踪燕许，遂以开前清骈散并胜之端倪云。"[②] 由于前文认为北宋时期属于所谓的"古文昌盛时期"，则这里提及的"超越宋元"一语就直接可以说明，从对散文创作的评价方面来看，王梦曾对于明代中后期的这个"古文复盛时期"的赞许明显要高于前文中的"古文昌盛时期"。因此，在看待"理胜时代"范围内的文学发展进程时，王梦曾也同样秉持着一种与其观察整个中国文学史发展进程时相一致的"螺旋式进化"的文学发展观。

通过以上的分析可知，王梦曾的《中国文学史》在关注中国文学整体发展进程方向问题时所秉持的其实是一种"螺旋式进化"的文学史发展观。这种文学史发展观认为文学史的发展遵循的是螺旋式上升的进化方向，文学由盛而衰再到复盛的过程并非如同中国古代文论家所认为的那样是简单回到古代的"复古式循环"，而是在继承以往文学成就基础上的全面升华。

黄人、王梦曾的《中国文学史》在文学发展观方面都采用了传统的"复古循环论"与"进化论"相结合产生的具有各自特色的"螺旋式"进化论思路，这种处理办法并未完全涵盖 20 世纪早年的《中国文学史》编纂特色，与之同时并存的还有一部分完全按照"排他式进化论"思维模式梳理中国文学史发展进程的中国文学史著作。

20 世纪 20 年代，胡适先后出版了《国语文学史》和《白话文学史》两部著作。在问世较早的《国语文学史》中，胡适向读者介绍了自汉魏六朝到南宋时期中国白话文学的发展历程。该书一共包含三编，其章节题目如下：

第一编　汉魏六朝的平民文学

第一章　古文是何时死的？

第二章　汉朝的平民文学

第三章　魏晋南北朝的平民文学

第二编　唐代文学的白话化

---

① 原文如此，当为"弘治"之讹。

② 王梦曾：《中国文学史》，上海：商务印书馆，1914 年，第 73～75 页。

第一章　盛唐

第二章　中唐的白话诗

第三章　中唐的白话散文

第四章　晚唐的白话文学

第五章　晚唐五代的词

第三编　两宋的白话文学

第一章　绪论

第二章　北宋诗

第三章　南宋的白话诗

第四章　北宋的词

第五章　南宋的白话词

第六章　两宋白话语录

第七章　南宋以后国语文学的概论①

　　仅从简要的章节题目就可以看出，胡适在《国民文学史》里所叙述的并不是中国文学史的全貌，仅仅是中国文学史中属于白话文学的那一部分。在后来出版的《白话文学史》"自序"中，胡适又进一步对当年他并不满意的《国语文学史》的内容做出了补充。除了在"汉魏六朝的民间文学"之上补充了"一、引论""二、二千五百年前的白话文学——《国风》""三、《春秋》战国时代的文学是白话的吗?"② 这三章内容之外，对于南宋以后的中国文学史章节，胡适原打算这样安排：

七、金元的白话文学

（1）论

（2）曲一　小令

（3）曲二　弦索套数

（4）曲三　戏剧

（5）小说

八、明代的白话文学

（1）文学的复古

（2）白话小说的成人期

---

① 胡适：《国语文学史》，合肥：安徽教育出版社，2006年，目录第1～2页。

② 胡适：《白话文学史》，上海：上海古籍出版社，1999年，自序第2页。

九、清代的白话文学

（1）古文学的末路

（2）小说上　清室盛时

（3）小说下　清室末年

十、国语文学的运动①

一言以蔽之，胡适心目中南宋以后的中国古代文学史基本上不过就是"金元戏曲"和"明清小说"而已。胡适认为，上述章节题目中的这些内容就已经是中国文学数千年来发展历程中的菁华部分了："这书名为'白话文学史'，其实是中国文学史。"② 因为在胡适看来，"白话文学史就是中国文学史的中心部分。中国文学史若去掉了白话文学的进化史，就不成中国文学史了，只可叫作'古文传统史'罢了。……我们现在讲白话文学史，正是要讲明……中国文学史上这一大段最热闹，最富于创造性，最可以代表时代的文学史。'古文传统史'乃是模仿的文学史，乃是死文学的历史；我们讲的白话文学史乃是创造的文学史，乃是活文学的历史。因此，我说：国语文学的进化，在中国近代文学史上，是最重要的中心部分。换句话说，这一千多年中国文学史是古文文学的末路史，是白话文学的发达史"③。所以，无论是在《国语文学史》还是《白话文学史》中，胡适所着力于叙述的都只不过是他认为合乎文学进化规律的白话文学的发展历史，对于其实在文学史上也取得了巨大成绩的传统文学，胡适在书中虽然也略有提及，但是却说："我不能不用那传统的死文学来做比较，故这部书时时讨论到古文学的历史，叫人知道某种白话文学产生时有什么传统的文学作背景。"④ ——显然仅仅是把它们作为其叙述主要对象的无关紧要的背景而已。

例如在介绍西晋至唐代以前的文学发展时，胡适的《白话文学史》一共用了六章共97页篇幅。其具体的章节题目如下：

第五章　汉末魏晋的文学

西汉止有民歌　东汉中叶以后才有文人仿作乐府　建安时代文人用旧曲作新词　曹操　曹丕　曹植　他们同时的文人　白话诗人应璩　阮籍

（第35～46，计11页）

---

① 胡适：《白话文学史》，上海：上海古籍出版社，1999年，自序第3页。

② 胡适：《白话文学史》，上海：上海古籍出版社，1999年，自序第7页。

③ 以上引文见胡适：《白话文学史》，上海：上海古籍出版社，1999年，引子第2～3页。

④ 胡适：《白话文学史》，上海：上海古籍出版社，1999年，引子第3页。

第六章　故事诗的起来

中国古代民族没有故事诗　故事诗的背景　蔡琰的《悲愤》　左延年的《秦女休》　傅玄的《秦女休》　《孔雀东南飞》　《孔雀东南飞》的时代考（第 47～65，计 8 页）

第七章　南北新民族的文学

中国分裂了四百年　南方的儿女文学　北方的英雄文学（第 66～74 页，计 8 页）

第八章　唐以前三百年中的文学趋势

一切文学的骈偶化　左思与程晓　说理诗　大诗人陶潜　元嘉文学无价值　天才的鲍照　惠休与宝月　用典的恶风气　当时的声律论　反对的声浪　仿作民歌的风气　律诗的起来（第 75～96 页，计 21 页）

第九章　佛教的翻译文学（上）

总论　第二世纪的译经　三世纪的译经——维祇难论译经方法　维祇难与竺将炎的《法句经》　法护——《修行道地经》里"擎钵"故事　四世纪的译经——赵整　鸠摩罗什——传　——论译经　——《维摩诘经》——《法华经》里的"火宅"之喻　——他的译经方法（第 97～115 页，计 18 页）

第十章　佛教的翻译文学（下）

五世纪长安的译经状况　昙无谶——他译的《佛所行赞》　宝云译的《佛本行经》　《普曜经》　五世纪南方的译经事业　《华严经》　论佛教在中国盛行之晚　译经在中国文学上的三大影响　"转读"与"梵呗"　"唱导"是什么　道玄《续僧传》记这三项　综论佛教文学此后的趋势（第 116～131 页，计 15 页）①

从上述所引章节标题以及各章所用页码数可以看出，在叙述西晋至唐代以前中国文学的发展历史时，胡适最给予重视的就是 2 世纪到 5 世纪之间中国佛经翻译的历史，占总叙述篇幅的 1/3 强。这是因为在胡适看来，当时以佛教经卷作为载体的翻译文学打破了在魏晋南北朝文坛中已成积习的对骈俪对偶之风的刻意追求，并且在影响力和作品数量上都十分巨大："两晋南北朝的文人用那骈俪化的文体来说理，说事，诔墓，赠答，描写风景——造成一种最虚浮，最不自然，最不正确的文体……然而这时候，进来了一些捣乱分子，不容易装

---

① 胡适：《白话文学史》，上海：上海古籍出版社，1999 年，第 2～3 页。

进那半通半不通的骈偶文字里去。这些捣乱分子就是佛教的经典。……几百年之中，上自帝王公卿，学士文人，下至愚夫愚妇，都受这新来宗教的震荡与蛊惑；风气所趋，佛教遂征服了全中国。佛教徒要传教，不能没有翻译的经典；中国人也都想看看这个外来宗教讲的是些什么东西，所以有翻译的事业起来。……这翻译的事业足足经过一千年之久，也不知究竟翻了几千部，几万卷；现在还保存着的，连中国人做的注疏讲述在内，还足足有三千多部，一万五千多卷。（日本刻的《大藏经》与《续藏经》共三千六百七十三部，一万五千六百八十二卷。《大正大藏经》所添还不在内，《大日本佛教全书》一百五十巨册也不在内。）"① 而且，佛教的翻译文学创造出了新的文体形式，其通俗易懂、不重辞藻的独特文风非常合乎胡适心目中中国文学必然会向具有活力的白话文学发展的进化趋势："这样伟大的翻译工作自然不是少数滥调文人所能包办的，也不是那含糊不正确的骈偶文体所能对付的。结果便是给中国文学史上开了无穷新意境，创了不少新文体，添了无数新材料。新材料与新意境是不用说明的。何以有新文体的必要呢？……宗教的经典重在传真，重在正确，而不重在辞藻文采；重在读者易解，而不重在古雅。故译经大师多以'不加文饰，令易晓，不失本义'相勉，到了鸠摩罗什以后，译经的文体大定，风气已大开，那班滥调的文人学士更无可如何了。"②

与此同时，在对一些传统意义上的"文人学士"作家进行介绍时，胡适把自己叙述的侧重点也全部放在这些作家所从事的一些在胡适看来合乎"文学进化规律"的创作实践上。以《白话文学史》的第五章"汉末魏晋的文学"为例，由于胡适把乐府民歌看作代表了这一时期文学进化趋势的文体、决定了同时期所有"活文学"的形式以及此后文学的发展方向，所以在叙述这一时期的文学发展进程时便只关注从事过乐府或拟乐府创作的作家，以及他们所创作的具有乐府民歌风格的作品。胡适说："汉朝的韵文有两条来路：一条是模仿古人的辞赋，一条是流露的民歌。前一条路是死的。僵化了的，无药可救的。那富于革命思想的王充也只能说：深覆典雅，指意难睹，唯赋颂耳。这条路不属于我们现在讨论的范围，表过不提。如今且说那些自然产生的民歌，流传在民间，采集在'乐府'，他们的魔力是无法抵抗的，他们的影响是无法躲避的。所以这无数的民歌在几百年的时期内竟规定了中古诗歌的形式体裁。无论是五

---

① 胡适：《白话文学史》，上海：上海古籍出版社，1999年，第97～98页。
② 胡适：《白话文学史》，上海：上海古籍出版社，1999年，第98页。

言诗，七言诗，或长短不定的诗，都可以说是从那些民间歌辞里出来的。"①在讲述汉末的"建安文学时代"的时候，虽然曹操、曹丕、曹植父子以及以他们为中心的文人集团成员原本都是货真价实的精英文人学士作家，但是在胡适看来，建安时代"这个以曹氏父子为中心的文学运动，他的主要事业在于制作乐府歌辞，在于文人用古乐府的旧曲改作新词。……以前的文人把做辞赋看作主要事业，从此以后的诗人把做诗看作主要事业了。以前的文人从仿做古赋颂里得着文学的训练，从此以后的诗人要从仿做乐府歌辞里得着文学的训练了"②。

至于中国文学史上属于胡适心目中那"传统的死文学"的一部分内容，在《白话文学史》中的多数情况下就只是被作为反面标靶来稍加提及。在上述介绍西晋至唐代以前文学的六章内容里，除了行文中只言片语的涉及，就只有第八章"唐以前三百年中的文学趋势"中"一切文学的骈偶化""元嘉文学无价值""用典的恶习气"和"当时的声律论"这四节的篇幅是在叙述当时中国文学史发展进程中影响极大的传统文学的历史，而且还都给予了严厉的批判。如在叙述"一切文学骈偶化"一节时，胡适引陆机《文赋》并评论曰："这种文章，读起来很顺口，也很顺耳，只是读者不能确定作者究竟说的是什么东西。"③评价当时的史料碑传文字："这个时代的碑传文字多充分地骈偶化了，事迹被辞藻所隐蔽，读者至多只能猜想其大概，既不能正确，又不能详细，文体之坏，莫过于此了。"④又如在叙述"元嘉文学无价值"一节时，胡适认为"向来所谓元嘉（文帝年号，424—453）文学的代表者谢灵运与颜延之实在不很高明"，并且说"颜延之是一个庸才，他的诗毫无诗意⑤，而对从来被认为是"山水诗"之开山祖的谢灵运——胡适在引用了他的《石壁精舍还湖中作》后加以评论："此诗全是骈偶，而'出谷'一联与'披拂'一联都是恶劣的句子。其实'山水'一派应该以陶潜为开山祖师。谢灵运有意做山水诗，却只能把自然界的景物硬裁割成骈俪的对子，远不如陶潜真能欣赏自然的美……后来最著名的自然诗人如王维、孟浩然、陆游、范成大、杨万里等，都出于陶，而不出于谢。"⑥又如在叙述"当时的声律论"一节时，胡适引用了沈约《宋

---

① 胡适：《白话文学史》，上海：上海古籍出版社，1999年，第35页。
② 胡适：《白话文学史》，上海：上海古籍出版社，1999年，第37～38页。
③ 胡适：《白话文学史》，上海：上海古籍出版社，1999年，第76页。
④ 以上引文见胡适：《白话文学史》，上海：上海古籍出版社，1999年，第76页。
⑤ 胡适：《白话文学史》，上海：上海古籍出版社，1999年，第83页。
⑥ 胡适：《白话文学史》，上海：上海古籍出版社，1999年，第84页。

书·谢灵运传》里的一段话："五色相宣，八音协畅，由乎玄黄律吕各适物宜。欲使宫羽相变，低昂舛节，若前有浮生，则后须切响。一简之内，音韵尽殊；两句之中，轻重悉异。妙达此旨，始可言文"后评论说："这是永明文学的重要主张。文学到此地步，可算是遭一大劫。"① 又以沈约《早发定山》为例加以评论："这种作品只算得是文匠变把戏，算不得文学。但沈约、王融的声律论却在文学史上发生了不少恶影响。……我们要知道文化史上自有这种怪事。往往古人走错了一条路，后人也会将错就错，推波助澜，继续走那条错路。譬如缠小脚本是一件最丑恶又最不人道的事，然而居然有人模仿，有人提倡，到一千年之久。骈文与律诗正是同等的怪现状。"② 由以上的举例不难看出，胡适在《白话文学史》里对于其心目中"传统死文学"的零星叙述完全只是为了树立与其所要极力揄扬的"白话活文学"相对的所谓反面典型，以求凸显其所谓的"白话活文学"在中国文学史发展进程中的进步性。

但应该注意的是，正如胡适自己在晚年自述中说的那样："我把汉朝以后，一直到现在的中国文学的发展，分成并行不悖的两条线这一观点。在那上一级的一条线里的作家，则主要是御用诗人、散文家、太学里的祭酒、教授和翰林学士、编修等人。他们的作品则是一些仿古的文学，那半僵半死的古文文学。但是在同一个时期——那从头到尾的整个两千年之中——还有另一条线，另一基层和它平行发展的，那个一直不断向前发展的活的民间诗歌、故事、历史故事诗、一般故事诗、巷尾街头那些职业讲古说书人所讲的评话等，不一而足。这一堆数不尽的无名艺人、作家、主妇、乡土歌唱家，那无数的男女，在千百年无穷无尽的岁月里，却发展出一种以催眠曲、民谣、民歌、民间故事、讽喻诗、讽喻故事、情诗、情歌、英雄文学、儿女文学等方式出现的活文学。这许多（早期的民间文学），再加上后来的短篇小说、历史评话、和（更晚）出现的更成熟的长篇章回小说等，这一个由民间兴起的生动的活文学，和一个僵化了的死文学，双线平行发展。"③ 其本人对所谓"仿古的、半僵半死的古文文学"秉持着批判的否定态度，但是在全书的叙述主线中仍然为其留有一席之地。其所编纂的中国文学史是一种以"传统的死文学"为叙述背景，在凸显"白话的活文学"发展进化历史同时也兼顾叙述"传统文学"自身发展变化历史轨迹的、在"双线式进化"文学史发展观指导下开展的中国文学史编纂

① 胡适：《白话文学史》，上海：上海古籍出版社，1999 年，第 88~89 页。

② 胡适：《白话文学史》，上海：上海古籍出版社，1999 年，第 88~89 页。

③ 胡适口述，唐德刚译注：《胡适口述自传》，桂林：广西师范大学出版社，2005 年，第 252~253 页。

实践。

在当时隐然有执中国学术界牛耳之势的胡适大开风气之后,其他一些文学史家在编纂中国文学史时,便开始在学习和继承胡适文学史发展观念的基础之上采用了褒贬色彩更加激进的"单线式进化"思维模式来梳理中国文学史的历史发展进程。

1929年,上海光明书局出版了由近代著名文学史家谭正璧编纂的《中国文学进化史》。在该书中,谭正璧认为所谓的"文学史"是:"叙述文学进化的历程和探索其沿革变迁的前因后果,使后来的文学家知道今后文学的趋势,以定建设的方针。"在此意义上,谭正璧以为文学史的任务有二:"一是叙述过去文学进化的因果,所以退化的文学应当排斥于文学史之外;一是指示未来文学进化的趋势,当然在希望现在文学家走上进化的正轨。"因此,谭正璧认为评价文学史优劣的标准应该是:"文学史所叙述的文学是进化的文学,所指示的途径是向进化的途径,能够合于这原则的是好的文学史,否则便违反定义,内容纵是特出或丰富,绝非名实相符的佳作。"①

在谭正璧看来,所谓"进化的文学"即意味着:"活文学,它是用当时的活文字来写成的。……进化的文学是创造的自然的文学,它是不模仿古人。不拘于格律,有实感,有印象,无所为而为的。所以抱'以文干禄''文以载道'的主见而作的文学,绝非进化的文学。明清八股,宋明语录,便是一例。……进化的文学是具有文学特征的文学,它是含有时代精神、地方色彩、作者个性三特色的。……进化的文学是具有形成文学各要素的文学,它是涵有真挚的情绪、丰富的想象、高超的思想、自然的形体的。"②

而与之相对的"退化的文学"在谭正璧看来则是:"所谓进化和退化,却含有相对的意义。譬如诗歌,在唐末由律绝进化为词,等到词成功了,律绝成了退化的文学了。在宋末词进化为曲,等到曲成功了,词也成了退化的文学了。总之,文学在不绝的进化中,含有新陈代谢的作用,本来已进化的文学,可以被更进化的取而代之。"③

《中国文学进化史》的篇章安排便很好地贯彻了谭正璧的上述文学史思想,例如其中六朝至清末部分的篇章标题是:

---

① 以上引文见谭正璧:《中国文学进化史》,上海:上海古籍出版社,2012年,第14页。
② 谭正璧:《中国文学进化史》,上海:上海古籍出版社,2012年,第14~15页。
③ 谭正璧:《中国文学进化史》,上海:上海古籍出版社,2012年,第15页。

五、传奇文学

六朝志怪

恋爱故事

神怪故事

唐以后的志怪与传奇

六、诗歌的黄金时代

黄金时代的造成

乐府新词

歌唱自然的诗人

杜甫

两部《长庆集》

唐以后的诗人

七、长短句——词

词的起原

歌者的词（上）

歌者的词（下）

诗人的词（上）

诗人的词（下）

词匠的词

金及宋以后词人

八、北方的戏曲

曲的成因

南北散曲作家

蒙古时代（上）

蒙古时代（下）

统一时代与至正时代

明代杂剧家

······

一一、通俗文学的勃兴（下）

讽刺小说

《红楼梦》与《青楼梦》

博学之作

侠义小说及公案

弹词文学

通俗文学的末路①

从上述的章节题目就可以看出，谭正璧对《中国文学进化史》的结构安排是严格按照他自己在第一章中提出的文学史写作所必须完成的任务来进行的。谭正璧认为文学史必须"叙述过去文学进化的因果，所以退化的文学应当排斥于文学史之外……文学史所叙述的文学是进化的文学，所指示的途径是向进化的途径，能够合于这原则的是好的文学史"②。因此，《中国文学进化史》中每一章的重点都是在叙述作者眼中此一时代最有代表性的文体。例如在第六章"诗歌的黄金时代"中，作者详细地依次叙述了"黄金时代的造成""乐府新词""歌唱自然的诗人""杜甫""两部《长庆集》"等五节有关于唐代诗歌发展历史进程的内容。而在最后一节"唐以后的诗人"中，作者用极为简略的笔法，把唐代以后至清朝的中国诗人加以"点将录"式的介绍，间或穿插一两句评语。如叙北宋诗史："北宋诗人，初期有徐弦。太宗时有杨亿、刘筠、钱惟演三人，互相唱和，宗义山诗格，号称'西昆体'。有《西昆酬唱集》一卷，共录十七人。同时王禹偁，学长庆体，号为'白体'。寇准、林逋、魏野、潘阆则学晚唐（指杜牧等一派），号为'晚唐体'。林逋，字君复。号和靖，结庐西湖孤山，妻梅子鹤，以隐逸著称。后苏舜钦、苏舜元、梅尧臣出，诗体又一变。他们都有杜甫的作风。等到欧阳修出，又倡复古，专仿李白、韩愈的诗，自以《庐山高》《明妃曲》二诗为其杰作。王安石亦作《明妃曲》，但他是一个政治大家，诗非特长。同时诗人，又有苏洵、轼、辙父子三人，轼最著名，学杜甫而雄豪奔放，一如其词。轼的门下，有黄庭坚、秦观、晁补之、张耒四人，都以词家兼诗人。庭坚又和轼齐名，号称'苏黄'。庭坚为江西人，后人推为'江西诗派'之祖。诗派之说，创于吕本中，自言传江西衣钵，作《江西诗社宗派图》，列黄庭坚，陈师道等二十五人，中亦多词家。又有陈与义，亦宗庭坚，但出世较晚，故未被列入《诗派图》。"③ 同时，谭正璧还批判北宋至清代的诗人："唐以后的诗歌，是'词'的黄金时代，古诗、律、绝都成已死了的文体。几个伟大的词人，一方面做他们的创作的新体诗歌——词，但一方面仍迷恋骸骨，在那里仿作已死的律、绝和古诗。所以宋代诗人，大都以词家而兼诗人。元、明、清三代，词亦成了死去的文体，但仍旧有人仿效它，也仍

① 谭正璧：《中国文学进化史》，上海：上海古籍出版社，2012年，第5～7页。
② 谭正璧：《中国文学进化史》，上海：上海古籍出版社，2012年，第14页。
③ 谭正璧：《中国文学进化史》，上海：上海古籍出版社，2012年，第85页。

有人仿效做律、绝和古诗。如依进化的规律讲，这种作品尽可驱之于文学史之外，但究竟它们都是纯文学的作品，不过它们的体裁易创造为模仿而已。"①也正是由于这个原因，谭正璧才对唐代以后一千余年间的中国诗歌发展史采取了如此轻视的叙述方式。

谭正璧认为，唐代以后这一千多年的中国文学史的主要叙述对象应该是"平民的、创造的文学"，他说："总括宋、元、明、清四朝诗人，无一不是达官，没有一个是平民，所以被称为贵族文学。平民间难道没有一个真正的诗人吗？都因他们不喜仿古而喜创造，在宋代，他们都在做词；在元、明时，他们又在做曲；到了清代他们都在创作弹词、鼓词和山歌、小曲，所以好像诗人中已没有他们了。实在他们的见识，他们的成就，要比一切贵族文人高明而丰富得多咧！"②谭正璧把宋词、元曲、清代弹、鼓词等文体全部视为平民的创作物，显然是一种以偏概全的判断。但是，他在这里提到的这些在其各自所处时代确实大放异彩的文学体裁也最终成为《中国文学进化史》最主要的叙述对象。而对于与上述体裁文学作品处于同一时代的其他文类，谭正璧则采取类似其在"唐以后诗人"一节中的做法，用极简短的篇幅和充满贬谪意味的言语表明自己想要把这些作品排除在中国文学发展进程历史叙述序列之外的意愿。

例如其在第七章"长短句——词"的"金及宋以后的词人"一节中批判宋以后的词文学创作："宋以后词，大都为诗人的词，不能协律，惟作长短句而已！其中只有朱彝尊词，工求音律，然去古既远，无论若何讲究，终非进化的文学。自白话诗盛行后，词、诗已不复分体。我们希望，从此以后，一般天才文人，不要再去做这种复古事业，我们不要把我们创造的精神，再去抛在这种模仿的无用的工作上！"③

又如其在第八章"北方的戏曲"的"明代杂剧家"一节中批评明代的杂剧创作："明代是南曲——传奇——最盛的时代，但杂剧的作者也不少于元代，且作者仍多为南方人。自后作品的内容和文辞，逐渐走上文雅的路上去。到了最后，不过在体裁上和传奇有分别，此外便看不出它和传奇的畛域所在。故可以说，已无杂剧的精神，而徒存杂剧的形体了。"④

再如其在第一一章"通俗文学的勃兴（下）"的"通俗文学的末路"一节中断言清末至民国初年的通俗文学并不具备永久的价值："一帮维新志士，蓄

①　谭正璧：《中国文学进化史》，上海：上海古籍出版社，2012年，第84～85页。
②　谭正璧：《中国文学进化史》，上海：上海古籍出版社，2012年，第87页。
③　谭正璧：《中国文学进化史》，上海：上海古籍出版社，2012年，第103页。
④　谭正璧：《中国文学进化史》，上海：上海古籍出版社，2012年，第117页。

心救国，对于学术方面，不但要改变墨守书本的八股取士制度，而且又明白革新国政当自革新人民思想做起，又认识了小说史革新人民思想的唯一利器。但这时代需要的小说不是过去的各体的通俗小说，而是传布新思想，破坏旧风俗的革命小说。……它们的文字也是白话的，但它们的风格和体裁已脱离了占据四五百年中国文坛的通俗小说，它们却已受了外来文学的影响了。在这时代，西洋的学术思想似疾风骤雨般地猛攻进来，一般久埋头于破纸残册堆中的头脑清醒些的文人，没有一个不开门迎接的。不单是以资借镜，竟是老实地完全接受。在这样一个局面之下，在一切学术家中以头脑最冷静称的文学家，他们当然不甘落后，他们也摒弃了故旧的见解和体裁，也出来从事于新的创作。……所以清末至民国初年的创作很少成功和有永久价值的。"①

从以上例子可以看出，谭正璧认为中国文学史上的每一个时代都有着只属于该时代的"进化的"文学类型，在宋代是词，在元代是曲，在明清是以弹词、鼓词等为代表的通俗文学。这些文类一旦脱离了自己的时代，就必然是"退化的"，因而决不可被旨在叙述中国"过去文学进化的因果""指示未来文学进化的趋势"的《中国文学进化史》接纳。在这样的文学发展观指导下，谭正璧所著的《中国文学进化史》成了一部只叙述作者心目中各个时代代表性文学不断演变过程的"单线进化的"中国文学史。

第三节　20世纪早期文学史家对文学史发展动因认识的深化

几乎是从中国文学的诞生之日起，中国古代的文学研究者在解释中国文学史发展动因这一问题时就带有与同时期的历史学家相类似的神秘主义倾向。

《易经·贲·彖传》有云："小利攸往，天文也；文明以止，人文也。观乎天文，以察时变；观乎人文，以化成天下。"② 这里把"天文"与"人文"两个概念并举对观，把它们视为"道"这一神秘因素的一体两面③。中国上古时代"诗"与"乐"紧密相连，《礼记·乐记》说："凡音者，生人心者也。情动于中，故形于声。声成文，谓之音。是故治世之音安以乐，其政和；乱世之音怨以怒，其政乖；亡国之音哀以思，其民困。声音之道，与政通矣。"④ 《礼

---

① 谭正璧：《中国文学进化史》，上海：上海古籍出版社，2012年，第182页。

② 阮元：《十三经注疏》，北京：中华书局，1980年，第37页。

③ 刘若愚：《中国文学理论》，杜国清译，南京：江苏教育出版社，2006年，第22页。

④ 阮元：《十三经注疏》，北京：中华书局，1980年，第1527页。

记·乐记》的作者显然认为人间的诗乐不但是人类心灵的真实外现，而其更能反映出一国政教的盛衰和国内民心的向背。具体到评价《诗经》中的"郑卫之音"和"桑间濮上"之音时，《礼记·乐记》的作者认为："郑卫之音，乱世之音也，比于慢矣。桑间濮上，亡国之音也，其政散、其民流，诬上行私，而不可止也。"① 然后又探讨这些现象背后的原因："地气上齐，天气下降。阴阳相摩，天地相荡。鼓之以雷霆，奋之以风雨，动之以四时，暖之以日月，而百化兴焉。如此，则乐者天地之和也。"② 归根结底，还是以为在自然界中存在的"天地之气"与表征了人间世道兴衰的"乐"之间存在着必然的神秘联系：自然界中四时阴阳的相继相合、雷霆风雨的奋动荡摩，这些现象之中都包含足以影响和推动人间诗乐达到"和"之境界的神秘力量。

南梁文学思想家刘勰的《文心雕龙》也试图在继承前人学说的基础之上把文学产生的动因与具有神秘主义色彩的"道"或"神理"之类的范畴两者之间建立起必然的联系。在《原道》篇中，刘勰这样讲：

> 文之为德也大矣，与天地并生者何哉？夫玄黄色杂，方圆体分，日月叠璧，以垂丽天之象；山川焕绮，以铺理地之形：此盖道之文也。仰观吐曜，俯察含章，高卑定位，故两仪既生矣。惟人参之，性灵所钟，是谓三才。为五行之秀，实天地之心。心生而言立，言立而文明，自然之道也。旁及万品，动植皆文：龙凤以藻绘呈瑞，虎豹以炳蔚凝姿；云霞雕色，有逾画工之妙；草木贲华，无待锦匠之奇。夫岂外饰，盖自然耳。至于林籁结响，调如竽瑟；泉石激韵，和若球锽：故形立则章成矣，声发则文生矣。夫以无识之物，郁然有采，有心之器，其无文欤？③

在这里，刘勰首先把人文之"文"与自然界中山川地理、草木动物之"文"加以类比，试图在这两大类在今人看来本不相干的事物之间建立起模拟性联系，进而在宇宙自然秩序与人类心灵感悟之间确立起一种多重通感模式的相互性关系。

沿着这样的思路，刘勰接下来说："人文之元，肇自太极，幽赞神明，易象惟先。庖牺画其始，仲尼翼其终。而乾坤两位，独制文言。言之文也，天地之心哉！若乃河图孕八卦，洛书韫乎九畴，玉版金镂之实，丹文绿牒之华，谁

---

① 阮元：《十三经注疏》，北京：中华书局，1980年，第1528页。
② 阮元：《十三经注疏》，北京：中华书局，1980年，第1531页。
③ 刘勰：《文心雕龙注释》，周振甫注，北京：人民文学出版社，1981年，第1页。

其尸之？亦神理而已。"① 这就在前文确立的自然之"文"与人文之"文"二者之间已然具备通感性模拟关系的基础上进一步把泛指意味较强的人文之"文"转移到与之具有相同能指的文学之"文"上来，从而首先在理论层面上确立了文学与自然界的"道"与"神理"之间存在的神秘色彩浓厚的"模拟性通感"关系。

接下来在事实层面上，刘勰首先梳理了中国文学自肇始时代以来所经历的历史发展进程："自鸟迹代绳，文字始炳。炎暤遗事，纪在三坟，而年世渺邈，声采靡追。唐虞文章，则焕乎始盛。元首载歌，既发吟咏之志；益稷陈谟，亦垂敷奏之风。夏后氏兴，业峻鸿绩，九序惟歌，勋德弥缛。逮及商周，文胜其质，雅颂所被，英华日新。文王患忧，繇辞炳曜，符采复隐，精义坚深。重以公旦多材，振其徽烈，制诗缉颂，斧藻群言。至夫子继圣，独秀前哲，熔钧六经，必金声而玉振；雕琢性情，组织辞令，木铎启而千里应，席珍流而万世响，写天地之辉光，晓生民之耳目矣"② 然后他得出结论："爰自风姓，暨于孔氏，玄圣创典，素王述训，莫不原道心以敷章，研神理而设教，取象乎河洛，问数乎蓍龟，观天文以极变，察人文以成化；然后能经纬区宇，弥纶彝宪，发挥事业，彪炳辞义。故知道沿圣以垂文，圣因文而明道，旁通而无滞，日用而不匮。易曰：'鼓天下之动者存乎辞。'辞之所以能鼓天下者，乃道之文也。赞曰：道心惟微，神理设教。光采元圣，炳耀仁孝。龙图献体，龟书呈貌。天文斯观，民胥以效。"③ 刘勰认为，从伏羲到孔子古代圣哲的文章著述全都是源于"道心"、精研"神理"之作，他们观天文而问蓍龟、察人文以成教化，在幽而能显的自然之道的启发下创造了意蕴深远的诰谟经典，为后世万代所师法。"道"为里，"文"为表，"道"与"文"本就是一体的两面，这两者借助于具有沟通天然之际巨大能力的"圣哲"而达成了有机的统一。

在把"道"与"神理"等神秘色彩浓厚的因素视为推动中国文学产生和发展重要动因的同时，中国古代的文论家们也十分重视历代政教和帝王的个人因素对中国文学史发展进程所产生的影响。东汉著名学者郑玄在《诗谱序》中这样叙述商周以来中国诗歌的发展历程：

> 迨及商王，不风不雅。何者？论功颂德，所以将顺其美；刺过讥失，所以匡救其恶。各于其党，则为法者彰显，为戒者著明。

---

① 刘勰：《文心雕龙注释》，周振甫注，北京：人民文学出版社，1981年，第1页。
② 刘勰：《文心雕龙注释》，周振甫注，北京：人民文学出版社，1981年，第1～2页。
③ 刘勰：《文心雕龙注释》，周振甫注，北京：人民文学出版社，1981年，第2页。

周自后稷播种百谷，黎民阻饥，兹时乃粒，自传于此名也。陶唐之末中叶，公刘亦世修其业，以明民共财。至于大王、王季，克堪顾天。文、武之德，光熙前绪，以集大命于厥身，遂为天下父母，使民有政有居。其时诗：风有《周南》《召南》，雅有《鹿鸣》《文王》之属。及成王，周公致大平，制礼作乐，而有颂声兴焉，盛之至也。本之由此风雅而来，故皆录之，谓之诗之正经。

后王稍更陵迟，懿王始受谮亨齐哀公。夷身失礼之后，邶不尊贤。自是而下，厉也，幽也，政教尤衰，周室大坏。《十月之交》《民劳》《板》《荡》勃尔俱作，众国纷然，刺怨相寻。五霸之末，上无天子，下无方伯，善者谁赏，恶者谁罚，纪纲绝矣！故孔子录懿王、夷王时诗，讫于陈灵公淫乱之事，谓之变风变雅。以为勤民恤功，昭事上帝，则受颂声，弘福如彼；若违而弗用，则被劫杀，大祸如此。吉凶之所由，忧娱之萌渐，昭昭在斯，足作后王之鉴，于是止矣①。

从以上《诗谱序》中所叙述的文学史史实可以看出，郑玄认为自殷商以来每一位君王在位期间的政教是否清明直接决定了当时的诗歌创作是否能够合乎其心目中代表着诗歌创作最高成就的"风雅之道"。周代的后稷、公刘、太王、王季、文、武、周公等在位时为政勤谨，天下臣民安居乐业，所以在那时候所创作的《周南》《召南》《鹿鸣》《文王》之类的诗歌便属于温柔敦厚的"《诗》之正经"。而到了西周的懿王、夷王、厉王、幽王时代，周王室的礼乐崩坏、政教衰微直接导致了《十月之交》《民劳》《板》《荡》等"怨刺之诗"的出现，孔子便以这一类诗篇为有乖于"风雅之道"的"变风变雅"。

在对《诗经》时代的诗歌史进行过简明梳理之后，郑玄在《诗谱序》的最后一段讲述了自己制作《诗谱》的方法和目的：

夷、厉已上，岁数不明，太史《年表》，自'共和'始。历宣、幽、平王，而得《春秋》次第，以立斯谱。欲知源流清浊之所处，则循其上下而省之；欲知风化芳臭气泽之所及，则傍行而观之。此诗之大纲也，举一纲而万目张，解一卷而众篇明，于力则鲜，于思则寡。其诸君子，亦有乐于是与？②

---

① 郑玄：《诗谱序》，载郭绍虞：《历代文论选》（第一册），上海：上海古籍出版社，2001年，第70页。

② 郑玄：《诗谱序》，载郭绍虞：《历代文论选》（第一册），上海：上海古籍出版社，2001年，第71页。

今本《诗谱》单行本已佚，唐代孔颖达在撰《毛诗正义》时将郑玄于《诗谱》中考证、评论单篇诗歌所产生的时代、地域、背景的文字散入各诗之首。从郑玄自序的"夷、厉已上，岁数不明，太史《年表》，自'共和'始。历宣、幽、平王，而得《春秋》次第，以立斯谱"一语可以推测，《诗谱》原书应当是根据司马迁著《史记》中的《三代世表》和《十二诸侯年表》所提供的商周以来诸王侯的执政年代信息以年系诗，对流传下来的《诗经》文本进行了一番编年排列的。这种做法也再次说明了郑玄心目中《诗经》中各诗篇的主旨内容和创作背景等方面情况与其所产生时代的君王政教息息相关。郑玄说："欲知源流清浊之所处，则循其上下而省之；欲知风化芳臭气泽之所及，则傍行而观之。"这也意味着在郑玄看来，如果要正确理解《诗经》中诗篇的渊源流变和真实意义，就必须把它们还原到其所处时代的政治背景中加以综合考察。郑玄认为，了解每一个时代君王政教的具体情况是正确理解《诗经》中诗篇的关键："此诗之大纲也，举一纲而万目张，解一卷而众篇明，于力则鲜，于思则寡。"这就明显是把君王政教与文学作品的关系上升到"纲"与"目"之间关系的程度，由此可见郑玄对作为文学史发展动因的"君王"因素的重视。

刘勰在《文心雕龙》中对于中国文学发展史的叙述也明确表达了与郑玄相类似的观点。在《文心雕龙·时序》篇中，刘勰认为作为西汉开国之君的高祖刘邦继嬴秦之后拥有天下，相对于秦王朝所实行的焚书坑儒、毁灭文化的暴政，出身草莽的汉高祖自身虽然重武轻文、缺乏系统的文学修养，但仍创作出了如《大风歌》《鸿鹄歌》这样优秀的诗篇，为后世君王推行偃武修文的国策树立了很好的榜样。继刘邦之后的西汉惠、文、景三朝君王只重视儒家经术之学，使得像贾谊、邹阳、枚乘这样的大辞人都缺乏进身之阶，只能终生困顿下僚。一直到了汉武帝时代，作为一国之君的刘彻本人雅好儒术、词采斐然，不但自己亲制《柏梁诗》《瓠子歌》等文学作品，而且对诸如枚乘、主父偃、公孙弘、倪宽、朱买臣、司马相如、司马迁、吾丘寿王、严安、终军、枚皋等才高能文之士大力拔擢、崇加礼遇，终于成就了其统治时代的文学创作活动的空前盛况。西汉的昭、宣、元、成诸帝继承汉武帝以来尚文崇儒之遗风，奖掖能文之士，于是就有王褒、扬雄、刘向等著名文人的涌现。经历了两汉之交的天下大乱，东汉光武帝刘秀以一介太学生起兵而最终一统天下。深受当时神秘主义谶纬之学影响的光武帝对当时文学造诣高超之人给予了礼遇优容：杜笃在狱中为大司马吴汉作诔词，因为文采斐然而得到了光武帝的免刑之赏；班彪在军中为窦融书写给中央政府的奏章，也因为才华横溢而得到光武帝令县之赐。到了明帝和章帝时代，由于皇帝本人的学养深厚，一时间天下右文之风大盛。班固、贾逵、东平宪王刘苍、沛献王刘辅等文学家都在皇帝的榜样带动下创作了优秀的文学作品。到了东汉灵帝时代，由于汉灵帝本人好为文术，自作《黄羲篇》训诂文字，又开鸿都门学延揽学人，遂令天下好文之风一时趋而向之。建安年间，曹操、曹丕、曹植三父子以帝王之尊而兼文学大家，所以围绕着他们便产生了以王粲、陈琳、徐干、刘桢、阮瑀等为代表人物的文人创作集团，并形成了号称"建安风骨"的慷慨多气的独特文学审美范畴。魏明帝曹睿在文学创作方面也继承了其父其祖的风范，不但自己制诗作曲，而且还设立专门的机构延请文才，形成了当时文学创作事业的繁荣局面。

通过刘勰对中国西汉至建安文学发展进程的叙述可以看出，作为中国魏晋南北朝时期集大成之文学思想家的刘勰十分肯定地认为，古代帝王对待文学创作和欣赏活动的私人兴趣，以及他们在国家政策层面上对待文学事业的鼓励态度和所采取的扶持措施是推动一个时代文学向前发展的决定性因素。

从刘宋时期范晔所撰写的《后汉书·文苑传》开始，中国历史上经历朝历代官方认可的正史中都包含旨在概述文人生平爵里和创作事迹的"文苑传"或"文艺传"，把前代以"文章"著名的历史人物汇为一编加以叙述。写作了"文苑传"或"文艺传"的历史学家们也往往会在传的"序""赞"中阐述自己对于一代文学历史发展进程的研究心得，不少人在探讨中国文学史发展动因这个问题时在不同程度上都持有与郑玄、刘勰等学者相类似的见解。

例如在北宋史学家宋祁所著的《新唐书·文艺传序》中，作者这样阐述唐代文学的发展历程："唐有天下三百年，文章无虑三变。高祖、太宗，大难始夷，沿江左余风，缔句绘章，揣合低卬，故王、杨为之伯。玄宗好经术，群臣稍厌雕瑑，索理致，崇雅黜浮，气益雄浑，则燕、许擅其宗。是时，唐兴已百年，诸儒争自名家。大历、贞元间，美才辈出，擩哜道真，涵泳圣涯，于是韩愈倡之，柳宗元、李翱、皇甫湜等和之，排逐百家，法度森严，抵轹晋、魏，上轧汉、周，唐之文完然为一王法，此其极也。若侍从酬奉则李峤、宋之问、沈佺期、王维，制册则常衮、杨炎、陆贽、权德舆、王仲舒、李德裕，言诗则杜甫、李白、元稹、白居易、刘禹锡，诡怪则李贺、杜牧、李商隐，皆卓然以所长为一世冠，其可尚已。"① 宋祁认为唐代的文学发展历程经过了三次大的变化，其中发生在唐玄宗在位期间（712—756）的那一次变化主要是因为唐玄宗李隆基"好经术"即崇尚儒家学说，使得当时的文坛厌弃雕琢浮躁之辞、崇尚雄浑雅致之理，于是就有以燕国公张说、许国公苏颋为代表的文学家起而改

---

① 欧阳修、宋祁：《新唐书》，北京：中华书局，1997年，第5725~5726页。

换一朝文风。

又如《宋史·文苑传序》叙述北宋一代文学历史："自古创业垂统之君，即其一时之好尚，而一代之规橅，可以豫知矣。艺祖革命，首用文吏而夺武臣之权，宋之尚文，端本乎此。太宗、真宗其在藩邸，已有好学之名，作其即位，弥文日增。自时厥后，子孙相承，上之为人君者，无不典学；下之为人臣者，自宰相以至令录，无不擢科，海内文士，彬彬辈出焉。国初，杨亿、刘筠犹袭唐人声律之体，柳开、穆修志欲变古而力弗逮。庐陵欧阳修出，以古文倡，临川王安石、眉山苏轼、南丰曾巩起而和之，宋文日趋于古矣。南渡文气不及东都，岂不足以观世变欤！"① 作者一开篇便亮明了自己的观点，认为古来"创业垂统之君"的"一时之好尚"直接决定了一代文学发展的气象与规模。宋太祖赵匡胤凭借军队的支持发动陈桥兵变而夺取天下，转而由于对武人的猜忌而"杯酒释兵权"，重用文臣以节制诸将，因之开创了有宋一朝天下"右文"之风，为三百余年间中国文学的蓬勃发展奠定了坚实的基础。宋太宗和宋真宗父子未即帝位之前便以好学爱文之名著称，继位之后更加崇典尚学。北宋诸帝继承了太祖、太宗、真宗以来的重文传统，奖掖文学、以才华取士，于是海内文士便"彬彬辈出焉"，天水一朝终得步武李唐，成为中国文学发展史上的又一座高峰。

正如上文所论，中国古代的文学史研究界受到同时期的史学研究界的影响，在对文学史发展动因问题的认识方面比较偏重于具有神秘色彩的"天命""道"或"神理"决定论以及作为国家统治阶级代表的君王布施政教和个人爱好的"现实人为"因素。随着19世纪和20世纪之交西方史学思想在华影响力的日益扩大，这种相对笼统和简单的思维模式逐渐变发生了相应的变化，具体说来就是在继承前人学说的合理之处的基础上逐渐淡化其原有的神秘主义色彩，从"现实人为"的角度科学地考察推动了中国文学史发展的多样化动因。

1917年，出身于经学世家的学者刘师培为北京大学的学生们撰写了《中国中古文学史讲义》，总结了建安年间至杨隋统一江南之前数百年中国文学的发展历史。在这部书中，刘师培也特别重视作为统治阶级代表的君王在布政施教和在对待文学的个人态度两方面因素在影响文学史发展进程方面所起到的重要作用。如其在论述汉魏之际文学变迁时便说："建安文学，革易前型，迁蜕之由，可得而说：两汉之世，户习七经，虽及子家，必缘经术；魏武治国，颇杂刑名，文体因之，渐趋清峻，一也。……又汉之灵帝，颇好俳词，（见杨赐

---

① 脱脱等：《宋史》，北京：中华书局，1997年，第12997~12998页。

《蔡邕传》）下习其风，益尚华靡，虽迄魏初其风未革，四也。"① 刘师培认为，建安文学在中国文学史的发展进程中有继承有创新。所谓"创新"是指魏武帝曹操抛弃汉代以来一直占据思想界统治地位的儒家学说转而采用法家刑名之术统治中原以后，文人士大夫们也从在专一学习"经术"状态下形成的雕缛繁复的行文风格转向了在法家严酷做派影响下形成的清峻文风。所谓"继承"则是指东汉灵帝由于个人喜爱文风富丽的汉赋，使得一时之间的文风都根据帝王的好尚而转向词采华靡的方向，这种风气一直持续并影响到了建安文学的发展。刘师培所提到的以上两点"创新"与"继承"均受到君主布政施教和个人爱好因素共同对中国文学发展进程所施加的影响。刘师培又说："建安文学，实由文帝、陈王提倡于上。观文帝《典论·选篇》云：'所著书、论、诗、赋，凡六十篇。'（《御览》九十三引）又《与王朗书》曰：'惟立德扬名，可以不朽，其次莫如著篇籍。故论撰所著《典论》、诗、赋、盖百余篇，集诸儒于肃城门内，讲论大义，侃侃无倦。'（《魏志·文帝纪注》）……陈思王《前录·序》曰：'故君子之作也……余少而好赋，其所尚也，雅好慷慨，所著繁多，虽触类而坐，然芜秽者众，故删定别撰，为《前录》七十八篇。'此为思王自述之词。故明帝《追录陈思王遗文诏》亦曰：'自少至终，篇籍不离于手。'又曰：'撰录植前后所著赋、颂、诗、铭、著论，凡百余篇，副藏内外。'（《魏志·植传》）是思王之文，久为当世所传，故一时文人兴起者众。至于明帝，虽文采渐衰，然亦笃好文艺……又高贵乡公《原和逌等作诗稽留诏》云：'吾以暗昧，爱好文雅，广延诗赋，以知得失。'（《魏志》本纪）此又少王提倡文学之证也。故有魏一朝，文学独冠于吴、蜀。"② 在刘师培看来，曹魏之所以在魏、蜀、吴三国之中文学成就最高，主要是因为魏文帝曹丕、陈思王曹植兄弟以帝王之尊躬亲为文且文思敏捷、著作等身，魏明帝曹睿、高贵乡公曹髦的文学才华虽不及丕、植，但他们身为天下至尊而笃好文艺、提倡创作，从而在魏国形成了竞相从事文学创作的风潮，促进了当时文学事业的蓬勃发展。

又如概述刘宋一朝文学兴盛的原因在于："宋代文学之盛，实由在上者之提倡。《南史·临川王义庆传》谓：'文帝好文章，自谓人莫能及。'《南史·孝武纪》谓：'帝少读书，七行俱下，才藻甚美。'《齐书·王俭传》亦谓：'帝爱文艺，（裴子野《雕虫论》谓："帝才思朗捷。"）撰江左以来《文章志》。'均其证也。……故一时宗室，自南平王休铄外（《宋书·铄传》：'尤文才，未弱冠，

---

① 刘师培：《中国中古文学史讲义》，上海：上海古籍出版社，2000年，第7页。
② 刘师培：《中国中古文学史讲义》，上海：上海古籍出版社，2000年，第18~19页。

拟古三十余首，时人以为迹亚陆机。'）若建平王弘、卢陵王爱真、江夏王义恭等，并爱文艺……又据《宋书·临川王义庆传》谓：'其爱好文艺，才学之士，远近必至。袁淑文冠当时，引为卫军咨议。其余吴郡陆展，东海何长瑜、鲍照等，并有辞章之美，引为佐吏国臣。'其《始兴王濬传》亦谓：'濬好文籍，与建平王弘、侍中王僧绰，中书郎蔡兴宗等，并以文义往复。'又《建平王景素（弘之子）传》云：'景素好文章，召集才义之士，以收名誉。'此均宋代文学兴盛之由也。"① 刘师培认为，刘宋一朝文学兴盛的根本原因就在于一方面以文帝刘义隆、南平王刘休铄、建平王刘弘、卢陵王刘爱真、江夏王刘义恭、临川王刘义庆、始兴王刘濬等皇室宗亲不但自己爱好文学、创作丰富，而且有意在自己周围延揽能文之士，形成了以文学创作为共同爱好的精英文艺团体。这就使得中国文学史在刘宋王朝统治时期出现了一个文学兴盛的大好局面。

再如刘师培把齐、梁时期文学创作兴盛的原因归结为响应上层权贵提倡的结果："齐、梁文学之盛，虽承晋、宋之绪余，亦由在上者之提倡。据《齐书·高帝纪》谓：'帝博学善属文。'……故高帝诸子，若鄱阳王锵好文章、江夏王锋能属文，并见《齐书》《南史》，非惟豫章王嶷工表启、武陵王晔工诗已也。……嗣则文惠太子、竟陵王子良（《南史·太子传》云：'文武士多所召集，虞炎、范岫、周颙、袁廓，并以学行才能应对左右。'《梁书·范岫传》云：'文惠在东宫。沈约之徒，以文才见引。'……《梁书·武帝纪》谓：'齐竟陵王开西邸，招文学。帝与沈约、谢朓、王融、萧琛、范云、任昉、陆倕等并游，号曰八友。'沈约、范云各传并同。……《王僧孺传》云：'子良开西邸，招文学，僧孺与虞羲、丘国宾、萧文琰、丘令楷、江洪、刘季孙，并以善辞藻游焉。'）、衡阳王钧……随王子隆……均爱好文学，招集文士。……故宗室多才。……梁承齐绪，武帝尤崇文学。（《南史》本纪谓：'帝博学多通，及登宝位，躬制赞、序、诏、诰、诔、箴、颂、笺、奏诸文百二十卷。'又《文学传序》云：'武帝每所临幸，辄命群臣赋诗，其文之善者，赐以金帛。是以缙绅之士，咸知自励。'又《袁峻传》：'武帝雅好词赋，时献文章于南阙者相望焉。'……）嗣则昭明太子、简文帝、元帝并以文学著闻，……而昭明、简文，均以文学为天下倡，（《梁书·昭明传》：'引纳才学之士，赏爱无倦，或与学士商榷古今，继以文章著述。于时名才并集，文学之盛，晋、宋以来所未有也。'……《南史·简文纪》云：'及居监抚，弘纳文学之士。'《庾肩吾传》云：'简文开文德省置学士，肩吾子信、徐摛子陵、吴郎、张长公、北地傅弘、

---

① 刘师培：《中国中古文学史讲义》，上海：上海古籍出版社，2000年，第73页。

东海鲍至等充其选。') 此即《南史·梁纪》所谓'文物之盛，独美于兹'也。"① 除了皇室帝胄自身喜爱文学创作外，齐梁时代的贵族文化精英们更是有意识地提倡天下士子都积极参与从事文学创作的工作，不但在自己周围建立由文人骚客组成的文学集团，而且还在政府中设立专门的机构"文德省"来安置文学创作才能突出的专门人才。到了南朝的最后一个朝代陈朝，后主陈叔宝本人对文学的爱好甚至推动了当时后宫贵族妇女群体热爱文学、竞相创作局面的产生："陈代开国之初，承梁季之乱，文学渐衰。然世祖以来。渐崇文学。……后主在东宫，汲引文士，如恐不及(《陈书·姚察传》:'补东宫学士。于时江总、顾野王、陆琼、陆瑜、褚玠、傅縡等，皆以才学之美，晨夕娱侍。') 及践帝位，尤尚文章。(《陈书·后主纪论》云:'待诏之徒。争趋金马；稽古之秀，云集石渠。'是其证也。) 故后妃宗室，莫不竞为文词。(《陈书·后主沈皇后传》:'涉猎经史。后主薨，自为哀词，文甚酸切。'《陈书》又谓:'后主以宫人有文学者为女学士。'……)"②

如果说刘师培在其所著的《中国中古文学史讲义》中仍然继承了古人的观点，比较看重君王因素作为正面动因对中国文学史发展进程所产生的促进作用的话，那么黄人在其《中国文学史》中则转而明确指出了君王因素作为负面动因对中国文学史发展进程所产生的阻碍作用。

在《中国文学史》中，黄人把数千年来中国文学的历史发展进程划分为"上世""中世""近世"三世，进而更细分为胚胎期("六经"出现之前的先秦时代)、全盛期("楚辞"出现之前的先秦时代、"楚辞"与秦石刻文的时代、两汉时代)、华离期(晋至宋元时代)、暧昧期(明代)、第二暧昧期(清代)五个时期③。黄人认为，中国文学发展的全盛期就在两汉之前，自汉武帝独尊儒术、试图控制天下士子的思想，中国文学就开始距离全盛期越来越远了："中国文学发达如是之早，而一瞬即堕落者，自以汉武为罪魁。"④ 虽然中国文学在其历史发展进程中曾经历过大大小小数次劫难："我国文学，有小劫一，次小劫三，大劫一，最大劫二。祖龙之焚坑，一小劫也。南北朝之分裂，五季之奴虏羼处，蒙古之陆沉全国，为三次小劫。汉武帝罢斥百家，为一大劫。"

---

① 刘师培:《中国中古文学史讲义》，上海：上海古籍出版社，2000年，第79~81页。

② 刘师培:《中国中古文学史讲义》，上海：上海古籍出版社，2000年，第91页。

③ 黄人:《中国文学史》，载王永健:《"苏州奇人"黄摩西评传》，苏州：苏州大学出版社，2000年，第214~222页。

④ 黄人:《中国文学史》，载王永健:《"苏州奇人"黄摩西评传》，苏州：苏州大学出版社，2000年，第484页。

在黄人眼中，像秦始皇推行"焚书坑儒"的文化专制主义政策、少数民族入主中原压制汉族文化发展这样的历史事件都不如汉武帝"罢黜百家，独尊儒术"给中国文学发展所带来的阻碍大，其中少数民族政权给华夏文明带来的问题不过是"夫昔之异族，入主中原，每喜假右文之名，以饰其左衽之陋。即有凭吹求而逞淫刑，猜疑滋甚……然不过喜人怒兽之故态，朝秦暮楚之颓风，虽为文学之瑕玷，而无损文学之真价值也。况或蹄远之交，未遍全部；或蛙子之乱，不出百年。所据之力不厚，则所受之损亦微。纵蓄异心，终服旧化，视挟书偶语之禁有间焉"。其所带来的损害历时既短，又未伤及华夏文化固有的根本，所以给中国文学历史发展进程所带来的毁损程度尚属有限。但汉武帝"罢黜百家，独尊儒术"之举造成的影响却是"崇孔尊经，其名虽美，其实以宣尼之徽帜，扬祖龙、李斯之死灰；以'六籍'之秕糠，代张汤、郅都之束湿。盖秦之坑儒坑其身，汉之坑儒坑其脑；秦之焚书，焚其现在之文字，汉之焚书，并焚其未来之思想"。这是在实行一种思想和意识形态方面的"焚书坑儒"政策，这种措施给中国思想文化方面所带来的损害在程度上是深层次的、在影响上是深远的，用黄人的话来说就是："三千年来文学之不能进化，谁尸之咎乎？谓非书契以下第一浩劫哉！"①

虽然黄人对汉武帝给中国文学发展历史进程带来的阻碍做出了严厉的批判，但是在其看来，这仍然并非专制君王对中国文学发展所造成的最大伤害。黄人以为中国文学史上的两次"最大劫"恰恰是中国古代封建君主专制制度发展到顶峰的明清两朝时期所开展的以"文字狱"为表现形式的思想暴政。他说："汉武之挟孔子以号令天下也。尚有田单神师世充周公之意，至明祖则直为刍狗之陈俳优之戏。故酷吏之传，成于西京，而苍鹰乳虎之威，未闻一逞于文学界上。即史迁蚕室，为千古文学之奇辱，然别有罪状，非由载笔也。且被祸之后，……仍纵其胸臆，绝无忌惮。使生洪武之朝，夷十族、磔百身，不足蔽罪也。长孺之憨直，长卿之讽刺，曼倩之诙谐，或抑其好大喜功之习，或逆其神仙声色之好，使生洪武之朝，言甫脱口，朝衣赴西市矣，犬马寇仇之法语，淫刑逞欲于瞽宗；燕泥庭草之忮心，当宣几奉为令典，可哀哉！尔时之文学界也，乍脱非族之腥膻，即罹独夫之毒蛰，尚望有得见光明之一日乎！"②

① 以上引文见黄人：《中国文学史》，载王永健：《"苏州奇人"黄摩西评传》，苏州：苏州大学出版社，2000年，第490页。

② 黄人：《中国文学史》，载王永健：《"苏州奇人"黄摩西评传》，苏州：苏州大学出版社，2000年，第491页。此处引文参考汤哲声、涂小马：《黄人：评传·作品选》，北京：中国文史出版社，1998年，第61页的相同引文更改了明显断句有误的个别标点。

黄人认为，汉武帝虽然以"罢黜百家，独尊儒术"为手段钳制天下人的思想，但是对于文学界尚且存有些许优容之意，对于著"谤书"的司马迁和讽喻谲谏的司马相如、东方朔等人，尚且能够网开一面，允许他们相对自由地从事个人所擅长的文学创作事业，从而让这些人能够在中国文学史上留下各自的不朽名著。但是假设这些文学家生活在明太祖统治时期，面对着那位多疑猜忌、气量狭窄、手段毒辣的独夫皇帝朱元璋，则必定会在言甫出口之时便被皇帝喝令推赴西市斩首，甚至遭受寸磔和族诛的残酷对待。虽然黄人的说法只不过是一种假设，但是如果我们参考了历史上朱元璋仅仅因为"光""则"等个别字眼触犯了他的阴私便掀起空前的文字大狱的猜忌胸怀，以及有意借题发挥而主导"空印案""胡惟庸案""蓝玉案"牵连诛杀数万人的残暴手段，便不会认为黄人在此处的假设性叙述存在过多夸张成分。而明代初年大诗人高启、刘基、宋濂等人的亲身遭遇以及明初文坛的肃杀气氛也恰恰可以作为无可辩驳的史实来对黄人的假设加以佐证。正是朱元璋对当时文人和文化采取的这种残酷压制手段令黄人对明代文学史的总体评价不高："叙述文学历史至此，不禁气为之轖，血为之冷，而念此茫茫毒雾，横塞于文学之天地，使长夜不旦、而七圣皆迷者，谁实为之？盖即汉族所就日瞻云，太祖高皇所遗留之大纪念也。吾不忍言，又不能不言，无已，为之下一语曰：暧昧时代。"[①]

在概述作为中国文学史上"第二暧昧期"的清代文学史时，黄人首先将其与中国历史上的其他少数民族政权加以对比："刘渊、石勒、拓跋、宇文、阿保机、阿骨打、忽必烈辈，入据黄图，虽存盗贼憎主之心，尚有鸡犬升天之愧。且其时视神州为行馆，故对于文学，亦不过如行馆中供张之具，朝设夕撤，不甚留意。"即认为前赵、后赵、北魏、北周、契丹、女真、元朝这些中国历史上的少数民族政权虽然在当时以"异族"身份入主华夏，但是由于他们享国之日短，且对待中原文学并不重视，也就无从谈论加之于其上的限制与禁锢政策。而作为奄有天下近三百年的清王朝来说，因为它"奄有大物，亘数百年，雅习楚咻，已尽羿道，以匪种必除之惯技，合之以齿马有诛之旧章，似引擎之添设，雷霆万钧之力愈强；如酸液之互溶，金石消烁之性必烈"，统治中原时间最长，熏习到了华夏民族自古以来的治世治人之道，深知文化统治与思想控制对于稳定专制政治统治的重要性。所以，清朝统治者便对文学和文化事业加强了监控的力度："三朝文字之祸，更什伯倍蓰于是焉！恭读《大义觉迷

---

　　① 黄人：《中国文学史》，载王永健：《"苏州奇人"黄摩西评传》，苏州：苏州大学出版社，2000年，第492页。

录》之睿著，违例书目之纶音，及庄廷铙、戴名世、查嗣庭、吕留良、汪景祺、胡中藻、陆生楠诸人之爱书，而叹当时之文学界，盖与阿修罗场、奈落珈山无异焉！"把当时文坛变成了一个人人自危的刑场："文学家之不解事者，既自扦文网，以膏兴朝之斧锧，其黠者遂相率蒙头改面，习以为脂韦滑梯以避指目。于是有桐城之文派，有新城之诗派，有平湖、安溪之理学派。鼓吹休明，力求雅正，法圣尊王，一肃士气。内蓄杜矢伍鞭之志，而下笔则曰：天王圣明；躬蹈越货肤箧之行，而相勖则曰成仁取义。"文学家在从事创作的时候由于害怕在无意中触犯文网而畏首畏尾、首鼠两端，不得不做着心口不一的"双面"事业。这样的局面一旦形成，又怎么能指望原本应该让思维尽情驰骋而无所羁绊的文学创作事业迎来繁荣昌盛的局面？所以当时的士人只能够寄情于文字和考据之学以避祸："遂遁至三千年以上，搜鼠蠹之丛残，遵虫鸟之遗迹，揭千古治经之谬，开近世掘史之风，穷六书正变之源，能握三余秘钥，扫五行机祥之习，并为两汉功臣，盛矣哉！"并且在这些领域取得了足以傲视古人的成就："以今证古，无愧通经，果足用之称。自唐迄明，庶免读书不识字之诮，存录几溢于四库，明达辄聚于一门。我朝考据与小学两科，诚炎刘以下所得未曾有也。"① 与此同时，这种在清朝皇帝专制高压统治之下所采取的权宜之计消磨了天下人才的求知和创造的意志，从而使得清代士人在文艺和学术方面所取得的成就无法与前代相媲美："在下者既日坠卑庸，在上者亦寝生厌薄。征文考献，视为优孟之衣冠；西抹东涂，等于儿童之游戏。尚不如唐世明经，悬为科目；宋人字说，颁于学官。更不如三弦乐府、八比程文，贵以当王，视为捷径。鼠朴有千金之价，刍狗得一日之陈也。……所谓英雄之能造时势者，吾闻其语，未见其人也！"②

客观地说，近代如刘师培、黄人等学者在继承古人观点基础上所着重提出的君王政教及其个人好尚因素确实是影响中国文学史发展的最重要动力因素之一，但是绝非唯一动因。在梁启超等史学家鼓吹"新史学"研究、试图从多角度切入探索推动中国历史发展进程动因的行为影响下，20世纪早期的中国文学史家也开始尝试从多方面探讨影响中国文学史发展的历史动因。

1915年，上海商务印书馆出版了张之纯遵照民国教育部颁定之师范学校课程大纲而编撰的《中国文学史》。在这部书中，张之纯花了大量篇幅来对推

---

① 以上引文见黄人：《中国文学史》，载王永健：《"苏州奇人"黄摩西评传》，苏州：苏州大学出版社，2000年，第493页。

② 黄人：《中国文学史》，载王永健：《"苏州奇人"黄摩西评传》，苏州：苏州大学出版社，2000年，第494页。

动中国文学史发展的动因展开叙述。

在张之纯看来，关系一代文运盛衰的最主要因素就是文教事业的兴衰，这其中包含有两个方面，其一是学校的兴废，其二是书籍的聚散。因此，在叙述每一朝代的文学史发展情况时，张之纯几乎要抽出篇幅不等的章节来对当时学校培养教育人才和书籍整理保存情况加以描述。

例如该书上卷第七章"姬周开创时代文学之光昌"的开篇第一节就题为"学校之制度"，其中详细介绍了周代学校培养人才的情况："学校之设，创始虞廷，至周时为更备。武王定学制，国中并立四代之学。辟雍居中，北虞学，东夏学，西殷学，是为大学。又建虞庠于西郊，夏庠于州，殷校于党，皆乡学，是为小学。俱祀先圣先师。人生八岁，自王公至于庶人之子弟，俱入小学；而教之以洒扫应对进退之节，礼乐射御书数之文。及其十有五年，则自天子之元子、众子，以至公卿大夫元士之嫡子，与凡民之俊秀，皆入大学；而教之以穷理正心修己治人之道。学校之设既广，教授之法又详，是以当世之人无不学，人才由庠序而出，学术以肄习而精。储有根底，作为文章，自然华赡典雅，不同流俗之谈。周家文化之隆，固亦从栽培涵煦中来也。"① 周代自远祖后稷、公刘、古公亶父、季历开始一直到文、武、周公，这些"圣子神孙，继继绳绳，遂开一代文明之化"。而周代的臣子们如"召公奭、太公望、鬻熊、史佚、辛甲、周任，嘉言懿训，流传简册。或全书尚存，或逸文杂见于他说者，皆翩翩著作之才也"。父子君臣都是能文之士，堪得"孔子曰：'周监于二代，郁郁乎文哉。'盖亦深赞其美备矣"②一语的赞美。作者之所以要详述周代高度发达的学校设置制度的内容，主要是因为他认为，正是上述这些数量众多、覆盖面广、教学制度完善的学校为周代空前发达的文学事业造就了人数众多、学养深厚的创作人才，同时也为《诗经》《楚辞》、"六经""诸子"等思想性、艺术性均登峰造极的经典著作的接受和传播培养了数量可观的受众群体。

而在此书下卷第一章"唐代文学之三变"的第二节"设学之繁盛"中，作者也同样详细地向读者介绍了唐代的学校开设情况："唐制凡学六：曰国学、即国子监，曰太学，曰四门学。自太学以下，皆隶于国子监。国学置生三百人，以文武三品以上子孙、若从二品以上曾孙及勋官二品县公、京官四品带三品勋封之子为之。……四门学生千三百人，其五百人以勋官三品以上无封、四

---

① 张之纯：《中国文学史》（上卷），上海：商务印书馆，1915年，第16～17页。新式标点为引者所加。

② 以上引文见张之纯：《中国文学史》（上卷），上海：商务印书馆，1915年，第16页。

品有封及文武七品以上之子为之。八百人以庶人之俊异者为之。郡县分三等，其始上郡学，置生六十人，中、下以十为差。上县学，置生四十人，中、下亦以十为差。嗣后均有增益。高祖时又诏秘书外省别立小学，以教宗室子孙及功臣子弟。太宗锐情经术，为秦王时，即王府开文学馆，召名儒十八人为学士。即位后于殿左别置宏文馆，取三品以上子孙为学生。增广学舍至千二百区，虽七营飞骑亦置生给博士授经。若高丽、百济、新罗、高昌、吐蕃相继遣子弟入学。鼓箧踵堂者凡八千余人，闾闾秩秩，文治煜然勃兴所由，唐室文章炳焉，与三代同风也。"① 由此可以看出，张之纯认为，唐代学校开设的种类和数量都远超前朝，而且所接收学生的来源也从贵族官宦子弟扩大到了"庶人之俊异者"，并且还有来自"高丽、百济、新罗、高昌、吐蕃"等汉族传统统治区域之外的少数民族人士加入唐朝国立各级学校中系统学习华夏文化。也正是因为具有这样广泛而深厚的文教基础，所以中国文学史上的李唐王朝无论从作家、文本数量还是受众群以及影响范围来看，都远迈前代，成为中华文明史上一座难以逾越的文学和文化高峰。

图书文籍作为文学作品的物质载体，是后人学习和掌握前人丰富的精神文明遗产并进而有所创造的最基本物质因素。一个时代所保存和创造书籍的实际情况往往可以真实地反映出此一时期文学和文化的生机与活力。也正是出于对此原因的考虑，张之纯在《中国文学史》中特重考察作为每一时代文学史发展重要动因的书籍的保存和整理情况。

如其叙东周文学衰微的原因："周天子既世号能文，其历代之臣，亦克润色鸿业，以维持于不敝。如内史过、内史叔兴父，富辰，王孙满，单襄公、靖公、穆公、平公，伶州鸠，詹桓伯，富辛，石张，均博通坟籍、融汇古今，按时立言、不卑不亢。而单氏世世相承、代有闻人，尤能以辞令绵其家学。匪特此也，即觊觎天位之王子朝，其出奔时播告诸侯之文亦强词夺理、笔妙如环，足动一时之听。但自子朝以周之典籍适楚，故府储藏一朝丧失，南方之文化日开而东周之文章减色矣。"② 作者认为，东周朝廷原本继承了三代以来的文学传统遗产，能文之士代有其人。但是自从前516年王子朝与周悼王、周敬王兄弟争夺天子位失败而出奔楚国并同时带走了原本由周王室所保存的历代典籍之后，东周朝廷统治时期内就再没出现过之前那种文人济济的文学繁荣局面，反倒是原本属于"荆蛮"文化落后的楚国因为有了大量可资学习的珍贵文献而陡

---

① 张之纯：《中国文学史》（下卷），上海：商务印书馆，1915年，第3页。
② 张之纯：《中国文学史》（上卷），上海：商务印书馆，1915年，第30页。

然间提升了自身的文学创造能力。

又如其叙两晋时代文运之衰："汉末董卓之乱，献帝西迁。图书缣帛，军人皆取为帷囊。所收而西，犹七十余载。两京大乱，扫地皆尽。魏氏代汉，采掇遗亡，藏在秘书中外三阁。魏秘书郎郑默始制《中经》，晋秘书监荀勖又因《中经》更著《新簿》。分为四部，总括群书：一曰甲部，纪六艺及小学等书；二曰乙部，有古诸子家、近世子家、兵书、兵家术数；三曰丙部，有史记旧事、皇览杂事；四曰丁部，有诗、赋、图、赞、汲冢书。大凡四部，合二万九千九百四十五卷。惠怀之乱，京华荡覆。渠阁文集，靡有孑遗。东晋之初，渐更鸠聚。著作郎李充以勖簿校之，其见存者，但有三千一十四卷。充遂总没众篇之名，但以甲乙为次，终晋之世，无所变革。古籍既少，文风亦渐衰矣。"①张之纯在这里详细介绍了东汉末年到东晋初年中央政府官方藏书情况的变化：原本曹魏和西晋时期中央政府的藏书品类齐全、数量众多，是天下文人学士可资学习和借鉴的宝贵文献资料总库。但是由于魏晋之交兵连祸结，八王秉政、五胡乱华之下的华夏大地百业凋零、民不聊生。等到晋室东渡之后，虽经勉力搜集，但经历多次浩劫之的后官方藏书仅及西晋年间藏书量的十分之一强，其涵盖门类也必定大为减少，从而使得当时的文人在从事创作时缺少了可资学习的必要范本，因此才导致当时中国的文学事业在一段时间内出现了相较于文典图书收存丰富之前代为弱的创作低潮期。

在同时期史学思潮的影响下，张之纯在其《中国文学史》中对中国文学史发展动因的研究已经出现了相较前人更加开阔的视野。这也预示了自那以后从事中国文学史研究的学者对相同问题的研究思路取向，即越来越注意从更加多维的视角来审视和研究推动中国文学史发展的历史动因。

在《白话文学史》中，胡适认为中国数千年来文学史发展前进的最主要动力便是由普通平民百姓创造的民间文学。在该书的第三章"汉朝的民歌"中他开篇便说："一切新文学的来源都在民间。民间的小儿女，村夫农妇，痴男怨女，歌童舞伎，弹唱的，说书的，都是文学上的新形式与新风格的创造者。这是文学史的通例，古今中外都逃不出这条通例。《国风》来自民间，《楚辞》里的《九歌》来自民间。汉魏六朝的乐府歌辞也来自民间。以后的词是起于歌妓舞女的，元曲也是起于歌妓舞女的。弹词起于街上唱鼓词的，小说起于街上讲史说书的人——中国三千年的文学史上，那一样新文学不是从民间来的？"②

---

① 张之纯：《中国文学史》（上卷），上海：商务印书馆，1915年，第91页。
② 胡适：《白话文学史》，上海：上海古籍出版社，1999年，第15页。

接着，他详细介绍了西汉时期的"乐府"制度以及它作为当时的官方机构所积极从事的收集民歌工作的情况，并借机评论民间文学对文人学士从事文学创作所产生的巨大影响："'乐府'这种制度在文学史上很有关系。第一，民间歌曲因此得了写定的机会。第二，民间的文学因此有机会同文人接触，文人从此不能不受民歌的影响。第三，文人感觉民歌的可爱，有时因为音乐的关系不能不把民歌更改添减，使他协律；有时因为文学上的冲动，文人忍不住要模仿民歌，因此他们的作品便也往往带着'平民化'的趋势，因此便添了不少的白话或近于白话的诗歌。这三种关系，自汉至唐，继续存在……这些平民的歌曲层出不穷地供给了无数新花样，新形式，新体裁；引起了当代的文人的新兴趣，使他们不能不爱玩，不能不佩服，不能不模仿。汉以后的韵文的文学所以能保存得一点生气，一点新生命，全靠有民间的歌曲时时供给活的体裁和新的风趣。"[1] 胡适认为，作为官办的专门收集民间诗歌的文化机构，汉代时期的"乐府"扮演着精英文人与普通民众之间文学创作之桥的作用。一方面文人对乐府收集的民间文学做出进一步精加工；另一方面更重要的是，精英文人在自觉与不自觉中从民间歌辞中受到启发、汲取营养，最终形成了文学创作上的新变化。在第五章"汉末魏晋的文学"中，胡适以"建安文学"为例试图证明自己的上述观点："以曹氏父子为中心的文学运动，他的主要事业在于制作乐府歌辞，在于文人用古乐府的旧曲改作新词。《晋书·乐志》说：汉自东京大乱，绝无金石之乐；乐章亡绝，不可复知。及魏武（曹操）平荆州，获汉雅乐郎河南杜夔能识旧法，以为军谋祭酒，使创定雅乐……又引曹植《鞞舞诗序》云：故汉灵帝西园鼓吹有李坚者能鞞舞。遭世荒乱，坚播越关西，随将军段煨。先帝（曹操）闻其旧伎，下书召坚。坚年逾七十，中间废而不为，又古曲甚多谬误，异代之文未必相袭，故依前曲作新声五篇。'依前曲，作新声'即是后世的依谱填词……这种事业并不限于当时的音乐专家；王粲缪袭曹植都只是文人。曹操自己也做了许多乐府歌辞。我们看曹操，曹丕，曹植，阮瑀，王粲诸人做的许多乐府歌辞，不能不承认这是文学史上的一个新时代。"[2]

接下来在论及唐代文学时，胡适也仍然认为："唐朝的文学的真价值，真生命，不在苦心学阴铿、何逊，也不在什么师法苏李（苏武、李陵），力追建安，而在它能继续这五六百年的白话文学的趋势，充分承认乐府民歌的文学真

---

[1] 胡适：《白话文学史》，上海：上海古籍出版社，1999年，第22～23页。
[2] 胡适：《白话文学史》，上海：上海古籍出版社，1999年，第37～38页。

价值，极力效法这五六百年的平民歌唱和这些平民歌唱所直接间接产生的活文学。"① 对于胡适眼中的"文化史上最有光荣"时代的唐玄宗开元、天宝年间的文学，胡适也认为它们从民间文学中获得了巨大的启发和教益："在这个音乐发达而俗歌盛行时代，高才的文人运用他们的天才，作为乐府歌词，采用现成的声调或通行的歌题，而加入他们个人的思想与意境。……我们在上编曾说建安时期的主要事业在于制作乐府歌辞，在于文人用古乐府的旧曲改作新词。开元天宝时期的主要事业也在于制作乐府歌辞，在于继续建安曹氏父子的事业，用活的语言同新的意境创作乐府新词。……盛唐是诗的黄金时代。但后世讲文学史的人都不能明白盛唐的诗所以特别发展的关键在什么地方。盛唐的诗的关键在乐府歌辞。第一步是诗人仿作乐府。第二步是诗人沿用乐府古题而自作新辞，但不拘原意，也不拘原声调。第三步是诗人用古乐府民歌的精神来创作新乐府。在这三步之中，乐府民歌的风趣与文体不知不觉地浸润了，影响了，改变了诗体的各方面，遂使这个时代的诗在文学史上放一大异彩。"②

　　由于胡适的《国语文学史》和《白话文学史》都属于没有彻底完工之作，仅从这两部文学史著作中似乎无法确定胡适眼中唐宋之后中国文学史的发展动因究竟是什么。倒是 1926 年在为其一部文学选本《词选》所作的序文中胡适道出了心中业已存在的答案："词起于民间，流传于倡女歌伶之口，后来才渐渐被文人学士采用，体裁渐渐加多，内容渐渐变丰富。但这样一来，词的文学就渐渐和平民离远了。到了宋末的词，连文人都看不懂了，词的生气全没有了。词到了宋末，早已死了。但民间的娼女歌伶仍旧继续变化他们的歌曲，他们新翻的花样就是'曲子'。他们先有'小令'，次有'双调'，次有'套数'。'套数'一变就成了'杂剧'；'杂剧'又变为明代的剧曲。这时候，文人学士来了；他们也做'曲子'，也做剧本；体裁又变复杂了，内容又变丰富了。然而他们带来的古典，搬来的书袋，传染来的酸腐气味又使这一类新文学渐渐和平民离远，渐渐失去生气，渐渐死下去了。清朝的学者读书最博，离开平民也最远。清朝的文学，除了小说之外，都是朝着'复古'的方面走的。他们一面做骈文，一面做'词的中兴'的运动。……天才与学力终归不能挽回过去的潮流，三百年的清词，终逃不出模仿宋词的境地。所以这个时代可说是词的鬼影的时代；潮流已去，不可复返，这不过是一点之回波，一点之浪花飞沫而

---

① 胡适：《白话文学史》，上海：上海古籍出版社，1999 年，第 96 页。
② 胡适：《白话文学史》，上海：上海古籍出版社，1999 年，第 157～158 页。

已。"① 从胡适所总结的由宋至清词的发展历史可以看出，在其心中，民间文学可以说是中国文学史发展进程中的动力之源和回春妙药，与之相对应的文人学士的充满书卷气息的传统文学创作方法在为中国文学的发展带来些许营养的同时反倒在更大程度上变成了毒害中国文学健康的污染物。一旦文人学士的天才和学力窒息了中国文学的发展生机，后来的创作者们就只能转向那时刻都充满了勃勃生机与无限活力的民间文学去寻找救死扶伤的万应灵丹。胡适这样总结自己的观点："文学史上有一个逃不了的公式，文学的新方式都是出于民间的。久而久之，文人学士受了民间文学的影响，采用这种新体裁来做他们的文艺作品。文人的参加自有他的好处，浅薄的内容变丰富了，幼稚的技术变高明了，平凡的意境变高超了。但文人把这种新体裁学到手之后，劣等的文人便来模仿；模仿的结果，往往学得了形式上的技术，而丢掉了创作的精神。天才堕落而为匠手，创作堕落而为机械。生气剥丧完了，只剩下一点小技巧，一堆烂书袋，一套烂调子！于是这种文学方式的命运便完结了，文学的生命又须另向民间去寻新方向发展了。四言诗如此，楚辞如此，乐府如此。词的历史也是如此。"②

被胡适所大力提倡的"文学史民间文学动力说"受到了当时中国文学史研究界的极大重视，有许多学者都在自己相关的研究著作中吸收和发展了胡适的这一学术观点。1932 年，郑振铎在《插图本中国文学史》"绪论"中明确把民间文学视为推动中国文学史发展的两大动力之一："还有一个重要的动力，催促我们的文学向前发展不止的，那便是民间文学的发展。原来民间文学这个东西，是切合于民间的生活的。随了时代的进展，他们也便时时刻刻的在进展着。他们的型式，便也是时时刻刻在变动着，永远不能有一个一成不变或永久固定的定型。又民众的生活是随了地域的不同而不同的，所以这种文学便也随了地域的不同而各有不同的式样与风格。这使我们的'草野文学'成为很繁赜，很丰盛的产品。但这种产品却并不是永久是安本分的'株守'一隅的。也不是永久自安于'草野'的粗鄙的本色的。他们自身常在发展常在前进。一方面，他们在空间方面渐渐的扩大了，常由地方性的而变为普遍性的；一方面他们在质的方面，又在精深的向前进步，由'草野的'而渐渐的成为文人学士的。这便是我们的文学不至永远被拘系于'古典'的旧堡中的一个重要原

---

① 胡适：《〈词选〉自序》，载胡适：《胡适古典文学研究论集》，上海：上海古籍出版社，2013年，第 453 页。

② 胡适：《〈词选〉自序》，载胡适：《胡适古典文学研究论集》，上海：上海古籍出版社，2013年，第 455~456 页。

因。……一部分的文人学士，虽时时高唤着复古，刻意求工的模仿着古人，然时代与民众却即在他们的呼声所不到之处，暗地里产生了不少伟大的作品。到了后来，则时代与民众又压迫着文人学士采取这个新的文学型式。当民众文艺初次与文人学士相接触时，其结果便产生了一个大时代。过了一个时代，这个新的型式又渐渐成为古董而为时代及民众所舍弃，他们又自去别创一种新的文学型式出来。五代宋之词，金、元、明之曲，明、清之弹词，近数十年来的皮黄戏，其进展都是沿了这个方式走的。"[①]

也正是出于视民间文学为中国文学史发展进程重要动因的缘故，在《插图本中国文学史》中，郑振铎给予了民间文学相当程度的重视，能够运用新发现的文学史料独具慧眼地对中国古代一些极具特色而又向来被人忽视的民间文学的产生、发展以及其对文人学士从事文学创作所产生的影响过程进行科学而详尽的叙述。例如为了保证论述内容的科学性，郑振铎在《插图本中国文学史》已完成部分中对于发现于敦煌藏经洞中的唐代变文、宋代鼓子词与诸宫调、元代的杂剧、明代的传奇、清代的昆腔，以及在计划完成部分对清代宝卷弹词与鼓词、民歌等内容的描述都选择了诸如敦煌藏经洞、明清内阁藏书及传世元明珍本书籍等珍贵文献作为资料来源。须知以当时国内的学术研究条件而言，除了有政府背景的中央研究院之外，即便是如北京大学、燕京大学、辅仁大学、清华大学等这样实力强大的学术研究机构想要搜集如此珍贵又数量众多的文学史料都属不易，更何况郑振铎凭借一己之力惨淡经营，又始终只能够游离于当时中国文史研究界的核心之外，其难度可想而知。仅凭这一点就可以看出郑振铎对于在中国文学史给予民间文学应有的地位这一问题的重视程度。而在全书的章节和篇幅安排上，郑振铎给予了上述民间文学与传统中一直被封为核心经典的《诗经》《楚辞》完全平等的专章地位，论述篇幅之大尚犹有过之，这也在形式上显示出了其对作为中国文学史发展动因之一的民间文学的重视程度。

值得注意的是，除了像胡适一样把本国的民间文学视作推动中国文学发展的动因之外，郑振铎还在《插图本中国文学史》中为中国文学几千年来的发展进程总结出了另外一大动因——"外国文学"。他说："我们的文学是深受外来文学——尤其是印度文学——的影响的。没有了他们的影响，则我们的文学中，恐怕将难得产生那末伟大的诸文体，像小说，戏曲，弹词等等的了。他们使我们有了一次二次……的新的生命；发生了一次二次……的新的活动力。中国文学所接受于他们的恩赐是很深巨的，正如我们所受到的宗教上，艺术上，

---

① 郑振铎：《插图本中国文学史》（上册），长沙：岳麓书社，2013 年，第 10 页。

音乐上的影响一样，也正如俄国文学之深受英、法、德罗曼文学的影响一样，或更进一步，竟可以说是，有如罗马文学之深受希腊文学的影响一样。而在现在，我们所受到的外来文学的影响恐怕更要深，更要巨。这是天然的一个重要的因诱，外国文学的输入，往往会成为本国文学的改革与进展。这在一国的文学史的篇页上都可以见到。虽然从前每一位中国文学史家不曾察觉到这事实，我们却非于此深加注意不可。外来的恩赐其重要盖实远过于我们所自知。"①

在《插图本中国文学史》中，郑振铎把中国文学史数千年来的发展划分为"古代文学""中世文学"和"近代文学"三个阶段。在他看来，整个"中世文学"时代便是中国文学受到印度文学深入而广泛影响的时代，印度文学的种种变体在当时中国文坛引发的波澜无可争辩地成为那一时期中国文学发展和前进的最重要动力来源。他说："中世文学开始于晋的南渡而终止于明正德的时代，其历程凡一千二百余年（公元三七一——一五二一年）；在中国文学史上，这一段的文学的过程是最为伟大，最为繁赜的。古代文学是单纯的本土文学，于赋，四五言诗，散文以外，便别无所有了。这个时代，却是印度文学和中国文学结婚的时代；在这一千二百年间，几乎没有一个时代曾和印度的一切完全绝缘过。因了印度文学的输入我们乃于单纯的诗歌和散文之外，产生许多伟大的新文体，像变文，像戏文，像小说等等出来。在思想方面，在题材方面，我们也受到了不少从印度来的恩惠。我们可以说，如果没有中印的结婚，如果佛教文学不输入中国，我们的中世纪文学竟要成为一个甚等样子的局面，却是无人能知的。我们真想不到，在古代期最后的时候所输入的佛教，在我们中世纪的文学史乃会有了那末弘巨的作用！经了那个弘丽绝伦的结婚礼之后，更想不到他们所产生的许多宁馨儿竟个个都是那末伟大的'巨人'！凡在近代继续生长着的文体，在这个时代差不多都已产生出来了，且大都是由了印度文学的影响而产生的。"② 具体说来，郑振铎认为中国文学史上的"中世文学"历程可以更细分为三个时代：第一个时代开始于东晋，结束于唐开元以前。郑振铎认为："这仍是一个诗和散文的时代；但在诗和散文上，其思想题材，乃至辞语，已深印上佛教的及印度的影响在上了"③。第二个时代开始于唐玄宗开元、天宝年间，结束于北宋末叶。郑振铎说："佛教及印度文学的影响，在这时候，不仅仅自安于思想，题材或若干辞语的供给了；他们已是直捷的闯入我们文坛

---

① 郑振铎：《插图本中国文学史》（上册），长沙：岳麓书社，2013年，正文第10页。
② 郑振铎：《插图本中国文学史》（上册），长沙：岳麓书社，2013年，第163~164页。
③ 郑振铎：《插图本中国文学史》（上册），长沙：岳麓书社，2013年，第164页。

的中心而欲夺取其主座的了。印度所特有的以韵文和散文合组而成的文体，已在这时代成为'变文'，而占领了一个重要的地位，产生出很多伟大的作品。同时，许多新体的诗歌所谓'词'者也崭然露出头角来。'词'的音乐有一部分是受了印度及中央亚细亚诸国的乐歌的感应的。"第三个时代开始于南宋初年，结束于明武宗朱厚照正德末年。在郑振铎看来："这时，诗坛上是于词之外，更有了一种新体的可唱的诗，所谓'散曲'者出现。印度文学的影响，更显著，更猛烈的在我们文学上表现出来。所谓儒士，已是无条件地采纳了许多印度的哲理到中国的哲学里去。印度说书的风气，在第二时代仅流行于寺庙里，仅为和尚们所主讲着者，这时代却大见流行，有了种种不同的分化。短篇的以国语写成的小说，所谓'词话'的，以至长篇的历史小说，所谓'讲史'的，因此遂产生出来。'变文'的势力更大，一方面在'宝卷'的别名之下延长其生命下去，一方面更产出了另一个重要的文体，所谓'诸宫调'者出来。戏剧的另一个重要文体也由印度输入了。最初是在中国的东南部，温州流行着，后乃成为普遍性的。"①

　　从以上引文可以看出，在郑振铎心目中，从东晋到明代中后期这一千二百多年的中国文学发展史确实是深受印度文学的影响。在从东晋到唐开元之前的第一个时代，这种影响尚只限于思想题材和行文的遣词用字方面。到了唐开元之后一直到北宋末的第二个时代，佛教和印度文学对中国文学发展的影响已经逐渐由表及里、由浅入深，其独特的以韵文和散文相结合的文体影响了中国文学的创作路径，产生了"变文"这一伟大的文体，不但在当时影响广泛，还在后来促成了中国文学大家庭中新的文体的产生。在"中世文学"的最后一个时代，即从南宋到明代中后期，印度文学对中国文学和文人的影响到达了极致，不仅源自印度的思想和学说在中国文人群体中越来越深入人心——宋代朱熹等理学家融合儒释思想创造出的理学占据了数百年中国思想和哲学界的主流位置，明代王阳明利用类似方法创立的心学也是在这一时期开始在中国思想和哲学界逐渐显现出无可替代的巨大影响力——而且那些早先受印度影响而在中国出现的"变文"等文体也开始展现出了比之前更加巨大的文坛影响力，促成了词话、小说、诸宫调等文体的形成和发展，丰富了中国古代文学的文类家族。总而言之，郑振铎认为作为对中国文学的发展进程产生了重要作用的动力因素，印度文学对中国文学的影响贯穿了整个"中世文学"的始终，极大地改变

---

① 以上引文见郑振铎：《插图本中国文学史》（上册），长沙：岳麓书社，2013年，第164～165页。

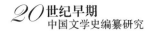

了中国文学的面貌，改写了中国文学的版图。

小　结

在中国史学史上，"明变"与"求因"历来都是史学家最热衷探讨的问题。

所谓的"明变"即是探索历史发展进程的方向和轨迹。具体说来，中国古代大多数学者都信奉"复古循环"的历史发展观，而唐代以后在文学史领域中从事研究的多数专家也都逐渐把意见统一到"复古发展"的一极去。随着19世纪以后西方史学思想尤其是"进化史观"的传入，中国文史学界的诸位学者逐渐抛弃了传统的"复古循环"史观，转而服膺"进化史观"，并在此前提下演化出多种具体进化模式。

所谓的"求因"即是探索推动历史发展的动因。在中国的史学传统中，司马迁的"通天人之际"一语可以概括历代世家对历史发展动因的普遍看法。具体来说，就是一方面重视带有浓厚神秘主义色彩的"天命"，另一方面重视君王修德施政的"人为"因素。与之相似的是，传统文学史学界也把具有神秘色彩"天命""道"或"神理"决定论以及作为国家统治阶级代表的君王布施政教和个人爱好的人为因素视作推动文学发展的积极动因。在20世纪早期中国史学界变革的影响之下，大多数文学史家不再过多地把神秘主义的"天命""道"或"神理"视作从促进文学发展的动因，而是更多地转而从"现实人为"的角度综合考察推动中国文学史发展的多样化动因，这一转变最终也成为后世文学史家研究这一问题时的主要切入路径。

第三章　文学史的史料运用与编纂体裁

第一节　中国史学传统中史料运用与史书编纂体裁的变革

从开展史书编纂工作的最初阶段起，中国史学家就非常注意对有可能会被编入史书的史料进行严谨的整理与考订。《史记·孔子世家》记载孔子编订书籍的事迹说：

> 孔子之时，周室微而礼乐废，诗书缺。追迹三代之礼，序书传，上纪唐虞之际，下至秦缪，编次其事。曰："夏礼吾能言之，杞不足征也。殷礼吾能言之，宋不足征也。足，则吾能征之矣。"观殷夏所损益，曰："后虽百世可知也，以一文一质。周监二代，郁郁乎文哉。吾从周。"故书传、礼记自孔氏。
>
> 孔子语鲁大师："乐其可知也。始作翕如，纵之纯如，皦如，绎如也，以成。""吾自卫反鲁，然后乐正，雅颂各得其所。"
>
> 古者诗三千余篇，及至孔子，去其重，取可施於礼义，上采契后稷，中述殷周之盛，至幽厉之缺，始于衽席，故曰"关雎之乱以为风始，鹿鸣为小雅始，文王为大雅始，清庙为颂始"。三百五篇孔子皆弦歌之，以求合韶武雅颂之音。礼乐自此可得而述，以备王道，成六艺。
>
> 孔子晚而喜易，序象、系、象、说卦、文言。读易，韦编三绝。曰："假我数年，若是，我于易则彬彬矣。"
>
> ……
>
> 子曰："弗乎弗乎，君子病没世而名不称焉。吾道不行矣，吾何以自见于世哉？"乃因史记作春秋，上至隐公，下讫哀公十四年，十二公。据鲁，亲周，故殷，运之三代。约其文辞而指博。故吴楚之君自称王，而春秋贬之曰"子"；践土之会实召周天子，而春秋讳之曰"天王狩于河阳"：推此类以绳当世。贬损之义，后有王者举而开之。春秋之义行，则天下乱

133

臣贼子惧焉。

孔子在位听讼，文辞有可与人共者，弗独有也。至于为春秋，笔则笔，削则削，子夏之徒不能赞一辞。弟子受春秋，孔子曰："后世知丘者以春秋，而罪丘者亦以春秋。"①

司马迁认为，孔子于晚年回归鲁国后，醉心于对当时存世的古代文献史料进行整理和编辑工作，不但删定、编次了《诗经》中"国风""雅""颂"的篇目，整辑了《彖》《象》《说卦》《序卦》《杂卦》等《易经》之"十翼"，还专门根据遗存的历史史料编订了《尚书》和《春秋》两部历史学著作。孔子自言其在编订这些史书时所秉持的史料考订原则："夏礼吾能言之，杞不足征也。殷礼吾能言之，宋不足征也。足，则吾能征之矣。"白寿彝解释说："这可见，孔子就懂得研究历史需要研究历史文献。这里所说的'文'，指的是由书面记载的东西；所说的'献'，传统的解释说是'贤人'，大概指的是流传下来的言论。"② 这说明至少从先秦时代的孔子开始，中国的历史学家们在编纂史书时不但会注意搜集整理由文字构成的书面史料，而且还会注意对口述史料的采纳和吸收。如果缺乏可靠的文字或者口传证据的佐证，孔子便不会随意地把搜集到的史料编纂进史书中去。

记录了孔子整理文献和考订史料的事迹的司马迁本人很好地继承并发扬了孔子整理史料时所秉持的严谨态度。

一方面，司马迁凭借其父司马谈与自己两代担任西汉朝廷保存文书图籍和记录历史的太史令一职，自己晚年又担任掌管内廷文翰工作的中书令一职的便利，充分而全面地阅读当时中央政府的官方藏书和档案材料。凡是当时可以见到的文字史料，司马迁几乎都会对其加以收集和利用。例如他采纳当时存世的书籍记录作为史料——在《五帝本纪》中说："予观《春秋》《国语》，其发明《五帝德》《帝系姓》章矣。"③ 在《屈原贾生列传》中说："余读《离骚》《天问》《招魂》《哀郢》，悲其志。"④ 在《管晏列传》中说："吾读管氏《牧民》《山高》《乘马》《轻重》《九府》及《晏子春秋》，详哉其言之也。"⑤ 在《司马穰苴列传》中说："余读《司马兵法》，宏廓深远，虽三代征伐，未能竞其

---

① 司马迁：《史记》，北京：中华书局，1997 年，第 1935～1945 页。
② 白寿彝：《史学遗产六讲》，北京：北京出版社，2004 年，第 60 页。
③ 司马迁：《史记》，北京：中华书局，1997 年，第 46 页。
④ 司马迁：《史记》，北京：中华书局，1997 年，第 2503 页。
⑤ 司马迁：《史记》，北京：中华书局，1997 年，第 2136 页。

义。"① 在《三代世表》中说："余读《谍记》，黄帝以来皆有年数……于是以《五帝系谍》《尚书》集世纪黄帝以来讫共和为世表。"② 在《十二诸侯年表》中说："太史公读《春秋历谱谍》至周厉王，未尝不废书而叹也。"③ 又如利用西汉政府官方档案记录作为史料——在《高祖功臣侯者年表》说："余读高祖侯功臣，察其首封，所以失之者。"④ 在《惠景间侯者年表》中说："太史公读列封至便侯。"⑤ 在《儒林列传》中说："余读功令，至于广厉学官之路，未尝不废书而叹也。"⑥

另一方面，司马迁也相当重视对除文字史料以外的其他史料的搜集和整理。例如他对于当时口述史料的采集——在《项羽本纪》中说："吾闻之周生曰，'舜目盖重瞳子'，又闻项羽亦重瞳子。"⑦ 在《卫将军骠骑列传》中说："苏建语余曰：'吾尝责大将军至尊重，而天下之贤大夫毋称焉，原将军观古名将所招选择贤者，勉之哉。大将军谢曰："自魏其、武安之厚宾客，天子常切齿。彼亲附士大夫，招贤绌不肖者，人主之柄也。人臣奉法遵职而已，何与招士！"'骠骑亦放此意，其为将如此。"⑧ 在《刺客列传》中说："公孙季功、董生与夏无且游，具知其事，为余道之如是。"⑨ 又如他对于自己亲身所见史料的使用——在《李将军列传》中说："余睹李将军悛悛如鄙人，口不能道辞。及死之日，天下知与不知，皆为尽哀。"⑩ 在《游侠列传》中说："吾视郭解，状貌不及中人，言语不足采者。然天下无贤与不肖，知与不知，皆慕其声，言侠者皆引以为名。"⑪ 再如他能够把自己游历天下山川、访求历史遗迹的亲身经历整理归纳入史书的编纂——在《五帝本纪》中说："余尝西至崆峒，北至涿鹿，东渐于海，南浮江淮矣，至长老皆各往往称黄帝、尧、舜之处，风教固殊焉，总之不离古文者近是。"⑫ 在《伯夷列传》中说："余登箕山，其上盖有

---

① 司马迁：《史记》，北京：中华书局，1997年，第2160页。
② 司马迁：《史记》，北京：中华书局，1997年，第488页。
③ 司马迁：《史记》，北京：中华书局，1997年，第509页。
④ 司马迁：《史记》，北京：中华书局，1997年，第877页。
⑤ 司马迁：《史记》，北京：中华书局，1997年，第977页。
⑥ 司马迁：《史记》，北京：中华书局，1997年，第3115页。
⑦ 司马迁：《史记》，北京：中华书局，1997年，第338页。
⑧ 司马迁：《史记》，北京：中华书局，1997年，第2946页。
⑨ 司马迁：《史记》，北京：中华书局，1997年，第2538页。
⑩ 司马迁：《史记》，北京：中华书局，1997年，第2878页。
⑪ 司马迁：《史记》，北京：中华书局，1997年，第3189页。
⑫ 司马迁：《史记》，北京：中华书局，1997年，第46页。

许由冢云。"① 在《魏公子列传》中说："吾过大梁之墟，求问其所谓夷门。夷门者，城之东门也。"② 在《蒙恬列传》中说："吾适北边，自直道归，行观蒙恬所为秦筑长城亭障，堑山堙谷，通直道，固轻百姓力矣。"③

可以说，生活在两千多年前的西汉史学家司马迁在史料考订工作方面已经达到了极高的造诣。然而后世的多数史学家却未能很好继承和发扬其严谨科学的史料考订传统。其主要问题就在于比较偏重对书面文字史料进行整理与采纳，忽视了对非文字史料的搜集与利用。据相关学者研究，东汉史学家班固在编纂《汉书》时所引用的史料来源就仅仅局限在司马迁所著的《史记》、班彪所著的汉史、两汉间各家所续的《史记》以及其他由文字所记载的史料范围内④。刘勰在《文心雕龙·史传》中总结了南北朝时期以前的中国史学发展史，他这样介绍汉代修史时搜集史料的情况："郡国文计，先集太史之府，欲其详悉于体国也。必阅石室，启金匮，纟由裂帛，检残竹，欲其博练于稽古也。"⑤ 这里所说的"石室""金匮"是指当时皇家的藏书之所，"裂帛""残竹"则是指遗存于当时的古代文字史料。由此可以看出，刘勰认为汉代史家在从事史书编纂之前所开展的史料考定工作通常局限在对文字史料的收集和整理方面。

唐代史学家刘知几在其《史通·采撰》篇中对唐代以前的史家在编纂史书之前所进行的史料考订工作也做出了一番总结。

他认为史家要进行史书编纂工作，必须处理好对史料的搜集和考订工作。他首先从总的原则层面提出要求，认为只有集腋成裘、广纳群材、博征异说、采摭群言，才能够书成一家、传诸不朽。

接着他回顾了春秋以来中国历代世家编纂史书之前考订史料的经历，把左丘明和班固树立为史家考订史料所必须学习和效法的典范。因为这两位史家在著史时除了引用当时最为权威的官方记载和档案材料之外，还能够博采众家之长，引用如周之《志》、晋之《乘》、楚之《梼杌》，以及刘向《新序》《说苑》《七略》等具有权威性和可靠性的所谓"当代雅言"的文字史料，所以才能够得到世人对其可信性的称许而流传千古。

然而物极必反，魏晋南北朝时期的嵇康、皇甫谧、范晔等在著作史书时只

① 司马迁：《史记》，北京：中华书局，1997年，第2121页。
② 司马迁：《史记》，北京：中华书局，1997年，第2385页。
③ 司马迁：《史记》，北京：中华书局，1997年，第2570页。
④ 柴德赓：《史籍举要》，北京：北京出版社，1982年，第14～16页。
⑤ 刘勰：《文心雕龙注释》，周振甫注，北京：人民文学出版社，1981年，第171页。

求博采众说，并没有对所引用文字史料的来源出处加以严谨和详细的考订研究，在各自所著的史书中引用了并非严肃史学专著、真实性成疑的诸如"六经"图谶和《风俗通义》《抱朴子》等杂家著作。沈约、魏收则更加不堪，在严肃的史书中收入没有任何出处记载的奇说怪论，这就已经有违于史家最起码的专业操守了。

唐初政府开办史局，主持修撰了包含《晋书》在内的"初唐八史"。虽然修史诸人都是饱学宿儒、文坛妙手，但是由于他们没有对所撰写史书的史料来源加以严格把关，对成书于晋代的《语林》《幽冥录》《搜神记》等旨在记录当时世间"怪力乱神"之事的不经之作中的相关人物事迹都不加选择地收纳，只求"务多聚博"而不问是否真实可靠，所以令一部《晋书》充满了怪力乱神的不经之谈。

刘知几因此提出，凡著史书者必须在博采史料的基础上加强对史料来源可靠与否的考订研究，不能随便收纳来源不一定可靠的史料。他特别举出了司马迁和孙盛著作史书的经历作为例证，认为这两位史家在写作《史记》和《晋阳秋》的时候为了丰富史书的内容而主动向田夫野老、家人刍荛探问，采纳了由此而得出的口述史料，这是非常不严谨和不应该的事情。因此，这也就使得司马迁与孙盛二人所著的史书的可靠性和经典性大打折扣。

由上述分析可知，刘知几虽然在史料考订方面着重强调了兼收博采以及夯实史料来源可靠性的必要，但是由于他过分注重经典著作的权威性，对来自民间的口述史料的可信性存在相当程度上的疑虑，所以他反倒是把在今人看来明明是于史料考订方面取得了极高成就的司马迁作为反面教材加以批判。他的这种立场也代表了其后千余年间中国历代大多数史家只偏重于对正统书面文字史料加以考订和利用而绝少对其他口传或者实物史料进行考订和研究的传统。正如有学者所指出的那样："历史文化遗产的研究一方面须靠文献资料，另一方面也需要借鉴实物，这在今天已成为常识范围内的事情，但在中国古代，人们的认识却不如此简单。可以说相当长的历史时期之内，研究者依据的都是文献材料，而不曾意识到实物的重要性。"① 虽然历史上如杜预、郭璞、欧阳修、赵明诚、吕大临、钱晓徵等学者也曾利用金石题跋等历史遗物来考证史实，但并没有能够占据中国历史史料学以及中国历史编纂学发展进程中的主流地位。

中国史学研究界像这样忽视实物史料搜集整理工作的情况一直持续到 19 世纪末 20 世纪初。从 1899 年王懿荣初次发现来自安阳殷墟的刻有文字符号的

---

① 刘梦溪：《传统的误读》，石家庄：河北教育出版社，1996 年，第 121 页。

龟甲兽骨开始，短短数十年间，就有殷墟甲骨、敦煌文书、汉晋简牍、明清内阁大库档案四大新史料被陆续发现。中国史学界随之对这些新发现史料展开了大规模研究和考释工作，特别是对殷墟甲骨进行考订研究工作，深远地影响了此后中国史学的发展。

"甲骨四堂，郭、董、罗、王。"——作为中国近代学术史上最著名甲骨文研究大家之一的王国维是20世纪早期中国学界研究和考订新发现史料专家学者群体中的领军人物。郭沫若说："卜辞的研究要感谢王国维，是他首先由卜辞中把殷代的先公先王剔发了出来，使《史记·殷本纪》和《帝王世纪》等书所传的殷代王统得到了物证，并且改正了它们的讹传。……抉发了三千年来所久被埋没的秘密。我们要说殷墟的发现是新史学的开端，王国维的业绩是新史学的开山，那是丝毫也不算过分的。"[1] 陈梦家说："商殷世系的条理，《殷本纪》世系的说明，有赖于王国维系统的研究。他的《殷卜辞中所见先公先王考》和《续考》，是研究商代历史最有贡献的著作。"[2] 李济称赞王国维的甲骨学研究造诣："王国维研究有关全部记载及可判读的卜辞，重建了商朝先公先王的继位顺序。他是成功地把不同出版物上各类墨拓的甲骨片'缀合'，使之成为完整卜辞的第一位学者。……直到现在，他的卓越贡献基本上没有任何改变。"[3] 顾颉刚则更是认为："甲骨文字的研究，自从王国维先生以后，产生了一个划时代的变革，这个变革便决定了甲骨文字这新史料在史学研究上的地位，使已茫昧的商代历史呈现了新的光明，更使以后研究殷商史的人不得不以甲骨文字为唯一可靠的史料。"[4]

王国维之所以能在史学研究方面取得古烁震今的巨大成就，主要就是因为他在史料的考订和利用方面做到了以出土资料与传世文献互参互证的所谓"二重证据法"。在王国维看来，中国古代本就存在利用出土文献考订史书的古老传统："古来新学问起，大都由于新发现。有孔子壁中书出，而后有汉以来古文家之学；有赵宋古器出，而后有宋以来古器物、古文字之学。惟晋时汲冢竹简出土后，即继以永嘉之乱，故其结果不甚著。然同时杜元凯注《左传》，稍后郭璞注《山海经》，已用其说；而《纪年》所记禹、益、伊尹事，至今成为历史上之问题。然则中国纸上之学问赖于地下之学问者，固不自今日始矣。"

---

① 郭沫若：《十批判书》，载郭沫若：《郭沫若全集·史学卷》（第2卷），北京：人民出版社，1982年，第6页。

② 陈梦家：《殷墟卜辞综述》，北京：科学出版社，1956年，第334页。

③ 李济：《安阳》，石家庄：河北教育出版社，2000年，第35～36页。

④ 顾颉刚：《当代中国史学》，上海：上海古籍出版社，2002年，第102页。

他号召当时的学界继承和发扬前人这种借重地下出土资料来开展研究工作的优秀传统，充分利用当时新发现的殷墟甲骨进行研究："自汉以来，中国学问上之最大发现有三：一为孔子壁中书；二为汲冢书；三则今之殷墟甲骨文字，敦煌塞上及西域各处之汉、晋木简，敦煌千佛洞之六朝唐人写本书卷，内阁大库之元、明以来书籍档册。此四者之一，已足当孔壁、汲冢所出，而各地零星发现之金石、书籍，于学术有大关系者，尚不与焉。故今日之时代，可谓之'发现时代'，自来未有能比者也。"①

在发表于 1926 年的《古史新证》中，王国维对其在研究历史所采用的"二重证据法"做出了明确阐述。他说："研究中国古史，为最纠纷之问题。上古之事，传说与史实混而不分。史实之中，固不免有所缘饰，与传说无异；而传说之中，亦往往有史实之素地：二者不易区别，此世界各国之所同也。在中国古代已注意此事。……孟子于古事之可存疑者，则曰：'于传有之。'于不足信者，曰：'好事者为之。'太史公作《五帝本纪》，取孔子所传《五帝德》及《帝系姓》，而斥不雅驯之百家言。于《三代世表》，取《世本》，而斥黄帝以来皆有年数之《谍记》。其术至为谨慎。然好事之徒，世多有之。……汲冢所出《竹书纪年》，自夏以来，皆有年数，亦《谍记》之流亚。皇甫谧作《帝王世纪》，亦为五帝三王尽加年数。后人乃复取以补太史公书。此信古之过也。至于近世，乃知孔安国本《尚书》之伪，《纪年》之不可信。而疑古之过，乃并尧、舜、禹之人物而亦质疑之。其于怀疑之态度及批评之精神，不无可取。然惜于古史材料，未尝为充分之处理也。"显然，在王国维看来，传世的上古文字史料往往真伪混沌，难辨是非，据之以得出信古或者疑古过甚的结论都是因为没有对古史材料加以充分理解、考订。但是随着殷墟甲骨等一大批史料的被发现，20 世纪初的文史学者就具有了比前人更加优越的研究条件："吾辈生于今日，幸得于纸上材料之外，更得地下之新材料。由此种材料，我辈固得据以补正纸上之材料，亦得证明古书之某部分全为实录，即百家不雅驯之言，亦无不表示一面之事实。此二重证据法，惟在今日始得为之。虽古书之未得证明者，不能加以否定，而其已得证明者，不能不加以肯定，可断言也。"②

王国维运用他所倡导的"二重证据法"研究中国早期文明史，结合传世文献与出土文物这两种史料撰写了如《殷墟卜辞中所见地名考》《说自契至于成

---

① 以上引文见王国维：《最近二三十年中国新发现之学问》，载周锡山编校：《王国维集》（第三册），北京：中国社会科学出版社，2007 年，第 308 页。

② 以上引文见王国维：《古史新证·总论》，载周锡山编校：《王国维集》（第四册），北京：中国社会科学出版社，2007 年，第 71～72 页。

汤八迁》《说商》《说亳》《说殷》《说耿》《商先公先王皆特祭》《殷人以日为名之所由来》《殷卜辞中所见先公先王考》《殷卜辞中所见先公先王续考》和《殷周制度论》等多篇足以传世的研究论文。其中尤以《殷卜辞中所见先公先王考》和《殷卜辞中所见先公先王续考》得到了后世学者的一致推崇，这两篇论文也奠定了其在中国学术史和文化史上不可动摇的崇高地位。

王国维在对出土甲骨文资料进行编辑整理时发现了商代先公"王亥"之名。传世文献《山海经》《竹书纪年》中记载此人为的殷之先公，《世本·作篇》《帝系篇》《楚辞·天问》《吕氏春秋·勿躬篇》《史记·殷本纪》《史记·三代世表》《汉书·古今人表》等文献虽无"王亥"之名，却分别记载商王朝在未代夏而有天下之前曾经存在过一位名为或曰"胲"，或曰"核"，或曰"该"，或曰"王冰"，或曰"振"，或曰"垓"的先公。凭借在文字、音韵、训诂、文献版本以及历史学方面深厚的学术基础，王国维考订出以上传世文献中所提之人其实就是殷墟出土甲骨上所契刻的"王亥"。利用同样的方法，王国维接下来又考订出"冥""王恒""上甲微""报乙""报丙""报丁"等《世本》和《史记·殷本纪》中对商代先公先王之名的记载与他们彼此之间的世系皆可以在甲骨文资料中得到不同程度的印证。今古文《尚书》与《史记·殷本纪》以商代"大甲"为"太宗"、以"大戊"为"中宗"，而《竹书纪年》则说："祖乙滕继位，是为中宗，居庇。"[①] 这两种记载到底谁是谁非，长久以来一直聚讼纷纷。王国维根据甲骨卜辞中记载的祭祀"太丁""太甲""祖乙"几位功业赫赫的先王的隆重程度完全一样，得出结论，用来作为推崇礼遇之称的"中宗"一词只能是用来指称"祖乙"而非"大戊"。

王国维用自己在"二重证据法"指导下从事研究所得出的成果向世人证明《世本》《竹书纪年》和《史记》等史籍中记载的中国上古历史皆为实录，向来被人们视为想象之作的《山海经》和《楚辞》中也存在有真实性不容置疑的上古史实。这就为此后中国学界对西周以前的早期文明史开展进一步的深入研究和探索奠定了基础、指明了方向。当代学者评价王国维用"二重证据法"所开展的研究为中国学术所做出的巨大贡献："卜辞之学，至此文出，几如漆室忽见明灯，始有脉络或途径可寻，四海景从，无有违言。三千年来迄今未见之奇迹，一旦于卜辞得之，不仅为先生一生学问最大之成功，亦近世学术史上东西

---

① 王国维：《古本竹书纪年辑校》，载周锡山编校：《王国维集》（第四册），北京：中国社会科学出版社，2007年，第366页。

学者公认之一盛事也。"①

陈寅恪评价王国维一生治学的最大特点之一即是"取地下之实物与纸上之遗文互相释证"②。陈寅恪还认为："一时代之学术，必有其新材料与新问题。取用此材料，以研求问题，则为此时代学术之新潮流。治学之士，得预于此潮流者，谓之预流（借用佛教初果之名）。其未得预者，谓之未入流。此古今学术史之通义，非彼闭门造车之徒，所能同喻者也。"③ 王国维利用新出土的殷墟甲骨结合传世文献展开古史研究也正是在陈寅恪看来可以"转移一时之风气，而示来者以轨则"的垂范性工作。

作为王国维后学晚辈的史学家傅斯年更认为上文中提到的王国维所作的《殷卜辞中所见先公先王考》与《殷卜辞中所见先公先王续考》二文皆可以作为模范，被之后有志于从事新史学研究的学者所研究和效仿④。王国维利用"二重证据法"考订研究史料所取得巨大成就令傅斯年十分钦佩。在其任教于北京大学期间所著的《史学导论》中，傅斯年提出："史学的对象是史料，不是文词，不是伦理，不是神学，并且不是社会学。史学的工作是整理史料，不是作艺术的建设，不是做疏通的事业，不是去扶持或推倒这个运动，或那个主义。假如有人问我们整理史料的方法，我们要回答说：第一是比较不同的史料，第二是比较不同的史料，第三还是比较不同的史料。……史学便是史料学：这话是我们讲这一课的中央题目。"⑤ 这一主张意味着把对史料的整理和考订工作的重要性推崇到了中国史学史上前所未有的高度。在其作于 1928 年的《历史语言研究所工作之旨趣》中，傅斯年进一步申明了自己重视史料考订研究的学术观点："我们宗旨的第一条是保持亭林、百诗的遗训。这不是因为我们的震慑于大权威，也不是因为我们发什么'怀古之幽情'，正因为我们觉得亭林、百诗在很早的时代已经使用最近代的手段，他们的历史学和语言学都是照着材料的分量出货的。他们搜集金石刻文以考证史事，亲看地势以察古地名。亭林以语言按照时和地变迁这一观念看得颇清楚，百诗于文籍考订上成那

① 赵万里：《静安先生遗著选跋》，载吴泽：《王国维学术论集（一）》，上海：华东师范大学出版社，1983 年，第 311 页。

② 陈寅恪：《王静安先生遗书序》，载陈寅恪：《金明馆丛稿二编》，上海：上海古籍出版社，2001 年，第 247 页。

③ 陈寅恪：《陈垣敦煌劫余录序》，载陈寅恪：《金明馆丛稿二编》，上海：上海古籍出版社，2001 年，第 266 页。

④ 许冠三：《新史学九十年》，长沙：岳麓书社，2003 年，第 82 页。

⑤ 傅斯年：《史学方法导论》，载刘梦溪：《中国现代学术经典·傅斯年卷》，石家庄：河北教育出版社，1996 年，第 242～243 页。

么一个伟大的模范著作，都是能利用旧的和新的材料，客观的处理实在问题，因解决之问题更生新问题，因问题之解决更要求多项的材料。这种精神在语言学和历史学里是必要的，也是充足的。本这精神，因行动扩充材料，因时代扩充工具，便是唯一的正当路径。"① 在这样的学术思想指导下，傅斯年所主持的中央研究院历史语言研究所在史料考订和整理方面做了大量卓有成效的研究工作，为此后学界开展对相关学术领域的进一步探索打下了坚实的基础。其中考古组的各位专家在李济的带领下于 1928—1937 年这十年间共计 15 次赴安阳殷墟开展考古发掘工作，共发掘出有字甲骨约 4.5 万片，为此后殷商史的研究积累了丰富的研究史料。历史组的陈寅恪、朱希祖、陈垣、徐中舒等学者在傅斯年的直接领导下成立了"明清史料编刊会"，分门别类地整理、编辑明清内阁大库档案中的有价值史料，出版了《明清史料》丛刊甲、乙、丙三编，每编十册，极大地丰富了明清史研究的基础史料资源②。傅斯年及其领导下的中央研究院历史语言研究所用自己在理论与实践两个方面所取得的学术成就促使当时的中国文史研究界越来越重视作为从事学术研究基础的文献与实物史料，再结合被王国维所大力倡导的"二重证据法"，最终极大地改变了包括文学史在内的众多史书在编纂成书过程中所采取的史料处理方式。

中国古代史学著作的编纂历史十分悠久，现今已发现的最古老的汉字就是三千多年前殷商史官契刻在龟甲和兽骨上，用来记录前辞、命辞、占辞、验辞四个部分亦即整个占卜过程这一历史事件的甲骨文字，这种记录同时就成为中华民族最早被编纂成文的历史。稍后出现的商周金文，又称钟鼎文，通常被铸造或者凿刻在青铜器上，用来记载当时的事件、祭辞、册命、法律等，可以被视为承载了当时社会生活各个面相的历史记录，相较于甲骨文的记载涉及面更广，记事更为成熟。自商周以后的春秋时代一直到晚清，中国传统历史学著作的编纂进入了繁荣时代，历代史学家辛勤耕耘，撰写了数量众多的著作。学界普遍认为这些历史著作从编纂体裁方面可以被大致划分为以下几种类型：

第一，编年体。这种体裁的史书以时间作为记录人物事件的纲领，一般按照年、月、日的顺时顺序来编排全书内容，较为粗略的也可以只纪年而省略月、日。成书于战国初年的《春秋》即按此原则记录了从鲁隐公元年（前 722）到鲁哀公二十四年（前 481）间一共 242 年的历史，被看作中国古代编年

---

① 傅斯年：《历史语言研究所工作之旨趣》，载刘梦溪：《中国现代学术经典·傅斯年卷》，石家庄：河北教育出版社，1996 年，第 346 页。

② 陈其泰：《20 世纪中国历史考证学研究》，北京：北京师范大学出版社，2005 年，第 234～235页。

体史书的鼻祖。大约稍后于此的《春秋左氏传》对行文简略的《春秋》加以补充和丰富，还增加了作者对于历史事件和人物的评论，大大完善了编年体史书的组织体例。流传至今、仅余残本的《竹书纪年》也是与前两部书世代相仿佛的编年体史书。从西汉到北宋，虽然编年体史书的编撰仍然兴旺，但是流传至今的只有东汉荀悦的《汉纪》和东晋袁宏的《后汉纪》。北宋大历史学家司马光的《资治通鉴》是继《春秋》之后影响最大的编年体史书。在这部巨著的影响之下，南宋又有李焘的《续资治通鉴长编》和李心传的《建炎以来系年纪要》两部名著问世。明清时期的编年体史书名著有谈迁的《国榷》和毕沅的《续资治通鉴》等。此外，现存的各种以《纲目》为名的史书和明、清两朝《实录》也是编年体史书的重要形式。

　　第二，纪传体。这种体裁的史书以人物的活动作为叙述的中心，萌芽于战国时期的《世本》，成型于西汉司马迁的《史记》，后又经过东汉班固《汉书》的改进和完善，终于成为整个中国传统时代史书写作的典范类型。在不同的时期，有所谓"三史""四史""十七史""二十一史""二十四史"等，其中所包含的无一例外都是采用纪传体编纂的史书。司马迁所写的《史记》包含"本纪""世家""列传""书""表"等部分，其实质是一种以记载帝王为纲，以记载社会上各个阶层著名人物为纬，以当时的各种制度和重大历史事件的发生时间为补充的有机复合体历史学著作。在以后的诸纪传体史书中，"纪""传"二体成为当然的核心，二十四史中的每一部史书无一例外地都包含这两种书写体例。更有甚者，二十四史中的《三国志》《梁书》《陈书》《北齐书》《周书》《南史》《北史》这七部史书，就只包含"纪"和"传"两部分，足见这两种书写体例在中国传统历史学家心目中的重要地位。

　　第三，纪事本末体。这种体裁的史书把历史事件作为关注重心，设立标题，按照事件发展变化的时间顺序系统讲述历史事实的本末始终。先秦史书中的一些篇章，如《左传·僖公二十三年》记载晋公子重耳在列国流亡19年的经历，就已经具备了比较浓厚的纪事本末的色彩。但是一直到南宋之前，中国传统历史学界并没有以"纪事本末"为名的史学著作。史学界通常把南宋前期历史学家袁枢的《通鉴纪事本末》的出现看作"纪事本末体"正式创立的标志。《宋史·袁枢传》说："枢常喜诵司马光《资治通鉴》，苦其浩博，乃区别其事而贯通之，号《通鉴纪事本末》。"① 可见这种体裁的创制就是为了克服编年体史书给人带来的阅读上的困难。自袁著出现以后，纪事本末体史书的写作

---

① 脱脱等：《宋史》，北京：中华书局，1997年，第11934页。

逐渐增多，明代有陈邦瞻的《宋史纪事本末》和《元史纪事本末》，清代有李有棠的《辽史纪事本末》和《金史纪事本末》、谷应泰的《明史纪事本末》、高士奇的《左传纪事本末》、马骕的《绎史》等，近人黄寿鸿还作《清史纪事本末》为以上著作的殿军，从而也构成了从上古到清代中国历史"纪事本末"的完整系列。

第四，典志体。这种体裁的史书专门记载历朝历代的政治、经济、文化等典章制度的沿革变迁。先秦时代的《尚书》以及成书稍后的"三礼"可以被视为此种体裁史书的源头。西汉司马迁在《史记》中专设有"书"与"志"两体记载典制，得到了后世纪传体史书的因袭。唐代杜佑作《通典》，自传说中的轩辕黄帝开始，一直到唐玄宗天宝末年为止，按照时间顺序分门别类地记载了"食货""选举""职官""州郡""边防"等九大类以及分属其下的若干小类典章制度的发展变迁，是典志体史书自立成书的标志。南宋郑樵在杜佑《通典》的基础上又作《通志·二十略》，把"六书""七音""金石""音乐""图谱""昆虫草木"等文化科技的内容也吸纳进来。这两者加上元代马端临所著的《文献通考》，一起被后代称为"三通"。至清乾隆年间，有官修的《续通典》《续通志》《续通考》问世，均将原书的叙述年限下延至明末，所以与原书并称"六通"；又作有专门记录清代自建国至乾隆年间的典章制度的《清通典》《清通志》《清通考》，合称为"九通"。清末民初，又有刘锦藻为记载乾隆至光绪年间典制而作《续清文献通考》，至此书出而"十通"乃足。

第五，学案体。此种体裁的史书专门记载历朝历代学派的产生、传承和发展。具体处理上以学派为类别，记载学者的生平事迹和重要学说，具有鲜明的中国本土特色。先秦时期的《庄子·天下》《荀子·非十二子》等已经开启了此类史书著述的先河，后来诸正史中的《艺文志》和《儒林传》等也已经比较系统地讲述了各家学术、各门流派的渊源传承。唐宋以后佛教大兴，各种讲述佛家宗派师承学术产生发展的"传灯录"纷纷出现；其后儒家开始效仿，有朱熹《伊洛渊源录》之类的书籍产生。明末清初，黄宗羲作《明儒学案》，首列"师说"，概述有明一代几十位学者的学术思想以及优劣得失；再分派别，按照早、中、晚三期叙述各家学案；每一家学案卷首又有简要文字讲明该家学术渊源及学说要旨。这种编纂的方法标志着学案体这一史纂体裁的成熟。之后又有全祖望在黄宗羲、黄百家父子遗稿的基础上作成《宋元学案》，规模更在黄著之上。民国年间又有徐世昌主持、吴廷燮等人编纂的《清儒学案》，近年还有张岂之主编的《民国学案》，这些著作都以黄著为楷模，共同谱写了中国古代学术的历史。

　　第六，注评体。此类史书可以再细分为史注、史评、史考三种体裁。这一类型的史书或对前代史籍进行训诂、阐释以及史实的完善和补充，或对前代历史事件的成败和历史人物的品第优劣加以分析评论，或对前代史书业已建立的史实进行辩难、辨析、考证。三者的共同点是都建立在对已有史书研究和批判的基础之上，属于"历史研究的再研究"。它们彼此之间往往相互结合，你中有我、我中有你，难以划分出非常明晰的界限。这一类的历史著作萌芽于先秦，《左氏传》《公羊传》和《谷梁传》等"春秋三传"就是对《春秋》一书的三家注释、考证和评论之作。秦汉以后史书著述大兴，对于史书的注、评、考往往以夹注的方式散入正文，比较著名的有裴松之的《三国志》注、颜师古的《汉书》注。刘知几著《史通》，开创了以专书评论史学得失的先河，此后还有李贽《藏书》《续藏书》，顾炎武《日知录》，王夫之《读通鉴论》《宋论》，赵翼《廿二史札记》，王鸣盛《十七史商榷》，章学诚《文史通义》等。

　　在以上六种撰史体裁中，编年体、纪传体和纪事本末体属于通史编纂的常用体例；典志体常用于制度史；学案体常用于专门学术史；注评体则无一定，散入他书可成为有益补充，独立成书则可为史学理论或者史学评论集。

　　在通常被用于通史编纂的编年体、纪传体、纪事本末体三种体裁中，编年体出现最早。刘知几评价编年体这一纂史体裁说："夫《春秋》者，系日月而为次，列岁时而以相续，中国外夷，年共世。莫不备载其事，形于目前。理尽一言，语无重出，此其所以为长也。至于贤士贞女，高才俊德，事当要冲者，必盯衡而备言；迹在沉冥者，不枉道而详说。如绛县之老，杞梁之妻，或以酬晋卿而获记，或以对齐君而见录，其有贤如柳惠，仁若颜回，终不得彰其名氏，显其言行。故论其细也，则纤芥无遗；语其粗也，则丘山是弃，此其所以为短也。"① 也就是说，编年体史书采用依年纪事的方法，其长处就在于可以把古今中外的重大事情条分缕析地汇聚在一起，而且按照时间发展的顺序，给读者带来的历史感觉非常鲜明。但是其相应的短处是，历史上的重要人物事件必须得具有明确的时间坐标才能够被纳入编年体史书的叙述中来，否则就只能被忍痛割爱；而在叙述一些历时比较长久的历史事件的时候，由于体裁的限制，也不得不把一件事情按照发生时间的不同散入各个具体的年月序列中去，这也给读者阅读带来了很大的不便。也正是因为有这些缺陷，编年体的史书虽然出现很早，但是始终也没有能够成为中国传统历史学编纂的主流体裁。

　　在编年体、纪传体和纪事本末体三种体裁中，纪事本末体的史书定型最

---

　　① 刘知几：《史通全译》，姚松、朱恒夫译注，贵阳：贵州人民出版社，1997 年，第 37 页。

晚，因而对先于它出现的史著体裁的缺失之处有所借鉴，前文所引《宋史·袁枢传》中讲到袁枢作《通鉴纪事本末》的原因，也正是为了克服在阅读编年体的《资治通鉴》时所遇到的麻烦和困难。但是，纪事本末体史书自身也存在两个突出的缺陷：其一是虽然采用这一体裁能够最大限度地使历史事件的独立性和完整性得到凸显，但是却也在一定程度上削弱了事件彼此之间的时间联系；其二是采用这一体裁的历史著作所容纳的历史信息种类较少，与纪传体相比尤其缺乏综合性，容易成为日后被新史学家批判的"相斫书"和"帝王家谱"。因此，该体裁的史书并没有能成为受到通史作家广泛接受的主要撰史体裁。

中国古代史书编纂历程中纪传体体裁完全成熟的时间虽然要晚于编年体，但却是后世最受重视的"正史"的专用体裁。唐代史学家刘知几这样评价纪传体史书的优点："《史记》者，纪以包举大端，传以委曲细事，表以普列年爵，志以总括遗漏，逮于天文、地理、国典朝章，显隐必该，洪纤靡失。此其所以为长也。"① 刘知几认为，作为纪传体史书的《史记》的长处就在于它能够通过"纪""传""书""表""志"这五种体例的协同合作，事无巨细地记录人类社会历史发展的各个面相，从而成为适合于撰写真正通史的体裁。但同时也应该注意的是，在纪传体的发展过程中，由司马迁在《史记》中创立的"纪""传""书""表""志"五种体例虽然不时会发生一些调整和变化，但是记录人物的"纪"与"传"两体的核心地位却始终屹立不倒，二十四史中就有《三国志》《梁书》等七部史书只包含"纪"和"传"两个部分。这种史书编纂的实际情况表现出了中国传统史书撰写中存在一种以历史人物事迹为关注重心的"以人为本"倾向。而梁代学者刘勰在《文心雕龙·史传》中谈及史书为何而作时说："原夫载籍之作也，必贯乎百氏，被之千载，表征盛衰，殷鉴兴废。"② 即史书的写作必须把关乎世运盛衰的人物生平事迹记载下来，使得后人能够从往事中获得教益，这也就从理论上说明了此一倾向存在的必要性。

自 1840 年第一次鸦片战争以来，经历过数千年风霜雪雨洗礼的旧中国已经越来越呈现出衰朽不堪、积重难返之相。其原因一方面是外国列强的武力和经济侵略，另一方面是国内积压已久的民族和阶级矛盾全面爆发。面对着空前严重的困局，中国各学科领域的知识人都在通过自身的努力探求救国救民的新道路。于是，在当时西学东渐的时代大背景下，一大批代表着新知识新文化的西学书籍被译介到中国，涉及自然科学、工程技术和人文科技方面的各个

---

① 刘知几：《史通全译》，姚松、朱恒夫译注，贵阳：贵州人民出版社，1997 年，第 39 页。
② 刘勰：《文心雕龙注释》，周振甫注，北京：人民文学出版社，1981 年，第 171 页。

领域。

从 1811 年始有西书问世一直到 20 世纪初，自东西二洋译介到中国的历史学书籍在数量上可以说得上是汗牛充栋，若要在这难以计数的译书中找出一部对当时的中国影响最广泛的，则当推由英国浸礼会传教士李提摩太所译的《泰西新史揽要》①。

《泰西新史揽要》（原名 *The Nineteenth Century：A History*），英国历史学家麦肯齐著，1889 年初版于伦敦；1895 年，经李提摩太口译、华人学者蔡尔康笔述，由上海广学会出版，共八册，二十四卷。全书依靠"章节体"的体裁讲述了 19 世纪欧洲诸国与美国的历史，包括政治、经济、社会、文化、教育等各个方面。第一卷以法国为中心介绍了欧洲各国百年以前的情况。第二卷和第三卷详述了拿破仑·波拿巴一生的事迹以及在其影响下的欧洲各国情况。从第四卷到第十三卷记述英国及其殖民地近百年来的战、和、改革和发展等情况。第十四和第十五卷讲述法国自滑铁卢之败到普法战争之间的历史。第十六卷至第二十一卷依次叙述德国、奥地利、意大利、俄罗斯、土耳其、美国这 6 个国家的基本国情和各自在 19 世纪的发展情况。第二十二卷介绍天主教以及教皇国在 19 世纪的情况。第二十三卷谈法国大革命之后欧洲各国平民权益的改观。第二十四卷介绍欧洲各国政党的兴起以及各国在 19 世纪实行的新政治与教育制度。

李提摩太在该书的译序里盛赞此书说："此书为暗室之孤灯，迷津之片筏，详而译之，质而言之，又实救民之良药，保国之坚壁，疗贫之宝玉，而中华新世界之初桄也，非精兵亿万、战舰什佰所可比而拟也。"② 而《泰西新史揽要》也正是以西方列国逐步走上富强之路的历史事实告诉读者，国力的强盛并非与生俱来，而是需要通过发展科技、教育，改革政治和经济弊病才能逐步实现，这就为当时处于国弱民穷、列强觊觎危险境地的中国带来了希望。因此，该书一出就以其经世致用的内容获得了当时社会各界的极大赞誉，产生了深刻反响；与此同时，该书在叙述上述内容时所采用的"章节体"体裁，也给当时的中国历史学界带来了重大影响。

在中国传统的历史学著作编纂体裁中本无"章节体"，处于绝对优势地位的是"纪传体"。获得历朝历代所承认的所谓"正史"全部都采用了"纪传体"

---

① 熊月之：《西学东渐与晚清社会》，北京：中国人民大学出版社，2011 年，第 475～478 页。

② 麦肯齐：《泰西新史揽要》，李提摩太口译，蔡尔康笔述，上海：上海书店出版社，2002 年，译者序第 1 页。

的编纂方法。这种编纂方法虽然能够比较全面和立体地反映社会历史事实，但是正如唐代历史学家刘知几所评价的那样："若乃同为一事，分在数篇，断续相离，前后屡出，于《高纪》则云在《项传》，与《项传》则云事具《高纪》。又编次同类，不求年月，后生而擢居首秩，先辈而抑归末章，遂使汉之贾谊将楚屈原同列，鲁之曹沫与燕荆轲并编。此其所以为短也。"① 其缺陷就在于叙事往往没有清晰的条理，相对分散和重复，而其编排人物与事件的条理和顺序也相对不够清晰。"编年体"虽然在叙事的时间安排上要比"纪传体"更加清晰，但是在叙事的全面性方面却又稍逊一筹。"纪事本末体"成型最晚，在叙述单一历史事件的完整性上表现最为突出，但是在描摹人类社会历史面相的全面性方面不如"纪传体"，按照历史顺序编排历史事件的能力也逊于"编年体"。相较于以上三者，《泰西新史揽要》所采用的"章节体"体裁眉目清晰、剪裁自由、因事命题、分篇综述，恰恰能够在对以上三种传统体裁加以综合吸收利用的基础上扬长避短。

从整体谋篇布局方面来看，"章节体"的《泰西新史揽要》能够在历时性的框架下，把书中所记载的 19 世纪欧美十一国的历史，按照叙述重点的不同，分别用多至数卷少仅一节的篇幅分别加以介绍。比如介绍在 19 世纪雄霸世界的"日不落帝国"英国时，就用了第四、五、六（上、下）、七、九（上、下）、十、十一、十二、十三共计九卷的篇幅；而介绍实力可与英国一争雄长的法国则用了第一、二、十四、十五卷合计四卷篇幅；介绍其余当时整体实力与国际地位较次的国家如德国、奥地利、意大利、俄罗斯、土耳其、美国、教皇国等均只用一卷；对于国力已衰的西班牙与葡萄牙则合用一节篇幅。如果遇到在国际间产生巨大影响的历史事件，便单独列出一卷以表重视之意，如第三卷讲 1848 年维也纳会议，第八卷讲英法两国争夺殖民霸权的战争，第二十三卷讲欧洲提升民权运动的兴起，第二十四卷讲欧洲各国的政治和教育制度②。这种通过占用不同卷数来编排全局的做法，使该书具有重点突出、条理清晰的特点。

从各卷具体记人叙事方面来看："章节体"的《泰西新史揽要》能够在兼具"纪传体"与"纪事本末体"二家之长的基础上自出新意，全面而深入地描绘历史。以该书第十九卷《俄罗斯国》为例，此卷共分为十五节，一开始的第

---

① 刘知几：《史通全译》，姚松、朱恒夫译注，贵阳：贵州人民出版社，1997 年，第 39 页。
② 麦肯齐：《泰西新史揽要》，李提摩太口译，蔡尔康笔述，上海：上海书店出版社，2002 年，相关章节安排。

一至四节标题依次为"彼得大帝世家""大辟疆宇""尼古喇帝之时""爱烈珊德帝之时"——依照时间先后顺序以几位沙皇生平以及政治军事活动为中心叙述俄罗斯自彼得大帝经尼古拉一世到亚历山大二世时代的历史，其体裁与作用颇类似于"纪传体"中的"帝王本纪"。接下来的第五至八节标题依次为"释随夫""分地之法""整顿刑律""各地设公议局并酌改旧制"——讲述沙皇亚历山大二世鉴于克里米亚战争之败，痛下决心废除落后的农奴制度，以西欧为榜样改革法律与政治制度。这四节因事命题、自具始末，其手法与作用类似于"纪事本末体"。最后的第九至十五节标题依次是"民少识字""人数及治法""兵制""度支""振兴国事""铁路""教化"——分专题介绍19世纪俄罗斯在的文化、政治、财政、矿藏、交通、教育等各方面基本国情，这一部分的内容的叙写手法与作用与"纪传体"中"书"与"志"比较相似①。在叙述英国的第九卷下的"郅治之隆二"中，设立"火柴""铁裁缝""映像"等节，介绍火柴、缝纫机、照相术、留声机等对人类社会产生重大影响的新发明②，这些状物内容已经超出了各种传统历史学著作编纂体例的容纳范围。因此，也只有采用因事命题、自由组合、分篇综述的"章节体"才有可能把以上记人、叙事、状物等方面的内容不显突兀地吸收组合成为一个浑然天成的有机整体。

　　就在以《泰西新史揽要》为代表的译介史著凭借其新颖的思想和独特的体裁在近代中国历史学界引起巨大反响的同时，中国史学家也开始仿效外洋，采用新的指导思想与编纂体例开始了撰写新型历史学著作的尝试。1898梁启超写作的《戊戌政变记》即采用了"章节体"的叙述方法，1901年发表的《中国史叙论》也由"史之界说""中国史之范围""中国史之命名""地势""人种""纪年""有史以前之时代""时代之区分"八章组合而成。此外还有1904年刘师培著《中国历史教科书》、1903—1904年曾鲲化著《中国历史》、1903年姚祖晋著《中国历史教科书》、1907年吕瑞庭编《新体中国历史》等也都用"章节体"编纂成书③。其中出版于1902—1906年的夏曾佑著《中国古代史》④

① 麦肯齐:《泰西新史揽要》，李提摩太口译，蔡尔康笔述，上海:上海书店出版社，2002年，第333～350页。

② 麦肯齐:《泰西新史揽要》，李提摩太口译，蔡尔康笔述，上海:上海书店出版社，2002年，第161～163页。

③ 吴怀琪(丛书主编)、白云著(分卷作者，下同):《中国史学思想通论·历史编纂学思想卷》，福州:福建人民出版社，2011年，第348～349页。

④ 原名为《最新中学中国历史教科书》(全三册)，上海:商务印书馆，1904—1906年出版。1933年被吸收进上海商务版"大学丛书"之一，易名为《中国古代史》。本书所据为长沙岳麓书社根据上海商务印书馆1935年第三版整理编辑、于2010年出版的简体横排本。

最为著名。

夏曾佑著《中国古代史》采用了近代开始在中国流行的"章节体"编纂体裁，全书共两篇、四章、一百七十节，叙述了从远古至隋代的中国古代历史。在内容的安排上，本书充分发挥了"章节体"包容性强的优势，比较注意综合传统的"编年体""纪传体"和"纪事本末体"的长处且有所发展，使得全篇在整体上显得既内容丰满又条理清晰。以第二篇第一章为例：此章在历时性发展的框架下向读者讲述了自嬴秦到三国时代的中国历史，共包含七十四节内容。其中既有类似纪传体史书中"本纪"的"秦始皇帝（上、下）""高祖之政（上、下）""光武中兴（一、二、三）"等节目，类似"列传"的"西南夷""南粤""闽粤""日本""朝鲜"等节目，类似"表"的"汉之诸帝""后汉之诸帝""西域之大略""葱岭以外诸国"等节目，类似"志"的"两汉官制""汉地理""三国疆域"等节目；又有类似纪事本末体史书的"天下叛秦（上、下）""楚汉相争（上、下）""汉外戚之祸（一至六）""宦官外戚之冲突（一至六）"等节目；还有类似"黄老之疑义""佛以前印度之宗教""文学源流"等无论是传统纪传体史书还是编年体史书都少有叙述过的国内外有关宗教和文化等方面内容的节目①。如此便做到了充分熔"编年体""纪传体""纪事本末体"三种体裁于一炉，采三者之长以补其短，最终取得"1＋1＋1＞3"的效果。有学者高度评价了夏著《中国古代史》在史书编纂形式方面所取得的巨大成就："历史编撰形式是史学的载体。历史学家的观点和他要论述的内容，都要靠恰当的形式表现出来，借以达到读者当中而发挥社会效用。新的历史观点，需要有新的形式来表现它；历史学家所发掘和所要揭示的新鲜内容，需要借经过改造的形式来容纳它。因此，编撰形式上的创新，同样标志着近代史学比传统史学取得了巨大进步，其意义不容忽视。《中国古代史》一经问世便使读者'有心开目朗之感'，'上下千古，了然在目'。其原因，不仅在于它有进步的观点，有主线清楚而切实饱满的内容，还在于它有比较恰当的新颖的编撰形式。"②

总之在编纂形态方面，与传统的史书相比，兴起于近代的章节体史书由于容纳量大、系统性和伸缩性强，便于表现史家的别识心裁，所以很快就风靡学界。"章节体"也自然而然地成为 20 世纪中国史书编纂的主要体裁，形成了

---

① 夏曾佑：《中国古代史》，长沙：岳麓书社，2010 年，第 221～369 页。
② 白寿彝主编、陈其泰著：《中国史学史》（第六册），上海：上海人民出版社，2006 年，第 287 页。

"在中国大陆几乎一统天下，凡有专著非章节体莫属"[①] 的局面，并进而在著史体裁方面对 20 世纪早期的文学史家编纂中国文学史造成了巨大影响。

第二节　20 世纪早期文学史家处理文学史料方式的更新

根据史料形成的不同情况，有学者将文学史料从总体上分为三个层位。

第一层位的文学史料是："作家本人的著作，群体性文学活动的当事人或事件的目击者的撰述，称为第一层位的文学史料。……第一层位的文学史料的记录者，是客体的实践者、直接感知者，故史料价值最高。"

第二层位的文学史料是："同时代的非当事人的记录，是第二层位的文学史料。……这里所说的'同时代'，有狭义与广义的理解。狭义的理解，指记录者与被记录者的在世时期有部分的重叠，或所记录的事件是在记录者在世时发生的。广义的理解，是指记录者与被记录的人和事，同属于一个朝代。从总体上看，第二层位的史料不及第一层位的史料价值高，但由于记录者与被记录的人和事毕竟是处于同一时代，了解的情况或掌握的资料比后代多，其中颇有价值甚高者。"

第三层位的文学史料是："根据前代遗存的史料进行综合、分析、取舍而写成的资料性著述，称为第三层位的文学史料。……第三层位的史料数量多，时间跨度大。一般说来，成书早的比成书迟的价值高。因为，成书越早，作者离所叙史迹发生的时代较靠近，看到的第一、二层位的史料较多。但也要看到史料有一个积淀与发掘的过程，有时后出之书反比早出之书史料价值高。……第三层位史料的价值评判，尚应考虑地域因素。章学诚说：'地近则易核，时近则迹真。'（《修志十议》）从时间和空间两个方面考虑问题，可谓的当之论。本地人记载本地的人和事，一般价值较高。地方志和地区性文学总集之所以受到文学史家的重视，其原因就在于此。"[②]

以上对于文学史料的三种层位划分显然是依据各种文学史料的可靠性程度来进行的。一般来讲，第一层位的文学史料的可靠性和可信度最高，第二层位的文学史料的可靠性和可信度次之，第三层位的文学史料的可靠度和可信性最

---

① 刘志军：《建立富有中国气派的历史学》，《中国社会科学院院报》，2003 年 4 月 22 日。

② 以上引文见潘广树、涂小马、黄镇伟：《中国文学史料学》（上册），上海：华东师范大学出版社，2012 年，第 130～132 页。

低。因此，为了编纂出翔实可信的文学史，文学史的作者必须在著史之前对所掌握的文学史料详加考订和辨析，按照文学史料可靠度和可信性的高低对其加以科学合理的选择。具体说来，就是尽可能地多用第一、第二层位的文学史料，少用第三层位的文学史料。如果必须要用第三层位的文学史料来说明问题，那就应该对此史料的来源做出详细说明，无论何时都绝对不能在缺乏必要证据的情况下把由研究第三层位的文学史料所得出的成果视为理所当然、确定无疑的结论。

客观地说，中国古代的文学史家并没有做到在对文学史史料进行一番细致而科学的鉴别和考订工作之后才开展中国文学史的编纂工作。特别是在对时代比较久远的西周以前的文学史进行编纂的过程中，中国古代的文学史家往往没有对文学史料进行必要的鉴别和考订，而是直接把根据第三层位的文学史料研究得出的不可靠结论视为确然无疑的文学史实。

例如刘勰在《文心雕龙·时序》中开篇便说："时运交移，质文代变，古今情理，如可言乎！昔在陶唐，德盛化钧，野老吐何力之谈，郊童含不识之歌。有虞继作，政阜民暇，薰风咏于元后，烂云歌于列臣。尽其美者，何乃心乐而声泰也！至大禹敷土，九序咏功；成汤圣敬，猗欤作颂。逮姬文之德盛，周南勤而不怨；大王之化淳，邠风乐而不淫；幽厉昏而板荡怒，平王微而黍离哀。故知歌谣文理，与世推移，风动于上，而波震于下者也。"[1] 在这叙述中国最早期文学史发展进程的一段话中，刘勰提到了传说是帝尧时代田夫野老所作的《击壤歌》《不识歌》，帝舜时代的《南风歌》《卿云歌》，大禹时代的《九序》，成汤时代的《那》，西周早期的《周南》《豳风》，周幽王、厉王时代的《板》《荡》，以及周平王时代的《黍离》等文学作品。如果用文学史料学的视角对这些作为《文心雕龙·时序》这一篇早期中国文学史著作之文学史基础资料的文学作品加以考订就会发现：在这些文学作品中，《周南》《豳风》《板》《荡》的创作年代大致在西、东两周之交，并且收录在编纂于与之属于同一时代的诗歌总集《诗经》中，因此它们属于"第二层位的文学史料"；《那》一诗虽然也被收入《诗经·商颂》之中，但是由于是在追记作于一千多年之前商朝开国之君成汤时代的诗歌，所以就不能像之前的那几首诗歌一样被视为"第二层位的文学史料"，而是"第三层位的文学史料"；创作时代相较这两者更为久远的《击壤歌》《不识歌》《南风歌》《卿云歌》就更应该被归入"第三层位的文学史料"之列。

---

① 刘勰：《文心雕龙注释》，周振甫注，北京：人民文学出版社，1981年，第476页。

在《文心雕龙·时序》一篇正文的末尾，刘勰这样叙述其所亲历时代的文学史发展进程："自宋武爱文，文帝彬雅，秉文之德，孝武多才，英采云构。自明帝以下，文理替矣。尔其缙绅之林，霞蔚而飙起。王袁联宗以龙章，颜谢重叶以凤采，何范张沈之徒，亦不可胜数也。盖闻之于世，故略举大较。

暨皇齐驭宝，运集休明：太祖以圣武膺箓，世祖以睿文纂业，文帝以贰离含章，高宗以上哲兴运，并文明自天，缉熙景祚。今圣历方兴，文思光被，海岳降神，才英秀发。驭飞龙于天衢，驾骐骥于万里，经典礼章，跨周轹汉，唐虞之文，其鼎盛乎！鸿风懿采，短笔敢陈；扬言赞时，请寄明哲。"① 由于从刘宋王朝至萧齐王朝不过短短数十年时间，而且两朝更迭之际并没出现大规模的动乱局面，所以依照常理推断，刘勰在写作《文心雕龙》的时候应该能够亲眼见到此时代众多文人墨客本人的相关著作。因此可以推断，刘勰在编纂这一阶段文学史的时候，所依凭的是可靠性和可信度最高的"第一层位的文学史料"。

当然，如果今人能够采取"同情之理解"的态度，充分考虑到当日刘勰编纂《文心雕龙》时的文化语境，尽量设身处地从刘勰本人的思维视角审视他写作《时序》篇时所面对的文学史料，就不难理解常以"齿在逾立，尝夜梦执丹漆之礼器，随仲尼而南行"（即儒家学派学统传承之人）自诩的刘勰为何会对那些在西汉早期史学家司马迁看来都属于"尚矣""不可纪已"的所谓五帝时代的诗歌深信不疑。但这些属于间接引自他书的文学史料与自己亲身见识的文学史料毕竟不同。就算是完全相信它们的可靠性，也应该明言其源之所出，而不应对之采取于与自己亲见的文学史料相同的叙述方式。虽然《文心雕龙》所采用的骈俪文体在一定程度上限制了刘勰对所采纳史料的来源做出更加详尽具体的说明，但是在文学史叙述中把距当时三千年前的文学史实和其身处时代的文学史实等而视之的做法还是说明了以刘勰为代表的众多中国古代文学史家并没有能够对编纂文学史时所面对的众多史料做出合乎文学史发展实际情况的合理考订编排。一直到了19世纪和20世纪之交，这种在中国文学史编纂过程中盲目崇信古代间接性文学史料的情况才逐渐发生了改变。

来裕恂在作于1905年的《中国文学史稿》中坚信伏羲、黄、尧、舜、禹时代的上古文学②确然存在。例如，他在全书第一编"中国文学之起源"的第

① 刘勰：《文心雕龙注释》，周振甫注，北京：人民文学出版社，1981年，第479页。
② 由于对"文学"仍持"等于学术"的传统观念，来裕恂在书中叙述了中国自古以来包括了今人眼中"文学"在内的传统学术的发展历程。

一章"总论"中说:"上古之文学,自伏羲至黄帝为一变,自五帝至三王而一变,自三王至晚周而一变,故文明之发达,亦缘之以为界焉。……黄帝四征八讨,经验既广,交通自繁,故能一洗混沌之陋而扬其文化。及洪水为灾,下民昏垫,中土文学生一阻碍。禹抑洪水,定九州,立帝国(中华建国,实至夏后而其制备),其时政治思想、哲学思想,皆渐发生。"① 虽然来裕恂自己也承认"凡太古鸿濛之事,案之各国史乘,概多荒唐不稽之说。不传半神半人之异迹,则存牛首蛇身之物类。其智能超出群类者,或称天佑"②,但他还是在努力试图从呼吁理性和现实经验的角度对之加以肯定性的理解:"此等事迹,于各国神代记均所散见,适足以窥太古未开之状况。降至书契时代,人智渐开,而显其思想之文字,存其意匠之事物,亦从单纯移于复杂。始著粗浅之诗歌,继发文学之微光,其公例也。"③ 因此,他十分肯定地向读者介绍中国传说中伏羲、黄帝、神农时代的文学史:"中国五千年前有三君,一伏羲,一神农,一黄帝,最为明圣。伏羲氏观察天地鸟兽之文,画八卦,作结绳,而启记号符形之端,当时所作,犹非成形之文字。所谓八卦者,仅画象形之符号而已。及黄帝时仓颉始制文字,今欲寻其遗文,亦不概见。盖当时之文字多为象形,直一种绘画而已,且文非一代一时所能制成也……六书中之象形、指事二种,实作于黄帝史官仓颉。……黄帝之学术,今可考见者四:一文字,二医学,三蚕学,四历律。……此外尚有'不纯粹之'学术二,则六壬与神仙之说是也。"④ "中国富于实业知识者,首推神农。上古科学未明,惟以农业为本务。神农知治国莫要于重农,所谓国以民为本、民以食为天也。其播种树艺之法,当有专书,惜不传耳。"⑤

从上述引文可以看出,即便是来裕恂本人也并不能够完全把从伏羲到神农时代的中国文学发展史实百分之百地落到实处。但与中国古代以刘勰为代表的学者在论及相同时代文学发展史实时毫不怀疑到几乎不对原本属于可信度并不很高的"第三层次文学史料"做出引证说明的笃定态度不同,来裕恂在叙述这一段中国民族最早期文学发展史实的时候总是能够明确点出其所持观点的来源出处。

例如,他在介绍上古文学发展史实的概况时说:"黄帝之书,著录于《汉

---

① 来裕恂:《中国文学史稿》,长沙:岳麓书社,2008年,第1页。
② 来裕恂:《中国文学史稿》,长沙:岳麓书社,2008年,第3页。
③ 来裕恂:《中国文学史稿》,长沙:岳麓书社,2008年,第3页。
④ 以上引文见来裕恂:《中国文学史稿》,长沙:岳麓书社,2008年,第3~8页。
⑤ 来裕恂:《中国文学史稿》,长沙:岳麓书社,2008年,第210页。

书·艺文志》者，二十余种，班氏既一一明揭其依托，今所传《素问》《内经》等，亦其一也。……禹抑洪水……如《禹贡》之制度，《洪范》之理想（《洪范》虽箕子所述，其称传自神禹，必有因果也）。"①　"黄帝涉王屋为受丹经，至鼎湖而飞流珠，登崆峒而问广成……审攻战则纳五音之策，穷神奸则记白泽之辞（《轩辕本纪》：帝等恒山，于海滨得白泽神兽，能言，通于万物之情。因问天下鬼神之事），相地理则书青鸟之说，救灾伤则缀金冶之术，故能毕该秘要，穷道尽真（《抱朴子》）。黄帝之学，流及后世，为道家言。今考之《阴符经》，义蕴无所不包，或谓兵法之鼻祖，或谓道家之权舆，诸子百家，悉在寰域之中矣（《绎史》），其宗旨则尚自然，已开老子之学派。"②

又如："其实《归藏》本伏羲之书，《连山》本神农之书，《周易》本黄帝之书也。（《文史通义·易教上注》）……昆山顾氏谓：'《连山》《归藏》，不名为易，太卜所掌，因《周易》而牵连得名.'章氏学诚说：'大挠未造甲子以前，羲农即以卦画为宪象.'（《文史通义·易教中》）证以《易大传》'古者庖牺氏之王天下也，仰则观象于天，俯则观法于地，观鸟兽之文与地之画，近取诸身，远取诸物，于是始作八卦以通神明之德，以系万物之情.'度其政教之意，必悉寓乎其中。"③

再如："故神农野老之书，虽难征信，而其学说，实垂中国四千年来，未之或绝也。……以后出之书考之，《六韬》载其禁文曰：'春夏之所生，不伤不害.'惟《六韬》尚言其为伪书者，至于《管子》，则信而有征矣。《揆度篇》云：'一谷不登，减一谷，谷之法十倍。二谷不登，减二谷，谷之法再十倍.'此则神农文字之一端也。《班志·艺文》，亦所叙录，有《神农兵法》一篇（兵家）、《神农大幽五形》二十七篇（五行家）、《神农教田相土耕种》十四篇（杂占家），在班氏当时，必有所本，惜班氏删刘歆《辑略》（师古曰：'《辑略》谓诸书之总要.'章氏学诚谓：'刘氏讨论群书之旨，此最为明道之要，惜乎其文不传'），后人无由考证乎。"④

虽然来裕恂把自己所用观点和资料的来源尽可能一一交代清楚，但是以今天的学术标准来看，这些资料仍然是缺乏说服力的。无论是记神怪之事迹的《轩辕本纪》、录道家求仙之言的《抱朴子》、后人伪托而作的兵书《阴符经》，还是原文已佚仅存书名的《神农兵法》《神农大幽五形》《神农教田相土耕种》，

---

① 来裕恂：《中国文学史稿》，长沙：岳麓书社，2008年，第1～2页。
② 来裕恂：《中国文学史稿》，长沙：岳麓书社，2008年，第5页。
③ 来裕恂：《中国文学史稿》，长沙：岳麓书社，2008年，第209～210页。
④ 来裕恂：《中国文学史稿》，长沙：岳麓书社，2008年，第211页。

这些文献显然都无法成为可以被学者直接援引以支撑自己论点的足够可靠的证据。被来裕恂在书中多次引用以期用来证明黄帝时代文学确乎存在且成就巨大的《文史通义》《绎史》以及顾炎武的言论等，由于其本身都来源于清代，均属于可靠性和可信度不高的"第三层次的文学史料"，因而也不具备足够的说服力。但是毕竟在科学使用文学史料以证明自己论点这一方面，来裕恂已经努力试图在以刘勰为代表的古代学者的基础上做出突破，不是把本来虚无缥缈的中国上古传说时代文学的发展情况视为理所当然、毋庸置疑的确凿史实，而是引用了众家文学史史料来证明自己所言不虚，这样的做法确实是近代文学史家在从事中国文学史编纂工作的历程中努力走向科学化的重要一步。

1915 年，张之纯按照中华民国教育部的部颁大纲为师范学校编写了作为教科书的《中国文学史》，这部书在对待羲农时代的"文学史"叙述方面也采取了与来裕恂相类似的文学史料处理办法。

该书第一篇"始伏羲讫秦代"的前三章题目依次是第一章"伏羲时代文字之权舆"、第二章"神农时代文学之征验"、第三章"黄帝时代文学之进化"，显然是在为读者建构一个中国上古文学由萌芽逐渐走向成熟的历史进程。

例如其叙伏羲时代文学史云："中国上古之世未有文字先有图画。伏羲因河图画八卦本系图画，而乾、坤、坎、离、震、兑、艮、巽为天、地、水、火、雷、泽、山、风，是即文字矣。因而重之，成六十四卦。《易》卦繁演之象亦即文字渐进之机。如一无文字，安能易结绳为书契，造琴瑟而作歌？夏侯太初《辨乐论》谓：伏羲氏因时兴利，教民田鱼，时则有网罟之歌。歌辞虽亡，其名尚在。可见韵文之作，于兹发轫。《文心雕龙》谓：肇始于黄世竹弹之谣（古孝子弹歌曰：'断竹续竹，飞土逐宍。宍，古肉字。'）殆未必然矣。"①

又如其叙神农时代文学史曰："神农以稼穑教民，专重农事。然就其文字传于后世者，亦有可征。一曰《封禅书》，管夷吾所谓神农封泰山禅云云是也。一曰《八穗书》，《书苑菁华》所谓神农氏因八穗而作，用颁时令是也。一曰《丰年歌》，《辨乐论》所谓神农教民食谷，时有丰年之咏是也。一曰《兵法》，《汉书·艺文志》所载《神农兵法》一篇是也。一曰《本草经》，当时民有疾病，未知药石；神农始味草木之滋，察其寒温平热之性，辨其君臣佐使之义；神而化之，作为方书，以疗民疾，而医道始立。虽书中所载郡县多在汉唐时，唐于志宁疑为张仲景、华佗等所记。然必神农先有所著录，后人始克依据而绅绎之，非必尽为伪托也。上承太昊之绪，下开轩辕之统，炎帝一代文学盖已蒸

---

① 张之纯：《中国文学史》（上卷），上海：商务印书馆，1915 年，第 2 页。

蒸日上矣。"①

虽说在叙述文学史实的时候张之纯也像来裕恂那样比较注意借助于文学文献资料来阐述中国上古文学史的历史事实，但是由于存在着先入为主的观念，认为伏羲、神农时代的上古中国已经出现了水平较高的文学，所以当面对着不利于这种观点的反面证据时，张之纯也会利用"必神农先有所著录，后人始克依据而绅绎之"这种近乎荒谬的逻辑来证明此种与自己先入为主的观点相背离证据的不可靠。

在叙述黄帝时代文学史实的时候，张之纯同样采取了这种强事实证据以曲就己之观点的做法：

> 黄帝及诸臣之著作略述如下：
>
> 一、兵学之文：《黄帝》十六篇、图三卷，《封胡》五篇，《风后》十三篇、图二卷，《力牧》十五篇，《鬼容区》三篇、图一卷，（即鬼臾区）；
>
> 二、历学之文：《黄帝五家历》三十三卷；
>
> 三、医学之文：《黄帝内经》十八卷，《外经》三十九卷，《黄帝三王养阳方》二十卷，《黄帝歧伯按摩术》十卷，《黄帝杂子芝菌》十八卷；
>
> 四、杂著之文：《黄帝泰阶六符经》，《黄帝杂子气》三十三篇，《黄帝诸子论阴阳》二十五卷，《风后孤虚》二十卷，《黄帝长柳占梦》十一卷。
>
> 以上诸书，备载于《汉书·艺文志》。其中《封胡》《风后》《力牧》《鬼容区》诸篇班固虽皆目为依托，但必古时曾有其书，后人乃能伪撰。譬如东晋时梅赜之《伪古文尚书》正因有孔安国真古文在先，始克假托行世。若本无是书而凭虚凿空，人且摒斥不暇，刘氏父子又安肯一一序录之哉？②

哪怕是被其所引用资料的原始作者班固以为是"伪托之作"的文献，张之纯出于证明自己先入为主观念的目的也会想方设法地加以驳斥。只是其所使用的逻辑未免太过于荒谬，全然不具任何说服力。撇开现代文献和考古学的专业辨伪知识暂且不提，仅从普通的历史知识和生活常识的角度来看，中国历史上明明是古无依傍、凭空捏造出来的书籍并不在少数，最著名的有道教为了在声势上压倒佛教而捏造出来的《老子化胡经》一书，声称老聃西出函谷至天竺而化身为释迦牟尼之师，其荒诞不经程度直令后人瞠目。再者，即使是两汉之交

---

① 张之纯：《中国文学史》（上卷），上海：商务印书馆，1915 年，第 3 页。

② 张之纯：《中国文学史》（上卷），上海：商务印书馆，1915 年，第 4~5 页。

的刘向、刘歆父子亲见有书名曰《封胡》《风后》《力牧》《鬼容区》等，但这仅仅只能说明他们见过此书，却不能证明这些他们所见之书确实是生活于伏羲、神农、黄帝时代的作者所著的古书。且《封胡》《风后》《力牧》《鬼容区》诸书既已不传，而刘向、刘歆父子据所见之皇家藏书而著的《叙录》《七略》原书又大部已佚，则后人便无从得知二人对于群书真伪的考辨。既然已有班固据刘向、刘歆父子之旧著而作的《汉志》明言以上诸书之伪，则其必应是言之有据。后世作者既然缺乏足够的文献资料作为证据，就绝对不能够仅凭一己之私念而贸然试图推翻前人的成说。

来裕恂和张之纯在各自所作的中国文学史中有意识地把对传说中的羲黄时代文学史实的叙述建构在有据可查的文学史料的基础上，但是由于他们对不同层位文学史料的不同可靠性和可信度缺乏足够的认识，把自己的论点主要建立在了"第三层位的文学史料"基础之上，所以自然不能得出令人信服的结论。更有甚者，面对与自己先入为主的观点相左的文学史料，来、张二人首先想到的不是对自己的观点进行反思和检讨，而是固执地坚持自己在史料证据面前已经明显错误的观点，这就使得他们在原本有可能根据史料证据修正自己原有错误观点的情况下反而距离文学史的事实真相越来越远。

相比之下，同样认为中国上古文学在羲农时代就已经取得了一定成果的谢无量就能够做到比较客观又合乎规范地运用文学史料来"佐证"而不是"强证"自己的观点。

谢无量在其所著的《中国大文学史》中向读者这样介绍羲农时代中国最早的诗歌起源：

> 据纬书及他书记载，伏羲、神农，并作乐器，兼立乐名。故歌曲之兴，必于邃古。盖民生而有悲愉之情，其发于声音，自然有舒疾长短咏叹往复之和。是以文学起原，韵文宜先于散文也。《诗序》云："情动于中而形于言，言之不足，乃永歌嗟叹。"声成文，谓之音，盖以诗乃为乐也。今引古书论伏羲、神农时乐歌者如下。
>
> （一）伏羲　《孝经·钩命诀》："伏羲乐曰《立基》，一曰《扶来》，亦曰《立本》。"
>
> 《世本》："伏羲作瑟，五十弦。瑟，洁也。使人清洁于心，淳一于行。"
>
> 《楚辞》注："伏羲作瑟，造《驾辩》之曲。"元结《补乐歌》，有伏羲氏作《网罟》之歌。
>
> （二）神农　《孝经·钩命诀》："神农乐曰《下谋》，一名《扶持》。"

《说文》："琴，乐也。神农所作。洞越练朱五弦。"

《新论》："神农氏为琴七弦，足以通万物而考理乱也。"①

由此可以看出，与来裕恂和张之纯不同，谢无量在叙述羲农时代的中国文学史时试图努力做到"论从史出""有一分证据，说一分话"，尽量在行文中避免轻率做出武断的结论，时刻注意利用所引用的古代论著的原文来说明事实、厘清线索。当遇到相互抵牾的文学史料时，谢无量一般会把它们同时列举出来并加以辨析后供读者参考。比如分析"弹歌"一节：

《吴越春秋》：越王欲谋复吴，范蠡进善射者陈音。音，楚人也。越王请音而问曰："孤闻子善射，道何所生？"音曰："臣闻弩生于弓，弓生于弹，弹起于古之孝子。不忍见父母为禽兽所食，故作弹以守之。"歌曰：

断竹，续竹；飞土，逐宍。

《文心雕龙》曰："黄歌断竹。"则此歌在黄帝时。然黄帝时，已有弓矢。弓缘弩而作，弹复在前。若然，此歌宜传自皇时也。《吴越春秋》虽晚出难据，以自昔录古逸者，并用此歌冠首，故附著于此焉。②

又如在叙述羲农时代散文起源情况时说：

《汉志》阴阳五行神仙之书，往往有名伏羲、神农者，大抵六国时依托。而神农《本草经》，尤行于今时。郑玄《易论》引伏羲十言之数，其余子书多载神农之教者，是否当时原文，虽不可知，然教令之事，故当兴自远古也，录以备考。

伏羲十言之教：

乾坤震巽坎离艮兑消息。（郑玄《易论》）

神农之教：

一谷不登减一谷……无倍称之民。（《管子》）

丈夫丁壮不耕，天下有受其饥者；妇人当年不织，天下有受其寒者。故其耕不强者，无以养其生；其织不力者，无以衣形。（《文子》。《吕览》所引略有同异）

---

① 谢无量：《谢无量文集第九卷·中国大文学史》，北京：中国人民大学出版社，2011 年，第 53 页。

② 谢无量：《谢无量文集第九卷·中国大文学史》，北京：中国人民大学出版社，2011 年，第 55 页。

> 有石城十刃，汤池百步，带甲百万，而无粟，不能守也。（《汉书》）①

无论是《吴越春秋》《文心雕龙》，还是《汉书·艺文志》《管子》《文子》《吕览》，在以之考察羲农时代中国文学史史实的时候，这些文献都属于可靠程度不高、可信度不强的"第三层位的文学史料"，因此就有必要对它们之间的矛盾说法做出中肯的分析评判。虽然读者未必能够完全认同谢无量对上述文学史料所做出的辨析考订，但是谢无量把不同观点的材料同时列举的明智做法一方面说明了他本人在运用文学史史料时秉持着客观公正的态度，没有先入为主的偏见；另一方面也说明这种古已有之的"无一字无出处"的传统注疏学方法也在有意无意间将这部《中国大文学史》的作者谢无量隐藏在古人身后，以免因其对上古文学史实的叙述有差而遭受读者的"固陋"之讥。

实事求是地说，传说中的羲农时代并没有遗留至今的直接的"第一层位的文学史料"，今人所能看到的只是相隔千年之后的古人根据传说所追记的只言片语。这种记录自然是属于可信程度比较低的"第三层位的文学史料"，而且存世数量也非常之少，在没有确实的出土文献作为支撑的前提下不应该被拿来作为可以证明羲农时代文学确实存在的过硬证据。在近代国人自著中国文学史的历程中，有不少文学史家都清醒地认识到了这个问题，并未像古人那样在编纂文学史的过程中对记载有羲农时代文学发展情况的"第三层位的文学史料"采取深信不疑的态度。

最早著述中国文学史的作家之一的林传甲就采取这种态度，在其写作的《中国文学史》第四篇第一节"皇古治化无征不信"一节中，这样叙述羲农时代的中国文学："《易传》仅溯自伏羲，《春秋传》仅溯至黄帝。'三坟'、'五典'、'八索'、'九丘'，然毁于祖龙之一炬，后人无由复睹。彼此必纬之言，别史所记，恍惚支离，有同小说，君子无取焉。羲皇以上人，非后世文士所堪。即后世经传所载皇古之事，谓其缔造艰难则可，谓其治化明辈则不可。佃渔之风尚，今存于乌拉打牲之民族；此就中国言也，美洲格林兰亦复如是。畜牧之生计，今存于蒙古游牧之部落。诸侯执玉帛者万国，岂夸张其多数乎？抑酋长时代如今之滇粤土司、台湾番社、回疆阿奇木乎？文字既作，万事维新，故造字以十口为'古'字；在彼时父老相传之事，早已言人人殊矣；惟士人则推十而合一焉，求其近于理而可信者，著以为经，以传于后世。是以'草'从

---

① 谢无量：《谢无量文集第九卷·中国大文学史》，北京：中国人民大学出版社，2011年，第56页。

'古'则'枯'，'水'从'古'则'涸'；古制之在今日，几若朽材不可任栋梁，废渠不可为灌溉也。《竹书》《路史》，列在乙部，兹弗暇讲习焉。西人教会《创世纪》亦大为哲学家、格致家所驳诘矣。地质学以外无考古之真实学术也。"①

显然，在林传甲看来，传说中羲农时代的经典著作"三坟""五典""八索""九丘"因为早已湮灭在历史长河中，后人无以得见，所以就不能算作可以证明当时文学史发展情况的过硬史料而被采纳进文学史的写作过程中。对于像后人所著史书中出现的对于上古时代文学史发展情况的追述，林传甲也认为从整体看来是"恍恍支离，有同小说"，不应该成为严谨学者从事著述所采纳的文学史料。他还以《竹书纪年》和《路史》为例，认为这些记录了中华远古史的著作就如西方《圣经·创世纪》那样是经不起现代考古学科学检验的近乎神话的虚无缥缈的传说。这些书籍中记载的中国远古时高度发达的文明成就和数量丰富、质量优秀的文学作品在林传甲看来都属不可靠。林传甲以当时尚存于世的社会发展程度还处于人类文明早期阶段的"乌拉打牲之民族""蒙古游牧之部落"作为参照，认为上古时代的中国一定也是处于这样一种物质财富普遍贫乏、精神财富发达程度有限的社会状况。因此在他看来，古时之事早已人言人殊，"古制之在今日，几若朽材不可任栋梁，废渠不可为灌溉也"，那些动辄皆称上古中国文明如何发达、如何昌盛的言谈绝对不能够成为值得信赖的文学史料。

林传甲对待羲农时代中国文学史的怀疑态度在近代中国文学史编纂历程中并非孤例。随着文学史研究工作本身以及相邻学科中历史学尤其是考古学的不断进展，越来越多的文学史家都不再认为中国最早的文学史叙述应该追溯至文学史料并不可靠的羲农时代。

比如葛尊礼在其《中国文学史》中对所谓羲农时代的文学一笔带过："我国文字或谓始于伏羲之时，或谓黄帝时沮诵、仓颉所作。虽无可稽考，要非一人一时之所成也。大抵原始之文字为象形，其后进步而为六书，即象形、指事、形声、会意、转注、假借是也。我国最古之文学为三坟、五典、八索、九丘。然今已无传。今所视为最古者，《易》《诗》《书》三经是也。"② 在葛尊礼看来，伏羲、黄帝时代并没有什么文学作品传世，所谓的"三坟""五典""八

---

① 林传甲：《中国文学史》，载陈平原：《早期北大文学史讲义三种》，北京：北京大学出版社，2005年，第67～68页。

② 葛尊礼：《中国文学史》，上海：会文堂书局，1920年，第2页。

索""九丘"由于没有流传至今，缺乏足够的文献学资料做支撑，所以根本无足道；而在传统文人士大夫群体中故老相传已久并且常常大加称赞的先民于伏羲、黄帝时代创造文字的说法，在葛尊礼的叙述中也变成了由怀疑口吻较重的"或谓"引起的一句话的简述。

刘永济在自己的《十四朝文学要略》卷一"上古至秦"的第一节"古代茫昧难征"中这样介绍其心目中唐虞以前的中国文学概况："昔彦和论文，征引古作。于文始元首载歌，于笔始益稷陈谟。刘勰《文心雕龙·原道篇》：'自鸟迹代绳，文字始炳。炎暤遗事，纪在三坟。而年世渺邈，声采靡追。唐虞文章，则焕乎为盛。元首载歌，既发吟咏之志，益稷陈谟，始垂敷奏之风。'窃尝叹其识美千古，得孔子删述微旨。盖唐虞以前，河图洛书，既事邻神怪；坟典邱索，又迹在渺茫。虽传之史乘，可增民族先进之光，要不足以资学者师范之用也。然班孟坚志艺文，多载依托炎黄之书；……史迁亦称百家言黄帝。其文不雅驯。司马迁《史记·五帝本纪》：'太史公曰：学者多称五帝，尚矣！然尚书独载尧以来，而百家言黄帝，其文不雅驯，荐绅先生难言之。孔子所传宰予问五帝德及帝系姓，儒者或不传。'而上古诗篇乐章，犹时时散见群籍。按唐虞以前之诗歌多不可信。葛天氏八阕之名，见《吕氏春秋·古乐篇》。伏羲氏有驾辩之曲，见《楚辞》王逸注。伊耆氏蜡辞，见《礼·郊特牲》。神农作丰年歌，见夏侯玄《辨乐论》。黄帝时有焱氏之颂，见《庄子》。黄帝时古孝子断竹歌，见《吴越春秋》。黄帝枹鼓曲名，见《归藏》。黄帝有襄龙之颂，见王子年《拾遗记》。……惟蜡辞质实，近耕稼时俗。断竹简朴，类游牧民歌。而有焱氏之颂似出道家寓言，枹鼓曲名太繁茂，决非太古所作也。推原其故，盖古代文化，至炎黄始盛。后之学者，乐称道之，一也；周秦诸子，以学术相高，欲尊其学，辄托之古昔，二也。《淮南子》曰：'世俗之人多尊古而贱今，故为道者必托之于神农黄帝而后入说。'观漆园之高志轶尘，犹且有以重言为真之语，则他家可知矣，此所以不得不断自唐虞也。"[①]

从刘永济的叙述中可以看出，中国文学史研究史上对于羲农时代中国上古文学史的记录资料可谓数量众多，但这些记录对象相同的文学史料之间又存在着相互矛盾的结论。《文心雕龙》《吕氏春秋》《楚辞》《礼记》《辨乐论》《庄子》《吴越春秋》《拾遗记》等史料是属于倾向于支持羲农时代中国就出现了种类众多文学作品的观点的一方，《汉书·艺文志》和《史记·五帝本纪》等文学史料则是属于持相反观点的另一方。如果按照之前文学史料三种不同可信程

---

① 刘永济：《十四朝文学要略》，北京：中华书局，2007年，第41～43页。

度的层次分类法来看，则上述所有的文献都只能算是"第三层次的文学史料"。刘永济根据"盖古代文化，至炎黄始盛。后之学者，乐称道之"和"周秦诸子，以学术相高，欲尊其学，辄托之古昔"得出结论，倾向于支持后者所认为的文献中托名为伏羲、黄帝、神农等古圣帝王所作之文学作品皆为伪造，这当然是正确的选择，但是平心而论，即便是所选择的结果无误，可因为在得出这个结论的过程中缺乏"第一层位"或者"第二层位"的文学史料作为确实的证据，所以在学理方面还是存在一定程度的不完善之处。

但是，随着20世纪早期众多新史料的陆续出土，王国维凭借"二重证据法"结合地下与地上史料开展中国上古史研究，取得了令整个世界都为之瞩目的辉煌学术成果；傅斯年更是凭借个人巨大的政治和学术影响使得国内学术界从整体上都认识到对出土史料的整理和研究应该成为从事历史学研究的最重要基石。史学家顾颉刚在20世纪20年代发起了轰轰烈烈的"古史辨"运动，对传说中悠远至数万年的中国上古历史展开了考证辨伪工作，在他及其追随者们的共同努力之下，一直以来都暧昧不明的早期中国史逐渐显露出了清晰可靠的发展脉络。受到王国维、傅斯年、顾颉刚等近代杰出学者所取得伟大成绩的影响，中国文学史研究界纷纷开始有意识地利用历史学界对新近出土殷墟甲骨文的研究成果这一属于"第一层次的文学史料"来修正之前的中国文学史著作中对于上古时期中国文学史的建构和叙述，从而一改之前受制于材料和方法而只能凭借有限的"第三层次文学史料"对上古中国文学史开展研究的尴尬局面。

1930年，胡小石在其《中国文学史讲稿》中说："讲到我国邃古的文学，不患材料的不多，只怕材料的不真。我们首先若不建立一个信史开始的时代，便轻信一切传说，遂不免以讹传讹。大讲其三皇五帝的文学，或甚至盘古时代的文学，若不是捕风捉影，便是自欺欺人。"[1] 接着，胡小石通辨析过传世的文字文献对传说中国上古"三皇五帝"时期的历史真伪做出了自己的判断[2]：

> 《尚书》总算是很可靠古籍之一种，据那上面记载的时代，以《尧典》为最古，即至春秋时，孔子日常教导人所援引的古代之君，亦限于尧、舜，至《周易·系词》传说到伏羲。但此传并非孔子所作。宋代欧阳修的

---

[1] 胡小石：《中国文学史讲稿》（上卷），载胡小石：《胡小石论文集续编》，上海：上海古籍出版社，1991年，第18页。

[2] 胡小石下文中对于中古上古史所作出的辨析明显是受到了顾颉刚所提出"疑古学说"的学术思路影响。

《易童子问》，久已致疑。到战国时人，如庄子之类，又谈到黄帝。到了汉代的司马迁作《史记》立《五帝本纪》，亦托始于黄帝。但他同时又自认"百家言黄帝，其文不雅驯。"至于汉代一般造纬书的人，简直谈到五帝以前开辟时事（参看《太平御览》七十八至八十一卷）。至司马贞补史记，于是加上三皇本纪。托始于伏羲。至宋代罗泌作的《路史》，集诸纬之大成，又益以道藏之说，更加上了三皇纪。与中三皇纪。他又根据《春秋元命苞》十纪之记"天地开辟至春秋获麟之岁，凡二百二十六万七千年。"这比今人动以五千年文明古国自夸的人，更张扬万倍。

从以上举的例看来，愈是时代愈后的人，所知道古人的时代愈远，真令人莫名其妙。且最先提出三皇之说的，为秦博士。他们说三皇为天皇、地皇、泰皇，泰皇最贵。这显然是由当时一般方士捏造古事，以迎合好大崇古的秦始皇心理。尧、舜本为儒家之想人物，于是农家如许行之徒，（不）① 搬出一位较远的神农来。至战国之末，一般道家，又请出更神秘的黄帝来，以与儒家之尧、舜对抗。到汉代武梁祠画像，如伏羲、女娲之类，均为人头蛇身，奇丽倜恍，亦"想当然耳"之人物形状而已②。

在这里，胡小石已经做到在梳理传世文字史料的发展演化脉络的同时注意利用山东武梁祠的汉画石像上描绘的传说中的"伏羲""女娲"等上古帝王的神奇形象这种"第一层次"的史料来作为证据，证明以他们为代表的所谓中国上古帝王原本是古代人出于不同的目的而凭空想象出来的神话人物。而传说中以这些被想象出来的古帝王为基础而构建出来的悠久的上古中国文学史，也自然只不过是虚无缥缈的传说。

甚至对作为儒家经典而被肯定的《尚书·虞书》和《尚书·夏书》的真实性，胡小石也使用"二重证据法"对之加以考辨后大胆地提出了自己的质疑：

即以后世相传之虞、夏书来说，教人置疑的地方颇不少。怀疑尧、舜，早有战国时人韩非。怀疑《尧典》，又有东汉时人王充。现且姑舍去史实不谈，单就文字上看来，已有几点令人不解：

（一）以文学演进的公例推去，不应较为早出的虞、夏书，反为文从字顺，排偶整齐。而较为晚出之《盘庚》《大诰》，反而"佶屈聱牙"。即假定谓《尧典》为夏代史官所追记，亦在殷人之前。试问当时用何种文字

---

① 疑原文衍。

② 胡小石：《中国文学史讲稿》（上卷），载胡小石，《胡小石论文集续编》，上海：上海古籍出版社，1991年，第18~19页。

记录。大概虞、夏书之成，至早想亦不能在东周之前。

（二）《禹贡》所载禹之治水之不可信，德人夏德在他所作的《支那古代史》中早已致疑。禹所谓的江、河、淮、济四条大水，以及无数小川，合计有数千海里之长。以当时稀少之人口，粗笨之器械，在几年中，能做成偌大工程。大禹真不是人，而是神了。且经近代地质学家考察，江、河原来都是天然水道，没有丝毫人工疏导的痕迹。就是用现代技术来疏导长江，都是不可能的。何况当时没有铁器呢？

（三）文字演进公例，由简趋繁。如《盘庚》等篇所用之字偏旁都很简单，而《禹贡》上的字，所用的偏旁很繁复。以现今出土的殷墟甲骨文字为断，尚未寻出从金的字，而禹贡上则各类金属字都齐备。古代把铜叫做金，而把今人所称为金子的叫做黄金。殷人确能用铜，因出土之甲骨及器物之雕琢工细，有非石器所能为力的。但殷人尚未能用铁，而《禹贡》上则金、银、铜、铁、锡都早已完备了。

不必多举，只要以上几个证据，已足断定《尚书》有许多篇是后人增附的①。

从上述引文可以看出，胡小石不但已经做到从用词习惯和行文风格晦涩程度的角度来推测《尚书》中《虞书》《夏书》《盘庚》《大诰》等文献本身的产生年代先后，而且还根据出土的殷墟甲骨文字的偏旁部首与《尚书》中《禹贡》等篇目中的差异判定《尚书》一书中存在有许多后人增附的篇目。甚至连江河淮济四条大水是否在历史上曾经被进行过人工疏导这样的事情也被胡小石用作考证《尚书·禹贡》是否可信的依据，这种做法实在可以算得上是对王国维"二重证据法"的发扬光大。

在采用此种文学史料处理办法进行考证的基础之上，陆侃如、冯沅君合著的《中国文学史简编》更进一步地明言今文《尚书》中之《虞书》《夏书》《商书》皆为伪造：

（1）《虞书》——今文《虞书》共《尧典》（包括《舜典》）及《皋陶谟》（包括《益稷》）两篇。这两篇称"谟"称"典"，且开端都说"曰若稽古"，显然是后人的口吻。《尧典》疑点尤多，其重要者为：一、卜辞只有"十三月"而无"闰"字，此篇何得有"以闰月定四时成岁之句"（马

---

①　胡小石：《中国文学史讲稿》（上卷），载胡小石：《胡小石论文集续编》，上海：上海古籍出版社，1991年，第19～20页。

衡说)？二、近代考古学者证明商代器具尚多石制，尧时何得有"金作赎刑"之事（梁启超说）？三、"蛮夷滑夏"乃春秋时的成语，且以"夏"指中原须夏代以后方可（康有为说）。四、"宅南交"之南交即象郡，秦以后始与中原交通（顾颉刚说）。而且《皋陶谟》之生前称帝，也与卜辞金文之生前称王不合（余永梁说）。故我们决不能据他们来讲古代散文。

（2）《夏书》——今文《夏书》共《禹贡》及《甘誓》两篇。《禹贡》的重要疑点为：一、"厥贡璆铁银镂砮磬"一句中的"铁""镂"等字，非夏时所能有（丁文江说）。二、篇中又有"荆及衡阳惟荆州"之句，其实则春秋时楚地尚南不过洞庭。三、西蜀在秦惠王时尚是"戎狄之长"，禹时何得有"华阳黑水惟梁州"之文？总之，禹治水的传说既不可信，而九州之分更是后代的拟议。此篇建立在这两点上，当然是不可靠。《甘誓》则有"六卿"及"五行"，其文句又与《牧誓》雷同，所以也不可信。

（3）《商书》——今文《商书》篇数最多，我们不能在此详论，然其不可信则很明显。例如第一篇《汤誓》，文句与《牧誓》一样，当与《甘誓》同为伪作。又如一般人所最相信的《盘庚》，第一句即说"盘庚迁于殷"；但我们知道卜辞是称"商"不称"殷"的，故可知其伪托。余如《西伯戡黎》与《微子》也都有"殷"字，可类推。

由此可知，我们若据这几篇来讲散文的起源，便是"非愚即诬"了[①]。

运用同样的方法，陆侃如和冯沅君在《中国文学史简编》中还对《诗经·商颂》的写作年代问题做出了考证：

现在我们所要特别提出来一讲的，是《诗经》中的《商颂》。《毛序》认为商诗，一般人信此者甚多，实属大误。其较重要的伪证有五：

（1）《国语·鲁语》及《史记·宋世家》均认为《商颂》为宋国的乐章（约当戴公或襄公时，正考父是"校"者或"作"者），与《毛序》不合。

（2）《商颂》的字句如"自古""在昔""先民""汤孙"之类，不像商人祭近祖的口吻，倒像宋人祭远祖的语气（魏源说）。

（3）《商颂》有景山伐木以造宗庙之事。景山在宋都商丘附近，而距商都殷墟朝歌则甚远，可见所咏者乃宋庙而非商庙（王国维说）。

---

① 陆侃如、冯沅君：《中国文学史简编》，上海：开明书店，1932年，第2～3页。

（4）卜辞称商不称殷，《商颂》则殷、商错出；卜辞称汤为太乙，《商颂》则称为烈祖或武王。这些歧异是很可疑的（王国维说）。

（5）《商颂》字句与周诗雷同者很多，如"昭假迟迟"，"有截其所"，"时靡有争"，"约𫐄错衡"等是（王国维说）。

所以《商颂》实为宋诗而非商诗。我们并且可以大胆地说，一切周以前的韵文都是可疑的①。

苏雪林也在其《中国文学史略》中利用殷墟甲骨卜辞对《易卦爻辞》的写作年代做出了比对考证：

> 易有经传两个部分，经即卦辞与爻辞，传即上彖、下彖，上象，下象，上系辞，下系辞，文言，说卦，序卦，杂卦，共十篇。汉书艺文志谓"易十二篇"盖以经传共言。旧有伏羲画卦，文王作卦爻辞，孔子作十翼之说。故论易者谓其"世历三古，人更三圣"尊崇无以复加。但据后代学者知易不过古代卜筮之书，其时代亦不如古人所传之古。
>
> 近人谓易始托于周初而写定于东周。托始于西周有二证，第一卦爻辞多商末周初故事：
>
> ……
>
> 第二文字与卜辞接近：
>
> 卜辞"亥子，卜贞在川人归"
>
> 卦辞"同人于野亨，利涉大川利君子贞"（以上渡川）
>
> 卜辞"甲戌卜，太贞，今日不雨。""贞，今日其大雨，七月"
>
> 卦辞"小畜亨，密云不雨，自我西郊"（以上天气）
>
> 卜辞"贞戍文其伐""其伐□利，□不利"
>
> 卦辞"豫，利建侯行师""升，元亨用见大人勿恤，南征吉"（以上征伐）②

近代中国文学史家在文学史编纂过程中对"第一、第二层位的文学史料"的重视不仅仅表现在利用殷墟甲骨的信息来对传世文字文献的时代和内容做出修正方面，还表现在有文学史家在叙述殷商时代的文学史时已经自觉地抛弃掉可信度不高的"第三层位文学史料"而直接利用"第一、第二层位的文学史料"来建构更接近于历史本来面目的文学史叙述。

---

① 陆侃如、冯沅君：《中国文学史简编》，上海：开明书店，1932年，第4~5页。

② 苏雪林：《中国文学史略》，国立武汉大学自印本，1932年，第7~8页。

仍以陆侃如、冯沅君著《中国文学史简编》和苏雪林著《中国文学史略》为例，二者都选择将契刻在殷墟甲骨和青铜礼器上的文字作为构建殷商时代中国文学史的最可靠的资料。

陆侃如、冯沅君在其《中国文学史简编》中说：

> 一是卜辞与诗歌的关系。诗歌是怎样发生的？毕夏（Bucher）在《劳动与韵律》里说，最初的诗歌是与劳动和音乐紧合着的。布哈林（Bukharin）在《历史唯物论》里也说，舞蹈音乐与诗歌是艺术最古的形态，三样是溶合在一起的。卜辞中虽无诗字，然多乐字与舞字。乐字作"樂"。罗振玉说，"从丝附木上，琴瑟之象也，或增⊖以象调弦之器。"此外乐器尚有"鼓"，"磬"，"言"，"龠"，"穌"等，由此可见商乐已很精工了。舞字作"巫"。王襄说，"象人两手执氂尾而舞之形，为舞之初字。"他处言舞者尚多，可证商舞是很兴盛的。这二三百年中既然舞盛而乐精，定有许多舞歌和乐章的，可惜现在都失传了。
>
> 二是卜辞与散文的关系。卜辞虽可藉以考出当时社会的政治的经济的一切状况，然它本身并无文学的意味是很明显的。而且每段的字句极短，更不能作研究作风的材料。不过其中也偶有较长的，未尝不可作原始的散文看。例如：……见《殷墟书契菁华》第二叶，记土方与𡇡方侵伐商人之事，实为原始的叙事散文之一例。
>
> 其次，我们研究金文。金文是金属器物上的文字。商为新石器时代的末期，金石并用；虽然前人所著录的商代铜器多不可靠，然未尝不有少数真品。例如《殷文存》里的《戊辰彝》：……这里记日（戊辰）在记月（"在十月"）之前，而记年（"惟王二十祀"）则在最后，与卜辞文法相同。以戊辰日祭妣戊，又称"脅日"，亦与商制相合。这是可信的。余如……我们拿这些铜器上的文句来和上文所引较长的卜辞合看，便可明瞭中国散文起源的状况了①。

苏雪林在其《中国文学史略》中的叙述则稍详尽：

> 在甲骨文字里面我们可以推测商民族文化状况，而最初文学形情亦可藉此窥见其一斑。
>
> 第一我们知道诗歌那时一定已产生了。据西洋文学史家的研究人类之有诗歌实在有清晰的言语之前，而原人诗歌与音乐，舞蹈又为三位一体。

---

① 陆侃如、冯沅君：《中国文学史简编》，上海：开明书店，1932年，第5~8页。

甲骨文有字，罗振玉曰"从丝附木上，琴瑟之象也，或增白以象调绘之器，犹今弹琵琶阮咸者之有拨矣"其乐器则有"磬"。日本京都帝大曾藏有殷墟石磬残片一具，重三十余斤，上穿一孔，石色如青玉，扣之声铿然，其状与甲骨文"磬"字适相吻合。又有"鼓"甲骨文作"壴"字。有文一条云"丁酉卜，大，贞吉，其鼓于唐衣，亡□，九月"罗振玉释为"但"谓即后世仆竖之"竖"字，郭沫若则以为鼓字之初文，象形。并以日本泉屋清泉所藏古铜鼓拓影为证。（均见郭著金文丛考）尚有"般""穌""言"等字，据考古者研究均为当时乐器。

至于跳舞，则上文已引卜辞中祈雨之舞二条，墨子明鬼篇引古之"吉日丁卯用伐祀社方"郭沫若谓卜辞屡言"伐若干人"是即蹩舞（说文蹩乐舞执金羽以祀社稷也，读若绂）更有"敳舞，"执饰有羽毛之盾而舞，用于祭祀之际。

乐器与跳舞既有如此之多，则歌词之富自不待论，可惜今日出土甲骨文尚少，无从查考了。

第二散文也算植了基础了。散文之表现以卜辞为多。殷民族迷信极为发达，差不多以鬼治国，日常生活都要取决于卜。譬如酋长（王）明天要出去打猎了，便要先卜一下，问问所获禽兽的多寡？明日要出去旅行了，又要卜一下子问问天气的阴晴如何？至于那庄严的祭祀，重要的战争，占卜之需要是更不待说了。他们占卜大事用贞龟，小事用兽骨，龟用腹甲，而弃用其背骨，兽骨则用肩胛及胫骨，卜时先将甲骨磨平，或钻之，或凿之，或钻而凿之，然后从甲骨上编钻凿处灼之以火，则甲骨自然生出坼痕，先成直坼，后成歧坼，这便是所谓"兆"。观兆之后，知事之吉凶，则刻辞于兆侧记之，是为"卜辞"。

罗振玉殷墟书契考释综合甲骨文为六类。第六类为卜辞又分九目：曰祭，曰告，曰章，曰出入，曰田猎，曰征伐，曰年，曰风雨，曰杂卜。其殷墟书契菁华所载残余刻辞有长至百许字者，若合全文观之，则彼时散文已具相当规模，无所用其怀疑了[1]。

从上述引文可知，陆、冯夫妇与苏雪林在叙述殷商时期中国文学发展进程时的关注对象主要有二：

第一是殷商时期的诗歌。由于迄今并无殷商时期的诗歌文本传世，甚至至

---

[1]　苏雪林：《中国文学史略》，国立武汉大学1932年自印本，第2～4页。

少到当时为止出土的殷墟甲骨之中也并没有相应体裁文本的只言片语，所以以上两家便选择利用当时所能够见到并且已经经过相关专业专家学者整理考释出来的殷墟甲骨卜辞来对殷商时代可能出现过的诗歌加以间接性的揣测。因为殷墟甲骨卜辞中不但有"乐"字，而且还有如"鼓""磬"等众多乐器名词出现，更有当时的先民出于不同目的而作"舞"的记载；根据西方学者"原始人类诗歌、音乐、舞蹈三位一体"的研究成果，陆、冯夫妇和苏雪林均大胆做出推断——殷商时代的中国一定已经出现了随着音乐和舞蹈一起出现的丰富的歌词创作。殷墟甲骨卜辞中虽然没有对殷商时期的诗歌做出直接记录，但是却记录了和殷商时代诗歌出于同一历史时期而且与之共生的音乐和舞蹈，因此便属于前文中相关学者划定的"第二层位的文学史料"，具有相当的可靠性和可信度。文学史家根据作为"第二层位的文学史料"的殷墟甲骨卜辞而对殷商时期文学史的诗歌创作情形做出合理的推测，其可信度自然要比古代文学史家转引"第三层位的文学史料"的成书年代已在殷商以后千百年的、号称是由殷商时代诗人所创作的诗歌要高得多。

第二是殷商时期的散文。由于《尚书·商书》已经被包括陆、冯夫妇在内的众多近代文史学者视为"伪书"①，所以陆、冯夫妇和苏雪林于各自的中国文学史著作中均在明言其非殷商时代遗文之后选择以殷墟甲骨卜辞和钟鼎金文作为殷商时期散文的代表。陆、冯夫妇认为篇幅短小的甲骨卜辞不应该被算作殷商时代的散文，只有篇幅较长的甲骨卜辞和钟鼎金文才是殷商时代散文的代表。苏雪林则认为凡甲骨卜辞无论篇幅长短均应该属于殷商时代散文，并且借用甲骨文专家罗振玉的研究成果把传世的殷商甲骨卜辞按照所叙述内容的差异进行了系统性的分类别目。由于甲骨卜辞是殷商时代作为商王御用占卜师的"贞人"对当时皇家所进行的占卜工作的真实完整记录，并且被作为官方档案加以妥善保存，所以如果把20世纪初经由系统考古发掘才得以重现于世间的殷墟甲骨卜辞视为真实反映了殷商时期中国散文文学发展实际情况的"第一层位的文学史料"是绝不夸张的。因此，建立在对殷墟甲骨卜辞这样一批直接承载了殷商时期中国文学史史实丰富信息的"第一层位的文学史料"做出全面深入解读基础之上的文学史叙述必定最接近于文学史的本来面目。

在陆、冯夫妇和苏雪林两家的中国文学史著作中，殷墟甲骨卜辞作为同样的一批文学史史料在被用来对殷商时期的诗歌和散文进行历史建构时分别扮演了第二和第一层位的文学史史料的角色。因为无论是第一层位还是第二层位的

---

① 这一看法在后来逐渐发生了动摇，现代并未把《尚书·商书》的全部篇章均视为"伪书"。

文学史史料，其可靠性和可信度比第三层位的文学史史料都要高出许多，所以在近代国人编纂中国文学史著作的研究实践过程中，这种在王国维"二重证据法"的启发下充分利用丰富的出土文献材料（主要是殷墟甲骨卜辞）以考订史料、辨别真伪并进而重建文学史实的新方法，与之前仅仅利用传世文献中只言片语、一鳞半爪的转述以建构文学史实的传统方法相比无疑是一种巨大的进步。

第三节　20世纪早期文学史著作编纂体裁的改进

虽然古代中国文学史家对本国文学史的研究和编纂工作历史悠久，但是在历时数千年的文学史研究历程中并没有一部以"文学史"为名编纂成书的著作产生。清乾隆年间，《四库全书总目》的作者们曾经对传统文学史研究著作的类别做出过初步划分。《四库全书总目·集部·诗文评类叙》说："文章莫胜于两汉，浑浑灏灏，文成法立，无格律之可拘。建安、黄初，体裁渐备，故论文之说出焉，《典论》其首也。其勒为一书，传于今者，则断自刘勰、钟嵘。勰究文体之源流，而评其工拙；嵘第作者之甲乙，而溯厥师承，为例各殊。至皎然《诗式》，备陈法律；孟棨《本事诗》，旁采故实；刘攽《中山诗话》、欧阳修《六一诗话》，又体兼说部。后所论著，不出此五例中矣。"[①] 显然，《四库全书总目》的作者把之前的以诗文评面目出现的著作划分为五种形态：

第一类是以《典论》为代表的"论文"之书。

第二类是以刘勰、钟嵘所作之《文心雕龙》和《诗品》为代表的溯作品之源流和作者之师承，而评其工拙、第其甲乙的著作。

第三类是阐述诗歌创作原理和规律的皎然《诗式》一类的著作。

第四类是像孟棨的《本事诗》那样，旁采与作品有关之作家生平经历及事迹之书。

第五类是如刘攽《中山诗话》和欧阳修《六一诗话》那样，在评论作家作品之余兼采与作家和作品相关的逸闻趣事的著作类型。

在此基础之上，初版于1918年的谢无量著《中国大文学史》又把"古来有关于文学史之著述"划分为七种形态，具体包括：

---

① 永瑢等：《四库全书总目》，北京：中华书局，1965年，第1779页。引文中标点为笔者所加。

一、流别 挚虞《文章流别》、任昉《文章源起》为一类，此专别文体者也，后世如吴讷之《文体明辨》、徐师曾之《诗体明辨》之类宗之。刘勰《文心雕龙》为一类，总论文体源流而兼及其优劣者也，后世刘知幾之《史通》、章学诚《文史通义》之类宗之。

二、宗派 钟嵘《诗品》，其论诗必推其源出何人，而后评其优劣。流为张为之《主客图》、吕居仁之《江西诗派图》等。（后有《词品》《曲品》之类，以数语评作家优劣，亦出钟嵘。）

三、法律 皎然《诗式》、齐己《风骚旨格》并论文章法律，降如《声调谱》之类，皆其流也。

四、纪事 孟棨《本事诗》，始以诗系事，后计有功之《唐诗纪事》及厉鹗《宋诗纪事》等。

五、杂评 魏文帝《典论》始杂评当时文人，宋以来诗话之体大行，或偶论一人。或间章断句，虽颇掎摭利病，而叙述不甚有纪。

六、叙传 荀勖《文章叙录》。兼载文人行事。张骘始为《文士传》，及辛文房《唐才子传》、历史《文苑传》等，皆此类也。

七、总集 挚虞《文章流别》，又为文章志，以集录文人篇章。及《文选》《玉台新咏》出，立后世总集之规模，皆撷其精华，以为楷式者也①。

谢无量在 20 世纪早期的分类并没有得到后来学者的完全认同，20 世纪 90 年代，黄霖在《中国文学批评通史·近代卷》一书中创造性地在文学批评史的大框架之下设立了题为"中国文学史学"的专章，把中国古代文论家笔下的文学史作品分为以下七种体例：

一、题词体。除《汉书·艺文志》外，可以《汉魏六朝百三家集题词》《四库总目提要》的有关部分为代表。这类著作的特点是以作品为评价的主要对象。它有系统、有次序地通过对于每一本书的评论而揭示一代或几代文学作品的大旨和源流关系，并对作者、版本等略作考订。在每一类作品前往往又写一总论。

二、传记体。如《唐才子传》及正史的《文苑传》等。这类著作以文学家的人物传记为中心，有重点地评价作家的文学活动和作品。有的还冠

---

① 谢无量：《谢无量文集第九卷·中国大文学史》，中国人民大学出版社，2011 年，第 47~48 页。

以总论，以叙一代风貌。

三、时序体。如《文心雕龙》上半部、《诗源辨体》《诗薮》等。这类著作基本上是以时代为序，对作家作品及每一时代的特点依次加以评析。有的还简要地阐述了有关的理论问题。

四、品评体。如钟嵘《诗品》等。它的主要特色是先将作家分成上中下三品，然后在"一品之中，略以世代为先后"。

五、派别体。如《诗人主客图》《中晚唐诗人主客图》《江西诗人宗派图录》等。这类著作的特点是以派论文，重在表述派系承传关系。

六、选录体。如《唐诗纪事》《宋诗纪事》《中州集》《列朝诗集》等。这类著作虽然也以人物为中心，辑录了有关本事或略加品评，但其特色是每人都附有一定数量的作品。

以上六体都以叙述史实为主，此外，还有一类侧重在论述文学史有关原理的论著，如《文心雕龙》中的《通变》及叶燮的《原诗》等①。

进入 21 世纪以后，陈伯海在其参编的《中国文学史学史》的第一卷绪言中把中国传统文学史学的编纂形态分为以下八种：

一、时序体，即以时代先后为纲总叙文学流变现象，如沈约《宋书·谢灵运传论》谈及汉魏四百年间"文体三变"，《文心雕龙·通变》历述上古至南朝文学风格变迁，以及《新唐书·文艺传叙》归纳唐代文章三变皆是。

二、类别体，以文体门类为纲分述各体文章流变，如挚虞《文章流别论》即为分体叙述，《文心雕龙》上半部《明诗》以下二十篇亦复如是。

三、流派体，以流派分野为纲总结文学变化，如萧子显《南齐书·文学传论》中论及"今之文章"的"三体"，各举当世名家为代表；他如唐张为《诗人主客图》、宋吕本中《江西诗社宗派图》皆属此类。

四、品评体，乃是溯源流而兼及品第，最典型的是钟嵘《诗品》，按上、中、下三品分别评论汉魏六朝的五言诗人，而又指出了他们分承《国风》《小雅》《楚辞》影响的诗歌源流系统；《唐诗品汇·各体叙目》将"四唐"流变与"九品"分等相结合，亦可归入这个类型。

五、传记体，以人为中心编排文学家活动的事迹，如历代史书中的《文苑传》《文学传》《文艺传》以及辛文房《唐才子传》、钱谦益《历朝诗

---

① 黄霖：《中国文学批评通史·近代卷》，上海：上海古籍出版社，1996 年，第 754～755 页。

集小传》等。

六、纪事体，以事为中心辑录有关文学创作的背景材料，如《唐诗纪事》《宋诗纪事》《词林纪事》等。

七、选录体，结合选文对文学流变做出概括，使作品与论述相互印证，如《文章流别集》附《文章流别论》，元好问编《中州集》附各家小传，杨士弘《唐音》附各编及各体小序（《唐诗品汇》亦然）；这些论说叙传文字可单独构成简要的史纂形式，而若同选文相结合，又可起到提纲挈领、即事见理的作用。

八、序目体，在书目著录或提要中介绍文学现象，反映文学流变，如《汉书·艺文志·诗赋略》的小序总述诗赋源流，明张溥《汉魏六朝百三家集题辞》评论各家诗文，而《四库全书总目》不仅在各部各类书目前有总叙、分叙，还常在具体书目提要中涉及相关的文学思潮与流派，则更为人们所熟知①。

统而观之，在以上四种在中国文学史学研究史上影响比较大的文学史著作分类方法之中，《四库全书总目》的分类方法比较简单，而且划分出来的种类彼此之间区别的含混程度比较严重，与当今学界通行的规则差距较大，其中的原因包括近代中国学科体制的转化等较为复杂的问题，限于篇幅体例，本书暂不讨论。而由谢无量、黄霖和陈伯海各自对传统文学史著作所做出的三种分类体系彼此之间既有交叉重叠之点，又有各自独到之处。总体看来，谢、黄、陈三家对中国古代文学史研究著作所做出的分类一共包含以下十种：

第一，流别类：此类主要侧重于从文体类别方面入手，分述文学的历史变迁过程。如挚虞《文章流别论》和《文心雕龙》上半部《明诗》以下二十篇分体论文者都属此例。

第二，宗派类：此类主要按照文学流派的不同，分述文学的产生和发展变化。以唐代张为《诗人主客图》和宋代吕本中《江西诗社宗派图》为典型代表。

第三，纪事类。此类主要辑录与诗人创作有关的时代背景和诗人生平趣闻轶事。孟棨《本事诗》开其端，《唐诗纪事》《宋诗纪事》《词林纪事》等继其后。

第四，传记类：此类主要叙述古来文人骚客籍贯冠绝、生平履历、交友师

---

① 董乃斌、陈伯海、刘扬忠：《中国文学史学史》（第一卷），石家庄：河北人民出版社，2003年，第8~9页。

弟等历史信息，少数有代表作品附丽于后。诸史《文苑传》《文学传》《文艺传》以及张骘《文士传》、辛文房《唐才子传》等均属此类。

第五，选录类：此类将作家简传与作品选相结合，使文学的历史变迁不言自明。元好问《中州集》、杨士弘《唐音》附各编及各体小序均属此类。

第六，时序类：此类主要是以时代为序，对文人和作品的优劣渊源加以判析评价。类例如《宋书·谢灵运传论》《新唐书·文艺传叙》《诗源辨体》《诗薮》等。

第七，品鉴类：此类主要论述文人创作风格的师法渊源，对其优劣得失作出评价。如《典论·论文》《诗品》《唐诗品汇·各体叙目》等属于此类。

第八，理论类：此类侧重讲述与文学史发展变化相关的理论问题。代表作品如《文心雕龙·通变》《原诗》等。

第九，叙录类：此类主要以作品为评价的主要对象，有系统、有次序地通过对具体书籍的评论而揭示其内容大旨和源流变迁，并对作者、版本等略作考订，在每一类作品前往往又写一总论。其例如《汉书·艺文志·诗赋略》《汉魏六朝百三家集题辞》《四库全书总目》等。

第十，总集类：此类以文体为纲目，依照时代变迁的顺序，汇集历代作品。虽然其中少有编纂者自著的叙述性文字，但只要细读其书，就自然能够对文学发展变化之历史过程了然于胸。《昭明文选》《玉台新咏》《全唐诗》等属于此类。

新分类与谢、黄、陈三家分类的对应关系可见下表：

中国传统文学史著作形态分类新旧对照表			
新分类	谢氏分类	黄氏分类	陈氏分类
1. 流别类	流别		类别体
2. 宗派类	宗派	派别体	流派体
3. 纪事类	纪事	传记体	纪事体
4. 传记类	叙传		传记体
5. 选录类		选录体	选录体
6. 时序类		时序体	时序体
7. 品鉴类	杂评	品评体	品评体
8. 叙录类		题词体	序目体
9. 理论类	法律	原理	
10. 总集类	总集		

如果按照近代以来学术分科的标准对以上十类中国古代文学史研究著作进行审视，则其中的"选录类"和"总集类"因为主要以收录各个时代的文学作品多被划入文学作品选集与全集的范畴而不被视作文学史；"理论类"被视为文艺学著作的范畴；"叙录类"被划归到文学文献学中目录学的领域；"品鉴类"书籍多被视为文学批评领域内的必读著作；剩下的"流别类""宗派类""纪事类""传记类"和"时序类"与近代以来出现的"中国文学史"著作在编纂形式和体裁方面联系较深，其中又以被划归为"传记类"的诸史《文苑传》《文学传》为最。郑振铎曾指出："中国的史家，从司马迁以来，便视'历史'为记载过去的'百科全书'，所以他们所取的材料，范围极广，自政治以至经济，自战争以至学术，无不包括在内……所谓'文学史'便也常常的被网罗在这个无所不包的'时代的百科全书'，所谓《史记》《汉书》诸'正史'者之中。"①

虽然中国历代史书中为著名文学家立传最早可以追溯到司马迁的《史记·屈原贾生列传》，但是真正把能文之士视作一个具备特殊才能的群体而首次加以记录的却是范晔的《后汉书·文苑传》。前文已经论及，中国传统"纪传体"史书虽然是一种包含"纪""传"在内的多种史体共同组成的综合性史书，但是"纪"与"传"始终处于核心地位。作为纪传体史书的《后汉书》记载东汉一代的文学家的生平与创作，其中篇幅大者如《杜笃传》《赵壹传》等约两千余字，篇幅短小者如《王隆传》《史孝传》《刘毅传》等不过数十字而已。

前者在详述传主生平的同时全文收录了传主的代表名作，因此篇幅较大。比如《后汉书·赵壹传》曰：

赵壹字元叔，汉阳西县人也。体貌魁梧，身长九尺，美须豪眉，望之甚伟。而恃才倨傲，为乡党所摈，乃作《解摈》。后屡抵罪，几至死，友人救得免。壹乃贻书谢恩曰：

昔原大夫赎桑下绝气，传称其仁；秦越人还虢太子结脉，世著其神。设曩之二人不遭仁遇神，则结绝之气竭矣。然而糟脯出乎车轫，针石运乎手爪。今所赖者，非直车轫之糟脯，手爪之针石也。乃收之于斗极，还之于司命，使干皮复含血，枯骨复被肉，允所谓遭仁遇神，真所宜传而著之。余畏禁，不敢班班显言，窃为《穷鸟赋》一篇。其辞曰：

……

---

① 郑振铎：《插图本中国文学史》，长沙：岳麓书社，2013年，绪论第1~2页。

又作《刺世疾邪赋》，以舒其怨愤。曰：

……

光和元年，举郡上计到京师。是时司徒袁逢受计，计吏数百人皆拜伏庭中，莫敢仰视，壹独长揖而已。逢望而异之，令左右往让之，曰："下郡计吏而揖三公，何也？"对曰："昔郦食其长揖汉王，今揖三公，何遽怪哉？"逢则敛衽下堂，执其手，延置上坐，因问西方事，大悦，顾谓坐中曰："此人汉阳赵元叔也。朝臣莫有过之者，吾请为诸君分坐。"坐者皆属观。既出，往造河南尹羊陟，不得见。壹以公卿中非陟无足以托名者，乃日往到门，陟自强许通，尚卧未起，壹径入上堂，遂前临之，曰："窃伏西州，承高风旧矣，乃今方遇而忽然，奈何命也！"因举声哭，门下惊，皆奔入满侧。陟知其非常人，乃起，延与语，大奇之。谓曰："子出矣。"陟明旦大从车骑奉谒造壹。时诸计吏多盛饰车马帷幕，而壹独柴车草屏，露宿其傍，延陟前坐于车下，左右莫不叹愕。陟遂与言谈，至熏夕，极欢而去，执其手曰："良璞不剖，必有泣血以相明者矣！"陟乃与袁逢共称荐之。名动京师，士大夫想望其风采。

及西还，道经弘农，过候太守皇甫规，门者不即通，壹遂遁去。门吏惧，以白之。规闻壹名大惊，乃追书谢曰："蹉跌不面，企德怀风，虚心委质，为日久矣。侧闻仁者愍其区区，冀承清诲，以释遥悵。今旦外白有一尉两计吏，不道屈尊门下，更启乃知已去。如印绶可投，夜岂待旦。惟君明睿，平其风心。宁当慢慠，加于所天。事在悖惑，不足具责。傥可原察，追修前好，则何福如之！谨遣主簿奉书。下笔气结，汗流竟趾。"壹报曰："君学成师范，缙绅归慕，仰高希骥，历年滋多。旋辕兼道，渴于言侍，沐浴晨兴，昧旦守门，实望仁兄，昭其悬迟。以贵下贱，握发垂接，高可敷玩坟典，起发圣意，下则抗论当世，消弭时灾。岂悟君子，自生怠倦，失悒悒善诱之德，同亡国骄惰之志！盖见机而作，不俟终日，是以凤退自引，畏使君劳。昔人或历说而不遇，或思士而无从，皆归之于天，不尤于物。今壹自谴而已，岂敢有猜！仁君忽一匹夫，于德何损？而远辱手笔，追路相寻，诚足愧也。壹之区区，曷云量己，其嗟可去，谢也可食，诚则顽薄，实识其趣。但关节疢动，膝灸坏溃，请俟它日，乃奉其情。辄诵来贶，永以自慰。"遂去不顾。

州郡争致礼命，十辟公府，并不就，终于家。初袁逢使善相者相壹，云"仕不过郡吏"，竟如其言。

著赋、颂、箴、诔、书、论及杂文十六篇①。

全传不仅收录了东汉著名文学家赵壹的《穷鸟赋》《刺世疾邪赋》《谢皇甫规书》等优秀文学作品，还详细介绍了作者创作这些文学作品的时代背景，更对赵壹生性狷介、愤世嫉俗、傲笑公卿、仕宦不达的性格品貌和生平事迹做了简明扼要的叙述，为后世读者更加深入和全面地理解作家、分析作品提供了不可或缺的帮助。

而《后汉书·文苑传》中篇幅较短小者则仅仅简述作家的姓氏爵里和生平创作，如只有三十字的《史孝传》：

初，王莽末，沛国史岑子孝亦以文章显，莽以为谒者，著颂、诔、《复神》《说疾》凡四篇②。

再如不过五十一字的《王隆传》：

王隆字文山，冯翊云阳人也。王莽时，以父任为郎，后避难河西，为窦融左护军。建武中，为新汲令。能文章，所著诗、赋、铭、书凡二十六篇③。

又如六十六字的《刘毅传》：

刘毅，北海敬王子也。初封平望侯，永元中，坐事夺爵。毅少有文辩称。元初元年，上《汉德论》并《宪论》十二篇。时刘珍、邓耽、尹兑、马融共上书称其美，安帝嘉之，赐钱三万，拜议郎④。

同是《后汉书·文苑传》中的作品，从某种程度上说，越是篇幅短小的记载就越是保存了作者认为最应该和最值得记载的内容。所以从以上所引的内容来看，在作者范晔心目中，《文苑传》应记载的内容就是一代文人的姓氏爵里以及主要创作篇目。换句话说，范晔其实是认为后世之人最应该从作为史书的《文苑传》中记取的不过就是历史上著有某某作品的某某作家及对此作家和作品的扼要评价而已。

也许是因为背负了"正史"身份的缘故，由《后汉书·文苑传》所开创的这种以叙述古代文学家生平和创作经历为首要任务的编纂传统广泛存在于近代

① 范晔：《后汉书》，北京：中华书局，1997年，第2628~2635页。
② 范晔：《后汉书》，北京：中华书局，1997年，第2610页。
③ 范晔：《后汉书》，北京：中华书局，1997年，第2609页。
④ 范晔：《后汉书》，北京：中华书局，1997年，第2616页。

国人以"中国文学史"为名的系列作品中。许多文学史在叙述具体作家时明显是以诸史《文苑传》中对作家的记录为蓝本而展开的。

篇幅较长者有曾毅著《中国文学史》中论述陈子昂一节：

> 唐以前无古律体之分，陈子昂特起于王、杨、沈、宋之间，始以高雅冲澹之音夺魏晋之风骨，变齐梁之俳优，力追古意。后代因之，"古体"之名以立。其《感遇》三十八章上接嗣宗，下开张、李、韦、柳。其风节虽不足称，而振起文章雅正之功不可诬也。子昂尝谓："文章道弊五百年，汉魏风骨，晋宋不传，然文献犹有足征者。仆尝观观齐梁间诗，彩丽竞繁，兴寄都绝。每咏叹而思古人，常恐逶丽颓靡、风雅不作，是为耿耿耳。"[①] 斯亦足以窥其抱负矣。
>
> 子昂诗如："世人拘目见，酣酒笑丹经。昆仑有瑶树，安得采其英。"如："林居病时久，水木澹孤清。闲卧观物化，悠悠念群生。青春始萌达，朱火已满盈。徂落方自此，虑叹何时平？"如："务光让天下，商贾竞刀锥。已矣行采芝，万世同一时。"如："吾爱鬼谷子，青溪无垢氛。囊括经世道，遗身在白云。舒可弥宇宙，卷之不盈分。岂徒山木寿，空与麋鹿群。"如："临岐泣世道，天命良悠悠。昔日殷王子，玉马遂朝周。宝鼎沦伊谷，瑶台成古丘。西山伤遗老，东陵有故侯。"皆蝉蜕蹊径、妙绝齐梁。韩退之云："国朝盛文章，子昂始高蹈。"而柳仪曹亦曰："张说以著述之余攻比兴而莫能极，张九龄以比兴之暇攻著述而不克备。唐兴以来，称是选而不怍者，子昂而已。"韩柳二公，为文章大家，而盛见推许，亦可知其声价矣。
>
> 子昂字伯玉，梓州射洪人。少以豪侠使气。及冠，折节为学，精究坟典、耽爱黄老易象。初举进士，上书召见，累擢拾遗。武后时，拜麟台正字。死年四十二。为《神凤颂》《明堂议》，贡谀牝朝，诚所谓荐珪璧于房闼、以脂泽汙漫之者也[②]。

又如谢无量著《中国大文学史》中论司马相如一节：

> 司马相如，字长卿，蜀郡成都人也。少时好读书，学击剑，名犬子，相如既学，慕蔺相如之为人，更名为相如，以訾为郎。事孝景帝为武骑常侍，非其好也，会景帝不好辞赋。是时梁孝王来朝，从游说之士齐人邹

---

① 曾毅此处引陈子昂《与东方左史虬修竹篇序》与今通行版文字有异，为保持原貌，姑直录之。

② 曾毅：《中国文学史》，上海：泰东图书局，1915年，第146~147页。

阳、淮阴枚乘、吴严忌夫子之徒，相如见而说之。因病免，客游梁，得与诸侯游士居。数岁，乃著《子虚》之赋。蜀人杨得意为狗监侍上，上读《子虚赋》而善之，曰："朕独不得与此人同时哉。"得意曰："臣邑人司马相如，自言为此赋。"上惊，乃召问相如。相如曰："有是。然此乃诸侯之事，未足观。请为天子游猎之赋。"上令尚书给笔札。相如以子虚虚言也。为楚称乌有先生，乌有此事也；为齐难亡是公者，亡是人也。欲明天子之义，故虚借此三人为辞，以推天子诸侯之苑囿。其卒章归之于节俭，因以讽谏。奏之，天子大说，赋奏，天子以为郎。亡是公言上林广大山谷水泉万物，及子虚云梦所有甚众，侈靡多过其实。既，相如拜为孝文园令。上既美《子虚》之事，相如见上好神仙，因曰："《上林》之事，未足美也，尚有靡者。臣尝惟《大人赋》，未就，请具而奏之。"相如以为列仙之儒，居山泽间，形容甚臞，此非帝王之仙意也，乃遂奏《大人赋》。相如既奏《大人赋》，天子大说，飘飘有凌云气游天地之间意。相如既病免，家居茂陵，天子曰："司马相如病甚，可往从悉取其书，若后之矣。"使所忠往，而相如已死，家无遗书。问其妻，对曰："长卿未尝有书也。时时著书，人又取去。长卿未死时，为一卷书，曰：'有使来求书，奏之。'"其遗扎书言封禅事。所忠奏焉，天子异之。相如诸赋，文繁不可悉载。独载《哀二世赋》。其辞曰：

……

《汉书》："赞曰：司马迁称：'《春秋》推见至隐；《易本》隐以之显；大雅言王公大人，而德逮黎庶；小雅讥小己之得失，其流及上。所言虽殊，其合德一也。相如虽多虚辞滥说，然要其归，引之于节俭，此亦《诗》之讽谏何异？'扬雄以为靡丽之赋，劝百而讽一，犹骋郑卫之声，曲终而奏雅。不已戏乎！"《汉志》杂家有《荆轲论》五篇，为司马相如等所作。又有相如赋二十九篇。

《西京杂记》："司马相如为《上林》《子虚赋》，意思萧散，不复与外事相关。控引天地，错综古今，忽然而睡，焕然而兴，几百日而后成。其友人盛览字长通，牂柯名士，尝问以作赋。相如曰：'合綦组以成文，列锦绣而为质，一经一维，一宫一商。此赋之迹也。赋家之心，包括宇宙，总览人物，斯乃得之于内，不可得而传。'览乃作《合组歌》《列锦赋》而退，终身不复敢言作赋之心矣。"又曰："长安有庆虬之，亦善为赋，尝为《清思赋》。时人不之贵也，乃托以相如所作，遂大见重于世。相如将献赋，未知所为，梦一黄衣翁谓之曰：'可为《大人赋》。'遂作《大人赋》

言神仙之事，以献之，赐锦四匹。"

　　王楙《野客丛书》曰："作文受谢，非起于晋、宋。观陈皇后失宠于汉武帝，别在长门宫。闻司马相如天下工为文，丰黄金百斤为文君取酒，相如因为文以悟主上，皇后复得幸。此风西汉已然。"①

　　如果把上述曾毅与谢无量各自在其中国文学史中对陈子昂和司马相如的叙述与范晔在《后汉书·文苑传》中对赵壹的记录加以对比就不难发现，这些近代中国文学史中对著名作家生平和创作的叙述很明显是脱胎于古代正史中的记录。如同范晔对赵壹的记载一样，曾、谢二人的中国文学史对陈子昂和司马相如的叙述在总体上也可以被分为对作家生平仕宦经历的概述和重要作品的选录两大部分。虽然曾、谢二人在具体的行文叙述中有不同的逻辑顺序（曾毅首先介绍陈子昂的文学创作特色进而节录陈子昂重要的作品以供读者赏析品鉴，最后简述陈子昂的仕宦经历。谢无量则是在向读者介绍司马相如的生平经历的过程中穿插辑录其文学作品，最后附有古人对司马相如文学创作轶事和影响的简述），但其对为范晔所开创的《文苑传》中对文人作家的叙述架构的总体继承是显而易见的。谢无量在书中更是大量引用了正史、野史中对文人作家创作生平的记载，例如以上引文中对司马相如生平的记载便是直接截取自《史记·司马相如列传》②。

　　如果说因为陈子昂和司马相如都属于中国文学史上地位相对比较重要的作家，因而得到了曾毅和谢无量在各自所著的中国文学史中较长篇幅的叙述；那么对另外一些在撰写中国文学史的文学史家眼中并无陈、马二人那般重要文学史地位的作家，其在文学史著作的叙述中所占的篇幅就比较短小。这种对次重要作家的短章叙述更受到了以范晔《后汉书·文苑传》为代表的正史的巨大影响。

　　例如曾毅在其《中国文学史》中对"王、孟、高、岑"的叙述：

　　王维字摩诘，太原人。开元九年进士，终尚书右丞。幼能属文，工草隶，善画，为南宗之祖。安禄山反，陷贼中。贼大宴凝碧池，赋诗痛悼。诗闻行在，后得免死。维与弟缙凤奉佛，居常蔬食，不茹荤血。晚年长斋，不衣文采。得宋之问蓝田别墅。在辋口，辋水周舍下，别涨于竹洲花坞。维与道友裴迪浮舟往来，弹琴赋诗，啸咏终日。尝裒其田园为诗，曰

---

　　① 谢无量：《谢无量文集第九卷·中国大文学史》，北京：中国人民大学出版社，2011年，第173～174页。

　　② 司马迁：《史记》，北京：中华书局，1997年，第2999～3063页。

《辋川集》。其诗得气之清，蝉蜕尘埃之外，浮游万物之表，皭然泥而不滓者也。渔洋山人以与李杜比之为仙、圣、佛。

孟浩然襄阳人，少隐鹿门山。工五言诗。年四十，乃游京师，应进士不第。尝与诸名士联句，一座钦伏。张九龄、王维雅称道之。维私邀入禁林，适玄宗幸，浩然匿床下，维以闻上。上曰素闻其人，因召见，命自诵所为诗。至"不才明主弃"之句，上曰："不求仕而诬朕弃人。"命放归。诗与王维均学陶。王得其清腴，孟得其闲远而时失枯澹。要其与维具为有唐冲夷简静之宗。

高适字达夫。沧州人，性磊落，不拘小节，耻预常科，混迹博徒。天宝中，举有道科。禄山反时，擢谏议大夫，转西山节度使，终散骑常侍。适喜功名、贵节义，年五十始为诗，即工。以气质自高。每一篇出，好事者辄传布之。开元以来诗人之达者也。

岑参，天宝中进士。累官补阙、起居郎。出为嘉州刺史，退居杜陵山中。属中原多故，遂终于蜀。始佐封常清幕，久在西域，边塞之诗殊多。高岑二人诗，略同一畦径。骨力老苍，才思奇纵，戛然金铁之音。虽不足比于李杜，亦自别树一体①。

又如谢无量在其《中国大文学史》中对苏、李、崔、杜等初唐"文章四友"的介绍：

苏味道，赵州栾城人，九岁能属辞，与里人李峤以文翰显，时号'苏李'。

李峤，赵州赞皇人。富才思，有所属词，人多传讽刺。武后时，汜水获瑞石，峤为御史，上《皇符》一篇，为世讥薄。然其仕前与王勃、杨盈川接，中与崔融、苏味道齐名，晚诸人没，而为文章宿老，一时学者取法焉。后玄宗尝读峤《汾阴行》，叹曰："李峤真才子也。"

崔融，字安成，齐州全节人。武后幸嵩高，见融铭《启母碣》，叹美之。及已封，即命铭《朝觐碑》。授著作郎。张易之兄弟颇延文学士，融与李峤、苏味道、麟台少监王绍宗降节佞附。易之诛，贬袁州刺史，召授国子司业。与修《武后实录》。劳，封清河县子。融为文华婉，当时未有辈者。朝廷大笔，多手敕委之，其《洛书宝图颂》尤工。撰《武后哀册》最高丽，绝笔而死，时谓斯苦神竭云。年五十四。

---

① 曾毅：《中国文学史》，上海：泰东图书局，1915年，第149～150页。

　　杜审言，字必简，襄州襄阳人，晋征南将军预远裔，擢进士，为隰城尉，恃才高，以傲世见疾。苏味道为天官侍郎，审言集判，出谓人曰："味道必死。"人惊问故，答曰："彼见吾判，且羞死。"又尝语人曰："吾文章当得屈、宋作衙官，吾笔当得王羲之北面。"其矜诞类此。《艺苑卮言》曰："杜审言辞藻整栗，小让沈、宋，而气度高逸，神情圆畅，自是中兴之祖，宜其矜率乃尔。"①

　　从上文所引的曾毅和谢无量对一些在他们看来所谓的"次重要作家"的所进行的介绍来看，对于这些作家，曾毅和谢无量所采取的叙述安排也极似范晔在《后汉书·文苑传》中对东汉年间一些"次重要作家"创作生平的扼要记录，即在有限的短小篇幅中以叙述传主的仕宦经历和创作轶事为主，穿插介绍其主要的作品及文学成就。二者的叙述关注重心都意在告诉读者，文学史上曾有某位写作了某些重要作品的著名文人作家这一历史事件，至于对这些作家的具体作品并没有加以直接引录这一安排本身就说明了与之前加以较长篇幅叙述并引录作品的作家相比，他们在文学史上的重要性是等而次之的，其作品的文学成就也要略逊一筹，在有限的篇幅内并无直录赏析其思想内容和艺术特色的必要。

　　如果说中国传统纪传体史书对近代中国文学史编纂的影响主要表现在具体行文的微观方面的话，那么近代中国文学史编纂在整体架构等宏观方面所受的影响则主要来自由《泰西新史揽要》等西译史书开其端、夏曾佑著《中国古代史》等新式史书步其武的"章节体"历史著作。

　　正如上文所述，近代中国历史著作在编纂形态方面所具备的最大特点是开始学习采用包容性和伸缩性极强的"章节体"编纂形式，这一特点对20世纪早期中国文学史家所从事的中国文学史著作编纂活动产生了较大的影响。

　　纵观20世纪早期的国人自著中国文学史，除了少数几部之外，几乎所有的著作都没有在宏观的整体框架上继承中国古代史书的编纂体裁，而是采取了与李提摩太译《泰西新史揽要》和夏曾佑著《中国古代史》等当时问世不久的史书相同的"章节体"的编排形式。在笔者看来，当时之所以会在中国文学史研究界出现这样的情况，一方面是因为无论从国内还是国外来看，用"章节体"来编纂史书的做法已蔚然成风，国人自著的中国文学史自然也不能例外；另一方面更加主要的原因则在于"章节体"这种史书编纂形式比较符合当时刚

---

① 谢无量：《谢无量文集第九卷·中国大文学史》，北京：中国人民大学出版社，2011年，第378~379页。

刚出现不久的中国文学史的内容表达的需要，因此便自然而然地受到了大多数文学史家的欢迎。1904年，京师大学堂文学教习林传甲为学生编纂的《中国文学史》便是近代国人自著中国文学史中最早采用"章节体"编纂体裁的著作之一。

作为近代第一所中国仿照西方大学制度建立的高等学府，京师大学堂对20世纪以来中国高等教育事业的建立和发展起到了巨大的推进和示范作用。在康有为、梁启超、张百熙、张之洞等改革派大臣的不懈努力之下，晚清政府陆续颁布了《筹议京师大学堂章程》《钦定京师大学堂章程》和《奏定大学堂章程》三份官方文件，从办学理念、教育制度、课程设置、人才培养、行政机构等方方面面对中国近代史上第一所西式大学做出了明确的规定。

在颁布于1903年的《奏定大学堂章程》中，清政府决定在大学堂中设立八科——经学科大学、政法科大学、文学科大学、医科大学、格致科大学、农科大学、工科大学、商科大学①，进而对每一科的课程科目设置都做出了明确的安排。在隶属于文科大学的中国文学门科目中，《奏定章程》对中国文学的研究要义做出了明确而详细的规定：

> 一、古文籀文、小篆、八分、草书、隶书、北朝书、唐以后正书之变迁，一、古今音韵之变迁，一、古今名义训诂之变迁，一、古以治化为文，今以词章为文关于世运之升降，一、修辞立诚、辞达而已二语为文章之本，一、古今言有物、言有序、言有章三语为作文之法，一、群经文体，一、周秦传记杂史文体，一、周秦诸子文体，一、史汉三国四史文体，一、诸史文体，一、汉魏文体，一、南北朝至隋文体，一、唐宋至今文体，一、骈散古合今分之渐，一、骈文又分汉魏六朝唐宋四体之别，一、秦以前文皆有用、汉以后文半有用半无用之变迁，一、文章出于经传古子四史者能名家、文章出于文集者不能名家之区别，一、骈散各体文之名义施用，一、古今名家论文之异同，一、读专集读总集不可偏废之故，一、辞赋文体、制举文体、公牍文体、语录文体、释道藏文体、小说文体，皆与古文不同之处，一、记事、记行、记地、记山水、记草木、记器物、记礼仪文体、表谱文体、目录文体、图说文体、专门艺术文体，皆文章家所需用，一、东文文法，一、泰西各国文法，一、西人专门之学皆有专门之文字，与汉艺文志学出于官同意，一、文学与人事世道之关系，

---

① 舒新城：《中国近代教育史资料》（中册），北京：人民教育出版社，1961年，第573页。

一、文学与国家之关系，一、文学与地理之关系，一、文学与世界考古之关系，一、文学与外交之关系，一、文学与学习新理新法制造新器之关系（通汉学者笔述较易），一、文章名家必先通晓世事之关系，一、开国与末造之文有别（如隋胜陈、唐胜隋、北宋胜晚唐、元初胜宋末之类，宜多读盛世之文以正体格），一、有德与无德之文有别（忠厚正直者为有德，宜多读有德之文以养德性），一、有实与无实之别（经济有效者为有实，宜多读有实之文以增才识），一、有学之文与无学之文有别（根柢经史、博识多闻者为有学，宜多读有学之文以厚气力），一、文章险怪者、纤佻者、虚诞者、狂放者、驳杂者，皆有妨世运人心之故，一、文章习为空疏，必致人才不振之害，一、六朝南宋溺于好文之害，一、翻译外国书籍函牍文字中文不深之害[①]。

上述由清政府颁布的旨在引导文科大学里中国文学门专业师生如何研究中国文学的所谓"要义"，不但规定了研究中国文学的范围应该局限在先秦以来的骈、散等应用文范围内而不得兼及诗歌，而且还要求研习中国文学的师生必须了解文学与相邻学科如地理、考古、外交、制造等之间的关系，甚至在进行具体的研究之前已经规定了所必须要得出的结论：在文章成就方面古胜于今，文章关乎世运之升降，为文以有德、有实、有学为高，戒险怪、纤佻、虚诞、狂放、驳杂、空疏，等等。

可以说，《奏定章程》对尚未编纂成书的中国文学史已经提前下定了多重的限制，要求其必须在全书的有限篇幅中囊括上面提及的众多内容。如果回顾本书之前总结过的传统上中国文学史著作的十种编纂类型就会发现，无论是采用这十种类型中的哪一种编纂形式，都无法同时满足《奏定章程》对之所预先提出的众多要求。此时经由西方译著传入中国并且已经在历史学界产生重大影响的"章节体"这一编纂形式由于具有眉目清晰、剪裁自由、因事命题、分篇综述、伸缩性和包容性较强的特质，兼具中国传统史书所有编纂体裁的长处而成为林传甲在满足《奏定章程》对课程设置之规定的首选。更何况《奏定章程》中还有"历代文章流别（日本有《中国文学史》，可仿其意自行编纂讲授）"这样的一句话，既然日本学者早前编订的《中国文学史》已经采取了章节体的编纂方法，那么于情于理林传甲都不得不选用"章节体"来编纂其《中国文学史》。

---

① 舒新城：《中国近代教育史资料》（中册），北京：人民教育出版社，1961年，第588~589页。

编纂了《中国大文学史》的谢无量在对中国传统文学史著作进行分类的基础上，联系到其所处时代中国文学史史著的编纂情况加以评论说："今世文学史，其评论精切，或不能逮于古。然实奄有以上诸体以为书，且远溯文章所起，暨于近世，述其源流，名其盛衰，其事诚尤繁博而难齐也。……各分章节，先述其时势，次及文人出处，制作优劣，附载名篇，以资取法焉。"① 可见，在谢无量看来，理想状态下的中国文学史编纂应该充分地借鉴和吸收他在前文中加以分类总结的"流别""宗派""法律""纪事""杂评""叙传""总集"等七种传统形态的中国文学史著作的优点，并且最终必须包含"时势""文人出处""制作优劣"和"名篇"这四个部分的内容。传统的历史编纂方法无论编年、纪传还是纪事本末，单独采用任何一种都无法在一个完整而有条理的有限空间架构内完全容纳作者想要表达的上述内容；而"章节体"眉目清晰、剪裁自由、因事命题、分篇综述的形式特点恰恰能够把与上述内容相对应的写人、叙事、评论等方法有机结合在一起。如果说身为京师大学堂文科教习的林传甲因为受到《奏定大学堂章程》的限制而不得不连所著的《中国文学史》中的章节题目都需全文照搬《奏定章程》之中的规定，所以令其以"章节体"编纂成书的《中国文学史》从整体上看来体裁略显僵滞的话，那么身为民国时期大学教授的谢无量因为没有受到如林传甲那样多的限制，所以就能够把"章节体"在编纂《中国大文学史》的过程中运用得更加纯熟。以其《中国大文学史》第四编"近古文学史"的第一至八章对唐代文学的叙述为例，其具体的章节题目是：

第一章　唐初文学与隋文学之余波

　　第一节　唐文学总论

　　第二节　唐初之风尚与陈隋文人

　　第三节　太宗之文翰及十八学士

　　第四节　经术之一统及小学

　　第五节　诸史之纂集

第二章　上官体与四杰

　　第一节　上官体

　　第二节　王杨卢骆四杰

第三章　武后及景龙时文学

---

①　谢无量：《谢无量文集第九卷·中国大文学史》，北京：中国人民大学出版社，2011年，第48页。

第一节　武后时文学之盛

第二节　珠英学士与沈宋

第三节　陈子昂与富吴体

第四节　刘知几

第五节　景龙文学

第四章　开元天宝之文学

第一节　开元天宝文学总论

第二节　燕许

第三节　李杜

第四节　王孟高岑与当时之诗人

第五节　萧李诸人之古文

第六节　元结与《箧中集》

第五章　大历文学

第一节　韦应物与刘长卿

第二节　大历十才子

第六章　韩柳古文派

第一节　韩柳古文之渊源

第二节　韩愈、柳宗元

第三节　韩门诸子

第七章　元和长庆之诗体

第一节　元白与刘白

第二节　李贺、刘枣强

第三节　孟郊、贾岛

第四节　张籍、姚合

第八章　晚唐文学

第一节　杜牧

第二节　温李

第三节　三十六体及唐末四六

第四节　司空图与方干

第五节　《唐风集》与三罗[1]

---

[1]　谢无量：《谢无量文集第九卷·中国大文学史》，北京：中国人民大学出版社，2011年，目录第6～8页。

从上述引文可以看出，采用了"章节体"的谢无量著《中国大文学史》历时性的叙述轨迹更加明晰。第一、第三、第四、第五、第七、第八章以时代为纲依次向读者介绍有唐一代各个时期文学发展的总体风貌，其中穿插以著名诗人（上官仪祖孙、初唐四杰）和文派（韩柳文派）为题的第二与第六章，之所以在历时性叙述中加入以诗人和文派为标题的两章是因为在谢无量看来，上官仪祖孙、初唐四杰与韩柳文派分别代表了有唐一代以及之后中国文学发展的两次大转折。

其在论述上官仪、上官婉儿祖孙的文学史地位时说："自梁陈以还，诗已精于律体，作者竞拘声病，沈约之后，继以徐、庾。唐兴则太宗好宫体。上官仪出，益为绮错，更立六对之法。逮夫沈、宋，又加精切，虽属辞浮靡，然美丽可观。婉儿承其祖武，与诸学士争鹜华藻。沈、宋应制之作，多经婉儿评定。当时以此相慕，遂为风俗。故律体之成，上官祖孙之力尤多矣。"[1] 论初唐四杰："王勃、杨炯、卢照邻、骆宾王四人号'初唐四杰'，承江左之风流，会六朝之华采。虽属辞绮错，而视上官体尤波澜深大，足以代表初唐之体格也。"[2] "《艺苑卮言》曰：'卢、骆、王、杨，号称四杰。词旨华丽，固缘陈隋之遗，骨气翩翩意象，老境超然胜之。五言遂为律家正始。'"[3] 论韩柳文派说："文体至韩、柳提倡复古，而为后之言古文者所莫能外。"[4] "汉魏以下，为文竞尚缛绮，至于齐梁之间，而浮靡成风矣。惟北朝稍重气质。苏绰之徒，志欲复古而力不逮。唐兴，陈伯玉始以经验之体格为文，同时有卢藏用、富嘉谟之流和之，然其势未盛。自是以后，文士犹沿六朝之习。经开元天宝，诗格浸浸变矣。于是萧颖士、李华、贾至等，始奋起崇尚古文。元结、独孤及、梁肃诸人，相与为之左右。及乎韩柳继起，而后古文之体大行，为后世所宗。"[5]

显然，谢无量认为上官仪祖孙的诗歌理论和批评实践在六朝诗歌讲求声律的基础上进一步强调辞藻与意向的对仗，为律诗的兴盛和发展奠定了基础。初

---

① 谢无量：《谢无量文集第九卷·中国大文学史》，北京：中国人民大学出版社，2011年，第370页。

② 谢无量：《谢无量文集第九卷·中国大文学史》，北京：中国人民大学出版社，2011年，第371页。

③ 谢无量：《谢无量文集第九卷·中国大文学史》，北京：中国人民大学出版社，2011年，第373页。

④ 谢无量：《谢无量文集第九卷·中国大文学史》，北京：中国人民大学出版社，2011年，第356页。

⑤ 谢无量：《谢无量文集第九卷·中国大文学史》，北京：中国人民大学出版社，2011年，第422页。

唐四杰的诗歌创作实践则在继承六朝诗人和上官祖孙诗作辞藻华采、属辞绮错的基础上更增加了刚劲风骨。他们在中国诗歌发展史上留下了具有鲜明个人特色的艺术烙印，深刻影响了其后中国诗歌发展的走向，后来的诗人在从事诗歌创作时无不从他们的理论和实践成果中获取到了经验和营养。同时，在谢无量看来，以韩愈和柳宗元为代表的"韩柳古文派"继承了前人未竟的事业，把改变六朝以来缛绮浮靡文风的事业推向了前所未有的高度。在韩柳文派之后，古文创作日渐兴旺，风行一时的六朝骈俪浮夸之文再无往日辉煌。可以说，正是韩愈、柳宗元以及其周围的门人同志为后世文人从事散文创作开辟了一条新的道路，改变了中国散文发展史前进的方向。

由于上官仪祖孙、初唐四杰和韩柳文派在谢无量的眼中是中国文学发展史上的里程碑，所以有必要对论述他们文学主张和创作成就的内容加以强调，恰巧《中国大文学史》所采用的"章节体"的组织结构为谢无量实现这一目标提供了便利，把其与其他第一、三、四、五、七、八章相比篇幅较短的两部分内容独立出来单独成为第二、六两章，就等于在形式上向读者表明了其在中国文学发展史上的重要地位。

如果再进一步具体考察每一章内部的叙述安排，则更加可以看出谢无量将"章节体"的形式安排上的长处发挥得淋漓尽致。例如在第四章"开元天宝之文学"中，既包含有概述盛唐时代开元天宝年间文学发展的时代背景和大势的第一节"开元天宝文学总论"，又有介绍此时代最重要的代表作家和诗人生平创作和后世评价的第二节"燕许"、第三节"李杜"，以及相对较次要诗人与作家生平创作和后世品评的第四节"王孟高岑与当时之诗人"、第五节"萧李诸人之古文"，更有介绍身为著名古文家的同时也是著名诗歌选家的元结与其所编的唐诗集《箧中集》，再加上前文中已经举例说明过的以代表作品穿插入对作家创作生平的办法。总体来看，谢无量在这里把"章节体"因事命篇、剪裁自由的长处加以充分发挥，既完全实现了自己在前文中为编纂文学史所制定的"先述其时势，次及文人出处，制作优劣，附载名篇"的标准，又令本来成就辉煌又千头万绪的盛唐文学史实得以在冷静客观的历时性构架中从容展开，进而使得全部文学史的叙述眉目清晰、层次分明。

总而言之，谢无量利用"章节体"编纂《中国大文学史》达到了其预期要达到的目标。以他为代表的一批20世纪早期的文学史家凭借自己利用"章节体"编纂"中国文学史"的成功经验，在其之后的中国文学史编纂研究领域中确立了"章节体"的垄断地位并将之延续到了21世纪的今天。

小　结

　　中国史学史上自司马迁之后的史学家普遍只重视传世的书面文字史料，自20世纪早期王国维等史学家高举"二重证据法"和"史学只是史料学"的旗帜，利用实物史料对中国历史尤其是上古历史开展深入研究并取得巨大成果以后，之前这种对书面文字史料的畸重局面才得以改观。文学史研究界对史料的使用情况恰与史学界类似，也正是在20世纪早期史料学领域发生根本性的方法论变革之际，文学史研究界的众多学者逐渐开始学习利用更加可靠的直接史料对文学史展开深入的研究，最终形成了此后文学史家使用文学史料时必须遵循的新传统。

　　中国传统的史书编纂体裁门类众多，但唯有"纪传体"成为占据主导地位的通行史书体裁。19世纪开始传入中国的"章节体"史书以其眉目清晰、剪裁自由、因事命题、分篇综述的形式特点赢得了读者的赞誉，最终逐步取代了"纪传体"的史书编纂领域的独大地位。传统的文学史编纂本无一定之体，勉强可称为拥有固定编纂体例的只有采用纪传体形式的诸史《文苑传》《文学传》。20世纪早期各方面对文学史著作所提出的要求和寄予的期望使得旧有的体裁已经无法满足实际需要，于是在进行文学史编纂的实践过程中，多数文学史家采取了微观层面的"纪传体"与宏观层面的"章节体"相结合的处理办法，做到了集传统与现代史体优点于一身，以撰著形式的改变基本解决了由内容增加所带来的问题。

第四章　从事著述的价值追求

第一节　历史著作的价值追求

在谈及"历史究竟为何"这个问题时，历史学家白寿彝指出："我们所谓的历史，实际上包含两个意思。一个意思是指客观存在的历史，这是历史本身。另外一个意思，是指人们写出来的历史，这是关于历史本身的记录，但不能说就是历史本身。"① 诚如斯言，细究一般人在日常生活中所经常使用的"历史"一词就会发现，这个词语确实含有上述两个方面即"往事"和"对往事的记录"的双重意义，前者可以被称作一种"客观存在过的历史"，后者则可以被称作一种"主观描述的历史"。

从严格意义上来说，生活在现在的人们对于"客观存在过的历史"这一对象无论如何都已经无法直接认识。因为单向度流动的时间使得人类无法回到过去，用自己的直接感观去观察那些确实曾经发生过的往事。如果想要对这些过去确实发生过的往事加以认识，就只能依靠对作为"客观存在过的历史"本身遗迹的一些遗存物，如通过对科学考古发掘得来的历史上古人制造和使用过各种器物、生活过的各种建筑遗迹，以及书写过的各种文字记录等史料加以合乎规律和情理的科学整理，建构出不可避免地掺杂了后人主观因素在内的"描述的历史"，进而以之为中介对"客观存在过的历史"发生一种间接性的认识和体悟。可以想见，如果没有历史学家对留存至今的史料进行一系列的研究整理工作，现代人想要认识过去几乎就是一件不可能的事。

有学者指出，所谓"描述的历史"就是："史学家依据一定的理论预设、一定的参照框架、一定的价值准则，为达到某种特定的意图，采用一定的方法，对零散、杂乱、众多的历史事实进行选择、取舍、整理、强调、归纳、组

---

① 白寿彝：《史学遗产六讲》，北京：北京出版社，2004年，第55页。

合而勾画出的一定区域、一定时间内的人类社会的变迁过程。"① 从这个意义上来说，所谓的"主观描述的历史"在实质上即是描述者个人心中所持历史观的文字体现。由于作为描述者的人类个体彼此之间在阶级立场、政治背景、教育经历、人生际遇、宗教信仰等诸多方面都存在无可避免的众多差异，所以他们对待相同被描述对象所做出的主观性描述也千差万别。例如由于受到儒家思想的深刻影响，东汉史学家班固在对许多历史事件的认识上便与西汉史学家司马迁很不相同，他批评司马迁说："其是非颇谬于圣人，论大道则先黄老而后六经，序游侠则退处士而进奸雄，述货殖则崇势力而羞贫贱，此其所蔽也。"②所以二人在《史记》和《汉书》中对待西汉开国至中期以前中国社会具体状况的描述和评价便存在不少差异。又如中国现代史上非常著名的两部个人通史著作——范文澜的《中国通史简编》和钱穆的《国史大纲》，虽然写作出版于相同的年代，依据相近的史料，描述的也都是先秦以来至晚清的中国五千年文明史，但是由于范、钱二人所持的阶级立场和历史发展观念的差异，两人各自的史著便呈现出不同的历史面貌：范著偏重于叙述中国历史上阶级斗争的情况，有意凸显统治阶级的黑暗统治和被统治阶级的英勇反抗，全书基调低沉，表现出十分浓重的批判色彩；钱著偏重于叙述中国五千年来文化和制度的发展变迁，有意展示中华民族辉煌繁荣文明成就和坚韧绵延的文化命脉，全书基调昂扬，充满了对中华民族所走过历史进程的拳拳温情与敬意。

仁者见仁，智者见智。正因为不同的史家必定会立足于自己所处的时代，在自身知识谱系的指引下描述出不同的历史图景，所以在这个意义上对于"客观存在过的历史"的不断重构和描述就成为现代历史学科最重要的学术行为。法国历史学家雷蒙·阿隆说："历史是由活着的人和为了活着的人而重建的死者的生活。所以，它是由能思考的、痛苦的、有活动力的人找到探索过去的现实利益而产生出来的。"③ 一切历史学家重构过去的立足点只有现在，当代法国学者让-克洛德·高概（Jean-Claude Coquet）也说："过去与将来是视界，是从现在出发的视界。人们是根据现在来建立过去和投射将来的。一切归于现在。历史之难写，正在于它与我们的现在有关，与我们现在看问题的方式以及投射将来的方式有关。只有一个时间，那就是现在。"④ 英国历史学家爱德

---

① 王学典：《史学引论》，北京：北京大学出版社，2008年，第11页。
② 班固：《汉书》，北京：中华书局，1997年，第2737~2738页。
③ 雷蒙·阿隆：《历史哲学》，载田汝康、金重远：《现代西方史学流派文选》，上海：上海人民出版社，1982年，第95页。
④ 转引自陈岂能：《二战后欧美史学的新发展》，济南：山东大学出版社，2005年，第32页。

华·卡尔认为，作为普通人类个体的历史学家也正如他所处社会的其他普通人一样，是一种社会现象的产物，总是充当了其所生活时期的社会的代言人："历史学家毕竟是单个的人，像其他单个的人一样，历史学家也是一种社会现象，他不仅是其所属社会的产物，而且也是那个社会的自觉的或不自觉的代言人；他就是以这种身份来接触过去历史的事实。"而且他还认为历史学家其实是社会历史进程中的参与者和组成部分，其在队伍中所处的位置和地位决定了他观察过去历史时所采取的观点和视角历史的队伍不断前进，历史学家的视角也不断更新："我们有时把历史进程喻为'在游行的队伍'。假如这个比喻并没有怂恿历史学家把自己想象为一只老鹰，独立峭壁，眺望历史，或者把自己想象为一位达官显要，高居检阅台，纵览历史，这就是相当确切的了。历史学家仅仅是在队伍的其他部分蹒跚行走的另一位不起眼的人物而已。当队伍蜿蜒前进时，时而向右转，时而向左转，有时又快速后退，队伍各个部分的相对位置在不断发生变化，因此或许这样说是非常合理的，比如我们现在比一个世纪之前我们的曾祖父更理解中世纪，比但丁时代更加理解恺撒时代。伴随这支队伍以及这支队伍以及这支队伍中的历史学家前进时，不断地出现新景物、新视野。历史学家是历史的组成部分。历史学家在队伍中的位置就决定了他看待过去所采取的视角。"①

　　卡尔认为，后来的历史学家虽然在时间上未必比前人或历史事件的当事者更加接近历史事件发生当时的现场，但是由于其在现实中所处的位置具有的有利条件，反而能获得最为接近历史事件真相的独特洞见。他举了 19 世纪欧洲历史学界两部著名的古代史研究著作——格罗特的《希腊史》（*History of Greece*）和蒙森的《罗马史》（*History of Rome*）作为例证来证明自己的观点："当我研究古代史时，关于这一学科的经典之作——或许仍旧是——格罗特的《希腊史》和蒙森的《罗马史》。格罗特是一位在 19 世纪 40 年代进行写作的开明的、激进的银行家，他以一幅理想化了的雅典民主政治画面具体表现了正在兴起的、政治上进步的英国中产阶级的愿望，在这幅画面中，伯里克利以边沁式功利主义改革家形象出现，由于格罗特那一时带有情感的笔端使雅典获得了帝国的称号。有人说格罗特忽略了雅典的奴隶制问题反映了他所属的那个阶层也没有能够正视新的英国工厂中工人阶级问题，看来这并非空穴来风。蒙森是德国自由主义者，1848—1849 年间德国革命的混乱与屈辱熄灭了他的理想。……蒙森内心渗透着一种强烈的愿望：需要一位强人来收拾德国人民未

①　以上引文见 E.H.卡尔：《历史是什么?》，陈恒译，北京：商务印书馆，2008 年，第 123 页。

能实现其政治愿望而留下的残局；假如我们不能认识到蒙森笔下恺撒这一著名的理想化人物肖像是蒙森渴望的那种强人拯救德国于危亡的产物，假如我们不能认识到法学家、政治家西塞罗，这位缺乏艺术感的喋喋不休者、狡猾的拖延者是 1848 年法兰克福的保罗教堂那些辩论中直接走出的人物，我们就永远也不能认识到蒙森笔下历史的真正价值所在。"① 卡尔觉得，正是由于格罗特和蒙森两位史学家生活的时代和社会中存在着某些与古代希腊和罗马社会中隐然相对应的政治、阶级、制度、思想状况，所以他们二人以自身所处时代现实为基本出发点，根据当时史学界所共同认可的古希腊、罗马遗存的历史史料而编撰的史书才会成为在 19 世纪甚至一直到 20 世纪都广受学界和普通民众欢迎的史学经典："假如有人要说格罗特的《希腊史》肯定会告诉你生活在今天的我们，这其中许多关于公元前 5 世纪雅典民主政治的事情，同样也有许多关于 19 世纪 40 年代英国激进主义哲学思想的东西，或者说有人想知道德国自由主义者在 1848 年革命中的遭遇，就应该把蒙森的《罗马史》当作他的一本教科书，这类说法一点也不是自相矛盾的。"②

在总结和分析了格罗特、蒙森等几位西方史学史上的著名历史学家及其著作的例子之后，爱德华·卡尔进一步概括了自己的观点："我在这里仅仅想说明两个重要的事实：第一，假如你没有首先掌握历史学家本人从事历史研究的立场，你就不能完全理解或鉴赏历史学家的著作；第二，历史学家的立场，其本身是根植于一个社会与历史背景之中的。正如马克思曾经所说的，不要忘记的是，教育者本人也必须接受教育；以现在的行话来说便是：洗脑筋的人，自己的脑筋也被洗过了。历史学家在开始撰写历史之前就是历史的产物。"③ 卡尔用自己的这一番议论提示人们，历史学家笔下那种"主观描述的历史"永远都只是"客观存在过的历史"之光通过历史学家本人这面各具特点的透镜所折射出来的虚幻镜像；而打造了历史学家本人这面透镜的恰恰是其所身处的当代的历史洪流。历史学家撰写历史著作的行为是"客观存在过的历史"与"客观存在的历史"也即"过去"与"现在"这两者之间以历史学家本人作为媒介而展开的对话活动，其笔下的历史著作正是"过去"与"现在"两者之间发生相互作用而产出的一种可以彼此相互阐发的奇妙化合物。用卡尔本人的话来说就是："历史学家与历史事实之间的对话——不是一场抽象的、孤立的个人之间

---

① E. H. 卡尔：《历史是什么？》，陈恒译，北京：商务印书馆，2008 年，第 123~124 页。

② E. H. 卡尔：《历史是什么？》，陈恒译，北京：商务印书馆，2008 年，第 124 页。

③ E. H. 卡尔：《历史是什么？》，陈恒译，北京：商务印书馆，2008 年，第 127~128 页。

的对话，而是今日社会与昨日社会之间的对话，用布克哈特的话来说，历史是'在另一个时代发现的一个时代值得记录的东西'。我们只有根据现在才能理解过去；我们也只有借助于过去，才能理解现在。使人能够理解过去的社会，使人能够增加把握当今社会的力量，便是历史的双重功能。"①

提出"一切真历史都是当代史"② 这一著名论断的意大利学者贝奈戴托·克罗齐说："这种我们称之为或者愿意称之为'非当代'史或'过去'史的历史已形成，假如真是一种历史，亦即，假如具有某种意义而不是一种空洞的回声，就也是当代的，和当代史没有任何区别。像当代史一样，它的存在的条件是，它所述的事迹必须在历史家的心灵中回荡，或者（用专业历史家的话说），历史家面前必须有凭证，而凭证必须是可以理解的……可见，当代史固然是直接从生活中涌现出来的，因为，显而易见，只有现在生活中的兴趣方能使人去研究过去的事实。因此，这种过去的事实只要和现在生活的一种兴趣打成一片，它就不是针对一种过去的兴趣而是针对一种现在的兴趣的。……当代性不是某一类历史的特征（如同经验性范围所持之有理的），而是一切历史的内在特征……我们就应当把历史跟生活的关系看作是一种统一的关系；当然不是一种抽象意义的同一，而是一种综合意义的统一，它既含有两个词的区别，也含有两个词的统一。"③ 克罗齐认为，历史在现实生活中永远也不会失去活力："当生活的发展需要它们时，死历史就会复活，过去史就会变成现在的……因此，目前被我们看成是编年史的大段大段历史，目前哑然无声的许多文献是会依次被新的生活光辉所扫射，并再度发言的。"④ 过去和现在并不是截然不相干的两个极端，而是借助于历史学家笔下作为"主观描述的历史"的物质载体的历史学著作而达到有机统一的一体之两面。

正是由于史学著作兼容过去与现在，所以这种内容上的二重性就直接导致了其价值追求上"求真"与"致用"的两面性。具体说来，当史学著作的内容偏指向"过去"一面时，其最主要的价值追求就相应地偏指向"求真"一方；而当史学著作的内容偏指向"现在"一面时，其最主要的价值追求就相应地偏指向"致用"一方。这两种形而上的价值追求同时并存于史学家对过去历史事

---

① E. H. 卡尔：《历史是什么？》，陈恒译，北京：商务印书馆，2008年，第146页。

② 贝奈戴托·克罗齐：《历史学的理论和实际》，道格拉斯·安斯利英译，傅任敢汉译，北京：商务印书馆，2005年，第2页。

③ 贝奈戴托·克罗齐：《历史学的理论和实际》，道格拉斯·安斯利英译，傅任敢汉译，北京：商务印书馆，2005年，第2~4页。

④ 贝奈戴托·克罗齐：《历史学的理论和实际》，道格拉斯·安斯利英译，傅任敢汉译，北京：商务印书馆，2005年，第12~13页。

件的当代叙述中。在理想的状态下，史学家在撰写历史学著作时所赋予其作品的价值追求的最佳理想状态应该是在"求真"与"致用"这两极之间达到完美的互补与平衡，不会因为偏重于对一方的追求而被迫牺牲另一方。但是，在具体的历史著作编纂实践中，这种几乎被所有历史学家所一致期许的最佳理想状态往往难以达到，取而代之的是具体操作实践中经常出现的两种情况。

第一种情况是"求真"压倒"致用"。

有学者指出，从中国史学史的发展进程来看，这种"求真"占据了历史学价值追求主流的情况至少有过两次高潮。第一次高潮发生在清朝乾嘉时代，当时的乾嘉诸老慑于清代统治者文网控制之严酷，以吴派"三惠"、王鸣盛、钱大昕，皖派"三胡"、戴震、段玉裁、王念孙等大师为旗帜，远绍后汉服、郑之风，近承清初顾、黄之学，在声韵训诂、史料考证方面孜孜以求、刻苦钻研，把"实事求是"作为指导自己的治学宗旨，在对秦汉儒家和诸子经典所开展的研究方面为后人树立了难以企及的丰碑。第二次高潮发生在20世纪20年代中国实验主义史学的兴盛期，在胡适、傅斯年、顾颉刚等近代中国学术史上"新汉学"几位领军人物的大力宣扬和直接推动之下，中国文史研究界的众多学者一方面继承了清代汉学精擅文史考证的优秀学统，另一方面又积极引入欧洲兰克、美国杜威等学派提倡的"客观主义""实用主义"等学术思想和治学方法，标举"为学问而学问""史学只是史料学"等学术旗帜，运用更加科学的研究方法从更加新颖的学术视角对20世纪新发现的众多历史材料展开大规模、成系统的整理，为其后中国文史研究界众多方面研究工作的开展奠定了坚实的基础。在上述两个时期，中国文史学界对"求真"的追求大大压制了在理想状态下本应该与之相辅相成的对"致用"的追求，在取得巨大成绩的同时也造成了一些明显的问题①。

首先就是令史学研究仅仅停留在对史料的考证和整理层面，无法成为真正意义上的史学。客观地讲，具备充足而真实的历史史料的确是开展所有史学研究的第一先决条件，如果没有这一先决条件作为基础和保证，所有的历史研究就会因为言之无据而无从开展。清代学者章学诚在《文史通义·答客问中》里对中国传统学术进行了大致分类："天下有比次之书，有独断之学，有考索之功，三者各有所主，而不能相通。……由汉氏以来，学者以其所得，托之撰述以自表见者，盖不少矣。高明者多独断之学，沈潜者尚考索之功，天下之学术不能不具此二途。譬犹日昼而月夜，暑夏而寒冬，以之推代而成岁功，则有相

---

① 王学典：《史学引论》，北京：北京大学出版社，2008年，第133~135页。

需之益；以之自封而立畛域，则有两伤之弊。……若夫比次之书，则掌故令史之孔目，簿书记注之成格，其原虽本柱下之所藏，其用止于备稽检而供采择，初无他奇也。然而独断之学，非是不为取裁；考索之功，非是不为按据。如旨酒之不离乎糟粕，嘉禾之不离乎粪土，是以职官故事、案牍图牒之书，不可轻议也。然独断之学、考索之功欲其智，而比次之书欲其愚。"① 作为学术研究基础资料的"比次之书"固然重要，但是真正的史学应该是在完整掌握和透彻研究所有史料的基础上对之加以整辑排比，并做出认识、解释其意义的努力，以期求得隐藏在千头万绪的繁杂史料背后的历史真相和可能存在的历史规律。章学诚在《文史通义·浙东学术》中明确说仅仅是进行历史资料的整理和研讨工作并非真正意义上的史学："整辑排比，谓之史纂；参互搜讨，谓之史考，皆非史学。"② 对于史料的全面整理和细致考据只是打开历史研究领域大门的第一步，虽然这一步绝不可少，但是如果研究者仅仅满足于停留在这最初的一步，最后便绝无可能在历史学的研究领域中更上一层楼。乾嘉学派最主要的精力是在文字和史料考证上，胡适和傅斯年等人也将历史学研究的工作重心局限在整理和考辨史料上，将更高层次的研究工作视为不可和不必的事情。这就如同从事工程建筑，只是买足了钢筋水泥、砖瓦木石等建筑材料，却并不设计施工蓝图，也不着手从事建筑，那么这项工程是永远也没有完工之日的。

其次是在选择研究方向和具体题目的时候容易有失权衡，从而造成与学者所处时代的社会要求脱节的后果。平心而论，虽然科学研究的选题只要是为了探索真理和真相，无所谓等级上的高低贵贱，但是考虑到学者所处的具体历史情境，这其中便会存在程度上的轻重缓急。清代乾嘉诸老对于古代音韵训诂、典籍制度方面的考辨翔实可谓空前绝后，但是除了戴震等极少数学者之外，全都缺乏对隐藏在康乾盛世末期繁华背后的社会隐忧应有的关注与思考，呈现出一种所谓"各照隅隙，鲜观衢路"的研究状态，细密有余而高度不足。

20世纪20年代，"新汉学"的各位史学研究健将在清代汉学家的基础上提出了更加极端的口号。身为民国中央研究院史语所所长的傅斯年提出了"史学只是史料学"的观点；一度身居中国学术界领袖地位的"我的朋友"胡适之认为发现一个字的古义与发现一颗新的恒星在学术上具有相等重要的意义；"古史辨派"头号领军人物、年纪轻轻便在中国学术界暴得大名的疑古大师顾

---

① 章学诚：《文史通义全译》，严杰、武秀成译注，贵阳：贵州人民出版社，1997年，第643~648页。

② 章学诚：《文史通义全译》，严杰、武秀成译注，贵阳：贵州人民出版社，1997年，第717~718页。

颉刚更是说过："科学是纯粹客观性的，研究的人所期望的只在了解事物的真相，并不是要救世安民，所以是超国界的。……国家多难之秋，国民固应该尽救国的职责，但这句话原是对一班国民说的而不是对学术机关说的。学术机关只有一项任务，就是供给研究某种学问的人以研究上的种种便利，此外一切非所当问。……至于学术机关，它只要不被解散，就依然应该提倡学术，奖励研究。……学术机关是确以提倡学术为专责的，学术机关的个人是确以研究学术为他的专门工作的。那么，他们就在国家风雨飘摇之际依然埋头于学术上的问题原没有什么错处。"① 无论盛世乱世、顺境逆境都能够投入皓首群经、穷究学理的事业中去固然是身为学者之人的分内之事，但是如果过分抬高所谓"学术独立"的重要性而不考虑国家民族的危难存亡，一味在一些枝节问题上花费大把精力，忽视对重要的全局性问题的思考与研究，这就实在令人痛惜了。

即便是面对学贯中西的文化大师如陈寅恪者，也还是有后来学者在表达对前辈巨匠无限敬仰的同时，坦诚而直率地指出了其在进行学术研究选题时所存的缺憾："（陈寅恪）先生旷世奇才，加以早年环境优裕，语文工具特强，东西学术基础亦特别深厚，惟惜中年时代健康情况看来似颇差，殊难尽量发挥其才学……近年读先生晚年巨著《柳如是别传》，另有一番感触。先生晚年感切时艰与自己估计错误之不幸，奋笔为此巨著，以抒愤激之情。我读此书，除了对于先生在恶劣政治环境下困顿愤懑的心情深表哀悼之外，对于先生之奇才博学与强毅精神又有进一层的认识，与进一层的钦仰，但同时又更加感到极其可惜！……所可惜者……目睹世变，大出想象之外，乃又发愤为此巨著，以寄'悯生悲死'之情，事固可哀，亦极可惊！但稍作理智的想来，昔太史公父子遭遇困顿，发愤而为《史记》，先生以失明老翁，居然仍能写成这样一部考证精细的大著作，足见禀性强毅，精力亦未全衰。既发愤著书，何不上师史公转悲愤为力量，选取一个重大题目，一抒长才，既泻激愤之情，亦大有益于人群百世，而乃'著书唯剩颂红妆'，自嘲'燃脂功状可封侯'耶？真令人悲之惜之！盖此书虽极见才学，但影响作用可能不会太大。第一，文字太烦琐，能阅读终卷的人实在太少，此与先生著作不讲究体裁大有关系。这种繁琐的考证体裁，写几万字篇幅的论文并不妨事，写小的书也还可用；像《别传》那样七十万字以上专题研究的大书，我想绝不适宜。总当采取以简驭繁的方法来处理那些繁琐考证，让一般读者易于领会。第二，这部书，除了研究先生本人及钱谦

---

① 顾颉刚：《〈北京大学研究所国学门周刊〉一九二六年始刊词》，载桑兵、张凯、於梅舫等：《国学的历史》，北京：国家图书馆出版社，2010年，第347~348页。

益、柳如是者之外，要读、必须读的人也不会多，因为论题太小，又非关键性人物。第五章虽讲钱柳'复明运动'，但以钱谦益那样怯懦无用的人，柳如是虽有过人之才，从旁协助，也不可能使他能在复明运动中发生多大作用。其他各章对于明末清初政情虽亦不无发覆之处，但究竟都不太关紧要。若与援庵先生的《明季滇黔佛教考》做一比较，两书都讲明季史事，也同样各有寄托，《柳传》篇幅之大与辨析功夫之深都远远超过《滇黔佛教考》，然而就意义言，就价值言，或者说就成功度言，《柳传》似转有逊色。我常说选题重要，此亦一例。所以我很惋惜先生这部大书除了表彰柳如是一人之外，除了发泄一己激愤之外，实无多大意义。《缘起》一章引项莲生'不为无益之事，何以遣有涯之生'之语以自伤，是亦真无益之事矣！但即此一端，更可想见先生心中激愤悔恨之情达于极点，所以几乎失去理智的作此无益之事，并以《金明池咏寒柳》一词中的两个名词作为自己毕生论文集的名称了。"①

历史学家在从事史书编撰实践时所经常遇到的第二种非理想的便是对"致用"的注重压抑了对"求真"的追求。

从中国史学史几千年的发展过程来看，中国古代史家在撰写史书时对于"致用"这一价值的追求可谓渊源已久，但有趣的是这种"著史以致用"的价值追求往往会被史家披上"求真"的面纱。

刘勰在《文心雕龙·史传》一篇最后的赞语中这样总结齐梁以前中国史学的发展特色："史肇轩黄，体备周孔。世历斯编，善恶偕总。腾褒裁贬，万古魂动。辞宗丘明，直归南董。"② 这段话的最后一句"直归南董"意在推许春秋时期齐国的北史氏、南史氏史官家族和晋国的太史董狐为中国古代史学史上敢于不畏强权、秉笔直书的"求真"史家代表。一千多年来，刘勰的这一看法一直受到中国的历代史家、学者的广泛认同。但如果抛开先入为主的看法，结合《左传》中对上述两事件的完整记载加以客观考虑，就会发现真相恰恰与刘勰所言背道而驰。

《左传》中有关齐国南史氏之事的详细记载见于鲁襄公二十五年（前548）夏五月乙亥日，原文如下：

> 齐棠公之妻，东郭偃之姊也。东郭偃臣崔武子。棠公死，偃御武子以吊焉。见棠姜而美之，使偃取之。……遂取之。庄公通焉，骤如崔氏。以崔子之冠赐人，侍者曰："不可。"公曰："不为崔子，其无冠乎？"崔子因

---

① 严耕望：《治史三书（增订本）》，上海：上海人民出版社，2016年，第182~184页。
② 刘勰：《文心雕龙注释》，周振甫注，北京：人民文学出版社，1981年，第172页。

是，又以其间伐晋也，曰：'晋必将报。'欲弑公以说于晋，而不获间。公鞭侍人贾举而又近之，乃为崔子间公。

夏五月，莒为且于之役故，莒子朝于齐。甲戌，飨诸北郭。崔子称疾不视事。乙亥，公问崔子，遂从姜氏。姜入于室，与崔子自侧户出。公拊楹而歌。侍人贾举止众从者，而入闭门。甲兴，公登台而请，弗许；请盟，弗许；请自刃于庙，勿许。皆曰：'君之臣杼疾病，不能听命。近于公宫，陪臣干掫有淫者，不知二命。'公逾墙。又射之，中股，反坠，遂弑之。贾举、州绰、邴师、公孙敖、封具、铎父、襄伊、偻堙皆死。祝佗父祭于高唐，至复命。不脱弁而死于崔氏。申蒯侍渔者，退谓其宰曰：'尔以帑免，我将死。'其宰曰：'免，是反子之义也。'与之皆死。崔氏杀融蔑于平阴。

晏子立于崔氏之门外，其人曰：'死乎?'曰：'独吾君也乎哉? 吾死也。'曰：'行乎?'曰：'吾罪也乎哉? 吾亡也。''归乎?'曰：'君死安归? 君民者，岂以陵民? 社稷是主。臣君者，岂为其口实，社稷是养。故君为社稷死，则死之；为社稷亡，则亡之。若为己死而为己亡，非其私昵，谁敢任之? 且人有君而弑之，吾焉得死之，而焉得亡之? 将庸何归?'门启而入，枕尸股而哭。兴，三踊而出。人谓崔子：'必杀之!'崔子曰：'民之望也! 舍之，得民。'卢蒲癸奔晋，王何奔莒。

叔孙宣伯之在齐也，叔孙还纳其女于灵公。嬖，生景公。丁丑，崔杼立而相之。庆封为左相。盟国人于大宫，曰：'所不与崔、庆者。'晏子仰天叹曰：'婴所不唯忠于君、利社稷者是与，有如上帝。'乃歃。辛巳，公与大夫及莒子盟。

大史书曰：'崔杼弑其君。'崔子杀之。其弟嗣书，而死者二人。其弟又书，乃舍之。南史氏闻大史尽死，执简以往。闻既书矣，乃还[①]。

春秋时期齐庄公手下的实力派权臣崔武子（崔杼）娶了一位漂亮的寡妇棠姜为妻。色令智昏的齐庄公不顾廉耻，近乎公然地强行与棠姜私通，并且屡次借机羞辱崔武子，遂为自己的被杀埋下了祸根。鲁襄公二十五年（前548）夏五月，借着莒国来朝的时机，崔武子、棠姜夫妇勾结齐庄公身边一名曾被虐打的侍者贾举利用庄公本人的好色之心，在崔宅布下陷阱，设计诱杀了齐庄公。为了彻底清除齐庄公的残余势力，已然弑君的崔杼在齐国实施了血腥的屠杀政

---

① 阮元：《十三经注疏》，北京：中华书局，1980年，第1983~1984页。原文有句读，标点为引者所加。

策以镇压自己的反对派：齐庄公的内臣州绰、邴师、公孙敖、封具、铎父、襄伊、偻堙死难于庄公被杀的当场。庄公的外臣祝佗父、申蒯及其家宰因忠于齐庄公而自愿赴死，也被崔杼顺势杀害。当时齐国最著名的贤人晏子（晏婴）不顾一己安危，手无寸铁地前往崔宅哭庄公之尸，以全自己身为臣下之礼。慑于晏子在齐国深孚民望，即便是对自己的弑君篡政行为始终采取一种非暴力不合作的态度，崔杼也没有对晏子痛下杀手。还有属于齐庄公阵营的人如卢蒲癸和王何等纷纷出逃国外避祸。齐国太史家族因为在国史上记载"崔杼弑其君"的字样而被崔杼连杀兄弟三人，幸得还有北史氏的第四个儿子以及齐国的另一支史官家族南史氏坚持这种写法并做好了随时牺牲自己生命的准备，崔杼才不得不暂时收起了自己手上的屠刀。

　　客观地说，在发生在前548年齐国的这场血腥政变中，作为被弑国君的齐庄公本人身上确实存在自寻死路的因素：身为一国之君不顾礼法而与同宗贵族之妻（崔武子为齐国先王丁公之后）私通，是为一当死；与棠姜私通明明是私德有亏却又不知避讳，是为二当死；与崔武子之妻私通不知避讳却又以崔子之帽赐人，再次公然折辱崔武子，是为三当死；贴身近侍之人地位关键，不知恩宠笼络反而酷刑虐打以致其心怀怨愤，是为四当死；近侍之人既而拷打黜退，忽而宠溺亲近，为人君者赏罚不明、恩威失据，是为五当死；数辱崔子夫妇却不知其早已阴怀报复之心，是为六当死；孤身而行不德之事却无万一之备，是为七当死。此七者倘缺其一，庄公或可不死，若此七者同时集于一身，则齐庄公就实在是不可不死、不能不死了。反观崔武子（崔杼）的行为，夫妻二人长期以来双双受辱于无道之君，忍无可忍所以奋起反抗杀之而后快，实属事出有因而情有可原。虽然齐庄公死后，崔杼处置庄公一派的残余势力时手段残忍、冷酷无情，但是实事求是地说，这种行为的背后也是出于保护自己身家性命安全的无可奈何之举。既然已经把敌方的首领杀掉，为了避免对手死灰复燃后可能展开的更惨烈报复和清算，也就不得不对敌对势力进行斩草除根式的血腥处置。而且《左传》中记载的被崔杼所杀的齐庄公一派众人中，州绰、邴师、公孙敖、封具、铎父、襄伊、偻堙等人因为是齐庄公的贴身近侍之人，死难于庄公被杀的当场，实属难以避免的池鱼之殃；祝佗父、申蒯及其家宰则是出于对君臣之义感念而慷慨求死，并非崔杼有意诛杀。对待孤身哭尸的晏子，崔杼没有听僚属的建议将其杀害；对待忤逆己意、片面记载史实的齐太史家族，崔杼虽然连杀三人，但最后毕竟住手，考虑到当时齐国国内崔杼一人专权，即便是狠下心来杀尽国内史官也无人可以阻拦的具体历史情境，就可看出崔杼此人毕竟不是一个彻头彻尾粗莽嗜杀的僭主人屠①。齐国的太史兄弟在记载历史的时候不问事情缘由，只是单纯地记载"崔杼弑其君"②，这种做法不但失之简略，而且还有一些出于维护当时君臣礼法的稳定的目的而有意让崔杼一人承担所有罪责的嫌疑。这是一种典型的为了达到"致用"的目的而牺牲"求真"追求的有意识做法。

同在春秋时期的晋国太史董狐从事史书撰写工作时所秉持的指导思想与齐太史兄弟完全一致。《左传》中有关董狐著史事件的详细记载见于鲁宣公二年（前607）秋九月乙丑日，原文如下：

> 晋灵公不君：厚敛以雕墙；从台上弹人，而观其辟丸也；宰夫胹熊蹯不熟，杀之，置诸畚，使妇人载以过朝。赵盾、士季见其手，问其故，而患之。将谏，士季曰："谏而不入，则莫之继也。会请先，不入则子继之。"三进，及溜，而后视之。曰："吾知所过矣，将改之。"稽首而对曰："人谁无过？过而能改，善莫大焉。《诗》曰：'靡不有初，鲜克有终。'夫如是，则能补过者鲜矣。君能有终，则社稷之固也，岂惟群臣赖之。又曰：'衮职有阙，惟仲山甫补之。'能补过也。君能补过，衮不废矣。"犹不改。宣子骤谏，公患之，使鉏麑贼之。晨往，寝门辟矣，盛服将朝，尚早，坐而假寐。麑退叹而言曰："不忘恭敬，民之主也。贼民之主，不忠。弃君之命，不信。有一于此，不如死也。"触槐而死。
>
> 秋，九月，晋侯饮赵盾酒，伏甲将攻之。其右提弥明知之，趋登曰："臣侍君宴，过三爵，非礼也。"遂扶以下，公嗾夫獒焉。明搏而杀之。盾曰："弃人用犬，虽猛何为。"斗且出，提弥明死之。
>
> 初，宣子田于首山，舍于翳桑，见灵辄饿，问其病。曰："不食三日矣。"食之，舍其半。问之，曰："宦三年矣，未知母之存否，今近焉，请以遗之。"使尽之，而为之箪食与肉，置诸橐以与之。既而与为公介，倒戟以御公徒，而免之。问何故。对曰："翳桑之饿人也。"问其名居，不告而退，遂自亡也。
>
> 乙丑，赵穿攻灵公于桃园。宣子未出山而复。大史书曰："赵盾弑其君。"以示于朝。宣子曰："不然。"对曰："子为正卿，亡不越竟，反不讨

---

① 中国历史上嗜杀成性的强权人物例如晚年时期的汉武帝刘彻、建立后赵的石虎、明太祖朱元璋等人在蛮横残杀方面远超崔杼。

② 虽然春秋时代齐国史册并未流传后世，但是参考鲁国《春秋》的记载以及《左传》中的相关引文加以推测，则其本来面目应与此语相差无多。

贼，非子而谁?"宣子曰："乌呼，'我之怀矣，自诒伊戚'，其我之谓矣!"
孔子曰："董狐，古之良史也，书法不隐。赵宣子，古之良大夫也，为法
受恶。惜也，越竟乃免。"

宣子使赵穿逆公子黑臀于周而立之。壬申，朝于武宫①。

继承晋襄公君位的晋灵公夷皋年纪虽少却骄横残暴，平日里常常横征暴
敛，以杀伤百姓为乐，有时甚至还会因为生活中的琐碎小事而枉法杀人。温文
尔雅的老臣士季（范武子）对他的循循劝诱令他口服心不服，被时人称作"夏
日之阳"的赵宣子②（赵盾）的刚直之谏更是令顽劣的晋灵公杀机陡现：先是
派刺客锄麑潜入赵府刺杀宣子，后又伏兵于宫宴之上试图加害。然而由于种种
原因，晋灵公的这两次阴谋均未能得逞。赵宣子惧而出奔后未及一月，晋灵公
便被赵氏家族的赵穿刺杀于桃园。当时担任晋国太史之职的董狐书此事于晋国
史乘曰"赵盾弑其君"，并传诸朝野。宣子提出这样的记载与事实不符，但董
狐却坚持自己的撰史理念不为所动，赵宣子也只好作罢。

如果对太史董狐笔下前607年晋国发生的这次"弑君"事件的始末是非做
一番梳理就会发现，董狐在记录这一历史事件的时候采取了与齐太史兄弟相同
的"致用"压倒"求真"的指导思想。赵宣子之于晋灵公本有拥立之功，又负
辅佐之责，可谓晋国劳苦功高之臣。但晋灵公是个被宠溺坏了的既骄横又无知
的纨绔少年，本人行事荒唐、违反君王之道在先，不但不接受大臣如范武子、
赵宣子等人的善意谏言，反而还对语气稍重的宣子起了杀心。其所计划实施除
掉宣子的两次尝试均属甘冒奇险且后患无穷的幼稚之举。事实也证明了晋灵公
并不具备成为一国之君的最基本政治和心理素质，不但他刺杀赵盾的计划最终
失败，而且自己也在不久之后就被同属赵氏一族的赵穿所杀。晋国太史董狐对
此事件的记载仅是"赵盾弑其君"五个字，这样一来，不但扭曲了"弑君"这
一历史事件的本来面目（是赵穿而非赵盾本人杀死了晋灵公）③，而且还掩盖
了晋灵公因"不君"且行事荒唐、进退失据而自寻死路的真实情况。若非《左
传》记载下事件的详细情形，那么后人必定会据此五字断定是赵盾本人杀害了
自己的国君晋灵公。如果这样的话，所谓"著史求真"一说又从何谈起? 董狐
当时就承认自己所书写的并非真实的历史，但是他以为因为赵宣子身为晋国的

① 阮元：《十三经注疏》，北京：中华书局，1980年，第1866~1867页。
② 宣子之父赵衰被其政敌狐射姑称作是"冬日之阳"，父子二人皆为万众仰望之杰出人物，而二
人性格之温和与暴烈却截然相反。语出《左传·文公七年》。
③ 虽然从种种迹象看，赵盾与赵穿所做的这一"弑君"事件脱不了干系，但是这也仅仅只是猜
测而已，毕竟没有直接证据加以证实。

执政上卿，逃亡未出国境，返都后又未对弑君的赵穿加以任何处罚，所以就有义务背上这个黑锅，担负起"弑君者"的骂名。后来的孔子了解到了事件的始末，对董狐的做法表示赞同，说他是"书法不隐"的"古之良史"；同时也说只要赵宣子出奔的时候越出晋国国境之外就可以免负"弑君"恶名了。孔子的评价在其后的两千多年中几乎成为对晋国这次"弑君"事件的盖棺定论，刘勰在《文心雕龙·史传》赞语中的"直归南董"一语就明显是继承了孔子的价值判定标准。但是经过以上的分析可以明显看出，董狐撰写史书的书法貌似"直书"，实为"曲笔"；并非"不隐"事实，而是"不显"事实：他想要通过史著传达给读者的信息与其说是曾经"客观存在过的历史"，倒不如说是他自己内心一直在努力坚守着的道德律令。像齐国的太史家族一样，董狐这种不畏强御、秉笔直书的行为所要追求的并非如刘勰等后世史家认为的那样是一种努力追求历史事件本来面目的"求真"行为，反倒是一种为了达到自己警示世人、惩恶扬善目的不惜掩藏历史真相的"致用"典范。

刘勰在《文心雕龙·史传》中这样总结其心目中周公、孔子在撰史时对历史价值的追求："洎周命维新，姬公定法，紬三正以班历，贯四时以联事。诸侯建邦，各有国史，彰善瘅恶，树之风声。自平王微弱，政不及雅，宪章散紊，彝伦攸斁。昔者夫子闵王道之缺，伤斯文之坠，静居以叹凤，临衢而泣麟，于是就太师以正雅颂，因鲁史以修春秋，举得失以表黜陟，征存亡以标劝戒；褒见一字，贵逾轩冕；贬在片言，诛深斧钺。"[1] 又因为刘勰在《文心雕龙·史传》篇的赞语中还评价中国的史籍发展史是"史肇轩黄，体备周孔"，可见刘勰觉得编纂史书的最重要价值追求就是周公和孔子所倡导的那种以"致用"为主的对现实中的政治和社会秩序有所助益的目标，希望通过秉持这种历史价值追求而撰写的史著可以达到"褒见一字，贵逾轩冕；贬在片言，诛深斧钺"的维护政治伦理秩序目的。在这种大方向和基本目的的限制之下，"客观存在过的历史"就成为次要的、可以随时被牺牲的对象："若乃尊贤隐讳，固尼父之圣旨，盖纤瑕不能玷瑾瑜也；奸慝惩戒，实良史之直笔，农夫见莠，其必锄也：若斯之科，亦万代一准焉。"[2] 为了维护史家想要树立的正面英贤人物形象，哪怕是有意掩盖他们身上确实存在的缺点以至于歪曲了历史事实也在所不惜。

唐代史学家刘知几继承了刘勰在《文心雕龙·史传》中对历史著作中"致

---

① 刘勰：《文心雕龙注释》，周振甫注，北京：人民文学出版社，1981年，第169页。
② 刘勰：《文心雕龙注释》，周振甫注，北京：人民文学出版社，1981年，第172页。

用"价值的偏重。在《史通·直书》中，刘知几说："史之为务，申以劝诫，树之风声。其有贼臣逆子，淫乱君主，苟直书其事，不掩其瑕，则秽迹彰于一朝，恶名被于千载。"[①] 可见在刘知几看来，史家撰史的最大价值追求还应该是彰善瘅恶、著史致用，使天下皆知逆臣贼子和淫乱君主的丑行，用世人的舆论评价力量警示来者不得效仿。接下来，刘知几回顾了唐代以前中国史学史上著名的例子来确立自己心目中所谓可以"直书"的典范：

> 然则历考前史，微诸直词，虽古人糟粕，真伪相乱，而披沙拣金，有时获宝。案金行在历，史氏尤多。当宣、景开基之始，曹、马构纷之际，或列营渭曲，见屈武侯，或发仗云台，取伤成济。陈寿、王隐，咸杜口而无言，陆机、虞预，各栖毫而靡述。至习凿齿，乃申以死葛走达之说，抽戈犯跸之言。历代厚诬，一朝如雪。考斯人之书事，盖近古之遗直欤？次有宋孝王《风俗传》、王劭《齐志》，其叙述当时，亦务在审实。案于时河朔王公，箕裘未陨；邺城将相，薪构仍存。而二子书其所讳，曾无惮色。刚亦不吐，其斯人欤？
>
> 盖列士徇名，壮夫重气，宁为兰摧玉折，不作瓦砾长存。若南、董之仗气直书，不避强御；韦、崔之肆情奋笔，无所阿容。虽周身之防有所不足，而遗芳余烈，人到于今称之。与夫王沈《魏书》，假回邪以窃位，董统《燕史》，持诌媚以偷荣，贯三光而洞九泉，曾未足喻其高下也。[②]

刘知几在这里高度赞扬了不计个人生死安危而敢于直接记录当权者暗室亏心之事的史学家如习凿齿、宋孝王、王劭、韦昭、崔浩等，批评了在其眼中只知曲意逢迎、为当权者掩羞遮丑的史家如陈寿、王隐、王沈、董统等。从表面上来看，刘知几在这里的态度似乎可以被认为是一种彻底"求真"。但是应该注意的是，刘知几在这里所大力表扬的"求真"是一种以"致用"为目的的求真，并非一种没有任何预设目的的纯粹"求真"。如果再看他在《史通·曲笔》中对于其心目中"曲笔"的描述，就可以对其所追求的史学价值建立更加明晰的了解："肇有人伦，是称家国。父父、子子、君君、臣臣，亲疏既辨，等差有别。盖'子为父隐，直在其中'，《论语》之顺也；略外别内，掩恶扬善，《春秋》之义也。自兹已降，率由旧章。史氏有事涉君亲，必言多隐讳，虽直

---

① 刘知几：《史通全译》（上册），姚松、朱恒夫译注，贵阳：贵州人民出版社，1997年，第372页。

② 刘知几：《史通全译》（上册），姚松、朱恒夫译注，贵阳：贵州人民出版社，1997年，第376~379页。

道不足，而名教存焉。其有舞词弄札，饰非文过，若王隐、虞预，毁辱相凌，子野、休文，释纷相谢。用舍由乎臆说，威福行乎笔端，斯乃作者之丑行，人伦所同疾也。亦有事每凭虚，词多乌有：或假人之美，藉为私惠；或诬人之恶，持报己仇。若王沈《魏录》，滥述贬甄之诏，陆机《晋史》，虚张拒葛之锋，班固受金而始书，陈寿借米而方传。此又记言之奸贼，载笔之凶人，虽肆诸市朝，投畀豺虎可也。"①

通过这一段论述，刘知几提出了其心目中国古代史学史上两种"曲笔"的类型：

第一种类型源自中国传统史学自《春秋》开始就一直提倡的"为尊者讳、为亲者讳、为贤者讳"的传统。刘知几认为这种传统根植于人伦天性，父子君臣之间的相亲相敬是一种发自人类本能的美好情感，在这种情感的左右之下，史家便会在撰史时主动掩盖君王和亲人的失德之处。刘知几觉得史家这样明显违背了"求真"原则的做法并不能够被视为"曲笔"，因为这种做法合乎孔子在《论语》和《春秋》中的遗教，合乎其生活时代知识分子共同信奉的最高伦理道德标准。

第二种类型是刘知几具体列举出来的中国古代史学史上那些纯粹出于意气之争或者一己之私利而有意掩盖真相、扭曲事实的无良史家的作为。例如因私人恩怨而扭曲历史记载的虞预、裴子野，为了向之前的对手报复而对之加以肆意污蔑的王沈、陆机，还有借修史机会以为人之先祖作佳传为借口而大肆接受贿赂的班固、陈寿②，这些人的丑陋行为纯粹出于不可告人的目的，完全有悖于圣人的教导，其著述才是真正应该遭到古往今来天下之人一致唾弃的真正意义上的"曲笔"。

如果将《史通》中的《直书》和《曲笔》两篇文章联系起来加以研究就会发现，中国唐代最著名的史学理论家刘知几信奉的历史价值追求依然是以自传说中孔子著《春秋》时就已经奠定下基础并被刘勰等历代学者一直奉为圭臬的"致用为主、求真为辅，二者并存、求真以致用为目的"的不变原则为最高指导标准。

清代学者章学诚自认为于史学研究方面造诣非凡："吾于史学，盖有天授，自信发凡起例，多为后世开山。"③ 唐代刘知几提出了史家进行史书编纂时所

---

① 刘知几：《史通全译》（上册），姚松、朱恒夫译注，贵阳：贵州人民出版社，1997年，第382页。

② 刘知几此处所列举的几位史家"曲笔"的例子是否完全合乎历史上的实际情况还有待商榷。

③ 章学诚：《文史通义新编新注》，仓修良校注，杭州：浙江古籍出版社2005年，第817页。

必须具备的三个条件"史才、史学、史识"，章学诚在此基础之上又增加了"史德"的因素："才、学、识三者，得一不易，而兼三尤难，千古多文人而少良史，职是故也。昔者刘氏子玄，盖以是说谓足尽其理矣。虽然，史所贵者义也，而所具者事也，所凭者文也。孟子曰：'其事则齐桓、晋文，其文则史，义则夫子自谓窃取之矣。'非识无以断其义，非才无以善其文，非学无以练其事，三者固各有所近也，其中固有似之而非者也。记诵以为学也，辞采以为才也，击断以为识也，非良史之才学识也。虽刘氏之所谓才学识，犹未足以尽其理也。夫刘氏以谓有学无识，如愚估操金，不解贸化。推此说以证刘氏之指，不过欲于记诵之间，知所决择以成文理耳。故曰：古人史取成家，退处士而进奸雄，排死节而饰主阙，亦曰一家之道然也。此犹文士之识，非史识也。能具史识者，必知史德。德者何？谓著书者之心术也。夫秽史者所以自秽，谤书者所以自谤，素行为人所羞，文辞何足取重！魏收之矫诬，沈约之阴恶，读其书者先不信其人，其患未至于甚也。所患夫心术者，谓其有君子之心而所养未底于粹也。夫有君子之心而所养未粹，大贤以下所不能免也。此而犹患于心术，自非夫子之《春秋》不足当也。以此责人，不亦难乎？是亦不然也。盖欲为良史者，当慎辨于天人之际，尽其天而不益以人也。尽其天而不益以人，虽未能至，苟允知之，亦足以称著述者之心术矣。而文史之儒，竞言才学识，而不知辨心术，以议史德，乌乎可哉？"①

章学诚认为，在刘知几所提出的"才、学、识"三者中，"史才"用以锤炼打磨优美流畅的文辞，"史学"用来收集提炼丰富详尽的历史事实，"史识"用以评判历史事件的是非曲直，这些才华诚然是志在撰史的史家必须具备的基本素质，但是仅仅拥有这些才能还不足以令史家写就伟大的史学作品。若要成为一名合格的史学家，必须在具备"史才""史学""史识"这三要素的同时具备"史德"。在章学诚看来，所谓"史德"即是指史家在撰史时所具有的"心术"。有学者指出，章学诚在这里所提出的"心术"其实包含有三重含义："一是从天人关系上对事物有一个根本的体察，对事物的个别的认识，是在此基础上'一以贯之'得出的。二是它发于内心，是一种纯粹之心，由此形成的'一念之动'后的对事物的评价。三是平心体察。不以主观的因素介入，'尽其天不益以人'。"②

在章学诚看来，引起史学家"心术"发生变化的是天地宇宙之中的"气"：

---

① 章学诚：《文史通义新编新注》，仓修良校注，杭州：浙江古籍出版社2005年，第265页。
② 吴怀祺：《中国史学思想史》，北京：商务印书馆，2007年，第341页。

"夫史所载者事也，事必藉文而传，故良史莫不工文，而不知文又患于为事役也。盖事不能无得失是非，一有得失是非，则出入予夺相奋摩矣。奋摩不已而气积焉。事不能无盛衰消息，一有盛衰消息，则往复凭吊生流连矣。流连不已，而情深焉。凡文不足以动人，所以动人者气也；……气积而文昌，情深而文挚；气昌而情挚，天下之至文也。然而其中有天有人，不可不辨也。气得阳刚而情合阴柔。人丽阴阳之间，不能离焉者也。气合于理，天也；气能违理以自用，人也。……史之义出于天，而史之文不能不藉人力以成之。人有阴阳之患，而史文即忤于大道之公，其所感召者微也。夫文非气不立，而气贵于平。人之气，燕居莫不平也。因事生感，而气失则宕，气失则激，气失则骄，毗于阳矣。文非情不得，而情贵于正。人之情，虚置无不正也。因事生感，而情失则流，情失则溺，情失则偏，毗於阴矣。阴阳伏沴之患，乘于血气而入于心知，其中默运潜移，似公而实逞于私，似天而实蔽于人，发为文辞，至于害义而违道，其人犹不自知也。故曰心术不可不慎也。"① 正是这种看似形而上学、虚无缥缈的"气"触发了作为史著创作主体的史学家的"情"，进而以史著中之"文"作为其物质载体并最终成就一部史书。

　　章学诚认为，史家在撰史时具备的"情"与感受到的"气"必须合乎儒家经典中提倡的"仁"与"义"的标准："韩氏愈曰：'仁义之人，其言蔼如。'仁者情之普，义者气之遂也。程子尝谓有《关雎》《麟趾》之意而后可以行《周官》之法度。吾则以谓通六艺比兴之旨而后可以讲春王正月之书，盖言心术贵于养也。"他还以司马迁的《史记》作为价值追求合乎儒家名教思想正面的例证："史迁百三十篇，《报任安书》所谓'究天地之际，通古今之变，成一家之言'自序以谓'绍名世，正《易传》，本《诗》《书》《礼》《乐》之际'，其本旨也。所云'发愤著书'，不过叙述穷愁而假以为辞耳。……今观迁所著书，如《封禅》之惑於鬼神，《平准》之算及商贩，孝武之秕政也。后世观于相如之文，桓宽之论，何尝待史迁而后著哉？《游侠》《货殖》诸篇，不能无所感慨，贤者好奇，亦洵有之。余皆经纬古今，折衷六艺，何尝敢于讪上哉？朱子尝言《离骚》不甚怨君，后人附会有过。吾则以谓史迁未敢谤主，读者之心自不平耳。夫以一身坎轲，怨诽及于君父，且欲以是邀千古之名，此乃愚不安分，名教中之罪人，天理所诛，又何著述之可传乎？夫《骚》与《史》，千古之至文也。其文之所以至者，皆抗怀于三代之英而经纬乎天人之际者也。所遇皆穷，固不能无感慨。而不学无识者流，且谓诽君谤主，不妨尊为文辞之宗

---

　　① 章学诚：《文史通义新编新注》，仓修良校注，杭州：浙江古籍出版社 2005 年，第 266 页。

焉，大义何由得明，心术何由得正乎？夫子曰：'《诗》可以兴。'说者以谓兴起好善恶恶之心也。好善恶恶之心，惧其似之而非，故贵平日有所养也。《骚》与《史》，皆深于《诗》者也，言婉多风，皆不背于名教，而梏于文者不辨也。"①

显然，章学诚认为优秀的史学著作应该像司马迁所著的《史记》那样：行文时须温柔敦厚，叙事时须讳尊讳贤，在"通六艺比兴之旨"的前提下做到所谓的"经纬古今、折衷六艺"，始终以儒家圣人的是非为史家个人的是非，弘扬儒家学派自传说中孔子著《春秋》时代以来就已经奠定的"彰善瘅恶"的价值追求和"尊贤隐讳"的撰史传统，牺牲真正意义上的"求真"，转而以"致用"效果为史书撰著的最高目标，使之能够"举得失以表黜陟，征存亡以标劝戒；褒见一字，贵逾轩冕；贬在片言，诛深斧钺"，从而起到"表征盛衰，殷鉴兴废，使一代之制，共日月而长存，王霸之迹，并天地而久大"②的作用。

总之，虽然历代史家撰写史书时在历史价值追求方面所力求要达到"求真"与"致用"这两者之间的完美平衡状态，但是从几千年来中国史学史的实际发展过程来看，中国史家在编纂史书时大都以"致用"压倒"求真"的历史价值观作为指导思想。这种传统作为主流主导了从先秦时代一直到 20 世纪初中国史学的发展历史，同时也对各个时代的中国文学史编纂活动产生了巨大的影响。

第二节　文学史著作的价值追求

从本质上来说，文学史的价值追求目标是由文学史学科的研究对象以及学科本身的学术特质决定的。

章培恒认为其所领衔主编的《中国文学史新著》要做的工作就是："以作品本身的演化为依据，描述中国文学的历史。在多数情况下，作家是作为某一作品群的代表而出现在书中的。"③陈伯海则认为："文学史就是围绕着文学作品生成、演化与实现所开展的人的文学活动史。……人的文学活动又总是和他

---

① 章学诚：《文史通义新编新注》，仓修良校注，杭州：浙江古籍出版社 2005 年，第 265～266 页。

② 以上引文见刘勰：《文心雕龙注释》，周振甫注，北京：人民文学出版社，1981 年，第 169～172 页。

③ 章培恒：《中国文学史新著》（上卷），上海：复旦大学出版社，2011 年，导论第 1 页。

其他方面的生命活动交互渗透的，所以文学活动中必然含有各种其他活动的因子在，这样的话，文学史所要考察的范围就更宽广了，不过主体仍应是文学活动。"①

以上两家所持观点比较偏重于叙述文学作品本身，还有其他一些学者主张文学史的关注范围应该更加广泛。

例如：董乃斌认为，文学史的研究对象即文学史本体一共包含三个层次："首先，最具体的，是文本，即可见的物化态文学；其次是由作品深入到人，到作家和一切人的心灵；最后是宏观地涵盖着一切文学现象、文学运动、文学思潮、文学流派的文学氛围。这三层次，呈由实到虚、由窄到宽之势，并且是层层深入的关系。……简略地说，文学史本体就包含着文本（以作品为主）、人本（以作家为中心）、思本（主要是有关文学的思想见解，但不限于此）和事本（有关文学的一切事情）等几个方面。"②

佴荣本认为，文学史研究的对象"不是文学活动的起源。……不是文学的进化现象及其规律。……不是文学观念演绎出来的文学活动。……不是独立自在的文学文本。……文学史研究的对象是人类的文学活动及其物化成果的历时性演变过程，包括影响这个过程的一切文化因素的总和。具体说，它包含以下几个方面。其一，作为人类文学活动的物化成果的文学文本是文学史研究对象的中心。……其二，作家与文学文本的联系是文学史研究的另一个主要对象。……其三，读者与文学文本的联系是文学史研究的又一重要对象。……其四，社会文化与文学文本的联系也是文学史研究的重要对象"③。

袁行霈所持的观点最为全面具体，他认为：

文学史是人类文化成果之一的文学的历史。……文学史著作要在广阔的文化背景上描述文学本身演进的历程。它包括以下几方面的意思：

把文学当成文学来研究，文学史著作应该立足于文学本位，重视文学之所以成为文学并具有艺术感染力的特点及其审美价值。当然，文学的价值在很大程度上取决于它反映现实的功能，这是没有问题的，但这方面的功能是怎样实现的呢？是借助语言这个工具以唤起接受者的美感而实现的。一些文学作品反映现实的广度与深度未必超过史书的记载……后者不能代替前者，因为前者是文学，具有审美的价值，更能感染读者。当然也

① 陈伯海：《文学史的哲学思考》，《中国韵文学刊》，2008年第2期。
② 董乃斌：《文学史学原理研究》，石家庄：河北人民出版社，2008年，第9～10页。
③ 佴荣本：《文学史理论》，北京：社会科学文献出版社，2010年，第9～23页。

可以以诗证史，将古代文学作品当成研究古代社会的资料，从而得出很有价值的成果，但这并不是文学史研究，文学史著作必须注意文学自身的特性。

紧紧围绕文学创作来阐述文学的发展历程。文学史研究有几个层面，最外围是文学创作的社会政治、经济背景。背景研究很重要……但社会政治、经济背景的研究显然不能成为文学史著作的核心内容，不能将文学史写成社会发展史的图解。第二个层面是文学创作的主体即作家，包括作家的生平、思想、心态等。应当充分重视作家研究，但作家研究也不是文学史著作的核心内容，不能将文学史写成作家评传的集成……。第三个层面是文学作品，这才是文学史的核心内容。因为文学创作的最终体现为文学作品，没有作品就没有文学，更没有文学史。换句话说，文学史著作的核心内容就是阐释文学作品的演变历程，而前两个层面都是围绕着这个核心的。

与文学创作密切相关的是文学理论、文学批评和文学鉴赏。文学理论是指导文学创作的，文学批评和文学鉴赏是文学创作完成以后在读者中的反应。文学的发展史是文学创作和文学理论、文学批评、文学鉴赏共同推动的历史。……我们只是强调撰写文学史应当关注文学思潮的发展演变，并用文学思潮来解释文学创作，并注意文学的接受，引导读者正确地鉴赏文学作品。

与文学创作密切相关的还有文学传媒。……文学作品靠了媒体才能在读者中起作用，不同的媒体对文学创作有不同的要求，创作不得不适应甚至迁就这些要求，在一定程度上可以说文学创作的状况是取决于传媒的。……传媒对创作的影响以及传媒给创作所带来的变化，应当包括在文学史的内容之中。

总之，文学创作是文学史的主体，文学理论、文学批评、文学鉴赏是文学史的一翼，文学传媒是文学史的另一翼。所谓的文学本位就是强调文学创作这个主体及其两翼①。

以上所引诸位学者的各种学说虽然各有差异，但是所有人都无一例外地认为所谓的"中国文学史"应该是今人研究中国历史上曾经出现的、以文学作品为中心的文学活动的历史。既然是生活在现在的人研究产生于过去的文学的历

---

① 袁行霈：《中国文学史》（第一卷），北京：高等教育出版社，1999 年，总绪论第 3~5 页。

史，那么这种行为本身也必定就是一种发生在不同时空话语之间跨越了古今时空的对话活动。有学者指出："任何文学现象的产生都有属于它的过去、现在、未来的三维时间，文学史研究同样处于无穷无尽的时间之流中，它应该是当代视界与历史视界、未来视界的融合，追求三维视界的融合是文学史研究应该追求的理想境界。"① 但遗憾的是，这种理想的状态在文学史著作的编纂实践过程中往往难以达到，因为"其一，文学史家要能够站在时代的制高点很不容易，使得自己的视界契合时代精神及未来历史的趋向更不容易。其二，文学史家不能避免当代视界的局限，难以摆脱对于文本的误读或'偏见'。……其三，文学作品新的价值意味的发现不会终结。文学史家每一次理解、阐释，每一次与历史的对话，都包蕴了一种内在的无限性"②。

因此，如果考虑到目前学界普遍认为立足于当代的文化和学术语境，把以文学作品为中心的文学活动放置于其存在的特定时空之维中对其产生、发展和变化的历时性过程展开科学的研究工作是文学史研究区别于文学理论和文学批评研究的最重要特征，则在此前提之下，撰写文学史的价值追求究竟是以"求真"为主还是要以"致用"为主，是要努力还原历史还是要重构历史就必然成为古往今来的文学史研究者们必须面对的一个课题。

陈伯海这样概括文学史研究界在撰著文学史的价值追求方面所必须面对的这一问题："按照传统的理解，史书的价值在于信实可靠，而信实可靠的依据又全在于符合历史的本来面貌。因此，还原历史，或者叫复现历史，便是文学史研究的首要目标。达到这个目的，文学史就算完成了基本任务，至于解释、评价之类皆属进一步要求了。持这种观点的人，大多将史料的收集和考订视为文学史工作的主要内容，在编排史料上也尽量做到有根有据，以为这样做的结果，便可以最大限度地实现还历史以本来的面目。这个信念在讨论中受到严峻挑战。有人指出，历史的存在显现为三个不同的层面：作为可观的历史流程，是历史的原生态，它已经消逝而不可复现了；作为留存下来的遗迹（包括通常所谓的文本、史料、胜迹等），仅属于历史的遗留态，它跟原生态历史已有了差距，而后人依据遗留态历史重新整理、编写的论著，其间渗透着后人的价值判断，只能构成历史的评价态，它更不能同原生态历史相提并论。由此看来，还原历史不过是一种幻想，既无可能也无必要，而历史研究的实在意义则在于重构历史，反映研究者自身对历史的理解和判断。有人甚至倡议不以'真实

① 佴荣本：《文学史理论》，北京：社会科学文献出版社，2010年，第62页。
② 佴荣本：《文学史理论》，北京：社会科学文献出版社，2010年，第70页。

性'（即是否符合历史原貌）作为衡量历史论著的标准，而用'有效性'（即研究成果对当前是否有用）来加以评判，因为重构的目的即在有效。"①

　　针对这一两难的选择，陈伯海分析认为："还原论的前提是确认有个一成不变的实体悬于历史的时空间，它虽然已经消逝，却又在各类史料及文本中留下自己确切的影踪，后人据以索貌图形，便可在一定程度上恢复并把握历史的真身，所以根本不存在什么重构问题。这可以说是一种直观反映论的思维逻辑。重构论者虽也不否认历史原生态的客观存在，但认为这一客观的历史流程具有变幻不定的外貌和多侧面、多层次的内部架构，足以向不同的人们显示不同的意义，加之留存的史料残缺不全、真伪相杂，即使提供了某些现象，仍难以穷究其底蕴，后人便不得不凭借自己的理解来从事收集、考校、取舍、排比，冀以理出一条清晰的头绪来，这就成了历史的重构。"② 在分析了"还原"与"重构"两者背后所隐藏的不同思路之后，陈伯海进而做出了自己的评判："由于各个史家在立场、观点、知识、才能、意图、方法上存在种种歧视，他们选择，组合史料以构成历史整体的方式各有不同，历史的重构不会有一个定本，重构运动也永远不得终止。故而每个时代都不能满足于已有著述，而要不断重新编写自己的文学史。这样一种观念，可称作双向建构式的认识路线，较之直观式的反映论，可能更贴近情理，也更合乎辩证法的精神。"③ 显然，陈伯海认为受制于种种难以克服的客观和主观条件，片面追求全面彻底"还原"文学史本来面目的计划在具体的研究实践中只能成为一种空想，在可靠材料基础上展开的对文学史本相的"重构"才是一种更加切实可行的科学做法。

　　袁行霈也持与陈伯海相类似的观点，他说："文学史的存在是客观的，描述文学史应当力求接近文学史的实际。但文学史著作能在多大程度上做到这一点呢？这实在是一个很大的问题。由于文学史的资料在当时记录的过程中已经有了记录者主观的色彩，在流传过程中又有佚失，现在写文学史的人不可能完全看到；再加上撰写者选用资料的角度不同，观点、方法和表述的语言都带有个性色彩，纯客观地描述文学史几乎是不可能的，总会多少带有一些主观性。"④ 袁行霈还更进一步地对这种"重构"出来的文学史表现出了极大的欢迎和推崇态度，他说："如果这主观性是指作者的个性，这个性又是治学严谨而富有创新精神的，这样的主观性正是我们所需要的。如果这主观性是指一个

---

　　① 陈伯海：《文学史与文学史学》，北京：北京大学出版社，2012年，第393～394页。

　　② 陈伯海：《文学史与文学史学》，北京：北京大学出版社，2012年，第394页。

　　③ 陈伯海：《文学史与文学史学》，北京：北京大学出版社，2012年，第394～395页。

　　④ 袁行霈：《中国文学史》，北京：高等教育出版社，1999年，总绪论第5页。

时代大体相近的观点、方法，以及因掌握资料的多少有所不同而具有的某种时代性，那也没有什么不好。我们当代人写文学史，既是当代人写的，又是为当代人写的，必定具有当代性。这当代性表现为：当代的价值判断、当代的审美趣味以及对当代文学创作的关注。研究古代的文学，如果眼光不局限于古代，而能够通古察今，注意当代的文学创作，就会多一种研究的角度，这样写出的文学史也就对当代的文学创作多了一些借鉴意义。具有当代性的文学史著作，更有可能因为反映了当代人的思想观念而格外被后人注意。"①

　　袁行霈的一番话精辟地道出了当代文学史研究界在撰写中国古代文学史时面对是"还原""求真"还是"重构""致用"这一问题所采取的主流态度。而当我们回顾历史就会发现，不但当代文学史家在撰史时比较注意追求文学史著作的实用价值，就连中国古代学者对于中国文学发展进程史的梳理和回顾也大都出于一种比较明确的"致用"目的。

　　东汉郑玄写作《诗谱序》系统梳理了先秦时代的诗歌史，其本意是对作为儒家六经之一的《诗经》按照时间顺序和地域差别进行重新整理，但在《诗谱序》中他并没有把关注的目光仅仅限于《诗经》中诗篇所属的时代，而是将中国诗歌的发生史上溯到传说中轩辕黄帝的时代，表现出来明显的"诗史"意识。郑玄之所以把中国诗歌的起源时代维系在所谓"轩辕黄帝时代"这样一个缺乏可靠史料佐证的时代，其用意就在于把这个在儒家学者看来是中国历史上政治最清明、民众最安乐的"黄金古代"的诗歌树立为中国诗歌史上的典范，其后夏商周以及春秋时代的诗歌都是以这一时代的诗歌作为标杆而赓续发展的。从总体来看，郑玄在《诗谱序》中对从传说的"轩辕黄帝时代"到春秋时期中国诗歌史的概括性描述就是为了建立起诗歌内容形式的变迁与王朝更迭、政教兴衰之间的正相关性联系，得出文学发展系于君王布政施教、观君王政教之盛衰即可知诗人诗作之美恶的结论，从而为当时的文人学者欣赏和学习创作诗歌提供容易把握的理论资源和品评优劣的文学范本。因此可以认为，郑玄在《诗谱序》中对中国上古诗歌史的建构并非出于"求真"，而是具有十分明显的"致用"目的。

　　南梁文学思想家刘勰在《文心雕龙·时序》中详细梳理了中国文学发展的历史。周振甫认为此篇的主要内容是："讲刘勰的文学史观，主要说明历代文学的演变，有两方面：一是'蔚映十代，辞采九变'，十代的文学产生了九种变化。二是推求文学演变的原因，主要是'文变染乎世情，兴废系乎时序，原始以要终，虽百世可知也.'是世情和时序造成了文学的演变。"① 虽然仅从《文心雕龙·时序》的内容来看，它确实是一篇详细描述中国古代自传说中尧舜时代到刘勰身处的齐梁时代中国文学发展变化进程，并探索可能影响中国文学史发展变化进程现象背后的客观规律的"就文学史而论文学史"的作品。但是，如果把《时序》放到《文心雕龙》这一伟大文学理论著作的整体框架内加以考察，就会发现刘勰写作这篇可被称为中国文学史研究史上空前大作的文章有着极为明显的"致用"目的。

众所周知，刘勰的《文心雕龙》是一部具有严整科学体系和周密逻辑结构的文艺理论巨著。在全书最后的《序志》篇中，刘勰对全书各篇之间的结构关系做出了说明："盖文心之作也，本乎道，师乎圣，体乎经，酌乎纬，变乎骚，文之枢纽，亦云极矣。若乃论文叙笔，则囿别区分，原始以表末，释名以章义，选文以定篇，敷理以举统，上篇以上，纲领明矣。至于剖情析采，笼圈条贯，摛神性，图风势，苞会通，阅声字，崇替于时序，褒贬于才略，怊怅于知音，耿介于程器，长怀序志，以驭群篇，下篇以下，毛目显矣。位理定名，彰乎大易之数，其为文用，四十九篇而已。"② 由此可见，刘勰自己把《文心雕龙》一书分为上、下两篇，其中又可以划分为三大部分，包括"文之枢纽"部分（《原道》至《辨骚》）、"论文叙笔"部分（《明诗》至《书记》）和"剖情析采"部分（《神思》至《程器》）。也有学者在此基础之上进一步把《文心雕龙》全书分为五大部分：

文之枢纽（文学本体论）——"本乎道，师乎圣，体乎经，酌乎纬，变乎骚。"

原道　　　　通

征圣　　　　通

宗经　　　　通

正纬　　　　变（方向错误）

辨骚　　　　变（方向正确）

论文叙笔（文学文体论）——"原始以表末，释名以章义，选文以定篇，敷理以举统。"

有韵之文

明诗

---

① 刘勰：《文心雕龙注释》，周振甫注，北京：人民文学出版社，1981年，第489~490页。

② 刘勰：《文心雕龙注释》，周振甫注，北京：人民文学出版社，1981年，第535页。

......

杂文（兼有无韵之笔）

谐隐（兼有无韵之笔）

无韵之笔

史传

......

书记

割情析采（文学创作论）——"擒神性，图风势，苞会通，阅声字。"

创作原理

神思——创作构思

体性——个性风格

风骨——艺术美理想

通变——继承创新

定势——文体风貌

情采——内容形式

表现技巧

镕裁

......

炼字

意象特征

隐秀

常见弊病

指瑕

作家修养

养气

统筹兼顾

附会

重视文术

总术

披文入情（文学批评）——"崇替于时序，褒贬于才略，怊怅于知音，耿介于程器。"

时序——文学和时代

物色——文学和自然

才略——作家才能

知音——文学批评的态度和方法

程器——文人遭遇

全书总序——"长怀序志，以驭群篇。"

序志①

由此来看，刘勰的《文心雕龙》也可以被更加详细地视为一共包含有"文学本体论""文学文体论""文学创作论""文学批评"和"全书总序"等五个方面的内容。

笔者认为，如果在上述观点的基础上进一步思考就会发现：在《时序》《物色》《才略》《知音》《程器》这一组共同构成了《文心雕龙》中"文学批评论"部分的五篇论文中，《时序》和《物色》探讨的其实是作家在从事文学创作时所深受其影响的周围世界中"人为"与"非人为"方面的客观因素；《才略》与《程器》所研究的则是作家在从事文学创作时深受其影响的个人"才华"与"品德"方面的主观因素，以上四篇是批评家在从事文学批评活动时必须了解和熟练掌握的相关专业客观背景知识，而《知音》一篇则是提醒文学批评家在从事文学批评活动时必须力戒的因为先入为主的原因而造成的四种弊病，主张一切批评活动都应该实事求是地从具体批评对象的文本出发，圆照而博观、披文以入情，以所谓"六观"作为衡文的指南和标准，科学而公允地开展批评活动。换言之，即是批评家本人所必须具备的主观品德和学术修养。

刘勰之所以精心构筑包含《时序》在内的《文心雕龙》中有关"文学批评论"部分的内容，其主要目的还是为其著作全书的价值追求服务。他自道写作《文心雕龙》一书的目的："夫'文心'者，言为文之用心也。昔涓子琴心，王孙巧心，心哉美矣，故用之焉。古来文章，以雕缛成体，岂取驺奭之群言雕龙也？夫宇宙绵邈，黎献纷杂，拔萃出类，智术而已。岁月飘忽，性灵不居，腾声飞实，制作而已。夫人肖貌天地，禀性五才，拟耳目于日月，方声气乎风雷，其超出万物，亦已灵矣。形同草木之脆，名逾金石之坚，是以君子处世，树德建言，岂好辩哉，不得已也！"②刘勰显然认为，作为万物之灵的人类虽然肉体易朽，但是因为人类具有世间万物都不具备的足以与"天地参"的聪明才智和创作能力，所以就可以通过"树德建言"的办法在自己肉身朽坏以后还能够保持个人令名的与世长存。而"文心雕龙"一词的意思也就是希望有志于

---

① 张少康：《刘勰及其〈文心雕龙〉研究》，北京：北京大学出版社，2010年，第55~57页。

② 刘勰：《文心雕龙注释》，周振甫注，北京：人民文学出版社，1981年，第534页。

追求身后不朽盛名的读者能够在阅读此书之后能够写出文采斐然的传世名作。

在《文心雕龙·知音》篇的赞语中，刘勰说出了自己构建由《时序》《物色》《才略》《知音》《程器》这五篇论文组成的"文学批评论"体系行为背后的目的："洪钟万钧，夔旷所定。良书盈箧，妙鉴乃订。流郑淫人，无或失听。独有此律，不谬蹊径。"①刘勰以制定雅乐歌诗的先贤为榜样勉励后来的批评家，希望他们能够学习和运用《文心雕龙》中介绍的"文学批评论"的知识和技能开展文学批评活动，在数量庞大的文学作品中披沙沥金，挑选出足以流传后世的优秀作品。在这样的大前提之下，作为《文心雕龙》文学批评论体系重要组成部分之一的《时序》之所以对中国文学史发展历史进程展开书写，其用意就是通过对中国文学史历史发展进程和其背后可能存在的规律进行分析和研究，即通过所谓"振叶以寻根，观澜而索源"的办法为后来学者从事文学批评事业提供事实论据和理论基础，进而在此基础上指导作家进行文学创作活动。因此，刘勰创作包含有中国古代文学史发展历史进程的《文心雕龙·时序》篇，其最主要的价值追求仍然是以"致用"为主。

由《诗谱序》和《文心雕龙·时序》等早期文献奠定下基础的中国古代文学史著作追求"致用"目的的传统一直延续了数千年。

钱志熙曾撰文指出："唐代文学史学的特点，是文学史的建构与当代的文学发展主题更加紧密地结合在一起，作家尤其是文学潮流的代表人物成了文学史的主要构建者，从此以后……这一派事实上成了传统文学史学的主流。"②他以完成于初唐时期的《周书》《隋书》《晋书》《北齐书》《梁书》《陈书》《南史》《北史》等所谓的"八史"中的"文苑传""文学传"为例，说明"在建构文学史时，八部史书比较一致地显示出研究前代文学为新兴的唐王朝文学发展指路的意趣"。"宋人研究文学史的学术风气，比唐代有很大提高，其主要成就表现为诗话一体的出现，……其撰著的主要动机仍然是供创作者借鉴。"通过梳理中国传统文学史的建构历程，钱志熙得出结论："文学史在文学的发展中，不断地被书写、回顾、建构乃至重构。文学创作在不断地发展，文学史也在不断地建构，一次次地重新被阐释、被挖掘，文学也通过这种建构，逐渐地接近文学发展的规律，建立正确的史观，并且对文学是获得比较客观的认识。所以，建构文学史的最大的、最有效的动力，恐怕是来自文学自身的发展。所以文学史的建构与文学自身的发展是紧密联系在一起的。这是我们研究传统文学

---

① 刘勰：《文心雕龙注释》，周振甫注，北京：人民文学出版社，1981 年，第 519 页。
② 钱志熙：《中国古代文学史构建及其特点》，《文学遗产》，2003 年第 6 期。

史时最应关注的。"①　换言之，钱志熙认为，中国古代传统学者在撰写中国文学史著作时存在一种十分明显的追求文学史著作"致用"价值的传统，即一直比较注意保持文学史史著和文学创作实践两者之间的相互照应关系，旨在通过不断地建构中国文学史来为自己所处时代的文学创作活动提供优秀文学作品范本和文学创作理论知识。笔者认为，这一传统直到 20 世纪早期都一直影响着中国文学史研究界的文学史编纂活动。

由京师大学堂教习林传甲撰写于 1904 年的《中国文学史》是近代中国最早以"中国文学史"为名的文学史著作之一②。这部在当时中国官方最高学府作为教材使用的《中国文学史》就非常鲜明地体现出中国文学史研究界自古以来便刻意追求的"致用"为主的价值取向。

林传甲著《中国文学史》全书共分十六篇——第一篇：古文、籀文、小篆、八分、草书、隶书、北朝书、唐以后正书之变迁。第二篇：古今音韵之变迁。第三篇：古今名义训诂之变迁。第四篇：古以治化为文今以词章为文关于世运之升降。第五篇：修辞立诚辞达而已二语为文章之本。第六篇：古经言有物言有序言有章为作文之法。第七篇：群经文体。第八篇：周秦传记杂史文体。第九篇：周秦诸子文体。第十篇：史汉三国四史文体。第十一篇：诸史文体。第十二篇：汉魏文体。第十三篇：南北朝至隋文体。第十四篇：唐宋至今文体。第十五篇：骈散古合今分之渐。第十六篇：骈文又分汉魏六朝唐宋四体之别③。

倘若暂时撇开该书的题目"中国文学史"不谈，则该书看起来简直就是一部教学生如何写作的"文章作法"。该书的第一篇"古文、籀文、小篆、八分、草书、隶书、北朝书、唐以后正书之变迁"到第三篇"古今名义训诂之变迁"分别介绍中国的文字、音韵和训诂之学，这在今天是被归入语言学方向而非文学方向的知识体系，但是这些在当时所谓"小学"部分的知识却是时人眼中研究一切学问的根基。第四篇"古以治化为文今以词章为文关于世运之升降"是在从政治的高度讲文章写作的重要性。第五篇"修辞立诚辞达而已二语为文章之本"是在从思想内容方面讲优秀文章所必须遵循的重要标准。第六篇"古经

---

① 以上引文见钱志熙：《中国古代的文学史构建及其特点》，《文学遗产》，2003 年第 6 期，第 18 ～23 页。

② 学界对由林传甲、黄人、窦警凡三人所著的三部《中国文学史》中究竟哪一部是近代最早以"中国文学史"命名的文学史著作还存在争议。

③ 林传甲：《中国文学史》，载陈平原：《早期北大文学史讲义三种》，北京：北京大学出版社，2005 年，目录第 5～26 页。

言有物言有序言有章为作文之法"是从形式方面讲写作优秀文章所必须遵从的法则。第七篇到第十六篇是在向读者介绍古来优秀的文章范本。其中,第七篇"群经文体"到第九篇"周秦诸子文体"是按照"四部分类"的顺序介绍"六经"诞生的周秦时代的中国文学(主要指文章)的特色。第十篇"史汉三国四史文体"到第十四篇"唐宋至今文体"介绍西汉至清代散文文学的优秀篇章和沿革变化。第十五篇"骈散古合今分之渐"和第十六篇"骈文又分汉魏六朝唐宋四体之别"介绍中国古代文学史上骈文文学的发展进程和文体特色。概括言之,全书可以分为三大部分:第一部分是"基础篇",包含第一至第三篇;第二部分是"理论篇",包含第四至第六篇;第三部分是"范例篇",包含第七至第十六篇。三个部分合在一起就是一部首尾俱全、抽象与具体、理论与实践紧密结合的"文章作法"的教材。

不仅在全书整体的结构安排上,即便是在具体每一篇的内容叙述中也可以看出林传甲在撰写此书时所追求的教授学生文章作法的"致用"目的。例如第六篇"古经言有物言有序言有章为作文之法"中的小节标题分别为:"一、高宗纯皇帝之圣训;二、言有物之大义;三、总论篇章之次序;四、初学章法宜分别纲领条目;五、初学章法宜先明全章之意;六、初学章法宜立柱分应;七、初学章法宜因自然次第;八、初学章法宜知层叠进退;九、初学章法宜知承接收束;十、初学章法宜知首尾照应;十一、初学章法宜知引用譬喻;十二、初学章法宜知调和音节;十三、初学扩充篇幅第一捷法;十四、初学篇法宜一意贯注;十五、初学篇章宜分别文之品致;十六、治事文之篇法;十七、记事文之篇法;十八、论事文之篇法。"① 这些小节的安排就完全是手把手地在教学生从每一篇文章的篇章立意、行文章法、修辞技巧、篇幅丰富以及各种文类的不同侧重等方面来学习作文的技巧。

具体如第七节"初学章法宜因自然次第"说:"子曰:'吾十五而有志于学;三十而立;四十而不惑;五十而知天命;六十而耳顺;七十而从心所欲,不逾矩。'此自然之次第也。后世之年谱,即用此体。传甲十岁,尝应母命仿此文曰:'吾三岁能言;四岁能识字;五岁能颂《毛诗》;六岁失怙,能颂《论》《孟》;七岁能颂《尚书》;八岁能颂《周易》;九岁能颂《曲礼》;十岁能颂《春秋》。'皆纪实也。初出应山,作日记云:'吾初一日至广水,初二日至小河,初三日至杨店,初四日至双庙,初五日至滠口,初六日至汉口。'亦纪

---

① 林传甲:《中国文学史》,载陈平原:《早期北大文学史讲义三种》,北京:北京大学出版社,2005年,目录第12~13页。

实也。初学作文，只能如是。后阅李习之《来南录》，乃知古文大家亦不过因自然次第以成文也。孔子告颜渊：'行夏之时，乘殷之辂，服周之冕。'宰我对哀公：'夏后氏以松，殷人以柏，周人以栗。'亦因朝代次第，初学便于步趋。彼世俗谈古文者，奈何以抑扬顿挫为工，遂以平铺直叙为大戒耶？文者如象形之字、绘画之图而已，如鉴之照影、表之测景而已。当直者直，当曲者曲；各肖其物，不可执一而论也。"① 这一节首先引用孔子在《论语·为政》篇中"吾十五而有志于学"这一节夫子自道求学成长经历的话来教育读者在从事文章写作时必须注意时间次序。接着又列举了自己幼年初学为文之时仿孔子此言而作的两段习作，说明初学为文者必须经历的这样一个看似幼稚的阶段。最后又以李习之的《来南录》和《论语·卫灵公》《论语·八佾》篇中孔子及宰我两句话为例说明为文不必一味追求抑扬顿挫，大家、圣人也作有平铺直叙的文章。如此这般从古到今、从远到近、推己及人地教授学生怎样写作文章，也可算得上是耳提面命、不厌其详了。

又如第十三节"初学扩充篇幅第一捷法"云："初学篇幅不能畅所欲言者，有二故焉。其一则读书太少而言无物也，其一则条理太繁而言无序也。塾师迫之以《古文析义》《东莱博议》为法程，颂习未熟而步趋弗便也。传甲十岁时，已能作短章。家慈勖传甲作长篇，以续《孟子》'好辩'章命题，言三代后一治一乱之事。传甲是时已诵《读史论略》《史鉴节要》（此书四字语，又兼阅杨慎之《廿二史弹词》则用世俗七字句，亦简要）粗知治乱陈迹，敷衍成篇。由战国至明季，约千余言，皆因其自然之材料、自然之次第，然文势浑成，一反一正，亦不落平庸，直欲规随邹峄焉。昔唐之林慎思续《孟子》，或以为替。传甲少孤，承家庭之教育，则与孟子略同也。初学之文，久以置之敝箧。然十年来教初学，每以此命题，恒有佳文。传甲之文，可不存也。此题存为初学篇法之第一习题，则诚有益于教育也。故述《论语》章法后，以孟子继之。"② 此节引文完全可以与今日坊间流行的诸如"中学生作文秘诀""高考作文高分指南"等旨在快速提高作文成绩的应试型教参相比。为了让观点更具说服力，林传甲再次以自己幼年时期的作文经历为榜样激励学生。虽然引文中"直欲规随邹峄"一语欲以十岁幼童比肩圣贤，令人读之莞尔，却也着实属于教师训导黄口稚子的"本色当行"。

---

① 林传甲：《中国文学史》，载陈平原：《早期北大文学史讲义三种》，北京：北京大学出版社，2005年，第97~98页。

② 林传甲：《中国文学史》，载陈平原：《早期北大文学史讲义三种》，北京：北京大学出版社，2005年，第101~102页。

中国文学史编纂研究

除了从理论层面教导学生如何作文之外，林传甲还在《中国文学史》中为学生具体分析范文优秀的原因，引导学生加以学习和体悟。在第十四节"初学篇法宜一以贯注"中，他以《孟子》里的一篇文章为范本讲解道："孟子见梁惠王，第一章王意在'利'字。孟子所以以'何必曰利'为结，中幅所言皆利与不利。第二章王意在'乐'字，孟子折以'岂能独乐'为结，中幅所言皆乐与不乐也。细审各章，无不一意贯注、反覆详明。初学作长篇，须立定大意，切实敷陈，处处不与本旨相违。庶不致先后矛盾，首尾两不相顾也。《孟子》之文，所以一意贯注者，实由笔意矫便，无着墨痕迹。作者不熟悉人情，则不足以言情；不熟悉国政，则不足以言政；不能用意，安望其能达意乎？有意犹不患不能达，无意又焉得达之乎？苟意既贯注，气亦联属，则词旨畅达，篇幅亦长，亦不冗不杂矣。孔子曰：'吾道一以贯之'，论文之旨亦一贯而已矣。"①

正是因为林传甲非常重视引导学生学习中国文学史上优秀篇章的行文之法，所以他在这部《中国文学史》中便有意把历朝历代的优秀文章当作范文介绍给读者。

例如，该书第七篇"群经文体"的各节题目分别是："一、经籍为经国经世之治体；二、《周易》言象数之体；三、《周易》文言之体；四、《周易》支流之别体；五、《尚书》今古文辨体；六、《尚书》家为古史正体；七、《禹贡》创地志之体；八、《洪范》为经史之别体；九、《诗序》之体；十、三百篇兼备后世古体近体；十一、淫诗辨正；十二、《周官》为会典之古体；十三、《仪礼》为家礼之古体；十四、《礼记》创丛书之体；十五、《春秋》创编年之体；十六、'三传'辨体；十七、经学随时而变体；十八、皇朝经学之昌明。"②

第八篇"周秦传记杂史文体"的各节题目是："一、《逸周书》为别史创体；二、《大戴礼》为传记文体；三、《周髀》创天文志历志之体；四、《国语》创戴（载）③记之体；五、《国策》兼兵家纵横家舆地家诸体；六、《世本》创族谱之体；七、《竹书纪年》仿《春秋》之体；八、《山海经》与《禹贡》文体异同；九、《穆天子传》非本纪体；十、《七经纬》文体之大略；十一、《神农本草》创植物教科书文体；十二、所包含《黄帝·素问·灵枢》创生理学全体学文体；十三、《司马法》创兵志之体；十四、《家语》与《论语》文体之异

---

① 林传甲：《中国文学史》，载陈平原：《早期北大文学史讲义三种》，北京：北京大学出版社，2005年，第102～103页。

② 林传甲：《中国文学史》，载陈平原：《早期北大文学史讲义三种》，北京：北京大学出版社，2005年，目录第13～15页。

③ 原文标题有误，依原书下文改正之。

同；十五、《孔丛子》创世家之体；十六、《晏子春秋》创谏疏奏议之体；十七、《吕氏春秋》创官局修书之体；十八、汉以来传记述周秦古事之体。"①

第九篇"周秦诸子文体"的各节题目是："一、《管子》创法学通论之文体；二、《孙子》创兵家测量火攻诸文体；三、《吴子》文体见儒家尚武之精神；四、《九章算术》文体之整洁；五、《墨子》发明格致新理之文体；六、《老子》创哲学家卫生家之文体；七、《庄子》文体真伪工拙之异同；八、《列子》创中国佛教之文体；九、《文子》之文体冗杂；十、《商君书》创变法条陈之文体；十一、《韩非子》创刑律之文体；十二、《公孙龙子》创辨学之文体；十三、《鬼谷子》创交涉之文体；十四、《鹖冠子》不立宗派家之文体；十五、屈子《离骚经》文体之奇奥；十六、诸子伪书文体之近于古者；十七、诸子佚文由今人辑录之体；十八、学周秦诸子之文须辨其学术。"②

如果暂时撇开某些著作时代归属、作者真伪等这样的知识性问题不谈，从上述所引林传甲著《中国文学史》第七、八、九三篇所包含的小节题目就可看出，作者在向读者介绍周秦时代各种著作文体时，不但要介绍这些著作所具有的语言或者文体特色，还要努力把它们归为后世某种专门文体的先驱或远祖。这样处理的用意显然是鼓励读者如果有志于从事现今时代某种文体的创作，就应该以其相应的古代先驱文体作为学习和仿效的榜样。例如第八篇第十六节"《晏子春秋》创谏疏奏议之体"中云："春秋列国贤卿大夫谏草之未焚者，晏子一人而已矣。其卷一卷二谏章，凡五十篇。庄公矜勇力不顾行义，晏子谏焉。景公饮酒、夜听新乐、燕赏无功、信用谗佞、欲废嫡子、祠灵山河伯等事，晏子皆谏焉。呜呼！晏子可谓知大体矣。汉唐论谏之名作，往往合于晏子。读其书，则知国无诤臣，则不能自立焉。《晏子春秋》题目最长、叙事极明。后世谏疏，前一行必云为某某事者，其体即原于此。又有卷三卷四，问六十篇。则近日召对纪言之体也。"③

总而言之，林传甲著《中国文学史》延续了中国古代文学史著作一贯具有的追求"致用"价值的悠久传统，试图通过结合对中国古代优秀文本范例进行说解的途径向读者传授文学的创作之道。值得注意的是，不但身为晚清官方最

① 林传甲：《中国文学史》，载陈平原：《早期北大文学史讲义三种》，北京：北京大学出版社，2005年，目录第15~16页。

② 林传甲：《中国文学史》，载陈平原：《早期北大文学史讲义三种》，北京：北京大学出版社，2005年，目录第16~17页。

③ 林传甲：《中国文学史》，载陈平原：《早期北大文学史讲义三种》，北京：北京大学出版社，2005年，第130页。

高学府京师大学堂文科教习的林传甲在自己的文学史著作中把"致用"作为追求的最高价值，即便是进入民国之后的众多文学史研究家也都把自己所著的文学史著作视为实现其文学创作主张的重要工具。

自新文化运动中陈独秀、胡适等人大力鼓吹白话文创作以来，虽然伴随着"白话文运动"的深入和持续开展，中国国内运用"白话"（或曰"国语"）进行文学创作的作家越来越多，涌现出来的白话文作品也越来越优秀，但是国内仍有质疑的声音说这些"白话文"著作出身低微且不符合中国几千年来优秀的文学创作传统。在此情势之下，胡适开始试图通过自己重新建构的中国文学史著作为当时在中国大地上方兴未艾的"白话文"文学争取到足以与"文言文"（或曰"古文"）文学分庭抗礼的重要地位，并借助这些被人为建构出来的文学史实鼓舞当时的中国文学界继续努力进行"白话文"文学的创作活动。胡适在《白话文学史》"引子"中这样讲自己著作此书的目的：

> 我为什么要讲白话文学史呢？
>
> 第一，我要大家知道白话文学不是这三四年来几个人凭空捏造出来的；我要大家知道白话文学是有历史的，是有很长又很光荣的历史的。我要人人都知道国语文学乃是一千几百年历史进化的产儿。国语文学史若没有这一千几百年的历史，若不是历史进化的结果，这几年来的运动绝不会有那样的容易，决不能在那么短的时期内变成一种全国的运动，决不能在三五年内引起那么多的人的响应与赞助。现在有些人不明白这个历史背景，以为文学运动是这几年来某人某人提倡的功效，这是大错的。我们要知道，一千八百年前的时候，就有人用白话做书了；一千年前，就有许多诗人用白话做诗做词了；八九百年前，就有人用白话讲学了；七八百年前，就有人用白话做小说了；六百年前，就有白话的戏曲了；《水浒》，《三国》，《西游》《金瓶梅》，是三四百年前的作品；《儒林外史》，《红楼梦》，是一百四五十年前的作品。我们要知道，这几百年来，中国社会里销行最广，势力最大的书籍，并不是《四书》《五经》，也不是程朱语录，也不是韩柳文章，乃是那些"言之不文，行之最远"的白话小说！这就是国语文学的历史的背景。这个背景早已造成了，《水浒》《红楼梦》……已经在社会上养成了白话文学的信用了，时机成熟了，故国语文学的运动者能于短时期中坐收很大的功效。我们今日收的功效，其实大部分全靠那无数白话文人白话诗人替我们种下了种子，造成了空气。我们现在研究这一二千年的白话文学史，正是要我们明白这个历史进化的趋势。我们懂得了这段历史，便可以知道我们现在参加的运动已经有了无数的前辈，无数的

先锋了；便可以知道我们现在的责任是要继续那无数开路先锋没有做完的事业，要替他们修残补阙，要替他们发扬光大。

第二，我要大家知道白话文学在中国文学史上占一个什么地位。老实说罢，我要大家都知道白话文学史就是中国文学史的核心部分。中国文学史若去掉了白话文学的进化史，就不成中国文学史了，只可叫作'古文传统史'罢了。前天有个学生来问我道：'西洋每一个时代有一个时代的文学；一个时代的文学总代表那一个时代的精神。何以我们中国的文学不代表时代呢？何以姚鼐的文章和韩愈的文章没有什么时代的差别呢？'我回答道：'你自己读错了文学史，所以你觉得中国文学不代表时代了。其实你看的"文学史"，只是"古文传统史"在那"古文传统史"上，做文的只会模仿韩柳欧苏，做诗的只会模仿李杜苏黄：一代模仿一代，人人都只想做"肖子肖孙"，自然不能代表时代的变迁了。你要想寻那可以代表时代的文学，千万不要去寻那"肖子"的文学家，你应该去寻那"不肖子"的文学！……中国文学史上何尝没有代表时代的文学？但我们不该向那"古文传统史"里去寻，应该向那旁行斜出的"不肖"文学里去寻。因为不肖古人，所以能代表当世！'……因此，我说：国语文学的进化，在中国近代文学史上，是最重要的中心部分。换句话说，这一千多年中国文学史是古文文学的末路史，是白话文学的发达史。……故一千多年的白话文学种下了近年文学革命的种子；近年的文学革命不过是给一段长历史作一个小结束：从此以后，中国文学永永（远？）① 脱离了盲目的自然演化的老路，走上了有意的创作的新路了②。

胡适的上述自述表明，他在撰写《白话文学史》时追求的正是此书的"致用"价值，其意在通过该书的撰写为其时正处于初生阶段的中国白话文学争正统、造声势，希望用自己建构出来的古代中国文学史促进当代的中国文学创作。因此在《白话文学史》一书中，胡适明显抬高了中国古代文学史上所谓的"白话文学"的重要性和历史地位，刻意贬低了"古文文学"所原本具有的文艺成就高度，出于个人的主观愿望重构了中国古代文学的历史发展进程。但是由于其主张本身具有一定程度上的合理性，又迎合了中国那一时期的具体历史文化语境，更加上胡适本人在当时中国学术界身处"执牛耳"的中心地位、具有崇高的学术声望，所以在《白话文学史》和较早前的《国语文学史》问世前

---

① 此处原文作"永永"，疑为"永远"之误。
② 胡适：《白话文学史》，上海：上海古籍出版社，1999年，引子第1~5页。

后，整个中国文学史研究界在胡适的带动下掀起了一股重构有助于当时"白话文运动"开展的中国文学史的潮流，撰写了多部以胡适所首先提出的"白话文学史观"为指导的"致用"意味明显的中国文学史。

1921年11月至1923年1月间，民国教育部举办了第三届国语讲习所，由胡适主讲中国文学史课程。当时曾经参加了这一届国语讲习所的青年学者凌独见在学习结束后不久就在商务印书馆出版了自著的《新著国语文学史》。此书第一编"通论"的第三节这样介绍其心目中的"文学的用途"：

> 中国人有个最大的错误，就是把文学当做消遣品看待！文学的用处，如果仅仅乎在消遣，我来大书特书也太无谓了。
>
> 有句俗话叫做："情人眼里出西施。"我于文学，倒很有几分相像；我眼光中的文学是"改造社会的原动力"这话怎样讲呢？
>
> 人们喜怒哀乐爱憎怨的情绪，都可藉文学来表现，我们看了这种表现人生的文学，每于不知不觉中，深深的受作者的同化。回想我们看小说的时候，书中人喜我们也喜！……书中人爱，憎，怨，我们也爱，憎，怨！因为这个缘故，我们多看几本奇谋小说，不知不觉的也弄出小聪明来了；多看几本侠义小说，不知不觉也做出些侠义事来了！你看中国人因为很爱看神怪小说，所以迷信很深；西洋人因为很爱看侦探小说，所以奇案迭出。
>
> 因为文学有这种伟大的感动力，所以他的结果能够变更民众思想；思想一变，举动言语行为随之而变，因此，革命家目为"革命种子"①。

在确认了文学对于社会和人生的重要作用之后，凌独见进一步提出了他心目中研究"文学史"以及"国语文学史"的目的：

> 因为文学有变更思想，变更行为的能力；推而至于其极，能够移风易俗，改造社会；所以现在有心人，有智识的人，有改造思想的人，都想建设新文学。
>
> 要建设新文学，必须从研究旧文学入手，必须要晓得文学进步的历程，以及沿革变迁的前因后果；文学史的任务，就是把这些材料供结我们的，我们研究了文学史，才知道今后文学的趋势，才可定建设新文学的方针；所以研究文学史，是建设新文学必须的准备②。

---

① 凌独见：《新著国语文学史》，上海：商务印书馆，1924年，第3~4页。
② 凌独见：《新著国语文学史》，上海：商务印书馆，1924年，第4页。

"我们为什么要研究'国语'文学史，……历史教训我们，文学要用'国语'做的，才有生命，才有价值，才受世人的欢迎。社会上为什么爱看《水浒传》《红楼梦》呢？因为这两部小说是用白话来做的。为什么爱读李太白的诗，李后主的词呢？因为他们俩的诗词是用白话来做的。中国的诗，谁都知道唐宋的最好，好在哪里？就因为他'明白如话'。因此，我们要研究'国语'文学史。"① 很明显，凌独见的逻辑就是：因为"国语"文学是中国文学史上最优秀、最有价值、最受欢迎、创作局面最繁荣的文学，所以只有研究历史上这种重要的"白话文学"才能够最大限度地为今后新文学的建设提供指导方针，进而能够更好地教育民众的思想、改变社会的现状。因此，在书中涉及具体的文学史实时，凌独见往往会在这样的指导思想影响之下做出有意过分凸显各个时代"国语文学"（或曰"白话文学"）在文学史中所占地位重要性的叙述。

以《新著国语文学史》第七章对唐代文学史的叙述为例。在介绍初唐武德年间文学发展情况时，凌独见这样说："武德初的作家，大都是陈隋的遗老，如陈叔达、孔绍安、李百药、谢偃、王绩、寒山等，我们且引寒山《杂诗》做个代表。"② 凌独见在这里丝毫没有提及在当时文坛举足轻重，且门徒众多、极大地影响了后来几十年文学史进程的王通，也并没有把已经提及且在文学史上极负盛名的散文家李百药、诗人王绩等作为主要叙述对象，反倒是把青睐的目光投给了在当时并未见得有什么重要影响的白话诗人寒山，许之为唐武德年间一干重要诗人的唯一代表。由此可见出他为了突出其心目中"国语文学"（或曰"白话文学"）在唐代文坛的重要地位甚至可以在一定程度上遮蔽其笔下文学史的真实性。

在叙述"盛唐"文学时，凌独见说：

开元之初，能够脱去"绮艳"习气的，要推张说、郑颋、张九龄三个人。这三个人，都是善做庙堂文学的，张说封燕国公，郑颋封许国公，时人有燕许大手笔之称；但是他们的诗，很有许多是近于白话的；举例如左：

《醉中作》　张说

醉后无穷乐，全胜未醉时；动容皆是舞，出口总成诗。

《将赴益州题小园壁》　郑颋

岁穷惟益老；春至却醉家。可惜东园树，无人也作花。

① 凌独见：《新著国语文学史》，上海：商务印书馆，1924年，第4～5页。
② 凌独见：《新著国语文学史》，上海：商务印书馆，1924年，第83页。

《感遇》　张九龄

兰叶春葳蕤，桂华秋皎洁；欣欣此生意，自尔为佳节；

谁知林栖者？闻风坐相悦！草木有本心，何求美人折。

《望月怀远》　张九龄

海上生明月，天涯共此时；情人怨遥夜，竟夕起相思；

灭烛怜光满，披衣觉露滋；不堪盈手赠，还寝梦佳期。

上面所举的几首诗，比之李杜，觉得深奥；比之初唐却要浑茂①。

上述引文中所列举出的张说、郑颋二人是历代学者公认的写作骈文的高手，人称"燕许大手笔"，但是凌独见在这里却偏偏没有把他们二人所取得的文学成就中公认最高的骈文写作加以详细介绍，而是选择二人各自一首五绝。从文学体裁方面来说，五绝本就比骈文来得通俗易懂，凌独见这样做显然是为了凸显所谓"白话文学"在唐代文学史上的地位，但是却在有意无意间扭曲了文学史实的本来面目。

在评价中唐时期韩、柳"古文运动"时，凌独见说："韩愈和柳宗元的高唱古文，据我研究，也有一番苦心，原来自从曹植逞其天才，偶尔创作了些很谐和很美丽的作品之后，这种风气，一天盛行一天，结果，轻词重词，成了一种'堆砌文学'！韩、柳的提倡古文，目的原在打破这种'堆砌文学'，不过迎合社会崇古的心理，拿'古文'来做幌子罢了；其实他们的文章，何尝真是古文呢？我看他们的作品，很质朴，心里有什么？纸上写什么？是当时文人的语体文，是近古的国文，你看韩愈的《吊十二郎》那一文，何尝是故意去做成那样子的文章？我们揣摩他的神气，是想到那里，哭到那里，说到那里的一种记录罢了。"② 这段话说韩、柳在中唐时期提倡"古文运动"自有一番打破汉魏六朝以来"堆砌文学"的苦心倒是确有其事，但是如果把韩愈精心构思、巧妙建构出来的散文视作中唐时期文人普遍使用的语体文、是自己内心情感活动的直白记录，就属于"强曲古人以就我"的一种做法了。首先，正如有学者指出的那样："韩愈散文的语言是新颖、简洁和生动的。他不仅善于吸收古人语言中的有益养料来熔铸新词；更重要的是他善于在当时全民语言中，选择富有表现力的语言，或者在当时口语的基础上加以提炼。他所创造的词语，往往言简意赅，生动活泼，有的已成了现代汉语的成语或常用词汇。这类例子是不胜枚举的。韩愈的写作实践表明：他为了达到'惟陈言之务去'的目的，确是做过

---

① 以上引文见凌独见：《新著国语文学史》，上海：商务印书馆，1924年，第85～86页。

② 凌独见：《新著国语文学史》，上海：商务印书馆，1924年，第112页。

一番惊人的语言上锤炼的工夫，从而丰富了我国文学语言的词汇宝库。但在有的文章中，选用难字，读之佶屈聱牙，晦涩难懂，那是不足取的。"[1] 韩愈散文的语言风格丰富多样，既有简明生动的一面又有佶屈晦涩的一面，其来源也同样兼集了古今雅俗等各个方面，因此不能简单地把他的散文视作当时文人口语语体文的一种。其次，随着 20 世纪以来敦煌藏经洞大量唐代通俗口语文学文本写件的问世以及相关研究工作的日益深入开展，学界对唐人口语文学的本来面目有了越来越明晰的认识，这些文献证据也足以说明今日坊间流传的韩愈散文与当时唐人的口语文学之间在用词习惯和行文风格等方面确实存在较大的差异。凌独见之所以不顾事实地强行把韩愈的散文创作归入所谓的"国语文学"（或曰"白话文学"）的行列中去，其用意无非是壮大其在中国古代文学史中所占的比例，从而说明利用时人口语进行"国语文学"创作是中国文学史上一项由来已久的优秀传统。

同样的偏颇在本章的最后再次出现在了对晚唐文学的介绍中：

> 严羽《沧浪诗话》上说："论诗如论禅，盛唐之诗，则第一义也；大历以还之诗，则小乘禅也，已落第二义矣；晚唐之诗，则声闻辟支果也。"历来评唐诗的人，都怎（这）么说：（。）他们把这一期，说得怎样不好，何（无）[2] 非是因为这一期的诗，太俚俗了。太俚俗，换句话说：就是纯粹是白话了。这样说来，古文文学史上的晚唐，竟是国语文学史上的盛唐了。
>
> 杜牧、温庭筠、李商隐、段成式等，本来是反对白话文的，他们这种态度，可于杜牧做的《李戡墓志》上看出，中间有一段说："尝痛元和以来，有元白诗者，纤艳不逞，非庄士雅人，多为其破坏，流于民间，疏于屋壁，子女父母，交口教授，淫言媟语，冬寒夏热，入人肌骨，不可除去。吾位不得用法以治之，欲使后代知有发愤者，因集国朝以来类于古诗得若干首，编为三卷，目为唐诗，为序以导其志。"
>
> 他话虽这样说，而他自己的诗却比元白的更白话，更冶荡，这也早有定评。牧诗冶荡的，我们存而不引，且举他白话的出来看看。……这些诗和说话有什么两样？还说反对白话吗？
>
> 至于温庭筠、李商隐、段成式这三个人，最欢喜做四六文章。因为他

---

[1]　中国社会科学院中国文学史编写组：《中国文学史》（第二册），北京：人民文学出版社，1979年，第 432 页。

[2]　括号中是作者觉得原文有误而臆改的。

们三个人，都是排行十六，故当时有"三十六体"的名目，诗更讲究古奥；然而据我所知，却不尽然。他们都有和话一样明白的诗词，我也可举些来做例……

够了够了，不再引了，上述这许多诗，记事的也有，讲理的也有，写景的也有，写情的也有，限于篇幅，每一个人仅引了一两首，还有许多人的，没有引来，然而也可见其盛了①。

为了达成自己在全书中一以贯之的凸显"白话文学"重要地位的目的，凌独见首先把前人批评晚唐诗作"太俚俗"中的"俚俗"的二字偷换成了"纯粹白话"的概念，并缺乏论证地把这一段时期的文学史发展情况定性为"国语文学史上的盛唐"。而在列举具体诗人诗作作为例证的时候，凌独见采取了"选择性失明"的策略，把杜牧、温庭筠、李商隐等诗人行文比较晦涩隐僻的作品略去不提，只列举了自己看来比较通俗易懂的这些诗人的诗作，作为论证晚唐时期"白话文学"创作繁荣的例证。这种一叶障目的做法势必会产生牵强的结论。一向以诗风豪纵著称的杜牧或许在诗歌语言的锤炼方面还勉强算得上不事雕琢，但是若仅凭十余词义浅近的小诗就把被历来以绮靡、隐僻著称的温李二人的创作作为白话文学创作繁荣的例证，便是不符合文学史事实做法。郑振铎在其《插图本中国文学史》中曾对温李二人的创作风格做过十分生动形象的评价："他（李商隐）的作风还不和五色斑斓，粉光辉耀的轻蝴蝶似的么？……（李商隐的诗作）还不都是'五色令人目迷，五音令人耳乱'的繁缛之至，焯焗之至的篇什么？我们要指出义山诗的好处与特点，便当在这种粉蝶翩飞似的境地里去寻找。假如我们说李商隐的是似粉光斑斓的蝴蝶，那么，温庭筠的诗便要算是绮丽腻滑的锦绣或彩缎的了；温诗是气魄更大，色调更为鲜明，文采更为绮靡的东西。他的所述，更不容易令我们明白，他爱用《织锦词》《夜宴谣》《晓仙谣》《舞衣曲》《水仙谣》《照影曲》《晚归曲》等等的题目，而他的诗材便也题目般的那么繁缛而闪烁。"② 考虑到郑振铎是一位非常重视中国文学史上白话文学和俗文学创作的学者，而其他的《插图本中国文学史》本身对于中国文学史上的俗文学也给予了相等甚至超出于传统雅文学的重视，连他都没有把温李二人的诗作与"国语文学"（或"白话文学"）之间扯上任何联系，这就更加说明上面引文中凌独见所为的偏激。

无论是清末的林传甲还是民初的胡适、凌独见、谭正璧、胡行之等，这些

① 凌独见：《新著国语文学史》，上海：商务印书馆，1924年，第113~130页。
② 郑振铎：《插图本中国文学史》（上册），长沙：岳麓书社，2013年，第384~385页。

学者在撰写自己的中国文学史著作时，都在自觉或不自觉地继承和延续着中国传统文史学界"著史以致用"的价值追求，试图通过建构中国文学史的发展进化过程来指导自己所处时代的特定人群进行文学创作，对今后中国文学的历史发展进程施加自己预期的影响。但与此同时通过对此一时期众多中国文学史著作的考察研究，笔者发现在民国初年还存有另外一种同样以"致用"为价值追求，却并非为了给当时开展白话文学创作活动的合法性提供史实支持的中国文学史著作类型。

作为中国近代最早以"中国文学史"命名的文学史著作之一，黄人在其出版于1904年作为东吴大学教材的《中国文学史》中提出编写中国文学史可以有助于树立国人爱国主义精神的观点。他说："三皇之书，为文学权舆。时全世界方居草昧，同时文明程度可与抗颜行者，独有巴比伦与埃及耳；若印度、犹太，则子姓矣；希腊、罗马，直以云仍视之耳。而此诸国，当时之文学，虽极发达、要其继续，不过百年。果嬴螟蛉，他人入室，前仆后继，迭为兴替，其新者不过暴富之贫儿，其旧者已成化石之蜕骨。今之英、法、德、美，虽以文物睥睨全球，而在千百年前，方为森林中攫噬之图腾，乌有所谓文学者？故以文学之谱牒言，独我国可谓万世一系瓜瓞相承，初未尝稍杂以非种，即间或求野求夷，吸收新质，要为文学生活上营养之资，而不能乱文学生殖上遗传之性。今虽过华屋而叹凌夷，窥明镜而羞老大，然一息犹存，当有待盖棺而定论。百足相辅，安见不一旅之中兴。正未容崛起之白板，顾影之乌衣，遽加轻蔑也。则有文学史，而厌家鸡爱野鹜之风，或少息乎？"① 黄人认为，作为世界上最古老的文明国度之一，中国文学的悠久程度只有巴比伦、埃及的文学可以与之差可比拟，其他如印度、犹太、希腊、罗马的文学均不能与之相提并论，而且这些文明古国的文学事业均已经在历史发展的长河中中道而衰、后继乏人。英、法、德、美诸国文学虽然在当时看似超越中国、称强世界，但是却并无中国文学那样悠久的光荣历史。中国文学不但历史悠久而且能够传承至今，虽然在当时看起来似乎并没有欧美诸国文学那样繁荣，但是正所谓"百足之虫，死而不僵"，相信将来一定能够再创辉煌。黄人希望通过撰写中国文学史可以使国人真切认识到中国古代文学往日的荣光，从而培养自身作为伟大华夏民族、炎黄子孙的自尊心和自豪感。黄人又勉励国人说："今黄祸之说，溢于白民之口耳，何不曰赤祸黑祸也？则其所谓祸者，为其劣而祸欤？抑为其优

① 黄人：《中国文学史》，载王永健：《"苏州奇人"黄摩西评传》，苏州：苏州大学出版社，2000年，第470~471页。

而祸欤？固无待解决矣。"① 西洋白人之所以视黄种人为洪水猛兽一般的"黄祸"，这也恰恰是因为我们炎黄子孙拥有同时期黑种人、红种人没有的悠久文明和巨大力量，虽然这股力量一时间引而不发，但是足以令之不敢小觑。所以，凡我国人需当有足够的自信力，而且还必须认识到："夷人之国灭人之种者，必先夷灭其语言文字。夫国而有语言文字，此其国必不劣，而国亦有待之而立者，故夷灭之恐不及也。若犹是侏离格磔之俗，结绳投砾之治，亦无容多此一举矣。我国民之优点，其足以招人宫之嫉而必不能免当门之锄者，尚不止文学，而文学则势处于至危者也。所幸吾国之文学，精微浩瀚，外人骤难窥其底蕴，故不至如矿产、路权遽加剥夺。然乳臭之学子，甫能受课，见蟹行之文，则欢迎恐后，一授以祖国之字，辄攒肩掉首，如不欲闻。而号为老师宿儒者，犹复匿其珍错，执土饭尘羹，强使入咽。以此现象观之，则不待人之灭我而我行将自灭矣！示之以文学史，俾后生小子，知吾家故物不止青毡，庶不至有田舍翁之诮，而奋起其继述之志。且知其虽优而不可深恃，今日之鼎铛玉石，几世几年经营收藏，而逦迤弃掷，视之不甚爱惜者，一旦他人入室，付诸焚溺，欲觅一丝寸砾而不可复得，则守护不可不力。故保存文学，实无异保存一切国粹，而文学史之能动人爱国保种之感情，亦无异于国史焉！"② 古人云"欲灭其国，先灭其史"，因为外洋列强尚未认识到我国文字和文学精微浩瀚的底蕴，所以还没有开始主动对中国的文字和文学加以压制，但是当时的青年人已经开始对西洋的"蟹行文字"欢迎倍至，而老师宿儒也教不得法，不能让青年人认识到祖国文学的伟大，这种局面是十分危险的。黄人认为文学史可以让我国的青年人生出爱国护国之心，其作用等同于国史，因此就非常有必要通过中国文学史的撰写使得先人在文学方面所取得伟大成就能够被子孙后代熟知。

这种由黄人发其肇端的利用文学史宣扬中国古代文学伟大成就，并进而激励国人爱国之心的价值追求在 20 世纪早期的中国文学史编纂过程中并不罕见。以黄人等为代表的这批文学史家与林传甲、胡适、凌独见等人不同，并非意在用自己所撰著的文学史著作影响乃至指导当时的文学创作实践，因此他们在撰写中国文学史时更注重的是对于中国古代文学史知识本身的传授，而非对文学作品本身思想内容、语言形式和艺术特色等方面进行深入细致的分析。

来裕恂作于 1905 年的《中国文学史稿》认为："今者东西洋文明流入中

① 黄人：《中国文学史》，载王永健：《"苏州奇人"黄摩西评传》，苏州：苏州大学出版社，2000年，第 471 页。

② 黄人：《中国文学史》，载王永健：《"苏州奇人"黄摩西评传》，苏州：苏州大学出版社，2000年，第 471~472 页。

国，而科学日见发展，国学日觉衰落。欲焕我国华，保我国粹，是在文学。盖文学者，国民特性之所在，而一国之政教风俗，胥视之为盛衰消□者□。自行迹言之，虽成为独立之一科，而究其实质，则与社会学、风□□、□语学、美术学、哲学、政治学等，要有各种关系，是故观于一代文学之趋势，即可知其社会之趋势焉。文学于国家之势力，为何如哉？述中国文学。"① 因此，来裕恂在该书正文中对在具体的中国文学史史实进行叙述时，便比较偏重对文学史知识的介绍。

以其对唐代诗歌发展史的讲述为例：

> 唐代诗学，千古称盛。昔之评者，分为初、盛、中、晚。唐代之元宗开元，凡百余年间为初唐；开元至代宗大历初，凡五十五年称盛唐；大历至文宗大和年间，凡七十余年，称中唐；自是至唐末为晚唐；一代之诗风，窥四者之区别，其消长变迁之迹，可以睹矣。

> 初唐犹有江左余风，故王杨卢骆之诗，极为美丽，惟魏征、虞世南，希微元澹之音为多耳。厥后陈子昂出，始一扫徐庾艳体，变为雅正。张九龄之《感遇》十二首、李太白之《古风》五十九首，后世多乐诵之，未始非子昂有以开其先也。中宗时，文学侍从之臣，多猥狎佻儇如宋之问、沈佺期者，尤为甚焉，故其诗薄弱，而诗律之变，亦生于此时。梁时沈约、鲍照等诗，属对精致，至唐宋沈，加以靡丽，专意对偶，平仄之间，法律以精巧为主，称为近体，是古今诗律之一变者也。

> 开元、天宝间，高适、岑参之徒，变初唐之风格，开悲壮雄浑一派。迨李杜二家起，短篇长律，如白云之卷舒，如惊涛之澎湃。太白以飘逸胜，子美以沉郁胜，皆原本骚雅者也。而唐诗之完美，可谓集大成矣。当时大小名家辈出，不可胜数，世所谓盛唐者，实此时也。

> 夫盛极必变，自然之理也。大历、贞元之际，韦应物以雅淡胜，钱起以清赡胜。下至永贞、元和，韩愈杰出，其诗奇险，直欲上驾李杜。柳子厚温和靖深，与韦应物相伯仲，其源盖出自渊明。白居易与元稹，词旨多率意，其诗亦相似也。其他刘禹锡、孟郊、贾岛之徒，皆中唐之作者也。

> 晚唐诸家之诗，专主声调。杜牧之豪纵，李商隐之隐僻，温庭筠之绮丽，是晚唐一时之选也。

> 其他闺阁之能诗者，如李季兰、徐贤妃、花蕊夫人、崔莺莺、鱼元机

---

① 来裕恂：《中国文学史稿》，长沙：岳麓书社，2008年，绪言第3页。

等，皆能富于华藻，或望幸离宫，或擅宠掖庭，亦称盛焉①。

来裕恂仅用区区数百字便概述了有唐三百年间诗歌发展的全部历史，缺乏对唐代诗歌思想内容、艺术形式等方面的具体介绍与分析，其所要传达给读者的只是诸如某某时代有以某某特色著称的诗人这样的文学史实而已。

民国初年的许多文学史家继承了以来裕恂为代表的清末文学史家的著史传统，撰写了与来裕恂著《中国文学史稿》相似的、旨在介绍中国古人所取得的优秀文学成就史实的文学史著作。

例如1914年张之纯在其《中国文学史》中叙述唐代诗歌发展历程说："唐初之诗，承陈、隋旧习。才如虞、魏，犹不能免。陈子昂、张九龄、独力扫俳优，仰追曩哲。读感遇诸篇，不啻黄初、正始间也。至沈宋之新声，燕许之大手笔，盖有足多者。开元、天宝间，李杜挺生，跨越千古。遂若两华、二室各造其极。他如王右丞之精微，孟襄阳之清雅，储光羲之真率，王昌龄之深俊，高适、岑参之悲壮，李颀常健之超凡，盖皆盛唐之尤盛者也。大历、贞元时，韦苏州之雅淡，刘隋州之间旷，钱郎之清瞻，皇甫之冲秀，李从一之台阁，柳愚溪之超然复古，彼此辉映而魄力已逊。惟昌黎博大，其辞以独造称雄焉。元和、开成而后，张王乐府、得其故实，元白序事、务在分明，又甚之以李卢之鬼怪，孟贾之寒瘦，温飞卿之绮丽，李义山之隐僻，而诗体益卑。独玉溪风格较精，庶几晚唐之冠冕耳。虽清圣祖序《全唐诗》，谓性情所寄，千载同符，不必泥初、盛、中、晚之名。因运会为区别，然天资学力，各有所造。如太白以天仙之才学《选》而以骏胜，昌黎以豪杰之质学《选》而以奇胜，少陵则学《选》而超于《选》、其雄风浩气上可以凌百代，余膏胜馥下可以丐后人，此中要自有差等也。"② 其述唐代诗史之简略，与来裕恂如出一辙。

又如朱希祖在其作于1916年的《中国文学史要略》中对唐代诗史所做的叙述："诗自简文以后，颓靡已极。唐太宗始以清丽振之，而名作尚尠。至陈子昂，始追建安之风骨，变齐梁之绮靡。张九龄、李白继之，自据怀抱、风裁各异，而皆原本嗣宗、上追曹、刘，唐诗之能复古者，自以三家为最。自苏、李以后，五言所贵，大率优柔善入、婉而多风。自杜甫出，材力标举，篇幅恢张，纵横挥霍，诗品为之一变。是故李白结古风之局，杜甫开新体之端，唐之五言，气势尽矣。唯歌行律体为当时所擅。盖自《大风》《柏梁》权舆七言，魏、宋之间，时多杰作。初唐诸家出于齐梁，多雕绘之习，至有'点鬼薄'、

① 来裕恂：《中国文学史稿》，长沙：岳麓书社，2008年，第136~137页。
② 张之纯：《中国文学史》（下册），上海：商务印书馆，1915年，下册，第8~9页。

‘算博士’之诮。王、李、高、岑渐能跌宕生姿，安详合度。至于李、杜，乃闭绝靡习，放笔骋气。杜甫歌行自称庾、鲍，加以时事，大作波涛，有咫尺万里之目。其五言若《北征》诸作，抒写悲愤、沉痛苍劲，有李陵刘琨之风焉。韩愈并推李、杜而专于杜，以佶屈聱牙为胜。但袭粗迹，故成枯旷。卢同、刘义颇近汉谣，白居易纯似弹词，斯皆不足绍也。五律自阴铿、何逊、徐陵、庾信已开其体，至沈、宋则约句准篇，其体遂定。开宝以来，李白之秾丽，王维、孟浩然之自得，分道扬镳并称极盛。至杜甫则寓纵横颠倒于整密中，故能超然拔萃。七律则王维、李颀，春容大雅，时崔颢、高适、岑参诸公实为同调。下及大历十子，亦嗣其音。惟杜甫则宏阔开辟、尽掩诸家。然则李、杜为唐音之宗，固其宜也。虽少陵绝句少唱叹之音，固不碍其为大家矣。若夫王、孟、韦、柳，祖陶宗谢，善得田园山水之趣。刘希夷、上官仪皆学简文，其后李商隐、温庭筠实远挹其润。宋词元曲尽其支流，此则宫体之巨澜也。"[①] 出身于俞樾、章太炎古文经学一系的朱希祖文史双擅，所以在分体叙述唐代文学史时特重各类文体的渊源流变以及对后世的影响。但是也正如他在作于1920年的《中国文学史要略叙》中所说的那样："《中国文学史要略》乃余于民国五年为北京大学校所编之讲义，与余今日之主张已大不相同。盖此编所讲……祖述广义文学之沿革兴废，今则以为文学史必须述文学中之思想与艺术之变迁。"[②] 显然，朱希祖自己也认为，自己之前写作这部书的述史策略仍然和上述来裕恂、王梦增的著作一样以传授中国古代文学史知识为主，是一部以普及中国古代文学史的史知识、弘扬我华夏民族辉煌悠久的文学传统为著史价值追求的中国文学史著作。

　　1919年，褚传诰著《文学蜜史》在保留了叙述中国文学史发展概况的基础上，又增加了对重要作家创作生平的介绍。以其对唐代文学的叙述为例，首先便是对文学史发展概况的叙述："词章关乎气运，岂不信然哉？当俳体盛行之后，虽以宇文周君臣竭力摹古、大加提倡，而淫靡之习抑尤甚焉。故在隋唐之初，大都沿江左颓风竞尚绮缯，耽披靡而乏气骨，人人入于縠中，有莫知其所以然者。自陈子昂起于庸蜀，始振风雅。由是沈宋嗣兴、李杜杰出。六艺四始，一变于道。自张燕公以辅相之才专撰述之任，雄词逸气，耸动群听。苏许公继以宏丽，丕变习俗。而后萧、李以二雅之辞本述作，常、杨以三盘之体

---

　　① 朱希祖：《中国文学史要略》，载陈平原：《早期北大文学史讲义三种》，北京：北京大学出版社，2005年，第282~283页。

　　② 朱希祖：《中国文学史要略》，载陈平原：《早期北大文学史讲义三种》，北京：北京大学出版社，2005年，第241页。

演丝纶。郁郁之文，于是乎在。惟韩史部超卓群流，独高邃古。以二帝三王为根本，以六经四教为宗师，凭陵轥轹，首倡古文。遏横流于昏垫，辟正道于夷坦。于是柳子厚、李元宾、李翱、皇甫湜又从而和之。……至于贾常侍至、李补阙翰、元容州结、独孤常州及、吕横州温、梁补阙肃、权文公德舆、刘宾客禹锡、白尚书居易、元江夏稹皆文雅之雄杰者欤。世谓贞元、元和之间，辞人咳唾皆成珠玉，岂误也哉？顾文可起衰而为盛，亦可由盛而即衰。洪景庐谓唐之文盛于韩、柳、皇甫，而其衰也为孙樵为刘蜕为沈颜。其诗则胜于李、杜、刘、白，而其衰也为郑谷为罗隐为杜荀鹤。此尤其彰明较著者，则皆关于气运之说也。"[①]

接下来，褚传诰选择有唐一代文名较著的作家进行创作生平的介绍。如介绍李商隐说："李商隐初学古文，不喜对偶。及佐令狐楚幕（案：令狐楚帅河阳，奇商隐之文，使与诸子游。楚徒天平、宣武皆表署巡官），得楚法，能俪偶长短，而繁缛过之。人谓其横绝前后无俦。盖令狐楚长章奏，以其道授商隐。自是始为今体，香艳不如徐、庾，而体要独存；宏壮不逮'四杰'，而风标独秀。至于诔奠之辞，直与潘、岳为伯仲。同时温庭筠、段成式皆能四六，实不及也。使商隐专攻古文，度不能远过乎孙樵、刘蜕，今集中略存数首，已见一斑。而樊南甲乙之际，独能轶伦超群，如此其美；乃知才人之技，虽无适不可，亦当弃短以就长，廉颇喜用赵人，乐毅常思燕路，意之所向，殆不可强而违矣（李商隐字义山，怀州河内人，或言英国公世绩之后）。"[②]

也还有对作家逸闻趣事的介绍。如谈温庭筠："温庭筠才思艳丽，工于小赋。每入试，押官韵作赋，凡八叉手而成，时号温'八叉手'。为邻铺假手，日救数人，而已[③]士行坫缺，搢绅薄之。宣宗爱唱菩萨蛮词，丞相令狐绹假其修撰密进之，戒令勿泄，而遽言于人。又绹以旧事访于庭筠，对曰：'事出《南华》，非僻书也。或冀相公燮理之暇，时宜览古。'绹益怒，奏庭筠有才无行，卒不得第。庭筠有诗曰：'因知此恨人多积，悔读《南华》第二篇。'一日宣皇微行，过庭筠于逆旅，庭筠不识龙颜，傲然而诘之曰：'公非长史、司马之流？'帝曰：'非也。'又曰：'得非六参簿尉之类？'帝曰：'非也。'后谪为方城尉，其制词曰：'孔门以德行为先，文章为末，尔既德行无取，文章何以称焉？徒负不羁之才，罕有适时之用。'竟流落而死。唐《艺文志》载庭筠有

---

① 褚传诰：《文学蜜史》，台北：广文书局，1976 年根据 1919 年铅印本影印，第 199~200 页。
② 褚传诰：《文学蜜史》，台北：广文书局，1976 年根据 1919 年铅印本影印，第 251 页。
③ 原文作"已"字，疑为"以"之误。

《握兰集》三卷、《金荃集》十卷、《诗集》五卷、《汉南真稿》十卷。《文献通考》则只云《金荃集》七卷、《别集》一卷。明曾益所注，则名曰《八叉集》，即今所行本，《诗集》七卷、《别集》一卷、《集外诗》一卷是也。（案：温庭筠初名歧，字飞卿，并州祁人。）"①

虽然褚传诰著《文学蜜史》拥有比张之纯、朱希祖等人所著之书更加丰富的内容和更显生动的叙事，却还是如前论之书一样，并没有把文学史叙述的关注重心投放到品评各个时代著名作家的创作风格和艺术特色方面去。褚传诰自述其著此《文学蜜史》的目的是："'蜜史'者何？取裴世期注《三国志》语也。……文学之在历史，为数甚少，至多无虑数十人。而此数十人者，或朝或野，或寄客或逋臣，或因文见道，或有文无行，或蹈袭前人，或自出机杼，大而朝章国故资其润色之功，小而粟米农田能道齐民之术，聚为玉海、掷作金声，不必皆惊风雨泣鬼神也。而积薪后来，蝉蜕不已。……一二杰出之士，虽或薄今爱古、极意摹拟，终觉高曾云耳之相悬，其面其心，必不能翕肖也。维循其途辙，比类而联缀之。抉是摘非，俾不至纷然无辨。庶于论世知人之道，无所背驰，而千载可聚于同堂，百世如闻其謦欬矣。"② 也即意在通过叙述中国古代杰出的文人作家的生平事迹为他们描摹肖像，进而起到"论世知人"的作用。其最主要的目的仍仅在于文学史知识点的普及，并无借之影响或指导当时文学创作活动的用意。

与张之纯、褚传诰等人的著作相较，胡怀琛草成于 1922 年的《中国文学史略》于著书体例方面又有所推进："吾书体例，每一时期，区为三部：一曰：此时代文学变迁之大势；二曰：此时代文学之特点；三曰：此时代文学家小传。大势者，论其变迁蝉蜕之迹；其有特别当注意处，而又琐屑不能编入于大势中者，则别辟特点一部以纳之。以上每部之中，又分若干条，以清眉目。小传者，聊以供知人论世之参考耳。"③

以此书第七章唐及五代文学史部分为例，第一部分"此时代文学变迁之大势"共包含六方面内容，分别是：

一、文学四唐之分期——"大抵初唐犹有六朝之风；盛唐，中唐，推为极盛；晚唐则萎靡不振矣。"

---

① 褚传诰：《文学蜜史》，台北：广文书局，1976 年根据 1919 年铅印本影印，第 252 页。
② 褚传诰：《文学蜜史》，台北：广文书局，1976 年根据 1919 年铅印本影印，第 1~2 页。
③ 胡怀琛：《中国文学史略》，上海：慧记书斋 1924 年印行，全民书局 1931 年再版，序言第 7~8 页。

二、唐初文风沿袭魏晋六朝之旧习——"韩愈以前，虽经两变，终不能洗净六朝之余习耳。"

三、诗体至唐大备——"诗体至唐而大备；盖四言之变为骚；骚之变为五言，七言；七言之渐变而工整，于是为律诗，绝诗；是自然之趋势，而无可或阻者也。古诗之变为律，绝，虽在南北朝已启其端，至唐乃完全成立。……嗣后再变为词，三变为曲，则脱离诗之范围以去；故诗体至唐已备也，诗体以唐为最备，诗人亦以唐为最多。"

四、李白、杜甫之崛起——"嗣后李、杜继起，一以绝世天资，一以绝人学力，各数一帜，遂千古而无与为敌；李白天才飘逸，语多卒然而成。如天马行空，不受一切羁勒；杜诗取材丰富，以锻炼出之，而归之自然，包罗万有，变化无穷。诗至李、杜，叹观之矣。"

五、韩愈之文学复古——"初唐沿六朝之习，一时未能尽改。虽以李太白之贤，除诗歌外，其他文亦犹是也。直至大历时韩愈起，始力矫颓风，以古文相号召；人称为文章起八代之衰。"

六、"晚唐之萎靡不振也。诗自元，（稹）白，（居易）而后，渐尚清浅，而力复不足，如皮日休，陆龟蒙，之徒是也。又有一派，专以香艳相尚，如温庭筠，李商隐，韩偓之徒是也。（虽略有寄托，然纤巧已极，无足观也。）文自韩，柳以后，亦无可观。退之弟子，皆不克绍述其师。于是晚唐文学，乃萎靡而不可复振矣。"①

第二部分"此时代文学之特点"在第一部分的基础之上补充了八个知识点，分别是：

一、诗赋取士："唐朝以诗赋试士，故有命题为诗为赋者，为后世一切应制文字之滥觞也。"

二、宣公奏议："陆宣公（贽）之奏议，以四六陈说时事，曲而能达，别成一种体裁，为他人所不能为。"

三、诗词不分："在唐人诗词尚不分，词调名亦甚少，不过小令而已。至五代及宋，词乃脱离诗之范围，词调亦日愈增多矣。"

四、小说尚辞："唐朝小说亦盛行，然大抵以辞藻相尚。如唐代丛书中之《柳毅传》，《虬髯客传》，《南柯记》等，是其例也。后世《聊斋志

---

① 胡怀琛：《中国文学史略》，上海：慧记书斋 1924 年印行，全民书局 1931 年再版，第 66～72 页。

异》，即祖述此派。"

五、十八学士："太宗好文学，置弘文馆；召名儒十八人为学士，相与讨论典籍，杂以歌咏；……号为'十八学士'。十八人或以功业显于当世，或以学术见重，不必尽属文人也。"

六、文化远播："此时百济，（见前）新罗，（东亚古国）皆遣学生至唐求学。日本亦置遣唐使，派学生至唐留学，比南北朝为更盛，如粟田真人，吉备真备等。为日本留学生中最著者也。自是以后，日本一切制度文物，悉效法于中国；今日日本之假名字母，即此等留学生归国之后所造也。"

七、诗派众多："唐朝诗体既备，诗派亦多……皆能充分表现其个性，而不失为自成一家。"

八、白诗特色："白居易之为诗，措辞浅而寓意深，独得风人之旨。白氏尝作书与元九，（即元微之）自述所志；于陶，谢，李，杜多所不足。"[①]

显然，胡怀琛在编纂《中国文学史要略》时的设计是首先用历时顺序叙述一代文学发展大势，其次在大纲已立的前提下补充自认为必须为读者所知的知识要点，最后在纲目并举的基础上用重要作家的生平小传使得整部文学史更加生动可读、有血有肉。尤其需要注意的是第二部分"此时代文学之特点"第七条中对于李唐一代文华远播、德披四夷的重点强调。在 20 世纪初中国内忧外患，随时都有亡国灭种之虞的危急时刻，国内不少人甚至包括饱读诗书的高级知识分子都对中国悠久辉煌的传统文化丧失了信心。胡怀琛在一部文学史中刻意强调"日本一切制度文物，悉效法于中国；今日日本之假名字母，即此等留学生归国之后所造也"，这对当时饱受外洋列强，尤其是日本帝国主义侵略之苦的中国人民来说无疑可以起到振奋民族自尊的效果。类似旨在增强读者民族自信心的做法在胡著《中国文学史略》中并非孤证。

例如在叙述两汉文学之特点一节中，其谈及《孔雀东南飞》说："全首五言，共一千七百四十五字，为古今著名长诗之一。按欧美各国，多有长诗，动辄成册，中国独无之。然如《孔雀东南飞》等诗，不可谓非杰作也。中国文字，本比西文为简；不能以字数之多少，比诗之长短。倘将《孔雀东南飞》译

---

① 胡怀琛：《中国文学史略》，上海：慧记书斋 1924 年印行，全民书局 1931 年再版，第 72～77 页。

为西文，亦未始不能成一小册。"①

又如在叙述南北朝时期文学之特点一节中，其介绍百济与日本遣华留学之事说："百济者，东亚之古国也。（立国在今朝鲜，唐高宗时为唐所灭。）南北朝时与中国通好，尝遣使至建邺求书。此时日本尚无文字，百济与日本交通频繁，中国文化，遂由百济转输入日本。中国书籍，首流入日本者，为《论语》及《千字文》。嗣后日本发使至中国，求百工技艺及佛学者日众。及隋，并遣留学生八人至中国留学。至唐，则留学者更盛矣。"②

再如于叙述宋代文学之特点时特别提道："绍兴中，苏州景德寺僧法云，著《翻译名义集》七卷，是书盖中梵辞典也。是为今日外国字典之祖。"③

诸如此类，例证颇多，从中足可看出作者意在借文学史之修撰，鼓舞国人民族自信的良苦用心。这种著史立场与中国近代由黄人首次明确提出的通过编写中国文学史以便培养国人爱国主义精神的"致用"价值追求是一脉相承的。

当代学者罗志田认为，在清末民初的中国思想文化界存在着一种试图从"现代"中驱除"古代"，把中国古代的文化成果"送进博物院"的倾向④。

应该说，罗志田和美国史学家李文森对于中国近现代史的观察和研究具有相当高的学术敏锐度，但是在笔者看来，所谓"送进博物馆"这个被中外两位学者都用来形容中国近现代把"古代"驱逐出"现代"的做法的短语却并不十分恰当。众所周知，当今时代的"博物院"或"博物馆"，无论身处何种社会制度或文明体系，其所收纳的物品无一不是得到社会广泛认可的具有文化、艺术或者历史意义等方面宝贵价值的人类文明遗存物。无论是中国国家历史博物馆中收藏的后母戊鼎、长信宫灯，还是法国卢浮宫收藏的德拉克洛瓦画作，这些收藏品除了能给参观者带来一定程度上艺术的享受之外，同时也会令其生出作为中国人或者法国人的民族自豪感，进而增强一个民族和一个国家内部各个成员个体之间的凝聚力。"送进博物院"并不等于"扫进垃圾堆"，虽然这两个动作的对象都是已经与时代发展脱节的历史遗存物，但是前者行为的本身就说明该行为的实施者对此物具有某方面价值的高度认可，后者才是一种对"现代"中"古代"成分的彻底驱逐。从这个意义上来说，近代从事中国文学史编

---

① 胡怀琛：《中国文学史略》，上海：慧记书斋 1924 年印行，全民书局 1931 年再版，第 32 页。

② 胡怀琛：《中国文学史略》，上海：慧记书斋 1924 年印行，全民书局 1931 年再版，第 61~62页。

③ 胡怀琛：《中国文学史略》，上海：慧记书斋 1924 年印行，全民书局 1931 年再版，第 98 页。

④ 罗志田：《送进博物院：清季民初趋新士人从"现代"里驱除"古代"的倾向》，原刊于《新史学》第 13 卷第 2 期，2002 年 6 月，载罗志田：《裂变中的传承——20 世纪前半期的中国文化与学术》，北京：中华书局，2003 年，第 92~130 页。

纂的黄人、来裕恂、张之纯、褚传诰、胡怀琛等人所做的工作，正是把古老中国几千年辉煌灿烂的文学发展史送进"文学博物院"，为后世子孙提供不一定必需效法学习，但又可以观摩欣赏，并且足以激发其民族自尊心和自豪感的历史榜样，他们撰写文学史的价值追求虽然并不像林传甲、胡适、凌独见等人的著作那样是为了对现实中的文学创作起到直接的指导或促进，但仍然是属于同中国自古以来广泛存在于历史学和文学史学领域中、占据了绝对优势地位的追求"致用"而非"求真"价值的一类。

小　结

"求真"与"致用"历来都是史学家在研究著史价值追求问题时所必须面对的两难选择。中国传统史学虽然一再标榜所谓的"直笔"精神，但是如果细究其中的是非曲直就不难发现，这里所谓的"直笔"绝不能够与"求真"画上等号。深受孔子以来儒家思想影响和熏陶的绝大多数中国古代正统史学家在强烈的社会伦理道德责任感的驱动下选择了以"致用"为目的的"直笔"代替"求真"作为从事史书撰写工作的最高准则。文学史研究界自古以来的学者也在面对同样的问题时做出了同样的选择。大体说来，20世纪早期以"致用"为主要价值追求的文学史著作可以分成两种类型：第一种是试图通过对古代文学的建构和介绍指导当代的文学创作活动，甚至会致力于谋求对今后中国文学的历史发展进程施加影响。林传甲著《中国文学史》、胡适著《白话文学史》凌独见著《新编国语文学史》都属此类。第二种则是希望通过在中国文学史中总结中国先民曾经取得的辉煌文学成就以激励国民的爱国爱种之心。黄人、来裕恂、张之纯、朱希祖、褚传诰、胡怀琛的文学家在编纂各自的中国文学史著作时均持此种目的。总之，在中国的著作传统中，大多数学者无论是撰写一般历史还是文学史，只要提笔为文就一定会带有不同程度的"致用"目的。毕竟《左传·襄公二十四年》中"太上有立德、其次有立功、其次有立言"[①] 的古训已经深深浸入数千年来每一位国知识分子的灵魂深处，成为他们自我期许中实现个体生命价值不朽的终极追求。

---

①　阮元：《十三经注疏》，北京：中华书局，1980年，第9页。

结　语

哲学家怀特海在其所著的《科学与近代世界》（*Science And The Modern World*）一书中提出作为一门学科的数学并非仅仅是人类在日常计算活动中所使用的一种工具，而且还是对人类文明进步起到重大作用的思想要素："纯粹数学这门科学在近代的发展可以说是人类性灵最富于创造性的产物。……数学知识对人类的生活、日常事务、传统思想以及整个的社会组织等等都将发生巨大的影响，这一点更是完全出乎早期思想家的意料之外了。甚至一直到现在，数学作为思想史中的一个要素来说，实际上应占什么地位，人们的理解也还是摇摆不定的。假如有人说：编著一部思想史而不深刻研究每一个时代的数学概念，就等于是在'哈姆雷特'这一剧本中去掉了哈姆雷特这一角色。这种说法也许太过分了，我不愿说得这样过火。但这样做却肯定地等于是把奥菲莉这一角色去掉了。这个比喻是非常确切的。"① 怀特海进一步总结数学的学科特色："当我们想到数学时，心里便出现一种专门探讨数、量、几何等等的科学。近代数学还包括许多更抽象的序数概念以及纯逻辑关系的类似形式的研究等等。数学的特点是：我们在这里面可以完全摆脱特殊事例，甚至可以摆脱任何一类特殊的实有。因此并没只能应用于鱼、石头或颜色的数学真理。当你研究纯数学时，你便处在完全、绝对的抽象领域里。"② 怀特海认为，正是数学所特有的这种最高级别的"抽象性"训练了人类的思维、强大了人类的头脑，直接对毕达哥拉斯、亚里士多德、伽利略、牛顿、莱布尼茨等学者所处时代哲学观念的形成发生了极大的影响。而数学学科中"方程""函数""周期性"等基础思维模式则直接推动了包括天文学和物理学在内的近代科学的长足发展③。

怀特海所总结的数学学科特别是数学思维模式对近代科学以及人类思想发展产生重要影响的历史经验恰与中国史学对文学史编纂学产生影响的实际情形

---

① 怀特海：《科学与近代世界》，何钦译，北京：商务印书馆，2012年，第26~27页。
② 怀特海：《科学与近代世界》，何钦译，北京：商务印书馆，2012年，第27~28页。
③ 怀特海：《科学与近代世界》，何钦译，北京：商务印书馆，2012年，第29~41页。

相似。虽然文学史家在撰写各自的文学史著作时并没有明言自己受到了具体哪一种史学潮流、哪一位史家思想的影响，但是从该书所列举的种种事实来看，中国文学史编纂学自其诞生之日起就与中国史学结下了不解之缘。特别是到了20世纪早期的前三十年，发生在史学领域中的种种变化几乎都能够在文学史学特别是文学史编纂学的相关领域中产生相应的回响：在史学领域提倡"民史"、反对"君史"思潮的影响下，20世纪早期的中国文学通史著作也开始把研究对象的范围由崇雅抑俗的中国文学之局部扩展到包括精英雅文学与平民俗文学而在内的带有"国民本位主义色彩"的中国文学的整体。在"进化史观""科学史观"等西方史学思潮促进了中国史学领域中相关的变革之后，20世纪早期中国文学通史著作中的大多数也都逐渐开始在探索文学史进程和文学发展动力究竟为何等方面采纳"进化论"和祛除了神秘主义的"科学化"主张。20世纪早期的中国史学界开始在史料使用上重视"二重证据法"和直接史料，在史书编纂体裁方面流行使用"章节体"，文学史研究界也在相同的时期发生了与之相对应的联动变化。唯一没有改变的也许就只有数千年来在一般历史与文学史著作编纂历程中对"致用"价值的不懈追求。

上述现象与中国人文学术历来讲究"以人统学"、看重"通人之学"而轻视"专家之业"的传统紧密相关。中国古代从事文学史研究著作编纂的学者既可以是职业史学家（如沈约等诸正史"文苑传""文学传"的作者），又可以是文学理论家（如刘勰），还可以是诗人兼作家（如叶燮）。20世纪早期历史学与文学史学二者内部对应研究领域出现联动变化的实质就是中国古代人文学术传统中原有的发展模式在"新""旧"学术体系转换尚未彻底完成之际的一次成功实践。但是自20世纪中后期以来，随着人文学术内部学科划分的日益精细，且不谈往日素有"不分家"之说的"文学"与"历史学"学科之间早已出现了日渐疏离的发展趋势，就连身在同属于"文学"学科内部不同二级学科领域中从事研究工作的学者也大都选择了"树篱筑墙、各自为政"的治学方式。两千年前《庄子·天下》篇里"道术为天下裂"的慨叹到了今时今日终于再度成为令有识之士不忍面对但又不得不面对的严峻现实。

立足于当今的学术现实回顾20世纪早期中国文学史学特别是文学史编纂学所走过的曲折道路，不难得到以下启示：一方面，对有志于从事文学史编纂工作的学者来说，文学史编纂领域的推陈出新必须要借重相邻学科，尤其是历史学学科中相关的研究成果。这一点在新问世的各体"中国文学史"虽然数量巨大、质量却良莠不齐的今天是仍然必须要全面继承和继续发扬的优秀学术传统。另一方面，对开展文学史学尤其是文学史编纂学方面的相关研究来说，由于其研究对象是"文学的历史"或"文学史编纂的历史",所以身处历史学学科建制中的学者很少有人愿意将之作为自己的研究对象;而文学研究界中大多数有志于从事此项研究的学者又因受到自身学术训练和知识背景的限制,无法同时抓住研究对象内部的"文学"与"历史"两极双管齐下地开展研究,最终必然无法取得令人满意的研究成果。这对文学学科内学术背景单一的学者来说是巨大的挑战,对以促进不同文明与学科之间对话交流为己任的比较文学学者来说却是难得的机遇。

美国学者苏源熙在其著名论文《新鲜噩梦缝制的精致僵尸——关于文化基因、蜂房和自私的基因》(*Exquisite Cadavers Stitched from Fresh Nightmares*：*of Memes*，*Hives and Selfish Genes*）中提出,身处"全球化时代"的比较文学学者如果要继续赢得新环境所带来的新学术挑战,就应该继续采取之前已经被实践证明确实是行之有效的"跨学科"研究策略。他说:"比较文学系总是善于接纳其他系拒之门外的东西——一些大学包容了欧洲大陆哲学家或马克思政治理论家;另一些大学提供了非主流语言和文学的教学之地,并且不时提供第二次机会给一些毕业生,而他们原来的导师认为他们'缺乏中心'。……比较文学系乐于接纳各种不同的、不受欢迎的、过时的、好得不太现实的研究方法,其他结构更为完善的学科未能解决的和'古董'级的课题,以及边缘性的、冷门的和所有新出现的课题。这种现象也许会阻碍我们形成和谐的团体身份,但却使我们有机会将我们这门学科展示为一个重新思考人文科学里里外外知识结构的试验场。……众所周知,由于学术和预算的原因,一些学科原先存在的理由以及继续维持它们的独立性的理由已经越来越成问题,而比较文学正可以补充它们之间的空隙而不受任何损失。……'脆弱的联系'的逻辑可以用来描述跨学科性,或者确实用来描述比较文学。这就是我们怎样来学习:通过联系(用希腊语说,是突触),而不是更多地通过覆盖范围。"①

对于把"跨学科研究"作为最重要研究方法之一的比较文学学者来说,身处于文学与历史学之间的文学史学正是其可以一展所长的用武之地。虽然曾经有人对比较文学开过"比较文学是个筐,什么都能往里装"之类的玩笑,但是作为比较文学学者还是应该对这个问题保有自己独立而清醒的认识。毕竟在具体的课程设置和人才培养方面,美国高校中的比较文学学科已经变得比之前更

① 苏源熙:《新鲜噩梦缝制的精致僵尸——关于文化基因、蜂房和自私的基因》,载苏源熙:《全球化时代的比较文学》,任一鸣、陈琛等译,北京:北京大学出版社,2015年,第51~52页。

加注重建立和保持"跨学科研究"的特色："许多系开始进行跨学科设置，在沿袭学位机制要求的传统的三种文学标准的基础上，可以让学生选择两种语言的文学加一门'学科'——通常是相关的人文学科，例如历史、电影研究、哲学，或艺术史，但有时离得比较远：建筑、经济、法律、计算机科学、摄影艺术、生物（随着'人文科学'的不断修正，各'人文科学'逐渐不再是自足的话语系统）。拥有这些兴趣的学生应该得到鼓励。两种语言加一种领域的模式绝不是放松要求。对于有价值的跨学科研究，研究者应该成为该学科话语体系的'本族语使用者'，继承其成果和争议，能够做该领域其他研究者所做的工作（例如做实验、编程序代码、做调查、以滴定法测定血样本）。而且，为满足比较文学的综合兴趣，研究者必须切中要害，厘清相关学科之前的概念及有效联系。"① 因此在笔者看来，既然大洋彼岸的学界同仁已经实施了旨在培养比较文学学科内"跨学科研究型"人才的各方面措施，那么作为中国比较文学学者的我们又有什么理由减少本应对"跨学科研究"所投入的时间和精力呢？孔子云"君子不器"——相较于其他学科，同时具有"跨越性、开放性和先锋性"的特点恰恰是比较文学作为一门人文学科所特有的魅力。当代中国的比较文学学者应该充分借鉴大洋彼岸学界同仁在比较文学研究和比较文学学科建设方面所取得的经验，以更长远的眼光和更博大的胸怀重新定义"跨学科研究"在比较文学乃至整个人文学术领域中的重要性，用自己扎实的研究实践不断推动二者在 21 世纪的可持续发展。

---

① 苏源熙：《新鲜噩梦缝制的精致僵尸——关于文化基因、蜂房和自私的基因》，载苏源熙：《全球化时代的比较文学》，任一鸣、陈琛等译，北京：北京大学出版社，2015 年，第 53 页。

附　录

本书正文叙述所涉国人自著中国文学通史著作简表（1900—1932）①

1906 年

窦警凡：《历朝文学史》（作于 1897 年）

1908 年

来裕恂：《中国文学史稿》（作于 1905 年）

1910 年

林传甲：《中国文学史》（作于 1904 年）

黄人：《中国文学史》（作于 1904 年）

1914 年

王梦曾：《中国文学史》

1915 年

曾毅：《中国文学史》

张之纯：《中国文学史》

1918 年

谢无量：《中国大文学史》

1919 年

褚传诰：《文学蜜史》

1920 年

朱希祖：《中国文学史略》（作于 1916 年）

刘师培：《中国中古文学史讲义》（作于 1917 年）

1921 年

葛尊礼：《中国文学史》

1923 年

凌独见：《新著国语文学史》

---

① 按出版时间排序。

1924 年

胡怀琛:《中国文学史略》

1926 年

郑宾于:《中国文学流变史》(上卷)(1930 年出齐上、中、下三卷)

1927 年

胡适:《国语文学史》

1928 年

胡适:《白话文学史》

1929 年

谭正璧:《中国文学进化史》

1930 年

胡小石:《中国文学史讲稿》(上卷)

1931 年

苏雪林:《中国文学史略》

1932 年

胡云翼:《新著中国文学史》

胡行之:《中国文学史讲话》

陆侃如、冯沅君:《中国文学史简编》

郑振铎:《插图本中国文学史》

参考文献

著作

［1］阿尔普比，亨特，雅各布. 历史的真相［M］. 刘北成，薛绚，译. 北京：中央编译出版社，1999.

［2］艾尔曼. 从理学到朴学［M］. 赵刚，译. 南京：江苏人民出版社，1995.

［3］白寿彝. 白寿彝史学论集［M］. 北京：北京师范大学出版社，1994.

［4］白寿彝. 史学概论［M］. 银川：宁夏人民出版社，1983.

［5］白寿彝. 史学遗产六讲［M］. 北京：北京出版社，2004.

［6］白云. 中国史学思想通论・历史编纂学思想卷［M］. 福州：福建人民出版社，2011.

［7］包忠文. 现代文学观念发展史［M］. 南京：江苏教育出版社，1992.

［8］北京大学中文系. 缀玉二集［M］. 北京：北京大学出版社，1994.

［9］北京师范大学中文系比较文学研究组. 比较文学研究资料［M］. 北京：北京师范大学出版社，1986.

［10］布洛赫. 历史学家的技艺［M］. 张和声，程郁，译. 上海：上海社会科学院出版社，1997.

［11］蔡镇楚. 中国诗话史［M］. 长沙：湖南文艺出版社，2001.

［12］曹顺庆. 比较文学概论［M］. 北京：中国人民大学出版社，2011.

［13］曹顺庆. 比较文学论：修订本［M］. 成都：四川文艺出版社，2002.

［14］曹顺庆. 比较文学史［M］. 成都：四川人民出版社，1991.

［15］曹顺庆. 比较文学学科理论研究［M］. 成都：巴蜀书社，2000.

［16］曹顺庆. 世界文学发展比较史［M］. 北京：北京师范大学出版社，2001.

［17］柴德赓. 史籍举要［M］. 北京：北京出版社，1982.

［18］陈伯海. 文学史与文学史学［M］. 北京：北京大学出版社，2012.

［19］陈惇，刘象愚. 比较文学概论［M］. 修订版. 北京：北京师范大学出版

社，2000.

［20］陈惇，孙景尧，谢天振. 比较文学［M］. 北京：高等教育出版社，1997.

［21］陈飞. 中国文学专史书目提要［M］. 郑州：大象出版社，2004.

［22］陈福康. 郑振铎论［M］. 修订版. 北京：商务印书馆，2010.

［23］陈冠同. 中国文学史大纲［M］. 上海：民智书局，1931.

［24］陈国球. 文学史书写形态与文化政治［M］. 北京：北京大学出版社，2004.

［25］陈梦家. 殷墟卜辞综述［M］. 北京：科学出版社，1956.

［26］陈平原. 文学史的形成与建构［M］. 南宁：广西教育出版社，1999.

［27］陈平原. 早期北大文学史讲义三种［M］. 北京：北京大学出版社，2005.①

［28］陈平原. 中国文学研究现代化进程二编［M］. 北京：北京大学出版社，2002.

［29］陈平原. 中国现代学术之建立——以章太炎、胡适之为中心［M］. 北京：北京大学出版社，1998.

［30］陈平原. 作为学科的文学史［M］. 北京：北京大学出版社，2011.

［31］陈其泰. 20 世纪中国历史考证学研究［M］. 北京：北京师范大学出版社，2005.

［32］陈其泰. 史学与民族精神［M］. 北京：学苑出版社，1999.

［33］陈其泰. 中国近代史学的历程［M］. 郑州：河南人民出版社，1994.

［34］陈岂能. 二战后欧美史学的新发展［M］. 济南：山东大学出版社，2005.

［35］陈文新. 中国文学史经典精读［M］. 北京：高等教育出版社，2013.

［36］陈寅恪. 陈寅恪集［M］. 上海：上海古籍出版社，2001.

［37］陈玉堂. 中国文学史书目提要［M］. 合肥：黄山书社，1986.

［38］戴燕. 文学史的权力［M］. 北京：北京大学出版社，2002.

［39］党胜元，夏静. 新世纪文论读本·文学史理论卷［M］. 北京：中国社会科学出版社，2011.

［40］第根. 比较文学论［M］. 戴望舒，译. 上海：商务印书馆，1937.

［41］董乃斌，陈伯海，刘扬忠. 中国文学史学史［M］. 石家庄：河北人民出

---

① 该书包括林传甲著《中国文学史》、朱希祖著《中国文学史略》、吴梅著《中国文学史》。

版社，2003.

［42］董乃斌，薛天纬，石昌渝．中国古典文学学术史研究［M］．乌鲁木齐：
新疆人民出版社，1997.

［43］董乃斌．文学史学原理研究［M］．石家庄：河北人民出版社，2008.

［44］董仲舒．春秋繁露义证［M］．苏舆，义证．北京：中华书局，1992.

［45］杜甫．杜诗镜铨［M］．杨伦，注．上海：上海古籍出版社，1980.

［46］杜维运．史学方法论［M］．北京：北京大学出版社，2006.

［47］杜维运．与西方史家论中国史学［M］．台北：东大图书有限公
司，1981.

［48］杜维运．中国史学史［M］．北京：商务印书馆，2011.

［49］俌荣本．文学史学原理［M］．北京：社会科学文献出版社，2012.

［50］冯友兰．三松堂自序［M］．南京：江苏文艺出版社，2011.

［51］冯友兰．中国哲学简史［M］．南京：江苏文艺出版社，2012.

［52］冯友兰．中国哲学史［M］．上海：华东师范大学出版社，2011.

［53］付祥喜．20世纪前期中国文学史写作编年研究［M］．北京：北京师范
大学出版社，2013.

［54］葛红兵，梁艳萍．文学史学［M］．太原：北岳文艺出版社，2000.

［55］葛红兵，温潘亚．文学史形态学［M］．上海：上海大学出版社，2001.

［56］葛红兵．文学史学［M］．湘潭：湘潭大学出版社，2008.

［57］葛洪．抱朴子外篇校笺［M］．杨明照，校笺．北京：中华书局，1997.

［58］葛尊礼．中国文学史［M］．上海：会文堂书局，1920.

［59］古奇．19世纪历史学与历史学家［M］．耿淡如，译．北京：商务印书
馆，1989.

［60］顾潮．顾颉刚学记［M］．北京：生活·读书·新知三联书店，2002.

［61］顾颉刚．当代中国史学［M］．上海：上海古籍出版社，2006.

［62］顾实．中国文学史大纲［M］．上海：商务印书馆，1926.

［63］郭沫若．郭沫若全集·史学卷［M］．北京：人民出版社，1982.

［64］郭绍虞．中国历代文论选［M］．上海：上海古籍出版社，2001.

［65］郭绍虞．中国文学批评史［M］．上海：上海古籍出版社，1979.

［66］郭廷以．近代中国的变局［M］．北京：九州出版社，2012.

［67］郭廷以．近代中国史纲［M］．上海：格致出版社，2011.

［68］郭英德，谢思炜，尚学峰，等．中国古典文学研究史［M］．北京：中华
书局，1995.

[69] 郭湛波. 近五十年中国思想史 [M]. 济南：山东人民出版社，1997.

[70] 何兆武. 历史理论与史学理论——近现代西方史学著作选 [M]. 北京：商务印书馆，1999.

[71] 何兆武. 历史理性批判论集 [M]. 北京：清华大学出版社，2001.

[72] 何兆武. 中西文化交流史 [M]. 北京：中国青年出版社，2001.

[73] 贺昌盛. 晚清民初"文学"学科的学术谱系 [M]. 北京：中国社会科学出版社，2012.

[74] 侯云灏. 20 世纪中国史学思潮与变革 [M]. 北京：北京师范大学出版社，2007.

[75] 胡宝国. 汉唐间史学的发展 [M]. 北京：商务印书馆，2005.

[76] 胡逢祥，张文建. 中国近代史学思潮与流派 [M]. 上海：华东师范大学出版社，1991.

[77] 胡怀琛. 中国文学史概要 [M]. 上海：商务印书馆，1931.

[78] 胡经之. 西方文艺理论名著教程 [M]. 北京：北京大学出版社，1988.

[79] 胡适. 白话文学史：上卷 [M]. 上海：上海古籍出版社，1999.

[80] 胡适. 国语文学史 [M]. 合肥：安徽教育出版社，2006.

[81] 胡适. 胡适古典文学研究论集 [M]. 上海：上海古籍出版社，2013.

[82] 胡适. 胡适口述自传 [M]. 唐德刚，译注. 桂林：广西师范大学出版社，2005.

[83] 胡适. 中国哲学史大纲 [M]. 上海：上海古籍出版社，1997.

[84] 胡小石. 胡小石论文集续编 [M]. 上海：上海古籍出版社，1991.

[85] 胡行之. 中国文学史讲话 [M]. 上海：光华书局，1932.

[86] 胡亚敏. 比较文学教程 [M]. 武汉：华中师范大学出版社，2004.

[87] 胡云翼. 新著中国文学史 [M]. 上海：华东师大出版社，2004.

[88] 怀特. 后现代历史叙事学 [M]. 陈永国，张万娟，译. 北京：中国社会科学出版社，2003.

[89] 怀特. 元史学：19 世纪欧洲的历史想象 [M]. 陈新，译. 南京：译林出版社，2004.

[90] 怀特海. 科学与近代世界 [M]. 何钦，译. 北京：商务印书馆，2012.

[91] 黄修己. 中国新文学史编纂史 [M]. 2 版. 北京：北京大学出版社，2007.

[92] 霍松林. 古代文论名篇详注 [M]. 上海：上海古籍出版社，1986.

[93] 基亚. 比较文学 [M]. 颜宝，译. 北京：北京大学出版社，1983.

［94］蒋大椿. 史学探渊——中国近代史学理论文编［C］. 长春：吉林教育出
版社，1991.

［95］蒋俊. 中国史学近代化进程［M］. 济南：齐鲁书社，1995.

［96］金毓黻. 中国史学史［M］. 北京：商务印书馆，1999.

［97］卡尔. 历史是什么？［M］. 陈恒，译. 北京：商务印书馆，2008.

［98］卡勒. 文学理论［M］. 李平，译. 沈阳：辽宁教育出版社，1998.

［99］康乐，彭明辉. 史学方法与历史解释［M］. 北京：中国大百科全书出版
社，2005.

［100］库恩. 科学革命的结构［M］. 4 版. 金吾伦，胡新和，译. 北京：北
京大学出版社，2003.

［101］来新夏. 古典目录学浅说［M］. 北京：中华书局，1981.

［102］来裕恂. 中国文学史稿［M］. 长沙：岳麓书社 2008.

［103］朗松. 朗松文论选［M］. 徐继曾，译. 天津：百花文艺出版社，2009.

［104］李白. 李太白全集［M］. 王琦，注. 北京：中华书局，1999.

［105］李济. 安阳［M］. 石家庄：河北教育出版社，2000.

［106］李学勤. 走出疑古时代［M］. 沈阳：辽宁大学出版社，1994.

［107］栗永清. 知识生产与学科规训：晚清以来的中国文学学科史探微［M］.
北京：中国社会科学出版社，2012.

［108］梁工，卢永茂. 比较文学概观［M］. 开封：河南大学出版社，2000.

［109］梁启超. 饮冰室合集［M］. 北京：中华书局，1989.

［110］林继中. 文学史新视野［M］. 北京：北京大学出版社，1998.

［111］凌独见. 新著国语文学史［M］. 北京：商务印书馆，1924.

［112］刘麟生. 中国文学史［M］. 上海：世界书局，1935.

［113］刘梦溪. 传统的误读［M］. 石家庄：河北教育出版社 1996.

［114］刘梦溪. 中国近代学术要略［M］. 北京：生活·读书·新知三联书
店，2008.

［115］刘梦溪. 中国现代学术经典［M］. 石家庄：河北教育出版社，1996.

［116］刘若愚. 中国文学理论［M］. 杜国清，译. 南京：江苏教育出版
社，2006.

［117］刘师培. 中国中古文学史讲义［M］. 上海：上海古籍出版社，2000.

［118］刘勰. 文心雕龙注［M］. 范文澜，注. 北京：人民文学出版社，1958.

［119］刘勰. 文心雕龙注释［M］. 周振甫，注. 北京：人民文学出版
社，1981.

[120] 刘永济. 十四朝文学要略 ［M］. 北京：中华书局，2007.

[121] 刘毓盘. 中国文学史略 ［M］. 上海：古今图书店，1924.

[122] 刘贞晦. 中国文学变迁史 ［M］. 上海：新文化书社，1921.

[123] 刘知几. 史通全译 ［M］. 姚松，朱恒夫，译注. 贵阳：贵州人民出版社，1997.

[124] 柳诒徵. 国史要义 ［M］. 上海：华东师范大学出版社，2000.

[125] 卢照邻. 卢照邻集注 ［M］. 祝尚书，注. 上海：上海古籍出版社，1994.

[126] 陆侃如，冯沅君. 中国诗史 ［M］. 天津：百花文艺出版社，1999.

[127] 陆侃如，冯沅君. 中国文学史简编 ［M］. 上海：开明书店，1932.

[128] 路新生. 经学的蜕变与史学的"转轨" ［M］. 上海：上海古籍出版社，2006.

[129] 路新生. 中国近三百年疑古思潮研究 ［M］. 上海：上海人民出版社，2001.

[130] 吕不韦. 吕氏春秋集释 ［M］. 许维遹，集释. 北京：中华书局，2009.

[131] 罗根泽. 罗根泽古典文学论文集 ［C］. 上海：上海古籍出版社，2009.

[132] 罗荣渠. 从"西化"到现代化——五四以来有关中国文化的趋向和发展道路争论文选 ［M］. 北京：北京大学出版社，1990.

[133] 罗云锋. 现代中国文学史书写的历史建构 ［M］. 北京：法律出版社，2009.

[134] 罗志田. 变动时代的文化履迹 ［M］. 上海：复旦大学出版社，2010.

[135] 罗志田. 近代中国史学十论 ［M］. 上海：复旦大学出版社，2005.

[136] 罗志田. 裂变中的传承——20世纪前半期的中国文化与学术 ［M］. 北京：中华书局，2003.

[137] 罗宗强. 读文心雕龙手记 ［M］. 北京：生活·读书·新知三联书店，2007.

[138] 麦肯齐. 泰西新史揽要 ［M］. 李提摩太，口译. 蔡尔康，笔述. 上海：上海书店出版社，2002.

[139] 蒙默. 蒙文通学记 ［M］. 北京：生活·读书·新知三联书店，2006.

[140] 蒙文通. 中国史学史 ［M］. 上海：上海人民出版社，2006.

[141] 潘广树，涂小马，黄镇伟. 中国文学史料学 ［M］. 上海：华东师范大学出版社，2012.

[142] 齐思和. 史学概论讲义 ［M］. 天津：天津古籍出版社，2007.

[143] 钱理群，温儒敏，吴福辉. 现代文学三十年：修订本 [M]. 北京：北京大学出版社，1998.

[144] 瞿林东. 20 世纪中国史学发展分析 [M]. 北京：北京师范大学出版社，2009.

[145] 瞿林东. 中国古代史学批评纵横谈 [M]. 北京：中华书局，1994.

[146] 瞿林东. 中国史学的理论遗产 [M]. 北京：北京师范大学出版社，2005.

[147] 瞿林东. 中国史学史纲 [M]. 北京：北京出版社，2000.

[148] 阮元. 十三经注疏 [M]. 北京：中华书局，1980.

[149] 桑兵，张凯，于梅舫，等. 国学的历史 [M]. 北京：国家图书馆出版社，2010.

[150] 桑兵，张凯，于梅舫，等. 近代中国学术批评 [M]. 北京：中华书局，2008.

[151] 桑兵，张凯，于梅舫，等. 近代中国学术思想 [M]. 北京：中华书局，2008.

[152] 邵雍. 皇极经世书 [M]. 黄畿，注. 卫绍生，校理. 郑州：中州古籍出版社，1991.

[153] 舒新城. 中国近代教育史资料 [M]. 北京：人民教育出版社，1961.

[154] 司马光. 资治通鉴 [M]. 北京：中华书局，1956.

[155] 四川大学中文系中国古代文学教研室. 中国文学：四卷本 [M]. 成都：四川人民出版社，1999.

[156] 苏永延. 复旦中国文学史传统研究 [M]. 桂林：广西师范大学出版社，2007.

[157] 苏源熙. 全球化时代的比较文学 [M]. 任一鸣，等译. 北京：北京大学出版社，2015.

[158] 谭嗣同. 谭嗣同全集 [M]. 北京：中华书局，1981.

[159] 谭正璧. 中国文学进化史 [M]. 上海：上海古籍出版社，2012.

[160] 谭正璧. 中国文学史大纲 [M]. 上海：光明书局，1925.

[161] 汤哲声，涂小马. 黄人·评传·作品选 [M]. 北京：中国文史出版社，1998.

[162] 陶东风. 文学史哲学 [M]. 郑州：河南人民出版社，1994.

[163] 田汝康，金重远. 现代西方史学流派文选 [M]. 上海：上海人民出版社，1982.

［164］托什. 史学导论［M］. 吴英，译. 北京：北京大学出版社，2007.

［165］汪荣祖. 史传通说：中西史学之比较［M］. 北京：中华书局，2003.

［166］王勃. 王子安集注［M］. 蒋清翊，注. 上海：上海古籍出版社，1995.

［167］王昌龄. 王昌龄集编年校注［M］. 胡问涛，罗琴，校注. 成都：巴蜀书社，2000.

［168］王汎森. 近代中国的史家与史学［M］. 上海：复旦大学出版社，2010.

［169］王汎森. 中国近代思想与学术的系谱［M］. 石家庄：河北教育出版社，2001.

［170］王国维. 宋元戏曲史［M］. 上海：上海古籍出版社，1998.

［171］王锦民. 古典目录与学术源流［M］. 北京：中华书局，2012.

［172］王梦曾. 中国文学史［M］. 上海：商务印书馆，1914.

［173］王晴佳. 西方的历史观念——从古希腊到现在［M］. 北京：北京师范大学出版社，2013.

［174］王晴佳. 新史学讲演录［M］. 北京：中国人民大学出版社，2010.

［175］王树民. 史部要籍解题［M］. 北京：中华书局，1981.

［176］王向远. 比较文学学科新论［M］. 南昌：江西教育出版社，2002.

［177］王晓路. 西方汉学界的中国文论研究［M］. 成都：巴蜀书社，2003.

［178］王晓路. 中西诗学对话——英语世界的中国古代文论研究［M］. 成都：巴蜀书社，2000.

［179］王学典，陈峰. 20 世纪中国史学［M］. 北京：北京大学出版社，2009.

［180］王学典. 良史的命运［M］. 北京：生活·读书·新知三联书店，2013.

［181］王学典. 史学引论［M］. 北京：北京大学出版社，2008.

［182］王瑶. 中国文学研究现代化进程［M］. 北京：北京大学出版社，1996.

［183］王永健. "苏州奇人"黄摩西评传［M］. 苏州：苏州大学出版社，2000.

［184］王运熙，顾易生. 中国文学批评通史［M］. 上海：上海古籍出版社，2011.

［185］王钟陵. 20 世纪中国文学史论精粹——文学史方法论卷［M］. 石家庄：河北教育出版社，2001.

［186］韦勒克，沃伦. 文学理论［M］. 刘象愚，译. 北京：生活·读书·新知三联书店，1984.

［187］韦勒克. 批评的诸种概念［M］. 丁泓，余微，译. 成都：四川文艺出

版社，1988.

[188] 魏崇新，王同坤. 观念的演进——20 世纪中国文学史观 [M]. 北京：西苑出版社，2000.

[189] 温潘亚. 追寻文学流变的轨迹——文学史理论研究 [M]. 北京：人民出版社，2009.

[190] 吴乘权. 纲鉴易知录 [M]. 北京：中华书局，1960.

[191] 吴泽. 中国近代史学史 [M]. 北京：人民出版社，2010.

[192] 伍蠡甫. 西方文论选 [M]. 上海：上海译文出版社，1979.

[193] 夏曾佑. 中国古代史 [M]. 长沙：岳麓书社，2010.

[194] 萧统. 文选 [M]. 李善，注. 北京：中华书局，2008.

[195] 谢保成. 民国史学述论稿（1912—1949）[M]. 上海：上海人民出版社，2011.

[196] 谢国桢. 史料学概论 [M]. 福州：福建人民出版社，1995.

[197] 谢无量. 谢无量文集第九卷·中国大文学史 [M]. 北京：中国人民大学出版社，2011.

[198] 熊月之. 西学东渐与晚清社会 [M]. 北京：中国人民大学出版社，2011.

[199] 徐旭生. 中国古史的传说时代：增订本 [M]. 北京：科学出版社，1960.

[200] 许冠三. 新史学九十年 [M]. 长沙：岳麓书社，2003.

[201] 严复. 严复集 [M]. 北京：中华书局，1986.

[202] 严耕望. 治史三书（增订本）[M]. 上海：上海人民出版社，2016.

[203] 杨鸿烈. 史学通论 [M]. 上海：商务印书馆，1939.

[204] 杨冀骧. 中国史学史讲义 [M]. 天津：天津古籍出版社，2006.

[205] 杨乃乔. 比较文学概论 [M]. 北京：北京大学出版社，2002.

[206] 姚名达. 中国目录学史 [M]. 上海：上海古籍出版社，2002.

[207] 姚楠. 文学史学探索 [M]. 北京：北京文联出版社，1999.

[208] 叶燮. 原诗 [M]. 霍松林，校注. 北京：人民文学出版社，1979.

[209] 伊格尔斯，王晴佳，穆赫吉. 全球史学史——从 18 世纪至当代 [M]. 杨豫，译. 北京：北京大学出版社，2011.

[210] 殷璠. 河岳英灵集注 [M]. 王克让，注. 成都：巴蜀书社，2006.

[211] 游国恩. 中国文学史讲义 [M]. 天津：天津古籍出版社，2005.

[212] 余英时. 文史传统与文化重建 [M]. 北京：生活·读书·新知三联书

店，2005.

[213] 余英时. 现代危机与思想人物 [M]. 北京：生活·读书·新知三联书
店，2005.

[214] 余英时. 重寻胡适历程 [M]. 桂林：广西师范大学出版社，2004.

[215] 余英时. 朱熹的历史世界：宋代士大夫政治文化的研究 [M]. 北京：
生活·读书·新知三联书店，2005.

[216] 袁行霈. 中国文学史：四卷本 [M]. 北京：高等教育出版社，1999.

[217] 乐黛云，王宁. 超学科比较文学研究 [M]. 北京：中国社会科学出版
社，1989.

[218] 乐黛云. 比较文学简明教程 [M]. 北京：北京大学出版社，2003.

[219] 乐黛云. 比较文学与比较文化十讲 [M]. 上海：复旦大学出版
社，2004.

[220] 曾毅. 中国文学史 [M]. 上海：泰东图书局，1915.

[221] 张广智. 西方史学史 [M]. 上海：复旦大学出版社，2000.

[222] 张京瑷. 新历史主义与文学批评 [M]. 张京媛，盛宁，等译. 北京：
北京大学出版社，1997.

[223] 张隆溪. 20世纪西方文论述评 [M]. 北京：生活·读书·新知三联书
店，1986.

[224] 张隆溪. 比较文学译文集 [M]. 张隆溪，等译. 北京：北京大学出版
社，1982.

[225] 张隆溪. 走出文化的封闭圈 [M]. 北京：生活·读书·新知三联书
店，2004.

[226] 张岂之. 中国近代史学学术史 [M]. 北京：社会科学文献出版
社，1996.

[227] 张少康. 刘勰及其《文心雕龙》研究 [M]. 北京：北京大学出版
社 2010.

[228] 张舜徽. 中国史学名著题解 [M]. 北京：中国青年出版社，1984.

[229] 张舜徽. 中国文献学 [M]. 上海：上海古籍出版社，2005.

[230] 张越. 史学史读本 [M]. 北京：北京大学出版社，2006.

[231] 张之纯. 中国文学史 [M]. 上海：商务印书馆，1915.

[232] 章炳麟. 訄书详注 [M]. 徐复，注释. 上海：上海古籍出版社，2000.

[233] 章培恒，骆玉明. 中国文学史新著 [M]. 上海：复旦大学出版
社，2011.

［234］章学诚. 文史通义全译［M］. 严杰，武秀成，译注. 贵阳：贵州人民
出版社，1997.

［235］章学诚. 文史通义新编新著［M］. 仓修良，校注. 杭州：浙江古籍出
版社，2005.

［236］赵景深. 中国文学小史［M］. 太原：山西人民出版社，2014.

［237］郑宾于. 中国文学流变史［M］. 郑州：中州古籍出版社，1998.

［238］郑振铎. 插图本中国文学史［M］. 长沙：岳麓书社，2013.

［239］郑振铎. 文学大纲［M］. 桂林：广西师范大学出版社，2008.

［240］郑振铎. 郑振铎古典文学论文集［C］. 上海：上海古籍出版社，2009.

［241］中国社会科学院中国文学史编写组. 中国文学史［M］. 北京：人民文
学出版社，1979.

［242］钟嵘. 诗品译注［M］. 周振甫，译注. 北京：中华书局1998.

［243］钟优民. 文学史方法论［M］. 长春：时代文艺出版社，1996.

［244］周群玉. 白话文学史大纲［M］. 上海：群学社，1928.

［245］周勋初. 中国文学批评小史［M］. 武汉：长江文艺出版社，1981.

［246］周予同. 周予同经学史著作选集［M］. 上海：上海人民出版社，1983.

［247］朱光潜. 西方美学史［M］. 北京：人民文学出版社，1963.

［248］朱立元. 当代西方文艺理论［M］. 上海：华东师范大学出版社，1997.

［249］朱维铮. 求索真文明——晚清学术史论［M］. 上海：上海古籍出版
社，1996.

［250］朱维铮. 音调未定的传统［M］. 沈阳：辽宁教育出版社，1995.

［251］朱维铮. 中国经学史十讲［M］. 上海：复旦大学出版社，2002.

［252］朱维之. 中外比较文学［M］. 天津：南开大学出版社，1992.

［253］朱熹. 四书集注［M］. 北京：中华书局1983.

［254］朱自清. 朱自清古典文学论文集［C］. 上海：上海古籍出版社，2009.

［255］邹振环. 晚清西方地理学在中国——以1815至1911年西方地理学译著
的传播与影响为中心［M］. 上海：上海古籍出版社，2000.

期刊

［1］白寿彝. 说"成一家之言"［J］. 历史研究，1984（1）.

［2］白寿彝. 说"六通"［J］. 史学史研究，1983（4）.

［3］白寿彝. 司马迁与班固［J］. 北京师范大学学报，1963（4）.

［4］曹国旗. 释胡适的"历史的文学进化观念"［J］. 河南教育学院学报（哲

学社会科学版），2001（3）.

［5］陈伯海. 文学史编写刍议［J］. 社会科学战线，1997（5）.

［6］陈伯海. 文学史观念谈［J］. 江海学刊，1994（6）.

［7］陈峰. 文本与历史：近代以来文献学与历史学的分合［J］. 山东社会科学，2010（1）.

［8］陈平原. 文学史、文学教育与文学读本［J］. 河北学刊，2013，33（1）.

［9］陈其泰.《汉书》历史地位再评价［J］. 史学史研究，1988（1）.

［10］陈其泰. 论近代史家对传统史学的扬弃［J］. 中国史研究，1987（1）.

［11］陈其泰. 设馆修史与历史资料的丰厚储存［J］. 社会科学战线，2003（5）.

［12］陈其泰. 西学传播与近代史学的演进［J］. 北京师范大学学报，2004（3）.

［13］陈其泰. 章太炎与近代史学［J］. 中国社会科学院研究生院学报，1999（1）.

［14］陈文新，方宪. 经典的世代更替与中国文化的历史进程——兼论中国文学史书写的长时段视角［J］. 华中师范大学学报（人文社会科学版），2014，53（3）.

［15］陈一舟. 文学史的形态与话语［J］. 社会科学集刊，1991（3）.

［16］戴燕. 文科教学与"中国文学史"［J］. 文学遗产，2000（2）.

［17］戴燕. 文史殊途——从梁启超、陈寅恪的陶渊明论谈起［J］. 中华文史论丛，2007，86（2）.

［18］戴燕. 文学史：一个时代的记忆［J］. 书城，2007（9）.

［19］戴燕. 怎样写中国文学史——本世纪初中国文学史学的一个回顾［J］. 文学遗产，1997（1）。

［20］戴燕. 中国文学史：一个历史主义的神话［J］. 文学评论，1998（5）.

［21］邓绍基. 回顾百年文学史研究的一点想法［J］. 文学遗产，1997（3）.

［22］邓绍基. 永远的文学史［J］. 文学遗产，2008（4）.

［23］丁帆. 关于百年文学史入史标准的思考［J］. 文艺研究，2011（8）.

［24］董乃斌，赵昌平，陈尚君. 史料·视角·方法——关于 20 世纪唐代文学研究的对话［J］. 文学遗产，1998（4）.

［25］董乃斌. 论草创期的《中国文学史》［J］. 社会科学战线，1997（5）.

［26］董乃斌. 论郑振铎的文学史研究之路［J］. 文学遗产，2008（4）.

［27］董乃斌. 文学史创新与观念变革［J］. 重庆大学学报（社会科学版），2007，13（5）.

［28］董乃斌. 文学是无限论［J］. 文学遗产，2003（6）.

［29］董乃斌. 中国文学史的演进——范式的视角［J］. 中国社会科学，2001（6）.

[30] 俞荣本. 20世纪上半叶中国文学史理论述论 [J]. 江苏社会科学，1998 (6).

[31] 俞荣本. 论文学史的分期 [J]. 江苏社会科学，2003 (3).

[32] 俞荣本. 论文学史研究的对象和性质 [J]. 江海学刊，2003 (2)

[33] 俞荣本. 文学史与创作主体的心态 [J]. 江苏社会科学，2010 (3).

[34] 方汉文. 中国文学史的开篇之作与当代创新模式 [J]. 中州学刊，2007 (1).

[35] 甘浩，张健. 编年史体例与中国当代文学史编纂 [J]. 陕西师范大学学报（哲学社会科学版），2011，40 (5).

[36] 高树海. 论中国文学史观的发展变迁——20世纪上半叶文学史观探寻 [J]. 学习与探索，1999 (2).

[37] 高树海. 中国文学史初创期的"南黄北林"论 [J]. 淮阴师范学院学报（哲学社会科学版），2001 (1).

[38] 葛红兵. 关于"当代"文学史学科建设的几点思考 [J]. 社会科学，1999 (11).

[39] 葛红兵. 文学史模式论 [J]. 扬州大学学报（人文社会科学版），1998 (3).

[40] 葛兆光，杨念群，徐杰舜，范可. 研究范式与学科意识自觉 [J]. 山东大学学报（哲学社会科学版），2005 (4).

[41] 葛兆光. "新史学"之后——1929年的中国历史学界 [J]. 历史研究，2003 (1)

[42] 葛兆光. 杜佑与中唐史学 [J]. 史学史研究，1981 (1).

[43] 葛兆光. 明代中后期的三股史学潮流 [J]. 史学史研究，1985 (1).

[44] 葛兆光. 明清之间中国史家思潮的变迁 [J]. 北京大学学报，1985 (2).

[45] 葛兆光. 文学史研究新视野·主持人的话 [J]. 复旦大学学报（社会科学版），2010 (1).

[46] 郭英德. 悬置名著——明清小说思辨录 [J]. 文学评论，1999 (2).

[47] 何汝泉. 中国近代史学方法述论 [J]. 西南师范大学学报（哲学社会科学版），1999，25 (5).

[48] 胡逢祥. 晚清经史思潮与当代史研究 [J]. 华东师范大学学报，1990 (1).

[49] 胡逢祥. 论辛亥革命时期的国粹主义史学 [J]. 历史研究，1985 (5).

[50] 胡明. 贯通古今　寻索真知 [J]. 河北学刊，2006 (5).

[51] 胡燕春. 雷纳·韦勒克的文学史观述评 [J]. 广西社会科学，2007 (7).

[52] 黄爱平. 王鸿绪与《明史》纂修 [J]. 史学史研究，1984 (1).

[53] 黄修己. 回首来路，也有风雨也有晴 [J]. 东方论坛，2004 (6).

[54] 瞿林东. 历史撰述的叙事与议论 [J]. 安徽史学，2004 (4).

[55] 瞿林东. 论《通典》的方法和旨趣 [J]. 历史研究, 1984 (5).

[56] 瞿林东. 说中国古代史学的优良传统 [J]. 西北大学学报, 1991 (4).

[57] 孔范今. 论中国文学的现代转型与文学史重构 [J] 文学评论, 2003 (4).

[58] 李群. 早期中国文学史写作中的日本影响因素 [J] 苏州科技学院学报 (社会科学版), 2009, 26 (2).

[59] 李振宏. 20世纪中国的史学方法论研究 [J]. 史学月刊, 2002 (11).

[60] 廖可斌. "中国文学古今演变研究"的潜在意义 [J]. 河北学刊, 2006 (5).

[61] 刘复生. 文学史复杂性及其解释学 [J]. 当代作家评论, 2004 (1).

[62] 刘贵华. 文学史的编纂原则及其写作实践——以十年来出版的几部中国文学史教材为例 [J]. 沈阳师范大学学报 (社会科学版), 2006 (2).

[63] 刘永祥. 20世纪"新史学"流派对史书体裁的综合创造 [J]. 人文杂志, 2012 (1).

[64] 刘勇强. 重建文学史的坐标体系与叙述线索 [J]. 北京大学学报 (哲学社会科学版), 2005 (4).

[65] 鲁枢元. 历史学·文学·文学史——关于文学史书写的点滴感悟 [J]. 东吴学术, 2010 (2).

[66] 罗炳良. 论中国古代史书体裁之辩证发展 [J]. 史学月刊, 1997 (5).

[67] 罗炳良. 新史学对良史的期望 [J]. 学术研究, 2002 (12).

[68] 罗立刚. 宋金元时期的文学史学 [J]. 江海学刊, 2001 (5).

[69] 罗云锋. 学术分科与史、文独立——早期文学史书写的学术背景考论 [J]. 上海交通大学学报 (哲学社会科学版), 2006 (14).

[70] 罗志田. 探索学术与思想之间的历史 [J]. 四川大学学报 (哲学社会科学版), 2002 (3).

[71] 罗宗强. 文学史编写问题随想 [J]. 文学遗产, 1999 (4).

[72] 马宏柏, 徐峰. 文学进化的两种形态——五四时期胡适与周作人进化论思想比较 [J]. 徐州师范大学学报, 2011, 37 (6).

[73] 马立新. 论文学史的构成方式与文学史观 [J]. 山东大学学报 (哲学社会科学版), 2003 (1).

[74] 梅新林. "中国文学古今演变研究"学科范式的探索与建构 [J]. 河北学刊, 2006 (5).

[75] 宁宗一. 20世纪中国文学史研究与中国社会 [J]. 复旦学报 (社会科学版), 2000 (4).

[76] 钱志熙. 对中国古代诗歌史研究的一些思考 [J]. 北京大学学报 (哲学

社会科学版），2005（4）.

[77] 钱志熙. 中国古代文学史建构及其特点 [J]. 文学遗产，2003（6）.

[78] 乔治忠，崔岩. 清高宗与章学诚史学思想的比较研究——透视清朝"盛世"史学的价值取向 [J]. 天津社会科学，2007（6）.

[79] 乔治忠. 论清高宗的史学思想 [J]. 中国史研究，1992（1）.

[80] 桑兵. 近代学术转承：从国学到东方学——傅斯年《历史语言研究所工作之旨趣》解析 [J]. 历史研究，2001（3）.

[81] 桑兵. 近代中国的新史学及其流变 [J]. 史学月刊，2007（11）.

[82] 沙红兵. "通三统"：中国古代文学史研究的"历史观念"批判 [J]. 复旦学报（社会科学版），2010（4）.

[83] 施丁. 论司马光主编《资治通鉴》[J]. 历史研究，1986（4）.

[84] 石了英. 论刘勰的文学发展观 [J]. 石河子大学学报，2008，22（6）.

[85] 史文. 斥"君史"倡"民史"——关于19世纪末期史学变革的若干思考 [J]. 史学理论研究，2001（4）.

[86] 孙康宜. 新的文学史可能吗 [J]. 清华大学学报（哲学社会科学版），2005（4）.

[87] 孙明君. 追寻遥远的理想——关于20世纪《中国文学史》的回顾与瞻望 [J]. 北京大学学报（哲学社会科学版），1997（1）.

[88] 唐金海. 文学史观的"长河意识"和"博物馆意识"[J]. 中山大学学报（社会科学版），2005（3）.

[89] 王东杰. "价值"优先下的"事实"重建：清季民初新史家寻找中国历史"进化"的努力 [J]. 近代史研究，2012（3）.

[90] 王峰. "文学"的重构与文学史重释——兼论20世纪早期"中国文学史"书写的意义 [J]. 华东师范大学学报（哲学社会科学版），2008（2）.

[91] 王家范. 柳诒徵《国史要义》探津 [J]. 史林，2006（6）.

[92] 王建伟. 国难之际的史学遭遇——以1931—1937年的"通史"编纂为例 [J]. 重庆社会科学，2006（12）.

[93] 王立. 比较文学与中国文学史教学关系之思考 [J]. 中国比较文学，2014（1）.

[94] 王齐洲. 论古代文学观念的历史维度 [J]. 重庆大学学报（社会科学版），2007，13（5）.

[95] 王齐洲. 论文学的进化与退化——20世纪的一种文学史观的检讨 [J]. 华中师范大学学报（人文社会科学版），2006（9）.

[96] 王齐洲. 论文学史的观念与文学史的编写 [J]. 三峡大学学报（人文社会科学版），2006，28（2）.

[97] 王晴佳. 从历史思辨、历史认识到历史再现——当代西方历史哲学的转向与趋向 [J]. 山东社会科学，2008（4）.

[98] 王晴佳. 历史研究的碎片化与现代史学思潮 [J]. 近代史研究，2012（5）.

[99] 王晴佳. 中国史学的西"体"中用——新式历史教科书和中国近代历史观之改变 [J]. 北京大学学报（哲学社会科学版），2014，51（1）.

[100] 王学典. 新史学和新汉学：中国现代史学的两种形态及其起伏 [J]. 史学月刊，2008（6）.

[101] 王友胜. 谢无量《中国大文学史》得失论 [J]. 湖南第一师范学院学报，2010，10（1）.

[102] 王钟陵. 文学史的理论形态化 [J]. 社会科学辑刊，1991（3）.

[103] 魏泉. 出入于文史 见之于行事——对文学史研究方法的一点思考 [J]. 文艺理论研究，2008（6）.

[104] 温潘亚. 20 世纪中国文学史范式的演进轨迹 [J]. 长白学刊，2006（3）.

[105] 温潘亚. 从历史理解到价值建构——论文学史家的一般素质 [J]. 盐城师范学院学报（人文社会科学版），2002，22（1）.

[106] 温儒敏. "苏联模式"与 1950 年代的现代文学史写作 [J]. 北京大学学报（哲学社会科学版），2003，40（1）.

[107] 温儒敏. 文学史观的建构与对话——围绕初期新文学的评价 [J]. 北京大学学报（哲学社会科学版），2000（4）.

[108] 邬国义. 新史学思潮经世功能的再考察 [J]. 华东师范大学学报（哲学社会科学版），2003，35（3）.

[109] 吴玉杰. 多元文学史观与"个人撰史"现象 [J]. 文艺争鸣，2007（12）.

[110] 吴泽. 魏源的变易思想和历史进化观点——魏源史学研究之一 [J]. 历史研究，1962（5）.

[111] 谢应光. 进化论思想与中国现代文学史观 [J]. 社会科学研究，2004（4）.

[112] 徐公持. 评文学史形态理论倾向及其意义 [J]. 江海学刊，1994（5）.

[113] 徐中原. 20 世纪中国文学史观之嬗变述略 [J]. 学术交流，2007（9）.

[114] 许小青. 20 世纪初新史学与民族国家观念的兴起 [J]. 社会科学研究，2006（6）.

[115] 许总. 文学史观的反思与重建 [J]. 文学评论，1995（2）.

[116] 阎福玲. "文学观念与文学史"学术研讨会综述 [J]. 文学评论，2004（6）.

［117］叶建. 20世纪前半期新旧史学关系论争的综述［J］. 安徽史学，2008（1）.

［118］叶李. 胡适文学史书写的叙史策略和现实诉求［J］. 武汉大学学报（人文科学版），2010，65（6）.

［119］余来明. 从"词章不能谓之学"到"文学"宜有专史——梁启超"文学"观的变迁与近代中国文学史观的形成［J］. 哈尔滨工业大学学报（社会科学版），2010（14）.

［120］余来明. 清民之际"文学"概念的转换与中国文学史书写——以林传甲、黄人两部中国文学史为例［J］. 井冈山大学学报（哲学社会科学版），2010（9）.

［121］余来明. 西学东渐与晚清知识分类体系中的"文学"［J］. 武汉大学学报（人文科学版），2010（11）.

［122］詹冬华，占淑荣. 中国古代趋新派文变观中的时间之维——兼与现代进化论文学史观之比较［J］. 江西师范大学学报（哲学社会科学版），2005，38（4）.

［123］张越. "新史学"思潮的产生及其学术建树［J］. 史学月刊，2007（9）.

［124］张越. 胡适与转型中的中国史学［J］. 历史教学，1999（8）.

［125］张越. 进化史观对中国史学转型的促进和影响［J］. 求是学刊，2003（1）.

［126］章培恒，马世年. 中国文学的古今演变——章培恒先生学术访谈录［J］. 甘肃社会科学，2007（1）.

［127］章培恒. 关于中国文学史宏观与微观研究［J］. 复旦学报（社会科学版），1999（1）.

［128］赵吕甫. 欧阳修史学初探［J］. 历史教学，1963（1）.

［129］朱德发. 进化文学史观与文学史研究实践［J］. 山东师范大学学报（人文社会科学版），2008，53（6）.

［130］朱德发. 纵贯古今的"平民文学"——解读胡适《国语文学史》［J］. 烟台大学学报（哲学社会科学版），2006，19（4）.

［131］朱丕智. 文学革命的理论基石：进化论文学观［J］. 西南师范大学学报（人文社会科学版），2004，30（1）.

［132］朱首献. 科学主义与草创期中国文学史观建构［J］. 文学评论，2010（3）.

［133］朱维铮. 论三通［J］. 复旦学报，1983（5）.

［134］朱文华. 关于文学史观念的几个问题［J］. 中山大学学报（社会科学版），2002（3）.

学位论文

[1] 蔡欢江. 人文科学视野中的文学史书写 [D]. 杭州：浙江大学，2006.

[2] 陈婧. 论新时期外国文学史范式的建构与转型 [D]. 武汉：华中师范大学，2013.

[3] 陈思. 论文学史哲学与文学史模式 [D]. 成都：四川大学，2005.

[4] 陈正敏. 意识形态与范式转换：北京大学中国现代文学学者现代文学史观研究 [D]. 上海：复旦大学，2009.

[5] 丁欣. 中国文化视野中的外国文学——20 世纪中国"外国文学史"教材考察 [D]. 上海：复旦大学，2004.

[6] 胡希东. 1950—1980 新文学史著作文学史观念研究——以现代派为参照 [D]. 成都：四川大学，2007.

[7] 罗云锋. 现代中国文学史书写的历史建构——从清末至抗战前的一个历史考察 [D]. 上海：华东师范大学，2005.

[8] 王炜. 现代视野下的经典选择：1919—1999 年的汉语外国文学史研究 [D]. 成都：四川大学，2007.